이 세상의 똘똘하고 경이로운 것들

All Things Wise and Wonderful

이 세상의 똘똘하고 경이로운 것들

제임스 헤리엇 지음 | 김석희 옮김

아시아

일러두기

1. 본문의 주는 모두 역주이며, 따로 표시 없이 괄호 속에 작은 글자로 넣었다.
2. 외국의 인명과 지명은 '외래어 표기법'에 따랐다.

이 세상의 모든 크고 작은 생물들,
모든 눈부시게 아름다운 것들,
모든 똘똘하고 경이로운 것들,
이 모든 것을 주님이 만드셨다.

-세실 프랜시스 알렉산더(1818~1895)

1

"동작들 봐라! 빨리 뛰지 못해!"

교관이 고함을 질렀다. 그는 숨이 차서 헉헉거리는 우리 대열 꼬리에 붙어 한껏 여유롭게 달리면서 구령을 붙이고 있었다.

나는 대열 중간에 낀 채, 동료들과 마찬가지로 간신히 걸음을 내딛으며 생각했다. 내 몸이 앞으로 얼마나 더 견딜 수 있을까. 갈비뼈는 숨 막힐 듯한 고통으로 삐걱거리고, 다리 근육은 연신 비명을 질러댔다. 도대체 몇 킬로나 달렸을까.

아까 막사 앞 빈터에 정렬했을 때만 해도 이렇게 될 줄은 꿈에도 몰랐다. 정규 군장도 착용하지 않고 보통 스웨터에 군복 바지 차림인데, 이렇게 가혹한 시련이 기다리고 있으리라는 걸 어떻게 예상이나 할 수 있었겠는가. 게다가 땅딸보 하사는 유쾌한 런던 사투리로 지껄이면서, 우리를 마치 형제나 대하는 것처럼 사뭇 친절해 보였다. 그는 쉰 명의 신병들을 향해 웃는 얼굴로 말했다.

"자, 여러분! 공원까지 가볍게 달려보기로 합시다. 좌향좌! 그럼, 뛰어 갓! 왼발, 오른발, 왼발, 오른발! 하낫 둘, 하낫 둘!"

그렇게 달리기 시작한 게 벌써 까마득한 옛날 같았다. 런던 거리를 아무리 달려도 공원 따위는 그림자도 보이지 않았다. 건강 하나만은 자신하고 있었는데 터무니없는 자만이었다는 생각이 머리에 달라붙어 떠나지 않았다. 시골 수의사라는 직업을 갖고 있으면, 게다가 요크셔 데일스 같은 고지대에서 개업하고 있으면, 운동 부족이 될 염려는 절대로 없다. 늘 뛰어다니고, 큰 동물들과 씨름하고, 먼 언덕 기슭의 가축우리까지 몇 킬로미터나 걸어 다니는 게 일상생활이다. 건강하지 않으면 해낼 수 없다. 나는 그렇게 믿고 있었다.

하지만 이제는 다른 생각이 머리에 떠올랐다. 헬렌과 결혼한 뒤 몇 달 동안은 그야말로 천국이었다. 헬렌은 요리를 너무 잘했고, 나는 그 예술의 충실한 신봉자였다. 침실과 거실을 겸하고 있는 살림방의 난로 앞에서 빈둥거리는 것만큼 신나는 일은 없다. 복근이 위축되고 흉근이 늘어져버렸지만, 나는 그 사실에 눈을 감고 있었다. 그 벌을 이제야 받고 있는 것이다.

"이제 다 왔다. 조금만 더 가면 돼!"

하사가 뒤에서 격려를 보냈지만, 맥없이 달리는 대열은 아무런 반응도 보이지 않았다. 몇 번째인지도 모를 만큼 자주 들은 말이라서, 이제는 절대로 믿지 않겠다고 저마다 굳게 결심하고 있었다.

그런데 이번만은 그 말이 사실인 모양이었다. 모퉁이를 돌아 넘자 저 앞쪽에 철책과 나무들이 보였다. 그때 느낀 안도감은 형언하기 어려웠다. 공원 출입문을 통과할 때까지는 체력도 버텨줄 것 같았다. 그러면 휴식을 취하면서 담배도 한 대 피울 수 있겠지. 다리는 과열된 엔진처럼 마비되기 시작했다.

바싹 마른 잎새가 아직 몇 닢 남아 있는 나뭇가지 아래를 지나자 우리는 일심동체처럼 일제히 멈춰 섰다. 그런데 하사는 팔을 휘두르며 계속 뛰라고 재촉했다.

"아직 아니야. 트랙을 한 바퀴 돌아!"

그는 고함을 치면서 공원을 에워싼 넓은 흙길을 가리켰다. 우리는 어안이 벙벙한 표정으로 그를 바라보았다. 설마 진담은 아니겠지! 항변의 아우성이 성난 파도처럼 끓어올랐다.

"말도 안 돼……."

"생각 좀 해보세요……."

하지만 소용없었다. 땅딸보 하사는 이제 웃고 있지 않았다.

"뛰어! 앞으로 갓! 하낫 둘, 하낫 둘!"

거무스름한 철쭉과 메마른 풀밭 사이에 끼여 있는 검은 흙길을 비틀비틀 달리면서 나는 내 신상에 일어난 변화를 아직도 믿을 수가 없었다. 모든 일이 너무나 갑작스러웠다. 사흘 전만 해도 나는 대러비에 있었고, 지금도 마음의 절반은 여전히 그곳에 헬렌과 함께 있었다. 그리고 나머지 절반은 기와지붕들 너머 아침 햇살 속으로 멀어져가는 푸른 언덕을 택시 뒤창으로 내다보고 있었다. 또한 열차 통로에 서서, 영국 남부의 평탄한 풍경이 뒤로 흘러가는 것을 바라보며 점점 무거워지는 기분을 주체하지 못하고 있었다.

나는 '로드 크리켓 그라운드'(런던 시내 서북쪽 세인트존스우드 지역에 있는 크리켓 경기장)에서 처음으로 영국 공군의 일원이 되었다. 이런저런 서류를 작성하고, 신체검사를 끝내고, 군복을 비롯한 갖가지 장비를 산더미처럼 지급받았다. 숙소는 세인트존스우드에 있는 아파트였다. 가재도구를 실어내기 전에는 아주 호화로운 아파트였을 것이다. 그래도 욕실 설비만은 너무 무거워서 들어내지 못했다. 그 호화로운 욕실에서 수도꼭지를 살짝 틀기만 하면 뜨거운 물이 펑펑 쏟아진다는 건 얼마나 신나는 노릇인가.

정신없이 바빴던 첫날이 지나자 나는 초록색 타일을 바른 욕실로 뛰어들어가 헬렌이 가방에 넣어준 고급 화장비누의 거품을 온몸에 듬뿍 문질렀다. 하지만 이런 사치도 그때가 마지막이었고, 그 비누는 두 번 다시 사용하지 못했다. 냄새의 작용은 너무 강렬해서, 그 냄새를 조금만 맡아도 아내와 처음으로 헤어져 지낸 그날 밤의 고통이 생각난다. 그 허전하고 한심한 기분은 좀처럼 잊을 수 없다.

둘째 날, 우리는 오랫동안 행진을 하고, 강의를 듣고, 식사를 하고, 예방 주사를 맞았다. 주사기는 내가 날마다 사용하는 도구였지만, 대부분의 동료들은 보는 것조차 끔찍하다는 표정을 지었다. 특히 혈액을 채취할 때가 곤란했다. 제 정맥에서 검붉은 액체가 흘러 나가는 것을 보고는 건장한 젊은이가 정신을 잃고 의자에서 미끄러졌다. 때로는 네댓 명이 잇따라 실신하여, 기간병들은 즐거운 듯 킬킬거리면서 그들을 끌어내기도 했다.

런던 동물원에서 먹은 식사는 안쪽에서 들려오는 원숭이들의 울음소리와 사자들의 포효소리 덕분에 꽤 즐거웠다. 하지만 그 전후는 오로지 행군이었다. 새 군화 때문에 고통이 더욱 심했다.

사흘째가 되어도 우리는 아직 상황을 이해하지 못했다. 첫날과 마찬가지로 그날 아침에도 6시도 안 된 꼭두새벽에 쓰레기통 뚜껑을 두드리는 소리에 잠에서 깨어났다. 은나팔을 불어줄 거라고 기대한 것은 아니지만, 아무리 그렇다 해도 쓰레기통 뚜껑이라니! 그리고 이제 나는, 마침내 공원을 한 바퀴 돌았다는 사실에만 정신이 쏠려 있었다. 공원 출입문은 이제 몇 미터 앞으로 다가왔다. 나는 비틀비틀 그 안으로 달려 들어가, 끙끙 신음하고 있는 동료들 틈에서 걸음을 멈추었다.

"한 바퀴 더!" 하사가 고함을 질렀다. 우리가 아연실색하여 바라보니,

하사는 만면에 미소를 머금고 있었다. "너무 한다고 생각하겠지만, 훈련소에 가봐. 이 정도는 약과야. 언젠가는 나한테 감사하게 될 거라고. 자, 구보 시작! 하낫 둘, 하낫 둘!"

비틀거리는 몸을 간신히 옮기기 시작했을 때 불길한 예감이 머리를 스쳤다. 한 바퀴 더 돌면 나는 죽는다. 틀림없이 죽을 거야. 사랑하는 아내와 행복한 가정을 뒤에 남겨두고 조국에 봉사하려고 입대했는데 이런 대우를 받다니, 너무해! 도저히 용납할 수 없어.

그 전날 밤, 대러비가 꿈에 나타났다. 나는 데이킨 씨네 외양간에 있었다. 그의 유순한 눈매와 길쭉한 얼굴, 늘어진 콧수염이 쭈그려 앉은 나를 내려다보고 있었다.

"이 블로섬 아줌마도 이젠 끝장인가 보군."

그는 이렇게 말하면서 늙은 암소 등에 한 손을 올려놓았다. 노동으로 굵어진 큼지막한 손이었다. 데이킨 씨의 골격에는 살이 별로 붙어 있지 않았지만, 그의 손가락을 보면 그가 힘든 노동으로 평생을 살아온 것을 금방 알 수 있었다.

나는 바늘을 닦아서 봉합용구와 메스가 들어 있는 상자에 던져 넣었다.

"그건 아저씨한테 달렸어요. 하지만 젖꼭지를 꿰매주는 것도 이번이 세 번째고, 같은 일이 앞으로도 계속될 겁니다."

데이킨 씨는 허리를 굽혀, 봉합사로 꿰매진 10센티미터 길이의 상처를 들여다보았다.

"이렇게 심하게 다칠 줄은 몰랐소. 기껏해야 다른 놈한테 밟힌 것뿐인데."

"소 발굽은 날카롭거든요. 칼로 내리친 거나 마찬가지예요."

늙은 암소의 경우 가장 곤란한 게 이것이었다. 젖통이 축 늘어지고 젖꼭지도 길게 늘어지기 때문에, 소가 우리 안에서 모로 드러누우면 젖통이 옆 우리로 밀려 나간다. 그러면 그 젖통을 오른쪽 우리에 있는 메이벨이나 왼쪽 우리에 있는 버터컵이 밟게 되는 것이다.

나무 울타리와 자갈 바닥에 낮은 지붕을 씌운 그 외양간에는 소가 여섯 마리 있는데, 저마다 이름을 갖고 있었다. 데이킨 씨는 젖소 여섯 마리와 송아지 몇 마리, 돼지와 닭을 치면서 생계를 간신히 유지하고 있지만, 그처럼 소에게 일일이 이름을 붙여주는 농부는 요즘에는 드물어졌다.

"따지고 보면 이 녀석은 나한테 한 푼도 빚진 게 없어요. 이 녀석이 태어난 게 벌써 12년 전이지만, 그날 밤을 나는 아직도 생생히 기억하고 있다오. 갓 태어난 녀석을 빈 자루로 싸서는…… 그래, 바로 이 우리요. 여기서 데리고 나왔지. 눈이 펑펑 내리는 밤이었소. 그 후 이 녀석이 우유를 몇 천 리터나 생산했는지 몰라. 지금도 하루에 18리터요. 블로섬은 나한테 땡전 한 푼 빚진 게 없어요."

블로섬은 자기가 화제에 올라 있는 것을 아는 듯 목을 돌려 주인을 바라보았다. 늙은 암소의 본보기 같은 체형이다. 주인과 마찬가지로 살이 거의 없고, 골반이 툭 튀어나오고, 발도 뿔도 너무 커졌고, 구부러진 뿔은 뿌리부터 끝까지 고리 모양의 선으로 덮여 있었다. 한때는 탱탱했던 젖통도 이제는 바닥에 닿을 만큼 축 늘어져 있었다.

온순하고 참을성 강한 성격도 주인과 비슷했다. 나는 봉합하기 전에 젖통을 국부 마취했지만, 그러지 않았어도 블로섬은 꾹 참고 움직이지 않았을 것이다. 젖꼭지를 봉합하는 경우 수의사는 뒷다리 바로 앞에 머리를 들이미니까 소한테 걷어차이기 십상이지만, 블로섬의 경우에는 그런 위험이 전혀 없다. 평생 사람을 걷어찬 적이 한 번도 없는 짐승이었다.

"어쩔 도리가 없군. 팔아 치울 수밖에. 잭 닷슨을 불러서 목요일 우시장에 내놓으라고 해야겠소. 고기가 좀 질기긴 하겠지만 스테이크파이 몇 개는 만들 수 있겠지."

농담조로 말하긴 했지만, 늙은 암소를 바라보는 그의 눈은 조금도 웃고 있지 않았다. 웃을 수가 없었을 것이다. 그의 뒤에는 열린 문 너머로 푸른 언덕과 강물이 보이고, 수심이 얕고 폭이 넓은 강에서는 무수한 잔물결이 봄의 햇살을 받아 반짝이고 있었다. 강가의 돌멩이들은 햇빛에 퇴색하여 희뿌옇게 빛나고, 골짜기를 뒤덮은 목초가 강과 만나는 곳에서는 그 초록색과 흰색의 대조가 더욱 두드러졌다.

이 소작지야말로 가장 살기 좋은 곳이라고 나는 자주 생각했다. 대러비 시내에서 2킬로미터 정도 떨어져 있을 뿐인데도 외딴 시골처럼 한적하고, 강물과 초원의 아름다운 경치는 보기만 해도 가슴이 뛰었다. 언젠가 데이킨 씨한테 그런 이야기를 했더니, 그는 쓴웃음을 지었다.

"경치가 아름다우면 뭐해요. 배를 채워주는 것도 아닌데……."

다음 목요일, 내가 때마침 어느 암소의 자궁 속을 '청소'하기 위해 데이킨 씨의 외양간에 있을 때, 가축상인 닷슨이 블로섬을 데리러 왔다. 그는 다른 농장을 돌면서 살찐 암소와 거세한 수소들을 모아온 참이었다. 그 소떼는 길에서 조수와 함께 기다리고 있었다.

닷슨은 외양간으로 들어오자마자 큰 소리로 말했다.

"내가 데려갈 놈이 어느 녀석인지 한눈에 알겠군요. 저기 있는 저 늙다리지요?"

이렇게 말하면서 그는 블로섬을 가리켰다. 건장하고 잘생긴 다른 소들 틈에 섞여 있는 블로섬은 그야말로 뼈가 앙상한 늙다리였다.

데이킨 씨는 아무 대꾸도 않고 암소들 사이로 걸어가 블로섬의 머리를 쓰다듬었다.

"그래, 이놈이야." 그는 잠시 망설이다가 소의 목에 감겨 있는 굴레를 풀었다. "자, 가자."

그가 작은 소리로 말하자 늙은 암소는 우리를 한 바퀴 돌아서 천천히 밖으로 나왔다.

"빨리 가지 못해!"

가축상은 소리를 지르며 블로섬의 엉덩이를 손에 들고 있는 막대기로 쿡쿡 찔렀다.

"거칠게 굴지 마!" 데이킨 씨가 큰 소리로 외쳤다.

그러자 닷슨은 깜짝 놀라 데이킨 씨의 얼굴을 돌아보았다.

"거칠게 굴다니요. 난 그저 이 녀석을 걷게 한 것뿐이라고요."

"알아. 하지만 그 녀석한테는 막대기를 쓸 필요가 없어. 자네가 시키는 대로 어디든 따라갈 테니까."

그 말대로 블로섬은 천천히 문을 빠져나와, 데이킨 씨가 몸짓으로 방향을 알려주자 그쪽으로 나 있는 오솔길을 걷기 시작했다.

늙은 농부와 나는 나란히 서서 늙은 암소가 서두르는 기색도 없이 언덕을 올라가고, 카키색 웃옷을 걸친 잭 닷슨이 그 뒤를 어슬렁어슬렁 따라가는 모습을 지켜보았다. 길은 이윽고 드문드문 서 있는 나무들 저편으로 구부러져 사람도 짐승도 보이지 않게 되었지만, 그래도 데이킨 씨는 그쪽을 물끄러미 바라본 채 땅바닥을 울리는 발굽 소리에 귀를 기울이고 있었다.

그 소리도 이윽고 들리지 않게 되자 그는 내 쪽으로 홱 고개를 돌렸다.

"헤리엇 선생, 어서 일을 끝내버립시다. 뜨거운 물을 가져오겠소."

내가 비누로 씻은 팔을 암소의 자궁 안으로 밀어 넣는 동안 그는 잠자코 있었다. 소의 태반을 꺼내는 것도 싫은 일이지만, 그 일을 남이 곁에서 지켜보는 것은 더 싫다. 나는 암소의 자궁 속을 휘저을 때면 언제나 주인과 잡담을 나누곤 했다. 하지만 이번에는 그러기도 어려웠다. 내가 날씨나 크리켓 경기나 우윳값에 대해 말을 걸어도 데이킨 씨는 대꾸조차 제대로 하지 않았다.

그는 암소 엉덩이에 기대어 꼬리를 잡은 채 멍하니 파이프를 피우고 있었다. 농부들은 흔히 암소 청소 작업이 시작되면 무심히 파이프를 피우곤 한다. 이것은 꽤 어려운 일이라서 때로는 시간이 많이 걸린다. 태반이 한 번에 깨끗이 나올 때도 있지만, 이번에는 그것을 하나씩 태반엽에서 떼어내야 했고, 그때마다 욱신거리는 팔을 뜨거운 물과 비누로 소독하기도 번거로웠다.

마침내 그 일도 끝났다. 나는 좌약을 자궁 속에 두어 개 밀어 넣은 다음 앞치마와 셔츠를 벗었다. 대화는 거의 끊겼고, 외양간 문을 열었을 때는 침묵을 견디기 어려울 정도였다. 데이킨 씨는 손잡이를 잡고 문을 열려다가 갑자기 귀를 세웠다. 그러고는 작은 소리로 중얼거렸다.

"저게 뭐지?"

언덕 쪽에서 달각거리는 발굽 소리가 들려왔다. 이 농장으로 들어오는 길은 두 개인데, 발굽 소리는 넓은 길보다 1킬로미터쯤 위에서 간선도로와 만나는 좁은 오솔길 쪽에서 들려오고 있었다. 우리가 그 소리를 듣고 있으려니까 암소 한 마리가 불쑥 튀어나온 바위를 돌아서 이쪽으로 달려왔다.

블로섬이었다. 녀석은 커다란 젖통을 흔들면서, 우리 뒤쪽에 있는 외양간 문을 향해 빠른 걸음으로 다가왔다.

"아니, 이게 어떻게 된 거지?"

데이킨 씨가 소리를 질렀지만 늙은 암소는 우리 옆을 지나 녀석이 오랫동안 살아온 외양간 안으로 거침없이 들어가버렸다. 그러고는 텅 빈 여물통에 코를 들이박고 킁킁거리다가 고개를 돌려 주인을 가만히 바라보았다.

데이킨 씨도 암소를 가만히 바라보았다. 세월의 풍상에 시달린 얼굴에는 아무 표정도 떠오르지 않았지만, 그의 파이프에서는 연기가 빠른 속도로 피어올랐다.

그때 느닷없이 밖에서 절벅거리는 장화 소리가 나더니 잭 닷슨이 숨을 헐떡이며 문으로 들어왔다.

"여기 와 있었군. 빌어먹을 녀석! 잃어버린 줄 알았잖아." 그러고는 농부를 돌아보았다. "정말 죄송합니다, 데이킨 씨. 저쪽 큰길 입구에서 돌아와버린 모양이에요. 눈 깜짝할 사이에 사라져버렸지 뭡니까."

농부는 어깨를 으쓱했다.

"괜찮네. 자네 탓이 아니야. 말하지 않은 내가 잘못이지."

"곧 처리하겠습니다." 가축상이 웃으면서 말하고는 블로섬 쪽으로 다가갔다. "자, 착하지. 거기서 나와."

하지만 그때 데이킨 씨가 그를 팔로 가로막았다. 그러고는 말없이 지켜보고 있는 나와 닷슨 앞에서 한참동안 암소를 뚫어지게 바라보았다. 낡은 가로대에 몸을 기대고 서 있는 암소에게는 왠지 비장한 위엄이 있었다. 그 순한 눈망울은 무욕과 인내의 빛을 띠고 있었다. 젖혀진 긴 발굽, 앙상하게 드러난 갈비뼈, 자갈바닥에 닿을 듯이 축 늘어진 젖통. 하지만 녀석의 위엄은 그 볼품없는 모습을 보완하고도 남았다.

데이킨 씨는 한 마디도 하지 않은 채 천천히 다른 소들 사이를 지나 블로섬에게 다가가서는 그 목에 굴레를 씌웠다. 그러고는 외양간 끝까지 가서 갈퀴로 건초를 한 무더기 가져다가 블로섬의 빈 여물통에 던져 넣었다. 이거야말로 블로섬이 기다리고 있던 것이었다. 블로섬은 가로대 사이로 목을 내밀어 풀을 입에 물고 만족스럽게 씹기 시작했다.

"도대체 뭐하는 겁니까, 데이킨 씨?" 가축상은 어이가 없다는 듯 소리를 질렀다. "사람들이 장에서 기다리고 있는데."

농부는 외양간 문에 파이프를 톡톡 두드려 재를 떨어내고는, 찌그러진 양철통에서 싸구려 담배를 꺼내 파이프에 채웠다.

"헛걸음 시켜서 미안하네만, 블로섬은 그냥 여기 두고 가게."

"두고 가라고요?"

"나를 미련한 늙은이로 생각하겠지만, 나는 그렇게 결정했네. 집에 돌아온 이상, 여기 놔두겠네."

그는 단호한 표정으로 가축상을 쳐다보았다.

닷슨은 몇 번 고개를 끄덕이고는 발을 끌면서 외양간을 나갔다. 데이킨 씨는 그 뒤를 따라가서 말을 걸었다.

"시간 낭비한 건 변상할 테니까, 내 앞으로 달아두게."

데이킨 씨는 외양간으로 돌아와 성냥불을 파이프에 대고 연기를 깊이 빨아들였다.

"헤리엇 선생." 피어오른 담배연기가 그의 눈 주위에서 맴돌았다. "혹시 이런 생각 해본 적 없소? 일이란 될 대로 되는 게 결국 가장 좋은 해결책이라고 말이오."

"있고말고요. 아니, 자주 있지요."

"그래요. 아까 블로섬이 언덕에서 내려왔을 때 나는 그렇게 생각했소." 그는 손을 뻗어 블로섬의 엉덩이 근처를 긁어주었다. "나는 이 녀석을 언제나 좋아했지. 이렇게 돌아와주다니, 얼마나 기쁜지 모르겠소."

"하지만 저 젖꼭지는 어떡하죠? 물론 봉합수술은 몇 번이고 해드리겠지만, 그래도……."

"아니, 좋은 생각이 있소. 아까 저 녀석을 청소하고 있을 때 생각이 났는데, 이미 늦은 줄 알았지 뭐요."

"어떤 생각인데요?"

노인은 파이프 담배를 엄지손가락으로 눌렀다.

"젖을 짜는 대신에 송아지 두세 마리를 블로섬한테 붙여주는 거요. 저쪽 마구간이 비어 있으니까, 거기에 넣어두면 아무도 블로섬의 젖꼭지를 밟지 않을 거요."

나는 소리 내어 웃었다.

"맞습니다. 마구간이라면 안전할 뿐더러, 송아지 세 마리쯤은 거뜬히 키울 수 있을 겁니다. 제 밥값은 할 수 있지요."

"천만에. 아까도 말했잖소. 그건 중요하지 않다고. 이 녀석은 땡전 한 푼 나한테 빚진 게 없어요." 부드러운 미소가 주름진 얼굴에 번져갔다. "중요한 건 이 녀석이 집으로 돌아왔다는 거요."

공원 둘레길을 비틀비틀 달리는 동안 나는 거의 줄곧 눈을 감고 있었다. 어쩌다 눈을 뜨면 붉은 안개가 눈앞에서 소용돌이쳤다. 하지만 인간의 몸이 얼마나 강인한지는 참으로 놀랄 만하다. 이윽고 나뭇가지 저편에 다시 철문이 보이기 시작했을 때는 내 눈을 믿을 수 없을 정도였다.

그리하여 두 바퀴째 달리는 동안에도 무사히 살아남긴 했지만, 이제 앉아서 쉬는 정도로는 턱없이 부족했다. 아무래도 땅바닥에 드러누워야 할 것 같았다. 구역질이 났다.

"잘했다!" 하사가 유쾌한 목소리로 말했다. "다들 아주 잘했어. 그럼 이제부터 제자리뛰기를 하겠다."

사기가 땅에 떨어진 소대는 신음 소리를 냈지만 하사의 귀에는 들어가지 않았다.

"자, 두 발을 모으고 제자리에서 뛴다. 하낫! 둘! 셋! 동작 봐라! 더 높이! 하낫! 둘!"

이건 정말 말도 안 돼. 내 가슴은 고통의 불길이 활활 타오르는 난로였다. 우리 몸을 단련해야 할 사람이 내 심장과 허파에 돌이킬 수 없는 손상을 주다니.

"언젠가는 나한테 감사하게 될 거야. 내 말을 믿으라고. 자, 더 높이 뛰어! 하낫! 둘!"

맙소사. 하사는 웃고 있었다. 저놈은 새디스트야. 동정심을 기대하는 게 잘못이지.

젖 먹던 힘까지 짜내어 펄쩍 뛰어오른 순간, 간밤에 블로섬의 꿈을 꾼 이유를 깨달았다.

나도 집으로 돌아가고 싶은 것이다.

2

행군하는 병사들의 머리 위에서 안개가 소용돌이치고 있었다. 누리끼리한 색깔의 짙은 안개, 혀에 금속 같은 맛을 남기는 런던의 안개. 대열 앞쪽은 보이지 않는다. 선두가 들고 있는 랜턴 불빛이 흔들리고 있을 뿐이었다.

새벽 6시 반에 이렇게 아침을 먹으러 행군할 때가 가장 괴로웠다. 사기는 땅에 떨어지고, 고향 생각은 부풀어 올라 나를 괴롭혔다.

대러비에도 안개가 있지만, 이런 안개와는 전혀 다른 시골 안개였다. 하루는 아침에 회색 커튼 같은 안개를 헤드라이트로 비추면서 왕진을 나갔다. 밀폐된 차 안에서는 안개밖에 보이지 않았다. 하지만 엔진을 채찍질하면서 골짜기를 올라가자 어느 순간 갑자기 안개가 은빛으로 어른거리는 아지랑이로 변하더니, 이윽고 그것도 사라져버렸다.

눈 아래에서 흔들리는 회색 안개 너머에는 태양이 눈부시게 빛나고, 고원의 푸른 초목은 기다란 선을 그리며 뻗어나가 푸른 여름 하늘 속으로 녹아들고 있었다.

그 경치를 처음 보기라도 하듯 넋을 잃고 앞유리창 너머를 바라보면서 더 밝은 세계로 계속 올라갔다. 풀에 뒤덮인 언덕 곳곳에 무리지어 돋아난 청동빛 고사리, 거무스름한 나무들, 회색 농가, 언덕마루의 히스 들판까지 구불구불 뻗어 있는 돌담.

나는 평소처럼 그때도 약속 시간에 늦어서 서두르고 있었지만, 차를 세우지 않을 수 없었다. 언덕 들머리에 차를 대자 옆자리에 태우고 온 개 샘이 얼른 뛰어내렸다. 나도 녀석의 뒤를 따라 들판으로 들어갔다. 샘은 반짝반짝 빛나는 풀밭을 이리저리 뛰어다니고, 나는 녹기 시작한 서리를 밟고 서서 따뜻한 햇살을 받으며 뒤를 돌아보았다. 안개가 축축한 담요처럼 저지대를 뒤덮고 있었지만, 그 위쪽의 빛나는 세계에는 안개도 손이 닿지 않았다. 달콤하고 상쾌한 공기를 가슴 가득 들이마시면서 나는 내 일터이고 수입원이기도 한 초록빛 세계를 둘러보았다.

꼬리를 흔들면서 여기저기 냄새를 맡거나, 아직 햇빛이 닿지 않아서 쇠처럼 단단한 땅바닥과 서리가 두껍게 내려앉은 풀잎에 코를 들이박고 있는 샘과 함께 나도 온종일 그곳을 어슬렁거리며 지내고 싶었다. 하지만 그날 아침에는 약속이 있었고, 게다가 상대는 이 지방의 귀족이었다. 나는 내키지 않는 걸음을 달래며 차로 돌아갔다.

힐턴 경네 소들의 투베르쿨린 검사는 아침 9시 반에 시작될 예정이었다. 하지만 엘리자베스 양식의 저택 뒤로 돌아가 보니 소가 한 마리도 보이지 않았다. 나는 속은 듯한 기분이 들었다. 그곳에는 낡아빠진 푸른색 작업복 바지를 입은 남자가 하나 있을 뿐이었다. 그는 쇠망치를 휘두르며 가축우리 입구에 울타리 길을 만들고 있었다.

그가 나를 돌아보고는 쇠망치를 흔들어 가까이 오라는 신호를 보냈다. 나는 그쪽으로 다가갔다. 그는 부드러운 금발을 이마에 늘어뜨렸고, 비쩍 마른 몸에 구멍 난 카디건을 입고 진흙이 덕지덕지 달라붙은 장화를 신고 있었다. 여느 때라면 그는 이렇게 말했을 것이다.

"어이, 헤리엇, 오늘 아침도 안녕하신가?"

하지만 이날 아침에는 그렇게 말하지 않았다.

"헤리엇, 정말 미안하지만 아직 준비가 덜 됐네."

그러고는 담배쌈지를 만지작거리기 시작했다.

제11대 힐턴 후작인 윌리엄 조지 헨리 오거스터스. 그는 볼 때면 언제나 파이프를 입에 물고 있거나, 담배를 파이프에 재고 있거나, 작은 나이프로 파이프를 청소하고 있거나, 담배에 불을 붙이려 하고 있거나—긴장해 있을 때는 이 모든 동작을 한꺼번에 하려고 든다—했지만, 그가 실제로 담배를 피우는 모습은 한 번도 본 적이 없다. 이때도 그는 준비가 덜되어 당황한데다, 내가 무의식적으로 시계를 보자 더욱 곤혹스러워진 나머지 파이프를 일단 입에서 떼었다가 다시 물고, 쇠망치를 겨드랑이에 끼우고, 커다란 성냥갑을 꺼냈다.

나는 농장 건물 저편에 펼쳐진 언덕을 바라보았다. 저 멀리 지평선에 작은 형체들이 움직이고 있었다. 달리는 짐승들과 그 뒤를 쫓는 사람들, 그리고 개가 짖어대는 소리와 사람들의 외침 소리도 희미하게 들려왔다.

나는 한숨을 내쉬었다. 흔히 있는 일이었다. 요크셔에서는 귀족도 시간 약속을 지키지 않는다.

힐턴 후작은 내 기분을 눈치챈 듯, 더욱 난감하여 어찌할 바를 몰라 했다. 그는 성냥개비를 주위에 흩뿌리고 담뱃가루를 판석 위에 쏟으면서 말했다.

"정말 미안하네. 아홉 시 반까지 준비를 끝내 놓겠다고 약속했는데, 저 놈의 소들이 협조해주지 않아서 말이야."

나는 간신히 미소를 지었다.

"아니, 괜찮습니다. 다들 언덕을 내려오고 있는 모양이고, 어쨌든 오늘 아침에는 그렇게 바쁜 일도 없으니까요."

"그거 잘됐군. 정말 다행일세!" 그는 파이프에 불을 붙이려고 했지만, 담배는 바지직 소리를 내고는 파이프 테두리 너머로 쏟아졌다. "이걸 좀 봐주게. 내가 이 울타리 길을 만들었다네. 우리에 몰아넣고 한 마리씩 통과시키면 잘될 걸세. 지난번에 얼마나 애를 먹었는지, 자네도 기억하고 있겠지?"

나는 고개를 끄덕였다. 그날을 어떻게 잊을 수 있겠는가. 힐턴 경네 농장에는 암송아지가 서른 마리 정도 있는데, 그걸 검사하려고 세 시간이나 로데오 같은 묘기를 부려야 했다. 널빤지와 함석으로 만든 허술한 울타리 길을 나는 미심쩍은 눈으로 살펴보았다. 황야를 뛰어다니는 소가 이 흔들거리는 울타리와 대결하는 꼴을 보는 것도 재미있을 것이다.

심술궂게 약속을 상기시킬 작정은 아니었지만, 나는 또 무의식중에 손목시계를 보고 말았다. 이를 눈치챈 후작은 마치 한 방 얻어맞은 것처럼 얼굴을 찌푸렸다.

"빌어먹을!" 그가 소리를 질렀다. "도대체 뭣들 하고 있는 거야! 내가 가서 도와주고 오겠네."

그는 쇠망치와 담배쌈지와 파이프와 성냥을 이 손에서 저 손으로 옮기거나 떨어뜨렸다가 다시 주우면서 한참 허둥댄 뒤에야 겨우 쇠망치를 내려놓고 나머지 물건을 어떻게든 주머니에 넣을 수 있었다. 그러고는 언덕 쪽으로 달려갔다. 그 뒷모습을 바라보면서 나는—전에도 자주 그랬듯이—영국에 저런 귀족이 그렇게 많지는 않을 거라고 생각했다.

내가 후작이라면 어땠을까. 아마 이 시간에는 아직도 침대 속에 있거나, 커튼을 열고 밖을 내다보면서 오늘은 날씨가 어떨까를 생각하고 있을 것이다. 하지만 힐턴 경은 고용인들과 똑같이 늘 바쁘게 일을 하고 있었다. 언젠가는 아침에 와서 보니 후작은 모락모락 김이 피어오르는 퇴비더미 속에 들어가, 악취 나는 퇴비를 갈퀴로 떠서 짐수레에 싣는 지극히 비귀족적인 작업에 열중해 있었다. 게다가 언제나 낡은 옷을 입고 있다. 아마 옷장에는 좀 더 정통적인 의복도 있겠지만, 그런 옷을 입고 있는 모습은 한 번도 본 적이 없다. 담배도 보통 농부들이 피우는 '울새표'라는 싸구려였다.

내 명상은 무시무시한 발굽 소리와 사나운 외침 소리로 중단되었다. 힐턴 경의 소떼가 다가오고 있었다. 이윽고 우리 안은 몸에서 모락모락 김을 내면서 밀치닥거리는 짐승으로 가득 찼다.

후작이 건물 모퉁이를 돌아서 달려왔다.

"좋아, 찰리! 우선 한 마리만 울타리 길로 몰아넣게!"

후작은 숨을 헐떡거리면서, 우리 안에 들어간 남자가 문을 여는 것을 기대감에 찬 표정으로 울타리 옆에서 지켜보았다. 일은 순식간에 벌어졌다. 붉은 털이 더부룩한 괴물 한 마리가 우리 안에서 뛰쳐나와 울타리 사이의 좁은 통로로 들어갔나 했더니, 시속 80킬로미터 정도의 속도로 울타리를 들이받고는 후작 나리의 공작물 일부를 뿔과 머리에 건 채 밖으로 달려 나갔다. 나머지 소들도 바로 그 뒤를 따랐다.

"멈춰! 서라니까!"

귀족이 외쳤지만 소들은 들은 척도 하지 않았다. 부서진 울타리 틈새로 홍수처럼 쏟아져 나간 소들은 눈 깜짝할 사이에 한 덩어리가 되어 언덕으로 질주하고 있었다. 남자들이 그 뒤를 따라갔다. 잠시 후 정신을 차려 보니, 나와 힐턴 경은 또 거기에 서서, 지평선 쪽에서 움직이는 사람과 짐승들의 작은 형체를 멀거니 바라보며, "워이, 워이!"나 "어서 가!"라는 희미한 외침 소리를 듣고 있었다.

"제기랄." 후작이 낭패한 얼굴로 말했다. "별로 실용적이지 못했던 모양이군."

하지만 그는 그렇게 쉽사리 물러설 사람이 아니었다. 당장 쇠망치를 집어 들고는 전과 다름없는 열성으로 울타리를 수리하기 시작하여, 소떼가 돌아왔을 때쯤에는 울타리 길도 완전히 고쳐지고, 출입구에는 대탈주를 막기 위한 굵은 쇠막대기까지 걸쳐져 있었다.

이것으로 문제는 해결된 것 같았다. 첫 번째 암소는 쇠막대 앞에 멈춰 섰고, 나는 울타리의 널빤지 사이로 손을 뻗어 녀석의 목털을 조금 깎을 수 있었다. 기분이 좋아진 힐턴 경은 뒤집은 기름통에 걸터앉아 검사표를 무릎 위에 올려놓았다.

"적는 건 내가 하지." 그가 소리쳤다. "작업 개시!"

나는 겸자로 크기를 쟀다.

"8, 8." 내가 외치자 그는 받아 적었고, 다음 소가 울타리 길로 들어왔다.

"8, 8." 내가 말하자 그는 고개를 끄덕였다.

세 번째 소가 왔다. "8, 8."

네 번째도 "8, 8."

후작은 검사표에서 고개를 들고 손을 나른하게 이마 앞으로 들어올렸다.

"헤리엇, 다른 숫자는 없나? 열의가 사라지는데."

만사가 순조롭게 진행되어, 이윽고 처음에 울타리 길을 부순 녀석의 차례가 되었다. 목에 작은 찰과상이 나 있었다.

"이것 좀 보게." 후작이 외쳤다. "괜찮을까?"

"괜찮습니다. 살짝 긁혔을 뿐인데요 뭐."

"그래? 하지만 뭔가 발라두는 게 좋지 않을까. 예를 들면……."

나는 사실 이 말이 나오기를 기다리고 있었다. 힐턴 경은 '프로파미딘' 연고의 열렬한 신봉자라서, 가축이 조금이라도 상처를 입으면—자상이든 찰과상이든—무조건 그 연고를 발라주곤 했다. 그런데 안타깝게도 그는 '프로파미딘'을 발음하지 못했다. 힐턴 경네 농장에서 이 연고 이름을 제대로 말할 수 있는 사람은 목부 십장인 찰리뿐이지만, 그도 스스로 그렇게 믿고 있을 뿐이다. 찰리는 그 연고를 '프로포파미드'라고 불렀지만, 후작은 그를 전적으로 신임하고 있었다.

"찰리!" 후작이 큰 소리로 외쳤다. "거기 있나, 찰리?"

우리 안의 소들 틈에서 십장이 나타나 모자에 손을 대고 인사를 했다.

"부르셨습니까?"

"헤리엇 선생이 주는 그 약 이름이 뭐였지? 상처에 아주 잘 듣는 약 말일세. 프로…… 아니, 페로…… 뭐였더라?"

찰리는 잠시 뜸을 들였다. 이럴 때야말로 그가 한껏 자신을 뽐낼 수 있는 순간이었다.

"프로포파미드입니다."

후작은 기쁨에 겨운 듯 무릎을 쳤다.

"맞아. 프로포파미드. 나도 자네처럼 그 이름을 제대로 발음할 수 있으면 좋겠는데 말이야. 좋았어, 찰리."

찰리는 겸손하게 고개를 숙였다.

지난번에 비하면 이번 투베르쿨린 검사는 훨씬 잘 진행되어, 한 시간 반만에 모두 끝났다. 유감스러운 일은 하나밖에 없었다. 검사가 절반쯤 진행되었을 때 암소 한 마리가 혈장 마그네슘 과소증으로 그 자리에 쓰러져 죽어버린 것이다. 젖을 떼지 않은 암송아지에 흔히 생기는 병이다. 아무 고통도 없이 갑자기 쓰러져 죽었기 때문에 나도 손을 쓸 도리가 없었다.

힐턴 경은 숨이 끊어진 암소를 내려다보았다.

"피를 빼두면 고기로 팔 수 있지 않을까?"

"평범한 혈장 마그네슘 과소증이니까 별로 해롭지는 않겠지만…… 한번 시험해보시죠. 결과는 식육 검사관한테 달렸다."

죽은 소에서 피를 빼고 트럭에 실었다. 후작은 트럭을 손수 몰아 도축장에 갔다가, 투베르쿨린 검사가 끝날 때쯤 돌아왔다.

"어떻게 됐습니까? 받아주던가요?" 내가 물었다.

그러자 후작은 머뭇거리다가 슬픈 듯이 말했다.

"아니…… 보기 좋게 딱지를 맞았다네."

"왜요? 검사관이 안 된다고 하던가요?"

"아니…… 검사관은 만나보지도 못했어. 도축장 인부 한 사람만 만났는데……."

"그가 뭐라고 하던가요?"

"딱 두 마디야."

"두 마디……?"

"그래. '당장 꺼져!' 하더군."

나는 고개를 끄덕였다. 충분히 상상할 수 있는 장면이다. 건장한 도축장 인부가 몸집도 작고 풍채도 시원치 않은 후작을 보고, 누더기를 걸친 이런 가난뱅이 농부한테 일을 방해받고 싶지 않다고 생각했을 것이다.

"마음에 두지 마세요. 그냥 한번 해본 것뿐이니까요."

"그래, 맞아."

후작은 우울하게 파이프와 담배를 만지작거리다가 성냥개비를 몇 개 떨어뜨렸다.

차로 돌아가는 도중에 나는 프로파미딘을 생각해냈다.

"나중에 사람을 보내서 약을 가져가는 걸 잊지 마세요."

"아아, 그래! 점심을 먹고 나서 내가 직접 가지. 그건 정말 좋은 약이야. 그 프롬…… 아니, 프램…… 빌어먹을. 찰리! 그 약 이름이 뭐지?"

찰리는 우쭐하게 가슴을 폈다.

"프로포파미드요."

"그래, 프로포파미드!" 후작은 평소의 쾌활한 얼굴로 돌아가 웃으면서 말했다. "자네는 정말 대단해, 찰리. 그저 놀라울 뿐이야!"

"고맙습니다."

십장은 전문가답게 우쭐한 표정을 지으며 소떼를 언덕 쪽으로 몰고 갔다.

재미있게도 한 번 만난 고객과는 전혀 다른 일로 또 금방 만나는 경우가 많다. 투베르쿨린 검사가 끝난 지 일주일쯤 지났을까. 이 지방이 아직 동장군의 손아귀에 꽉 잡혀 있을 때, 침대 옆 탁자의 전화가 나를 편안한 잠에서 끌어냈다.

우선 가슴이 덜컹 내려앉았다. 이런 충격은 몸에 나쁘다고 생각하면서 나는 잠이 덜 깬 눈을 비비며 이불 밑에서 수화기 쪽으로 손을 뻗었다.

"여보세요?" 나는 짜증난 목소리로 으르렁거렸다.

"헤리엇…… 여보세요, 헤리엇. 자넨가?" 수화기 속의 목소리는 긴장으로 떨리고 있었다.

"예, 그렇습니다, 힐턴 경."

"아아, 잘됐네. 잘됐어. 아니, 미안하네. 이런 시간에 깨워서 정말 미안해. 하지만 좀 이상한 일이 생겨서 말이야."

이어서 푸슬푸슬하는 소리가 들렸다. 아마 수화기 주위에 성냥개비가 떨어지는 소리일 것이다.

"그래요?" 나는 하품을 깨물었다. 눈이 저절로 감겼다. "도대체 무슨 일입니까?"

"가장 좋은 암퇘지가 새끼를 낳았어. 그래서 밤새도록 보살피고 있었다네. 새끼를 열두 마리 낳은 것까지는 좋았는데, 그다음에 이상해졌어."

"어떻게요?"

"설명하기가 어려운데, 아래쪽 구멍에 엄청나게 크고 빨갛고 기다란 것이 매달려 있어."

내 눈은 번쩍 뜨이고 입은 딱 벌어져 소리 없는 비명을 질렀다. 자궁탈이다! 암소인 경우에는 중노동을 각오해야 하고, 암양인 경우에는 유쾌한 운동으로 끝나지만, 암퇘지의 경우에는 손쓸 도리가 없다.

"길고 빨간…… 언제…… 어떻게……." 나는 의미도 없는 말을 중얼거렸다. 물어볼 필요도 없는 일이었다.

"그냥 쑥 빠져나왔어. 나는 새끼가 또 한 마리 나오려나 보다 하고 기다렸지. 그런데 웬걸, 이상한 게 나와서 정말 기겁을 했다네."

나는 이불 밑에서 발가락을 힘껏 꼬부렸다. 지금까지 자궁이 빠져나온 암퇘지를 다섯 마리 보았지만, 그 중 한 마리도 살아나지 못했다. 빠져나온 자궁을 제자리에 돌려놓을 방법은 없다는 것이 내가 도달한 결론이었다. 하지만 후작한테 그런 말을 해봤자 무슨 소용이 있겠는가.

어쨌든 시도해볼 수밖에 없다.

"곧 가겠습니다."

자명종 시계를 보았다. 5시 반이었다. 일어나기에는 잠이 모자라고, 다시 침대로 돌아가 한숨 더 자기에는 너무 늦은 어중간한 시간이다. 결혼한 뒤로는 이 시간에 일어나기가 더욱 싫어졌다. 헬렌 곁으로 돌아가는 것은 기쁘지만, 따뜻하고 부드러운 그녀 곁을 떠나 바깥세계로 나가려면 더욱 많은 노력이 필요했다.

힐턴 농장으로 가는 길에도 지금까지 구하지 못한 암퇘지 다섯 마리를 생각하면 기분이 우울해질 뿐이었다. 어느 경우에도 나는 최선을 다했다. 전신 마취도 했고, 도르래를 이용하여 돼지를 거꾸로 매달아보기도 했고, 뒤집힌 자궁에다 호스로 세찬 물줄기를 뿜어보기도 했고, 구슬땀을 뻘뻘 흘리면서 녹초가 될 때까지 밀어 넣어보기도 했지만, 그 거대한 덩어리는 그 작은 구멍 속으로 되돌아가기를 끝내 거부했다. 어느 경우에도 내 환자는 도축장의 제물이 되었고, 내 자존심은 큰 상처를 입었다.

달도 없고, 검게 서 있는 건물 사이로 보이는 것은 돼지우리에서 새어 나오는 희미한 불빛뿐이었다. 힐턴 경은 입구에서 기다리고 있었다. 나는 미리 일러두는 편이 좋겠다고 생각했다.

"미리 말씀드리지만, 이건 가망이 거의 없습니다. 대개의 경우 돼지는 처분할 수밖에 없다는 걸 알아두십시오."

작달막한 후작은 눈을 크게 뜨고 입가를 일그러뜨렸다.

"이거 큰일났군. 우리 농장에서 제일 좋은 녀석인데……."

그는 폴로스웨터를 입고 있었지만, 그 옷도 상당히 낡아서 옷자락이 털실로 만든 야자수 잎처럼 무릎 언저리까지 늘어져 있었다. 부들부들 떨리는 손으로 파이프에 불을 붙이려는 모습이 너무나 딱해 보였다.

"어쨌든 제가 할 수 있는 일은 다 해보겠습니다." 나는 서둘러 덧붙였다. "가망이 전혀 없는 건 아니니까요."

"아아, 부탁하네!"

후작은 안심한 얼굴로 말하다가 담배쌈지를 땅바닥에 떨어뜨렸고, 그걸 주우려고 허리를 굽히는 바람에 성냥갑이 떨어져 성냥개비가 주위에 흩어졌다. 그것을 둘이서 전부 주운 다음 돼지우리에 들어갈 때까지는 한참 시간이 걸렸다.

현실은 상상했던 것보다 훨씬 나빴다. 희미한 알전구 불빛을 받은 돼지우리 안에 거대한 흰색 암퇘지가 가만히 누워 있고, 엉덩이 쪽에는 믿을 수 없을 만큼 길고 단단해 보이는 붉은 덩어리가 늘어져 있었다. 열두 마리의 새끼돼지가 서로 젖꼭지를 차지하려고 다투고 있었지만, 젖이 나오고 있는 것 같지는 않았다.

웃통을 벗고 양동이에 담긴 뜨거운 물에 팔을 담그면서도, 돼지 자궁이 좀 더 짧고 이렇게 꼴사납게 생기지 않았다면 얼마나 좋을까 하고 생각했다. 그리고 오늘 밤에는 인공적인 도움을 전혀 받을 수 없다는 생각도 나를 불안하게 했다. 인간은 온갖 수단이나 도구를 사용하지만, 지금 이 조용한 건물 안에는 돼지와 힐턴 경과 나밖에 없었다. 힐턴 경은 나를 도우려는 열의를 충분히 갖고 있었지만, 손에는 늘 파이프나 무언가를 쥐고 있는데다 물건을 계속 떨어뜨리기 때문에 도움이 되기는커녕 오히려 방해만 될 뿐이었다.

혼자 하기로 결심을 굳히고 나는 돼지 뒤쪽에 무릎을 꿇었다. 그리고 그 시뻘건 덩어리를 팔에 안자마자, 이번에도 과거의 다섯 마리와 똑같은 결과가 될 수밖에 없다는 확신에 사로잡혔다. 이렇게 큰 덩어리가 원래 위치로 돌아가리라고 생각하는 것 자체가 어리석다. 밀어 넣기 시작한 뒤에는 이 확신이 더욱 강해졌다. 아무 일도 일어나지 않았다.

돼지는 강력한 진정제를 맞았기 때문에 나오는 반대방향으로 힘을 주거나 하지는 않았다. 다만 이 덩어리가 너무 클 뿐이었다. 고군분투한 끝에 그것을 구멍 속으로 몇 센티미터 밀어 넣는 데 성공했지만, 조금 힘을 빼자마자 소리도 없이 미끄러져 나오고 말았다. 솔직히 말하면 나는 한시라도 빨리 항복을 선언해버리고 싶었다. 아무리 애를 써봤자 결과는 뻔하고, 기운도 나지 않았다. 이렇게 이른 시간에 일할 때는 언제나 몸 전체가 나른하고, 팔은 마치 납덩어리가 매달린 것처럼 무거웠다.

한 번만 더 시도해보자. 나는 드러난 가슴을 차가운 콘크리트 바닥에 대고 납작 엎드려, 눈알이 튀어나오고 숨이 끊어질 만큼 그 덩어리와 사투를 벌였지만 아무 효과도 없었다. 그래서 나는 마음을 굳혔다. 이제 남은 일은 후작에게 말하는 것뿐이다.

나는 벌렁 드러누워 그를 쳐다보면서, 목소리를 낼 수 있을 때까지 호흡이 정상으로 돌아오기를 기다렸다. 이렇게 말하면 된다. '힐턴 경, 이건 시간 낭비일 뿐입니다. 절대 불가능해요. 그만 포기합시다. 나는 집으로 돌아가서 오전 중에 도축장에다 전화를 걸겠습니다.' 집에 돌아간다는 생각은 강렬한 유혹이었다. 어쩌면 헬렌 옆으로 기어들어가 한 시간쯤 눈을 붙일 수 있을지도 모른다. 하지만 내가 그 말을 하려고 입을 벌린 순간, 후작은 내가 무슨 말을 할지 알고 있다는 듯이 애원하는 눈빛으로 나를 가만히 내려다보았다. 그는 미소를 지으려 했지만, 걱정스러운 눈으로 나와 돼지를 번갈아 바라볼 뿐이었다. 돼지의 주둥이 쪽에서 꿀꿀거리는 낮은 신음 소리가 들려왔다. 그 소리에 나는 괴로운 건 나만이 아니라는 것을 깨달았다.

나는 아무 말도 하지 않았다. 다시 한 번 납작 엎드려 발을 돼지우리 벽에 대고 용을 써보았다. 도대체 얼마나 그러고 있었을까. 몇 번이나 힘을 주었다가 늦추고, 다시 힘을 주고, 헐떡거리고, 신음하고, 기합을 넣었는지 모른다. 땀이 등줄기를 따라 줄줄 흘러내렸다. 후작은 아무 말도 하지 않았지만 돼지 자궁 근처에서 이따금 성냥개비를 치워야 했기 때문에 그가 내 일거수일투족을 지켜보고 있다는 것을 알 수 있었다.

이윽고 이렇다 할 이유도 없이 팔 안의 살덩어리가 갑자기 작아진 것처럼 느껴졌다. 나는 깜짝 놀라 그것을 보았다. 틀림없었다. 분명히 좀 전의 절반 크기로 줄어들었다. 나는 잠깐 쉬면서 심호흡을 했다. 그 순간 나도 모르게 쉰 목소리가 새어나왔다.

"아, 됐다! 들어갈 것 같아!"

나는 힐턴 경이 한창 담배를 파이프에 재고 있을 때 허를 찌른 게 분명했다. "뭐? 뭐라고? 야아, 굉장하군. 훌륭해!" 하는 목소리와 함께 엄청난 양의 담뱃가루가 하늘에서 우수수 떨어져 내렸기 때문이다.

나는 자궁 점막 위에 쌓인 울새표 담배를 털어내고, 젖 먹던 힘까지 짜내어 다시 한 번 밀어 넣기 시작했다. 그러자 거대한 자궁이 기적처럼 스르르 돼지 몸속으로 빨려 들어가, 내가 눈을 의심하고 있는 사이에 시야에서 사라져버렸다. 나는 얼른 팔을 어깨까지 밀어 넣고, 자궁의 각상돌기가 둘 다 정상 상태로 되돌아갈 때까지 필사적으로 손목을 돌렸다. 모든 것이 원래 위치로 돌아간 것이 분명해질 때까지 팔을 돼지 몸속에 깊이 찔러 넣고 이마를 바닥에 댄 자세 그대로 꼼짝도 하지 않았다. 너무 기진맥진해서 눈앞에 뿌연 안개가 낀 것 같았다. 그 안개 저편에서 힐턴 경의 외침 소리가 어렴풋이 들려왔다.

"대단해! 정말 훌륭해! 굉장해!"

그는 기쁨에 겨워 덩실덩실 춤이라도 출 것 같았다.

느닷없이 무서운 생각이 나를 덮쳤다. 또 튀어나오면 어떡하지? 나는 서둘러 바늘과 실을 꺼내 질구를 몇 군데 꿰매기 시작했다.

"잠깐 이걸 좀 갖고 계세요." 나는 큰 소리로 말하면서 후작에게 가위를 건네주었다.

힐턴 경을 조수로 삼아 봉합수술을 하는 것은 결코 쉬운 일이 아니었다. 내가 그의 손에 바늘이나 가위를 건넸다가 또 금방 그것을 달라고 말하곤 했기 때문에 그는 완전히 넋을 잃고 말았다. 내가 봉합사를 자르려고 가위를 달라고 했을 때 파이프를 건네준 적이 두 번 있었고, 한 번은 바늘 대신 파이프 청소용 나이프를 건네주기도 했다. 정신을 차리고 보니 나는 어두컴컴한 불빛 아래서 그가 건네준 나이프에 실을 꿰려고 기를 쓰고 있었다. 괴로운 건 후작도 마찬가지여서, 그가 바늘로 손가락을 찌르고는 뭐라고 툴툴거리는 소리를 나는 몇 번이나 들어야 했다.

하지만 마침내 그 일도 끝났다. 나는 비틀비틀 일어나 벽에 몸을 기댔다. 입은 헤벌어진 채였고, 땀방울이 눈으로 흘러들고 있었다. 후작은 축 늘어진 내 팔과, 핏물과 오물이 덕지덕지 달라붙은 가슴을 걱정스러운 눈으로 훑어보았다.

"헤리엇, 완전히 녹초가 됐군! 그런 꼴로 있다가는 감기에 걸리겠어. 따뜻한 거라도 좀 마시게. 자네가 몸을 씻는 동안 내가 집으로 달려가서 뭘 좀 가져오겠네."

그는 서둘러 집 쪽으로 달려갔다.

나는 비누로 몸을 씻고 수건으로 닦고 셔츠를 입었다. 욱신거리는 근육
이 좀처럼 말을 듣지 않아서 그 일을 하는 데에도 꽤 시간이 걸렸다. 시
계를 손목에 차면서 보니 어느새 7시가 지나 있었다. 바깥 안뜰에서 농장
사람들이 아침 일을 시작하는 소리가 들려왔다.

재킷 단추를 채우고 있을 때 후작이 돌아왔다. 그가 들고 온 쟁반에는
김이 모락모락 나는 커피가 담긴 머그잔, 두껍게 썬 빵 두 조각과 꿀이 놓
여 있었다. 그는 쟁반을 짚단 위에 내려놓고, 의자 대신 양동이를 뒤집어
놓은 다음, 사료상자 위로 펄쩍 뛰어올라 마치 독버섯 위에 올라앉은 요
정처럼 두 팔로 무릎을 끌어안고는 기대에 찬 눈으로 나를 바라보았다.

"변변찮은 음식이지만 내가 직접 준비해왔다네. 하녀가 아직 일어나지
않아서 말이야."

나는 양동이 위에 앉아서 우선 커피를 목구멍으로 듬뿍 흘려 넣었다.
우유를 타지 않은 커피는 원기왕성한 황소처럼 강렬해서 지친 오장육부
에 불길처럼 퍼져갔다. 나는 빵을 한 입 베어 물었다. 집에서 구운 빵에
농장에서 만든 버터와 위쪽 황무지 경계선에 늘어서 있는 벌통에서 딴
벌꿀이 듬뿍 발라져 있었다. 나는 그 맛을 음미하면서 눈을 감았다. 그러
고는 다시 커피 잔으로 손을 뻗으면서 사료상자 위에 올라앉은 작달막한
후작을 쳐다보았다.

"변변찮은 음식이 아니라 진수성찬인데요. 정말 맛있습니다."

그의 얼굴이 개구쟁이 도깨비처럼 환하게 빛났다.

"그래? 정말로 그렇게 생각하나? 맛있다니 나도 기쁘군. 자네는 정말
잘해주었어. 뭐라고 감사해야 할지 모르겠네."

내가 무아지경에 빠져 입을 놀리면서 몸에 기운이 되살아나는 것을 느끼고 있을 때, 그가 갑자기 불안한 얼굴로 돼지우리를 힐끗 돌아보았다.

"헤리엇…… 저 꿰맨 상처 말인데, 보기가 좀 흉한 것 같아."

"아아, 그건 만약을 위해 꿰매둔 것뿐입니다. 며칠 뒤에는 실을 뽑아도 됩니다."

"다행이군! 하지만 흉터가 남지 않을까? 뭘 좀 발라두는 게 좋을 것 같은데."

나는 빵을 씹으면서 생각했다. 또 시작이군. 저 양반은 프로파미딘이 없으면 행복감을 느낄 수 없는 모양이야.

"그래, 그 약을 좀 발라줘야겠어. 그 프림…… 아니, 프롬…… 제기랄. 또 잊어버렸군." 그는 고개를 뒤로 젖히고 고함을 질렀다. "찰리!"

목부 십장이 우리 입구에 나타나 모자에 손을 대고 살짝 들어 올리는 시늉을 했다.

"안녕히 주무셨습니까?"

"잘 잤나? 저 암돼지한테 그 멋진 연고를 좀 발라주게. 그 약 이름이 뭐였지?"

찰리는 침을 꿀꺽 삼키고 가슴을 폈다.

"프로포파미드."

작달막한 후작은 기뻐서 두 팔을 번쩍 들어올렸다.

"맞아! 프로포파미드! 그런데 나도 언젠가는 그 약 이름을 제대로 발음할 수 있을까?" 후작은 존경스러운 눈으로 십장을 바라보았다. "찰리, 자네는 절대로 잊어버리지 않는군. 어떻게 그럴 수 있는지 모르겠어."

찰리는 정중하게 허리를 굽혀 그 칭찬에 답례했다.

힐턴 경은 나를 돌아보았다.

"프로포파미드를 좀 더 얻을 수 있겠지, 헤리엇?"

"물론입니다. 아마 차에 있을 겁니다."

돼지와 보리와 커피 냄새가 뒤섞인 돼지우리에서 양동이 위에 앉아 있으면서도 나는 뿌듯한 기분이 파도처럼 밀려오는 것을 느낄 수 있었다. 후작은 일이 잘 끝난 것에 황홀한 기쁨을 느끼고 있었고, 찰리는 언어 구사력을 과시한 뒤에는 언제나 그렇듯이 우쭐한 미소를 띠고 있었고, 나는 고조되는 행복감을 맛보고 있었다.

돼지우리 안의 광경도 흐뭇했다. 역시 고생한 보람이 있었다. 어미를 수술하는 동안 커다란 상자 속에 격리되어 있었던 새끼들은 이제 어미 곁으로 돌아가, 한 줄로 늘어서서 작은 입으로 젖꼭지를 빨고 있었다. 새끼들이 자리다툼을 하지 않는 것으로 보아 어미는 젖을 충분히 내고 있는 것 같았다.

어미는 혈통이 좋은 훌륭한 돼지였다. 하마터면 도축장으로 끌려가 도마 위에서 사라질 뻔했던 어미는 이제 아무 걱정 없이 새끼들을 키우게 될 것이다. 암돼지는 마치 내 생각을 읽기라도 한 것처럼 만족스럽게 꿀꿀거리는 소리를 냈다. 그 소리를 듣자 내 가슴속에서 성취감과 만족감이 끓어오르기 시작했다. 그 깊은 충족감과 성취감이야말로 우리에게 삶의 가치와 보람을 가져다준다.

그것만이 아니었다. 새로운 생각이 내 의식 속으로 스며들어 달콤하고 신선한 자극으로 내 마음을 들뜨게 했다. 지금 이 순간, 후작이 손수 만들어 갖다 준 아침 식사를 하고 있는 사람이 영국 전역에 나 말고 또 누가 있겠는가?

3

내가 가장 무서워하는 존재가 있다면, 그것은 치과의사다.

특히 낯선 치과의사는 더욱 무섭다. 그래서 나는 공군에 입대하기 전에 내 이를 말끔히 치료했다. 항공병의 치아에 대해서는 특히 엄격하다고 들었고, 모르는 사람이 입 안을 여기저기 쑤셔대는 것은 딱 질색이었기 때문이다. 이에 구멍이라도 나 있으면 공중으로 올라간 뒤에 치통이일기 시작한다고 한다.

그래서 나는 입대를 앞두고 대러비의 그로버 선생을 찾아가 필요한 처치를 전부 받았다. 그분은 솜씨가 좋고 치료도 정성껏 해줄 뿐 아니라 성품이 온화해서, 다른 치과의사들처럼 나를 공포의 도가니로 몰아넣는 일이 없었다. 그로버 선생의 치과에 가면 기껏해야 입이 바싹 마르고 무릎이 후들거리는 정도였고, 치료하는 동안 눈만 질끈 감고 있으면 꽤 수월하게 넘길 수 있었다.

치과의사에 대한 내 공포심은 1920년대, 즉 내 어린 시절까지 거슬러올라간다. 글래스고의 헥터 맥크로 선생이 어릴 적부터 청소년 시절까지내 이를 치료해주셨는데, 내 친구들도 치과에 가는 것을 무서워하게 된이유가 다 헥터 선생 때문이라고 털어놓았다. 사실 내 또래의 글래스고사람들은 모두 치과의사에게 그런 두려움을 느끼고 있을 것이다.

물론 헥터 선생만 탓할 수도 없는 노릇이다. 당시에는 장비가 너무 원시적이어서, 어느 치과를 찾아가더라도 끔찍한 시련을 당하기는 마찬가지였다. 하지만 헥터 선생은 웃음소리가 우렁우렁 울릴 만큼 요란한데다 덩치가 커서 심한 위압감을 주었다. 사실 그는 아주 친절하고 쾌활한 호인이었지만, 그의 다른 측면이 그 장점을 모두 지워버렸다.

전기식 드릴은 아직 발명되지 않았거나, 발명되었다 해도 스코틀랜드까지는 보급되어 있지 않았기 때문에, 헥터 선생은 발로 움직이는 무시무시한 기계로 이에 구멍을 뚫었다. 기계에는 가죽 벨트로 돌리게 되어 있는 커다란 바퀴가 달려 있어서, 이것이 드릴을 회전시켰다. 의자에 누우면 두 가지가 시야를 지배했다. 하나는 귀 옆에서 빙글빙글 돌아가는 바퀴였고, 또 하나는 환자의 얼굴에 부딪칠 것 같은 기세로 맹렬히 페달을 밟는 헥터 선생의 무릎이었다.

그는 스코틀랜드 북부 출신으로, 하일랜드 체전 때는 짧은 주름치마에 커다란 가죽주머니를 차고 통나무 던지기 대회에 참가하여, 통나무를 마치 성냥개비처럼 가볍게 던지곤 했다. 엄청나게 덩치가 크고 힘도 셌기 때문에, 의자에 누운 내 앞에 그가 버티고 서서 페달을 밟고 바퀴를 돌리면 나는 덫에 걸린 동물 같은 기분이 들었다. 그가 내 가슴을 발로 짓밟는 것도 아닌데 나는 지레 주눅이 들어 옴짝달싹도 하지 못했다.

아픈 곳에 드릴 끝을 집어넣는 경우에도 그는 거침이 없었다. 내가 신음하든 울부짖든 아랑곳하지 않고 끝까지 무자비하게 치료를 계속했다. 통증을 느끼는 것은 겁쟁이라고 생각했거나, 고통은 영혼에 유익하다고 생각했는지도 모른다.

어쨌거나 그 이후로 나는 그로버 선생처럼 몸집이 작고 가냘프고 말씨가 부드러운 치과의사를 선호하게 되었다. 상대의 몸집이 작으면 여차할 때 때려눕히고 도망칠 수도 있지 않은가. 그리고 그로버 선생은 두려움이라는 감정을 이해했다. 이것은 아주 고마운 일이다. 덩치 큰 농부들이 이를 뽑으러 왔을 때의 일을 그는 쿡쿡 웃으면서 말해주었다. 그가 진료실 반대편까지 기구를 가지러 갔다가 돌아와 보면 어느새 의자가 텅 비어 있는 일이 자주 있었다고 한다.

지금도 나는 치과에 가는 것을 좋아하지 않지만, 최근의 방식은 훌륭하다고 생각한다. 의자에 누우면 치과의사의 모습은 거의 보이지 않는다. 이따금 흰 옷자락이 어른거릴 뿐, 모든 일은 뒤쪽에서 이루어진다. 손가락이 앞으로 돌아오거나 온갖 기구가 입 안을 드나들지만, 마음을 굳게 먹고 눈을 떠보아도 아무 것도 보이지 않는다.

헥터 맥크로 선생은 무시무시한 기구를 보란 듯이 과시하면서 즐거움을 느끼는 것 같았다. 일부러 내 눈앞에서 긴 바늘이 달린 주사기에 코카인액을 집어넣고 천장을 향해 몇 번 내뿜어 보인 뒤에 나를 덮치곤 했다. 그뿐만 아니라 발치할 때는 양철 상자를 일부러 소리 나게 휘젓고, 휘파람까지 불면서 무시무시한 겸자를 차례로 모두 꺼내본 뒤에야 겨우 하나를 골라냈다.

그래서 다른 병사들 틈에 끼여 앉아 신체검사를 기다리고 있는 동안 나는 그로버 선생을 미리 찾아가 치아를 완벽하게 점검한 것을 다행으로 생각했다. 긴 방의 맨 구석에 의자 하나가 놓여 있고, 그 옆에 치과의사가 서서 푸른 제복 차림의 젊은이들을 한 명씩 검사하고, 옆 책상에 앉아 있는 행정병이 치과의사의 진단을 받아 적고 있었다.

검사 결과를 들었을 때 젊은이들의 얼굴에 떠오르는 표정을 나는 즐겁게 바라보고 있었다.

"충전 셋, 발치 둘!"

"충전 여덟!"

대다수는 흠칫 놀라고, 어떤 친구는 경악하고, 금세라도 울음을 터뜨릴 것처럼 울상 짓는 녀석도 있었다. 치과의사에게 항변하는 녀석도 가끔 있었지만, 의사는 들은 척도 하지 않았다. 나는 큰 소리로 웃음을 터뜨리고 싶을 정도였다. 남의 불행을 기뻐하는 것은 야비한 짓이지만, 결국 자업자득이다. 나처럼 앞을 내다보고 미리 손을 써두었다면 아무 걱정도 없었을 텐데.

내 이름이 불렸을 때 나는 콧노래를 부르면서 성큼성큼 걸어가 태연히 의자에 앉았다. 검사는 오래 걸리지 않았다. 치과의사는 재빨리 내 치아를 살펴본 뒤 소리쳤다.

"충전 다섯, 발치 하나!"

나는 깜짝 놀라서 벌떡 일어나 의사를 바라보았다.

"하지만…… 얼마 전에 검사했을 때는…….'

혀가 잘 돌아가지 않았다.

"다음." 치과의사가 말했다.

"그로버 선생님은…….'

"다음! 빨리 비켜요!" 행정병이 옆에서 소리쳤다.

나는 일어나면서 치과의사를 하소연하듯 바라보았지만, 그는 내 어금니와 앞니의 번호를 행정병에게 불러주고 있을 뿐 내 쪽은 쳐다보지도 않았다.

나를 덮친 운명을 자세히 들었을 때에도 나는 아직 떨고 있었다.

"발치를 위해 내일 아침 리젠트 막사로 나오세요."

여자 보조원이 말했다. 내일 아침! 얼마나 신속한 처형인가! 하지만 이게 도대체 어찌된 일이지? 내 치아는 완전할 텐데. 법랑질이 조금 떨어져 나간 이빨이 하나 있을 뿐이다. 게다가 그건 문제가 안 된다고 그로버 선생은 말했다. 내가 파이프를 물 때 사용하는 이빨이다. 설마 이건 아니겠지.

하지만 내 의견 따위는 중요하지 않다는 생각이 떠오르자 불안해졌다. 검사장에서 내 항의가 묵살당했을 때 나는 더 이상 민간인이 아니라는 사실을 처음으로 실감했다.

이튿날 아침, 쓰레기통 뚜껑을 두드리는 소리가 사라지기가 무섭게 그날 나를 기다리고 있는 암담한 현실이 머리에 떠올랐다. 오늘 내 이빨 하나가 뽑혀 나간다! 게다가 이제 곧! 그 순간이 올 때까지 몇 시간 동안 내 불안은 점점 커졌다. 아침 정렬, 어둠을 뚫고 아침을 먹으러 하는 행군. 말린 달걀과 기름에 튀긴 빵은 여느 때보다 더 맛없게 느껴졌고, 우울한 하루가 시작되자마자 나는 리젠트 막사의 으스스한 문으로 다가가고 있었다.

계단을 올라갈수록 손바닥에 땀이 배어났다. 드릴로 이에 구멍을 뚫는 것도 섬뜩하지만, 발치는 그보다 훨씬 더 무서웠다. 내 몸의 일부가 강제로 떨어져 나간다고 생각하면, 설령 아프지 않더라도 반감이 솟아난다. 하지만 소리가 잘 울리는 긴 복도를 걸으면서 나는 자신을 타일렀다. 요즘에는 발치도 전혀 아프지 않아. 그저 약간 따끔한 정도겠지. 그 순간만 지나고 나면 아무렇지도 않을 거야.

나는 불안을 달래주는 생각을 품고 넓은 회의실로 들어갔다. 그곳에는 번호가 적힌 문들이 즐비하게 늘어서 있고, 서른 명쯤 되는 항공병들이 겁먹은 미소부터 허세를 부리는 표정까지 온갖 다양한 표정을 지은 채 앉아서 차례를 기다리고 있었다. 오싹한 소독약 냄새가 감돌았다. 나는 의자 하나를 골라서 자리를 잡고 기다렸다. 입대한 지 며칠만 지나면 무슨 일을 하든 오랫동안 기다려야 한다는 것을 알게 된다. 치과의사와의 약속이라고 해서 다를 이유가 없지 않은가.

내가 의자에 앉자, 왼쪽에 앉은 사내가 나를 보고 가볍게 고개를 끄덕였다. 그는 뚱뚱했고, 여드름이 돋아난 이마에는 번들거리는 검은 머리가 늘어져 있었다. 그는 성냥개비로 이를 쑤시는 데 열중해 있었지만, 한참동안 찬찬히 나를 뜯어보다가 지독한 런던 사투리로 말을 걸어왔다.

"몇 호실이야?"

"4호실인데."

"아이쿠, 저런. 큰일났군."

그는 성냥개비를 입에서 빼내고는 늑대처럼 히죽 웃었다.

"큰일나다니…… 그게 무슨 소리지?"

"못 들었나 본데, 그 방에는 도살자가 있어."

"도…… 도…… 도살자?" 나는 부들부들 떨었다.

"그래. 4호실에 있는 치과의사를 그렇게 불러." 그는 활짝 미소를 지었다. "그놈은 진짜 살인자야."

나는 마른침을 꿀꺽 삼켰다.

"도살자? 살인자? 그럴 리가…… 치과의사는 모두 똑같아."

"내 말을 안 믿는군. 치과의사 중에도 좋은 사람이 있고 나쁜 사람이 있지만, 그놈은 진짜 살인자야. 그런 놈이 여기서 일하도록 내버려두면 안 되는데……."

"도대체 그걸 어떻게 알지?"

그는 가볍게 손을 내저었다.

"나는 여기에 벌써 몇 번 왔었는데, 그때마다 저 방에서 소름끼치는 비명 소리가 나는 걸 들었지. 그놈한테 치료받은 사람들과 얘기를 나눈 적도 있어. 다들 그랬어. 그놈은 도살자라고."

나는 푸른 군복 바지에 두 손을 문질렀다.

"남한테 전해들은 얘기군. 그들이 과장한 게 분명해."

"이제 곧 알게 되겠지." 그는 다시 이를 쑤시기 시작했다. "나는 분명히 경고했으니까, 나중에 딴 소리 말라고."

그는 여러 가지 이야기를 지껄였지만 나는 절반도 듣지 않았다. 그의 이름은 심킨인 것 같았고, 우리 같은 훈련병이 아니라 지상에서 근무하는 기간병이었다. 좀 더 정확히 말하면 주방에서 일하는 취사병이었다. 그는 우리를 풋내기 신병이라고 경멸하면서, 영국 공군의 진정한 일원이 되려면 '한참 짬밥을 먹어야' 할 거라고 말했다. 하지만 그는 몇 년이나 짬밥을 먹었는데도 여전히 나와 같은 이등병이었다.

거의 한 시간 동안이나 나는 4호실 문이 열릴 때마다 가슴이 덜컹 내려앉았다. 그 방에서 나오는 젊은이들이 모두 기진맥진한 것처럼 보이는 것은 인정할 수밖에 없었다. 한 사람은 두 손으로 입을 틀어막고 비틀거리면서 나왔다.

"아이쿠 저런. 저 불쌍한 녀석 좀 봐!" 심킨은 만족감을 감추지 못하고 중얼거렸다. "틀림없어. 저기서 지독한 꼴을 당한 게 분명해. 내가 자네가 아니라서 천만다행이야."

나는 긴장이 고조되는 것을 느낄 수 있었다.

"그런데 거긴 몇 호실이지?"

그는 성냥개비를 입 안으로 더 깊이 쑤셔 넣었다.

"2호실. 전에도 간 적이 있는데, 그 의사는 훌륭해. 최고야. 환자를 절대로 아프게 하지 않지."

"운이 좋군."

"운이 아니야." 그는 잠시 말을 끊고 성냥개비로 나를 쿡 찔렀다. "나는 요령을 알고 있지. 여러 가지 수단 방법이 있는데……."

그가 한쪽 눈을 찡긋했다. 그 순간 공포의 문이 열리고 여자 보조원이 나오는 바람에 대화는 갑자기 중단되었다.

"헤리엇 이등병!" 그녀가 외쳤다.

나는 후들거리는 다리로 일어나 숨을 한 번 깊이 들이마셨다. 4호실로 걸어가면서 뒤를 돌아보니 심킨의 얼굴은 심술궂은 기쁨에 빛나고 있다. 신이 나서 죽겠다는 표정이었다.

문을 들어선 순간, 불길한 예감은 더욱 높아졌다. 도살자는 헥터 맥크로의 복사판이었다. 키는 185센티미터나 되고, 럭비 선수처럼 넓은 어깨가 하얀 가운 밑에서 불룩 튀어나와 있었다. 그가 친절하게 웃으면서 의자를 가리켰을 때 나는 오싹 소름이 끼쳤다.

나는 의자에 앉으면서 최후의 저항을 시도해보기로 했다.

"이건가요?" 나는 유일한 용의자를 손가락으로 톡톡 두드리면서 물었다.

"그래!" 도살자가 큰 소리로 말했다. "바로 그거야!"

"아아, 예." 나는 쾌활하게 웃으면서 말했다. "제가 설명 드리겠습니다. 사실은 약간 착오가 생겨서……."

"음…… 음……." 그는 중얼거리면서 내 눈앞에서 주사기에 약을 넣고 공중으로 몇 번 뿜어 올렸다.

"법랑질이 약간 떨어져 나갔을 뿐입니다. 그로버 선생님이 말하기를……."

여자 보조원이 느닷없이 의자 등받이를 뒤로 눕히는 바람에 나는 비스듬히 누운 자세가 되었다. 하얀 가운이 내 위로 기분 나쁘게 다가왔다.

나는 필사적으로 헐떡거리면서 말을 이었다.

"그러니까 저는 이 이빨이 필요합니다. 이 이빨을 제가 파이프를 물 때……."

힘센 손가락이 내 잇몸을 눌렀다. 나는 바늘이 꽂히는 것을 느꼈다. 이젠 어쩔 수 없다. 나는 체념하고 운명에 몸을 맡겼다.

국부 마취를 끝내자 거구의 치과의사는 주사기를 빼냈다.

"1, 2분만 기다리게."

그러고는 방에서 나갔다. 문이 닫히자마자 여자 보조원이 내 쪽으로 살며시 다가왔다.

"저 사람, 머리가 좀 이상해요." 그녀가 속삭였다.

나는 비스듬히 누워서 그녀를 쳐다보았다.

"머리가 이상하다니, 그게 무슨 소립니까?"

"정신이 돌았다고요! 미쳤어요! 이를 어떻게 뽑는지도 전혀 몰라요!"

"하지만…… 하지만…… 치과의사잖아요?"

"하지만 사실은 아무 것도 몰라요!"

그때 문이 열리고 거인이 돌아왔기 때문에, 그에 관한 정보를 좀 더 자세히 탐문할 시간이 없었다.

거인이 무시무시한 겸자 하나를 집어 들고 근육을 수축시키기 시작했기 때문에 나는 얼른 눈을 감았다.

나는 아무 감각도 느끼지 못했다. 그가 내 이빨을 비틀고 잡아당기는 것은 알았지만, 자비로운 국부 마취는 그런 대로 효과를 발휘하고 있었다. 내가 이제 곧 끝날 거라고 자신을 타이르고 있을 때, 뚝 하는 날카로운 소리가 났다.

나는 눈을 떴다. 도살자는 실망한 얼굴로 겸자에 끼워진 내 부러진 이를 바라보고 있었다. 이뿌리는 아직 잇몸 속에 박혀 있었다.

도살자 뒤에서 여자 보조원이 나에게 고개를 끄덕여 보였다. '그러게 내가 뭐랬어요?' 하는 몸짓이었다. 예쁜 여자였지만, 이 방에서 그녀가 만난 젊은 남자들은 성충동이 극도로 감퇴되어 있지 않을까.

"빌어먹을!"

도살자는 툴툴거리면서 금속 상자를 뒤적이기 시작했다. 그러고는 겸자를 차례로 끄집어내어 몇 번 여닫은 뒤에야 내 이빨에 달라붙었기 때문에, 나는 당장 헥터 맥크로 선생한테 치료를 받던 어린 시절로 되돌아갔다.

하지만 어떤 겸자도 소용이 없었다. 시간이 지날수록 나는 친절하고 쾌활하던 도살자가 차츰 과묵해지다가 이윽고 광란 상태로 빠져드는 것을 목격했다. 그는 분명 녹초가 되어 있었다. 이뿌리를 어떻게 빼내야 할지 몰라서 쩔쩔매고 있었다.

30분 동안이나 기를 쓰다가 문득 좋은 생각이 떠오른 것 같았다. 그는 겸자를 모두 한쪽으로 밀어내고는 방을 뛰쳐나가더니, 트레이(의료 기구를 담아두는 쟁반) 하나를 들고 금세 돌아왔다. 트레이에는 기다란 끌과 쇠망치가 놓여 있었다.

그가 신호를 하자 여자 보조원은 내 자세가 완전히 수평이 될 때까지 의자 등받이를 눕혔다. 이런 일에는 익숙해진 듯 그녀는 숙달된 태도로 내 머리를 두 팔로 감싸안고 기다렸다.

의사가 긴 끌을 내 입 속에 집어넣고 쇠망치를 치켜드는 것을 보고 나는 이게 현실일 리가 없다고 생각했다. 하지만 금속 막대가 내 이뿌리에 쿵쿵 부딪치고, 그 충격으로 내 머리가 여자 보조원의 젖가슴에 부딪치자, 의심은 말끔히 사라졌다. 그리고 이런 일이 몇 번이고 되풀이되었다. 도살자가 망치로 끌을 쾅쾅 내리치고 여자가 발작적으로 움직이는 내 두개골에 결사적으로 달라붙어 있는 동안, 나는 시간 가는 것을 잊었다.

그때 내 마음을 차지한 생각은 내가 망아지한테서 낭치(狼齒: 말의 앞어금니 앞쪽에 생겨난 작은 어금니)를 뽑을 때 녀석들의 기분이 어떨지 늘 궁금했다는 생각이었다. 이제 나는 그 기분을 알 것 같았다.

마침내 망치질이 멈추자 나는 살짝 눈을 떴다. 이때쯤에는 무엇을 보아도 놀라지 않을 태세가 되어 있었지만, 도살자가 기다란 봉합사를 바늘에 꿰고 있는 것을 보았을 때는 놀라지 않을 수 없었다. 그는 땀을 뻘뻘 흘리고 있었고, 다시 한 번 내 위로 몸을 굽혔을 때는 거의 자포자기한 것처럼 보였다.

"몇 바늘만 꿰매겠네." 그가 쉰 목소리로 중얼거렸다. 나는 다시 눈을 감았다.

의자에서 내려왔을 때는 기분이 정말 이상했다. 두개골이 충격을 받아 어지러웠고, 기다란 실 끝이 혀를 간질이는 감각은 확실히 기묘했다. 방에서 나올 때 나는 아마 비틀거리고 있었을 것이다. 그리고 본능적으로 입을 손으로 가리고 있었다.

맨 처음 눈에 들어온 것은 심킨이었다. 그는 여전히 아까 그 자리에 앉아 있었지만, 흥분한 얼굴로 나를 손짓해 부르는 태도는 아까와는 사뭇 달라 보였다. 내가 다가가자 그는 내 옷자락을 움켜잡았다.

"세상에, 이럴 수가 있나." 그는 헐떡거리면서 말했다. "놈들이 내 차례를 바꾸어버리는 바람에 4호실로 들어가야 돼." 그는 침을 꿀꺽 삼켰다. "거기서 나올 때 자네 모습이 아주 끔찍해 보였는데, 어땠나?"

나는 그를 쳐다보았다. 세상에 즐거운 일이 전혀 없지는 않은 모양이다. 나는 그 옆에 털썩 주저앉아서 신음 소리를 냈다.

"당신 말이 옳았어. 얼마나 지독하던지, 그런 놈은 난생처음이야. 반쯤 죽여 놓더라니까. 도살자라는 별명이 괜히 붙은 게 아니야."

"아니…… 뭘…… 어떻게 했는데?"

"별 거 아니야. 이빨을 망치와 끌로 두드려서 빼냈을 뿐이지. 그것뿐이야."

"말도 안 돼! 나를 놀리는 거지?" 심킨은 파랗게 질린 얼굴에 억지로 미소를 지으려 했다.

"정말이야. 지금 저 방에서 트레이가 나오고 있으니까, 직접 보라구."

그는 무시무시한 기구를 들고 나오는 여자 보조원을 보고는 얼굴이 백짓장처럼 창백해졌다.

"맙소사! 그리고 또…… 무슨 짓을 했지?"

나는 잠깐 뜸을 들였다.

"지금까지 보도 듣도 못한 짓을 했지. 내 잇몸에다 너무 커다란 구멍을 뚫어 놓아서, 나중에 바늘로 꿰매야 했다니까."

심킨은 격렬하게 고개를 저었다.

"안 속아. 그것만은 못 믿겠어!"

"좋아. 그럼 이걸 어떻게 생각해?"

나는 앞으로 몸을 기울이고 엄지손가락으로 입술을 끌어내려, 기다란 상처와 거기에서 늘어져 있는 피 묻은 실 끝을 그에게 보여주었다.

그는 황급히 몸을 뒤로 뺐다. 입술은 부들부들 떨리고, 눈은 휘둥그레졌다.

"맙소사! 오오, 맙소사!"

바로 그 순간 4호실 문간에서 여자 보조원이 새된 소리로 "심킨 이등병!" 하고 외쳤다. 가엾은 심킨은 강력한 전류에 감전되기라도 한 것처럼 펄쩍 뛰어올랐다. 그러고는 고개를 푹 숙이고 4호실로 천천히 걸어갔다. 문간에서 그는 고개를 돌려 나에게 절망적인 눈길을 던졌다. 그것이 내가 그를 본 마지막이었다.

이 경험 탓에 충전에 대한 두려움은 더욱 심해졌다. 그러나 걱정할 필요는 없었다. 충전은 대수롭지 않은 일이었고, 도살자와는 전혀 다른 치과의사들이 훌륭한 솜씨로 일을 끝내주었다.

하지만 전쟁이 끝난 지 몇 년 뒤, 4호실의 도살자는 과거로부터 긴 팔을 뻗어 내 어깨를 만졌다. 무언가 날카로운 것이 입천장을 뚫고 나오는 듯한 느낌이 들어서 그로버 선생을 찾아갔다. 엑스레이를 찍어보니, 망치와 끌로 파냈는데도 불구하고 그 괘씸한 이뿌리가 아직도 거기에 버티고 있는 것이 드러났다. 그로버 선생은 이뿌리를 제거했고, 무용담은 끝났다.

그러나 도살자는 여전히 내 기억에 생생하게 남아 있다. 그 괴로운 시련은 제쳐놓고라도, 입 안에 생긴 불필요한 틈새 끝에서 파이프가 위태롭게 흔들거릴 때마다 그가 떠올랐기 때문이다.

하지만 작은 위안도 있었다. 그 4호실을 나올 때 던진 작별 인사가 나에게 작은 위안을 주었다. 나는 비틀거리면서 그 방을 나오다가 걸음을 멈추고, 다음 희생자를 괴롭힐 준비를 하고 있는 거인의 등을 향해 화살을 날렸다.

"그런데 저도 군의관님과 똑같은 식으로 이빨을 숱하게 뽑았어요."

그는 고개를 돌려 나를 노려보았다.

"정말? 자네도 치과의사야?"

"아뇨." 나는 4호실 문지방을 넘으면서 고개를 돌려 어깨 너머로 대답했다. "수의사입니다."

4

영국 공군에서는 전시의 영국에서 다른 어느 곳보다도 좋은 식사를 제공해주었지만, 대러비의 음식과는 비교가 되지 않았다. 음식에 관해서는 내 입맛이 지나치게 까다로워진 것 같다. 내 버릇을 망쳐놓은 장본인은 처음에는 홀 부인, 다음에는 헬렌이었다. '스켈데일 하우스'에서 내가 귀족 같은 식사를 하지 않은 것은 두세 번밖에 없었는데, 그 중 한 번은 트리스탄이 임시 요리사 노릇을 했을 때였다.

내가 독신이었던 시절, 나와 트리스탄이 식탁에서 아침을 먹고 있을 때였다. 시그프리드가 뛰어 들어와 아침 인사를 중얼거리고는 커피를 따랐다. 그는 평소 때보다 더 멍한 태도로 토스트에 버터를 바르고 베이컨 한 조각을 접시에 담았다. 그러고는 한동안 말없이 그것을 씹고 있다가 느닷없이 식탁을 쾅 내리쳤다. 나는 깜짝 놀라 펄쩍 일어났다.

"됐어!" 시그프리드가 외쳤다.

"뭐가요?" 내가 물었다.

시그프리드는 포크와 나이프를 내려놓고 나에게 손가락을 흔들었다.

"사실은 어떻게 해야 좋을지 줄곧 고민했는데, 갑자기 묘안이 떠올랐지 뭔가."

"도대체 무슨 일인데요?"

"홀 부인 말이야. 홀 부인이 그러는데, 여동생이 병에 걸려서 간병하러 가야 한대. 일주일쯤 집을 비우게 된다고 하기에 그동안 누가 집안일을 하느냐는 문제를 생각하고 있었지."

"그렇군요."

"그런데 묘안이 떠오른 거야." 그는 달걀 프라이의 끝을 잘라냈다. "트리스탄이 하면 돼."

시그프리드의 동생은 깜짝 놀라, 읽고 있던 《데일리 미러》지에서 눈을 들었다.

"뭐? 내가?"

"그래! 너는 언제나 빈둥거리면서 시간을 보내잖아. 조금은 남에게 도움이 되는 일도 해봐."

트리스탄은 경계의 눈빛으로 형을 바라보았다.

"도움이 되는 일이라니…… 그게 무슨 뜻이지?"

"우선 집 안을 치우는 거야. 너한테 완벽을 기대할 순 없겠지만, 날마다 어질러진 것을 정돈하는 일쯤은 할 수 있겠지. 그리고 물론 식사도 준비해야 돼."

"식사?"

"그래." 시그프리드는 트리스탄을 냉정하게 노려보았다. "요리는 할 수 있겠지?"

"글쎄. 응, 그야 할 수 있지. 소시지에 감자를 곁들인 요리 정도는 만들 수 있어."

시그프리드는 한 손을 들었다.

"그것 봐. 문제없잖아. 그 토마토 튀김 좀 건네주겠나, 제임스?"

나는 말없이 접시를 건네주었다. 사실 나는 정신이 딴 데 가 있어서 그 대화를 절반밖에는 듣지 못했다. 아침 식사를 하기 직전에 켄 빌링스라는 농부한테서 전화가 걸려왔는데, 그가 한 말이 아직도 내 머릿속에서 메아리치고 있었다. "헤리엇 선생님, 어제 진찰해주신 송아지가 죽었어요. 일주일 사이에 벌써 세 마리를 잃었으니, 어떻게 해야 할지 모르겠습니다. 아침에 오셔서 다시 한 번 봐주셨으면 좋겠는데요."

나는 멍하니 커피를 마셨다. 어찌해야 좋을지 모르는 것은 켄 빌링스만이 아니었다. 죽은 송아지들은 모두 심한 복통 증세를 보였고, 내 치료에도 불구하고 모두 죽었다. 그것만으로도 예삿일이 아닌데, 그 원인이 전혀 짐작도 가지 않아서 더욱 골치가 아팠다.

나는 입을 닦고 재빨리 일어섰다.

"원장님, 오늘 아침에는 우선 빌링스네 농장에 가고 싶은데요. 그런 다음 원장님이 할당해준 왕진을 처리하겠습니다."

"자네 좋을 대로 하게."

원장은 나를 격려하듯 상냥한 미소를 지어 보이고는, 토스트 위에 버섯을 얹어서 입으로 가져갔다. 그는 대식가는 아니지만 아침 식사를 즐기는 편이었다.

농장으로 가는 동안 나는 치료법을 이것저것 생각해보았지만 무력감만 더해질 뿐이었다. 이미 써본 방법 외에 더 이상 무엇을 할 수 있겠는가? 이런 불가사의한 질병의 경우에는 동물이 뭔가 해로운 것을 먹었다는 결론에 도달할 수밖에 없었다. 이따금 나는 몇 시간 동안 목초지를 돌아다니면서 독초를 찾았지만, 빌링스네 송아지들은 생후 1개월밖에 안 된 젖먹이여서 한 번도 밖에 나간 적이 없었기 때문에 그것은 아무 의미도 없었다.

시체도 해부해보았지만, 단순한 위장염밖에 발견하지 못했다. 죽은 송아지의 콩팥을 실험실에 보내 납중독 여부를 검사하기도 했지만, 결과는 음성이었다. 주인과 마찬가지로 나도 어찌해야 좋을지 난감했다.

빌링스 씨는 마당에서 나를 기다리고 있었다.

"내가 전화하길 잘했습니다!" 그는 숨을 헐떡이면서 말했다. "또 한 녀석이 앓기 시작했어요."

그와 함께 외양간으로 뛰어 들어간 나는 그곳에서 이미 예상하고 염려한 광경을 목격했다. 작은 송아지 한 마리가 발로 제 배를 걷어차고, 일어났다 앉았다 하고, 이따금 바닥에 깔린 짚단 위에서 데굴데굴 구르고 있었다. 전형적인 복통 증세였다. 하지만 왜?

나는 다른 송아지들과 같은 방식으로 그 송아지를 진찰했다. 체온은 정상이고 허파도 깨끗했지만, 위가 이완되어 있고, 촉진해보니 복부 전체가 아주 부드러웠다.

내가 체온계를 케이스에 넣고 있을 때 송아지가 갑자기 쓰러지더니 게거품을 물고 경련하기 시작했다. 나는 서둘러 진정제와 칼슘, 마그네슘을 주사했지만, 이미 틀렸다는 무력감은 억누를 수 없었다. 전에도 다 써본 방법이었기 때문이다.

"도대체 무슨 병입니까?" 농부가 물었다. 나도 바로 그것을 생각하고 있었다.

나는 어깨를 으쓱했다.

"급성 위염입니다, 빌링스 씨. 나도 원인을 알았으면 좋겠는데…… 이 송아지는 자극성이나 부식성이 있는 독을 먹은 게 분명합니다."

"하지만 죽은 녀석들은 우유와 견과류밖에는 먹지 않았는데요." 농부는 두 팔을 벌렸다. "거기에 독이 들어 있을 리가 없어요."

나는 진저리를 내면서도 지금까지 했던 대로 정해진 조사를 시작했다. 이런 경우에는 송아지 우리를 샅샅이 뒤져서 단서를 찾아내는 게 정해진 규칙이다. 낡은 페인트 통이 뒹굴고 있지 않은지, 양을 씻을 때 쓰는 약물 꾸러미가 터져서 내용물이 흘러나오지나 않았는지. 놀라운 일이지만, 농장 건물 안에 어질러져 있는 물건들 속에서는 이런 위험물을 쉽게 찾아낼 수 있다.

하지만 빌링스 씨네 외양간은 달랐다. 그는 지나칠 정도로 깔끔한 사람이었고, 특히 송아지에 대해서는 세심하게 신경을 썼다. 창틀과 선반에는 잡동사니가 전혀 없었다. 우유를 담는 양동이도 마찬가지여서, 송아지에게 우유를 먹인 뒤에는 매번 티끌 하나 남지 않도록 깨끗하게 닦아 두었다.

빌링스 씨는 송아지를 애지중지했다. 청소년인 두 아들도 농장 일에 열심이었고, 아버지는 두 아들에게 농사 기술을 모두 익히라고 권했지만 송아지 먹이만은 직접 챙겼다.

"송아지를 먹이는 건 축산업에서 가장 중요한 일이지요." 그는 말하곤 했다. "생후 한 달만 무사히 넘기면 절반은 끝난 거나 마찬가지예요."

그가 쌓은 실적이 이 말을 뒷받침했다. 그가 돌보는 송아지들은 어린 동물이 흔히 앓는 병에 한 번도 걸린 적이 없었다. 설사도 관절염도 폐렴도 앓지 않았다. 나는 늘 거기에 감탄했고, 그래서 이번에 그를 덮친 재난을 더욱 참을 수가 없었다.

"됐습니다." 나는 억지로 쾌활하게 말했다. "이 녀석은 아마 그렇게 심하지는 않을 겁니다. 내일 아침에 전화해주세요."

나는 우울한 기분으로 다른 왕진을 끝내고 점심때 집으로 돌아왔지만, 그때까지도 송아지 생각에 몰두해 있었기 때문에 트리스탄이 식사를 날라오는 것을 보고는 어리둥절했다. 홀 부인이 집에 없다는 것을 까맣게 잊고 있었다.

하지만 소시지에 으깬 감자를 곁들인 요리는 나쁘지 않았고, 양도 푸짐했다. 우리 세 사람은 접시를 깨끗이 비웠다. 수의사는 오전이 가장 바쁜 시간이어서, 점심때쯤에는 언제나 굶어죽기 직전이었기 때문이다.

오후 진료를 하는 동안에도 나는 줄곧 빌링스 씨네 송아지 문제를 생각하고 있었기 때문에, 저녁때 똑같은 음식이 나왔는데도 별로 놀라지 않았다.

"뭐야? 또 이거야?" 시그프리드는 툴툴거렸지만, 그래도 접시를 깨끗이 비우고 아무 말 없이 자리에서 일어났다.

이튿날은 처음부터 조짐이 좋지 않았다. 아침에 식당으로 내려가 보니, 식탁 위에는 아무 것도 없고 시그프리드가 쿵쿵 발을 구르며 식당을 돌아다니고 있었다.

"우리 아침 식사는 대체 어디 있지? 트리스탄은 도대체 어디 있는 거야?"

그는 쿵쾅거리며 복도를 걸어갔다. 이윽고 부엌에서 그의 외침 소리가 들려왔다.

"트리스탄! 트리스탄!"

나는 시간 낭비라고 생각했다. 그의 동생은 자주 늦잠을 잤고, 오늘 아침에도 늦잠을 자고 있는 게 분명했다.

이윽고 시그프리드가 화가 나서 씩씩거리며 복도를 달려왔다. 당장 동생을 침대에서 끌어낼 기세였다. 나는 한바탕 소동이 벌어질 것을 각오했다. 하지만 늘 그렇듯이 이번에도 트리스탄은 결정적인 위기를 교묘히 모면했다. 형이 계단을 세 단씩 뛰어 올라가기 시작했을 때, 침착하게 넥타이를 매면서 층계참에 모습을 나타낸 것이다. 이것은 정말 불가사의한 일이다. 트리스탄은 언제나 잠을 너무 많이 자는데, 침대에 누워 있는 현장을 들킨 적은 거의 없었다.

"아, 미안해." 그가 작은 소리로 말했다. "내가 늦잠을 잔 모양이군."

"그래." 시그프리드가 호통을 쳤다. "우리 아침 식사는 어떻게 됐지? 식사 준비는 네가 맡기로 했잖아!"

트리스탄은 깊이 반성하는 표정을 지었다.

"정말 미안해. 어젯밤에 감자껍질을 벗기느라 늦게 잤거든."

그의 형은 얼굴이 새빨개져서 고함을 질렀다.

"다 알고 있어! '드로버스 암스'에서 문 닫는 시간까지 술을 퍼마시다가 밤늦게 일을 시작했겠지!"

"그건 그렇지만……" 트리스탄은 침을 꿀꺽 삼켰다. 그의 얼굴에는 품위를 손상당했다는 표정이 떠올라 있었다. "어젯밤에는 목이 좀 말랐어. 온종일 빨래하고 청소하느라 힘이 들었나봐."

시그프리드는 대꾸도 하지 않고 동생을 무서운 눈으로 노려보다가 나를 돌아보았다.

"제임스, 오늘 아침은 별수없이 빵과 오렌지 잼으로 때워야겠군. 같이 부엌으로 가서……."

그때 전화벨이 그의 말을 가로막았다. 내가 수화기를 들고 상대의 이야기를 듣는 표정을 보고 시그프리드가 문간에서 발을 멈추었다.

내가 수화기를 내려놓자 그가 물었다.

"왜 그래, 제임스? 배를 한 방 걸어 채인 듯한 얼굴을 하고 있군."

나는 고개를 끄덕였다.

"맞아요. 바로 그런 기분입니다. 빌링스네 송아지가 죽어가고 있고, 또 한 마리가 똑같은 증세를 보이기 시작했답니다. 원장님이 같이 가주셨으면 좋겠는데요."

원장은 외양간 밖에서 어린 송아지를 바라보며 꼼짝도 하지 않았다. 송아지는 어찌해야 좋을지 모르는 것 같았다. 일어났다 앉았다 하는 동작을 되풀이하고, 아픈 배를 걷어차거나 엉덩이를 좌우로 뒤틀고 있었다. 그러다가 마침내 우리 눈앞에서 옆으로 벌렁 쓰러져 사지를 버둥거리기 시작했다.

"제임스, 이건 중독이야." 시그프리드가 조용히 말했다.

"저도 그렇게 생각했습니다만, 독이 어떻게 몸속으로 들어갔죠?" 빌링스 씨가 끼어들었다.

"그렇게 말만 하지 말고 어떻게 좀 해보세요, 파넌 선생님. 우리는 몇 번이나 이곳을 조사했지만 아무 것도 찾아내지 못했어요."

"다시 한 번 살펴봅시다." 시그프리드는 내가 그랬듯이 외양간을 돌아다니다가 무표정한 얼굴로 돌아왔다. 그리고는 견과류 한 개를 손가락으로 부스러뜨리면서 퉁명스럽게 물었다. "견과류는 어디서 구입합니까?"

빌링스 씨는 두 팔을 벌렸다.

"가까운 가게에서요. 라이더스 사의 최상품이죠. 그것 때문일 리가 없어요."

시그프리드는 아무 말도 하지 않았다. 라이더스 사는 가축 사료를 꼼꼼하게 만들기로 유명했다. 그는 청진기와 체온계를 들고 병든 송아지에게 다가가서, 털로 뒤덮인 배를 손가락으로 세게 누르고는 송아지의 얼굴을 냉정하게 바라보며 반응을 살폈다. 다음에는 어제 내가 진찰한 송아지한테 가서 똑같은 동작을 반복했다. 눈이 흐리멍덩해지고 몸이 차갑게 식은 것으로 보아 그 송아지는 이제 가망이 없어 보였다. 시그프리드는 어제 내가 했던 것과 거의 같은 치료를 하고 그곳을 떠났다.

2킬로미터쯤 말없이 차를 몰다가 갑자기 그가 핸들을 한 손으로 두드렸다.

"그건 자극성 독물이 분명해! 해가 동쪽에서 뜨는 것만큼 명명백백한 일이야. 하지만 출처를 모르겠어."

왕진에 시간이 걸렸기 때문에 우리는 점심을 먹으러 스켈데일 하우스로 돌아왔다. 시그프리드도 나와 마찬가지로 빌링스 씨의 문제에 골몰해 있어서, 트리스탄이 데운 소시지와 으깬 감자 접시를 그의 눈앞에 놓았을 때는 아무 말도 하지 않았다. 감자를 포크로 찍을 때에야 비로소 그는 현실로 돌아온 것 같았다.

"맙소사! 또 이거야?" 그가 소리를 질렀다.

트리스탄은 애교 있게 웃었다.

"그래, 존슨 씨가 오늘은 특별히 좋은 소시지가 들어왔다고 해서. 특상품이래."

형은 동생에게 불쾌한 눈길을 던졌다.

"그래? 겉보기에는 어제 저녁과 어제 점심에 먹은 소시지와 똑같아 보이는데?" 그의 목소리는 점점 높아졌다가 다시 낮아졌다. "빌어먹을."
그는 투덜거리고는 먹을 마음이 내키지 않는 듯 음식을 포크로 지분거리기 시작했다. 송아지들 때문에 기운이 빠진 게 분명했다. 나는 그 기분을 충분히 이해할 수 있었다.

나는 어렵지 않게 내 몫을 다 먹어 치웠다. 원래 나는 소시지와 으깬 감자를 좋아한다.

원장은 오랫동안 고민거리를 안고 끙끙 앓는 성격이 아니어서, 저녁에 다시 만났을 때는 여느 때처럼 쾌활하고 활발해져 있었다.

"그 빌링스네 송아지는 정말 충격이었어, 제임스. 그건 확실해. 하지만 오후에 다른 환자를 보고 다녔는데, 모두 상태가 좋아지고 있더군. 그래서 다시 사기가 높아졌지. 자, 한잔하게."

그는 벽난로 위 찬장에 있는 술병을 꺼내 진을 따른 다음, 거실을 청소하고 있는 동생을 따뜻한 눈길로 바라보았다.

트리스탄은 카펫을 청소기로 밀고 쿠션을 바르게 놓고 눈에 보이는 것은 무엇에든 먼지떨이를 휘두르며 대활약을 하고 있었다. 분주하게 움직이면서 어깨로 숨을 몰아쉰다. 아무리 보아도 힘든 집안일로 지쳐버린 하녀의 모습이다. 머릿수건과 앞치마만 갖추면 영락없는 하녀 행색이었다.

우리가 술을 다 마시고 시그프리드가 『수의학 증례집』을 읽기 시작했을 때 부엌에서 향긋한 냄새가 풍겨오기 시작했다. 트리스탄이 문으로 고개를 들이민 것은 7시쯤이었다.

"저녁 식사 준비 완료." 그가 말했다.

원장은 『증례집』을 내려놓고 일어나서 늘어지게 기지개를 켰다.

"좋아, 나도 준비 됐어."

나는 그를 따라 식당으로 들어가다가 하마터면 그의 등짝에 충돌할 뻔했다. 그가 별안간 우뚝 멈춰 섰기 때문이다. 그는 믿을 수 없다는 표정으로 식탁 한복판에 놓인 커다란 접시를 바라보고 있었다.

"설마 또 소시지와 감자는 아니겠지?" 그가 외쳤다.

트리스탄은 멋쩍은 듯 발을 질질 끌면서 걸었다.

"저어, 사실은 그래. 아주 맛있어."

"맛있다고? 이제는 저 빌어먹을 음식이 꿈에까지 나타나기 시작했어. 다른 건 못 만드냐?"

"말했잖아." 트리스탄은 상처를 받은 것 같았다. "감자를 곁들인 소시지는 만들 수 있다고."

"그래, 분명히 그렇게 말했지! 하지만 감자를 곁들인 소시지밖에 못 만든다고는 말하지 않았어!"

트리스탄은 어정쩡한 몸짓을 했다. 시그프리드는 지친 듯 의자에 털썩 주저앉았다.

"먹자, 그래." 그는 한숨을 내쉬며 말했다. "접시에 담아줘. 우리 꼴이 참 가련하군."

그는 접시에 담긴 음식을 한입 먹고는 배를 움켜쥐며 낮은 신음 소리를 냈다.

"이놈의 음식이 나를 죽이는군. 일주일 내내 이것만 먹다가는 기력이 완전히 바닥나버릴 거야."

이튿날은 극적으로 막이 올랐다. 내가 막 침대에서 나와 실내복 쪽으로 손을 뻗었을 때 요란한 폭발음이 집 안을 뒤흔들었다. '쾅!' 하는 소리가 돌풍처럼 복도와 방을 빠져나가면서 창문을 뒤흔들었고, 이어서 불길한 침묵이 깔렸다.

나는 계단으로 뛰쳐나갔다. 시그프리드도 방에서 나와 눈을 크게 뜨고 잠시 나를 바라보다가 아래층으로 달려 내려갔다.

부엌에는 깨진 접시와 냄비들이 어지럽게 흩어져 있고, 그 한복판에 트리스탄이 벌렁 누워 있었다. 베이컨 몇 조각과 박살난 달걀들이 바닥에 널려 있었다.

"도대체 무슨 일이야?" 시그프리드가 외쳤다.

동생은 멍하니 형을 쳐다보았다.

"나도 모르겠어. 불을 붙이고 있었는데 느닷없이 쾅하고 폭발했어."

"불을 붙이고 있었다고?"

"그래. 지난 이틀 동안에도 아침마다 불이 잘 안 붙어서 애를 먹었거든. 화덕이 말을 잘 안 들어. 아무래도 굴뚝을 청소해야 할 것 같아. 이렇게 낡은 집은……."

"그래, 그래! 그건 나도 알고 있어. 그래서 어떻게 됐지?"

트리스탄은 일어나 앉았다. 얼굴에 온통 검댕을 묻힌 채 깨진 접시 사이에 앉아 있으면서도 그는 여전히 침착성을 잃지 않았다.

"나는 일을 좀 서둘러야겠다고 생각했어." (그의 기민한 정신은 항상 새로운 에너지 절약법을 찾고 있었다.) "그래서 솜을 에테르에 담갔다가 화덕에 집어넣었지."

"에테르?"

"그래, 에테르는 인화물질이잖아."

"인화물질이라고?" 그의 형은 눈이 휘둥그레졌다. "그건 폭발물이야! 이 집이 통째로 날아가지 않은 게 기적이군."

트리스탄은 일어나서 옷에 묻은 먼지를 털기 시작했다.

"걱정 마. 얼른 아침 식사를 준비할게."

시그프리드는 부들부들 떨리는 몸으로 길게 숨을 들이마시고는, 빵 그 릇으로 걸어가서 빵 한 덩어리를 꺼내 자르기 시작했다.

"관둬! 아침 식사는 마룻바닥에 있고, 어차피 네가 이 쓰레기를 다 치웠을 때쯤이면 우리는 이미 집에 없을 거야. 빵과 오렌지잼으로 때워도 괜찮겠지, 제임스?"

우리는 다시 함께 집을 나섰다. 원장은 송아지에게 먹이 주는 과정을 우리가 지켜볼 수 있도록 우리가 갈 때까지 송아지를 먹이지 말라고 켄 빌링스에게 일러두었다.

반가운 소식은 기다리고 있지 않았다. 송아지는 둘 다 죽었고, 농부의 눈은 절망의 빛을 띠고 있었다.

시그프리드는 잠시 이를 악물고 있다가 손으로 신호를 보냈다.

"먹이를 주세요, 빌링스 씨. 먹이 주는 과정을 보고 싶으니까."

견과류는 송아지가 언제라도 먹을 수 있도록 해두기 때문에, 우리는 농부가 양동이에 우유를 따르고 송아지들이 마시는 것을 열심히 지켜보았다. 불쌍하게도 농부는 희망을 완전히 버린 게 분명했다. 이래 봤자 무슨 소용이 있겠느냐는 생각이 그 냉담한 태도에 뚜렷이 드러나 있었다.

그런 마음은 나도 마찬가지였지만, 시그프리드는 우리에 갇힌 표범처럼 이리저리 돌아다니고 있었다. 마치 무슨 일인가가 일어나기를 바라고 있는 것 같았다. 송아지들은 이따금 하얗게 젖은 코를 들고 주위를 배회하는 시그프리드를 수상쩍게 바라보곤 했지만, 그들도 나와 마찬가지로 이 수수께끼의 해답을 제시해주지는 못했다.

나는 즐비하게 늘어서 있는 축사를 바라보았다. 그곳에는 아직 서른 마리 정도의 송아지가 남아 있었다. 그 송아지들이 모두 같은 병으로 죽어 버리면 어쩌나 하는 끔찍한 생각이 머리를 스치자 몸이 오싹해졌다. 그때 시그프리드가 양동이 하나를 가리켰다.

"이게 뭐지?" 그가 날카롭게 물었다.

나와 농부도 그쪽으로 가서 우유 표면에 떠 있는 검은 물체를 내려다보았다. 지름이 1센티미터 남짓한 둥근 물체였다.

"퇴비 부스러기가 섞여 들어갔군." 빌링스 씨가 중얼거렸다. 그러고는 양동이에 손을 집어넣었다. "내버리겠습니다."

"아니, 내가 하지요!" 시그프리드는 그것을 조심스럽게 집어내어 손가락에서 우유를 털어내고 유심히 살펴보았다. "퇴비가 아니야." 그가 작은 소리로 중얼거렸다. "보세요. 오목하지요. 꼭 컵처럼." 그는 엄지와 집게손가락으로 귀퉁이를 문질렀다. "알았다. 이건 상처 딱지야. 그런데 이게 도대체 어디서 떨어졌지?"

그는 송아지의 목과 머리를 꼼꼼히 조사하기 시작했다. 돌기 같은 뿔을 조사하던 그가 갑자기 움직임을 멈추었다.

"여기 속살이 드러나 있군. 딱지는 여기서 떨어진 거야."

그가 컵처럼 오목한 딱지를 뿔에 씌우자 딱 들어맞았다.

농부는 어깨를 으쓱했다.

"뿔에 딱지가 앉은 건 이해할 수 있습니다. 보름 전에 송아지들의 뿔을 잘라주었으니까요."

"뭘 사용했나요, 빌링스 씨?" 원장의 목소리는 부드러웠다.

"새로 나온 약입니다. 어떤 사람이 팔러 왔더군요. 그냥 뿔에 발라주기

65

만 하면 돼요. 꼬챙이로 지지는 것보다 훨씬 간편하죠."

"약병을 갖고 있습니까?"

"예, 집에 있습니다. 가서 가져올게요."

농부가 약병을 가지고 돌아오자 시그프리드는 라벨을 읽어보고 나에게 건네주었다.

"안티몬 연고야, 제임스. 드디어 알아냈어."

"알다니…… 도대체 무슨 소리를 하고 있는 겁니까?" 농부가 어리둥절한 얼굴로 물었다.

시그프리드는 동정 어린 눈으로 그를 바라보았다.

"안티몬은 맹독입니다, 빌링스 씨. 물론 뿔을 몽땅 태워주긴 하지만, 그게 음식에 섞여 들어가면 끝장이죠."

농부의 눈이 휘둥그레졌다.

"맙소사! 송아지들이 우유를 마시려고 머리를 집어넣을 때 딱지가 떨어져 나갔군요!"

"그렇습니다. 아니면 양동이 옆을 뿔로 들이받는 바람에 딱지가 떨어졌을지도 몰라요. 어쨌든 다른 녀석들이 안전한지 확인해봅시다."

우리는 송아지들을 하나하나 살펴보면서 치명적인 딱지를 제거하고 뿔을 깨끗이 닦아주었다. 이리하여 짧지만 괴로웠던 빌링스네 송아지 사건은 막을 내렸다.

원장은 핸들에 팔꿈치를 올려놓고 두 손으로 턱을 괸 채 차를 몰았다. 그가 명상에 잠겨 있을 때의 버릇이지만, 옆에 타고 있는 나는 조마조마해서 견딜 수가 없다.

"제임스." 그가 입을 열었다. "그런 일은 이제껏 본 적이 없어. 책으로 쓰기에 딱 어울리는 재료야."

그의 이 말은 예언이 되었다. 지금 거기에 대해 글을 쓰면서, 나는 그 후 35년 동안 그런 일이 한 번도 되풀이되지 않았다는 사실을 깨달았기 때문이다.

우리는 스켈데일 하우스에서 헤어져 각자 다른 동네로 왕진을 나갔다. 트리스탄은 아침의 폭발 사건을 만회하려는 듯 걸레와 양동이를 들고 넬슨 제독의 부하처럼 부지런히 복도를 청소하고 있었다.

하지만 시그프리드가 차를 몰고 떠나자마자 그는 당장 동작을 멈추었고, 내가 왕진에 필요한 기구를 주머니에 집어넣고 밖으로 나가면서 잠깐 들여다보니 자기가 좋아하는 의자에 길게 드러누워 있었다.

거실로 들어간 나는 벽난로의 석탄 위에 소시지 냄비가 놓여 있는 것을 보고 조금 놀랐다.

"이게 뭐지?" 내가 물었다.

트리스탄은 '우드바인' 담배에 불을 붙이고는 탁자에 다리를 올려놓고 《데일리 미러》지를 펼치는 참이었다.

"점심 식사를 준비하는 거야."

"여기서?"

"그래. 그 화덕에는 이제 질렸어. 도무지 안심이 안 돼. 그리고 어쨌든 저 부엌은 너무 멀리 떨어져 있어."

나는 의자 위에 누워 있는 젊은이를 내려다보았다.

"메뉴가 뭔지는 물어볼 필요도 없겠군."

"그래." 트리스탄은 신문에서 얼굴을 들고 천사처럼 천진하게 웃어 보였다.

나는 거실을 나가려다가 문득 생각이 나서 걸음을 멈추었다.

"감자는 어디 있지?"

"불 속에."

"불 속?"

"그래, 잠깐 구우려고 불 속에 넣어두었어. 그렇게 구우면 맛이 끝내주거든."

"정말이야?"

"틀림없어. 그걸 맛보면 내가 만든 요리를 또다시 좋아하게 될 거야."

나는 1시가 다 되어서야 겨우 집으로 돌아왔다. 트리스탄은 거실에 없었고, 대신 매캐한 연기가 집 안에 자욱했다. 정원에 모닥불을 피울 때 같은 냄새가 코를 찔렀다.

트리스탄은 부엌에 있었다. 그의 장기인 '임기응변의 재치'는 어디론가 사라졌고, 무더기로 쌓인 새까만 덩어리를 열심히 쑤셔대고 있었다.

"그게 뭐지?"

"감자야. 깜박 잠이 든 사이에 이 꼴이 돼버렸어."

그는 새까맣게 탄 감자 하나를 조심스럽게 잘랐다. 탄소질 덩어리의 한복판에 희끄무레한 것이 조금 보였다. 원래의 채소에서 남은 건 그것뿐인 것 같았다.

"도대체 뭐하는 거야, 트리스? 어쩔 셈이냐고?"

그는 괴로워하는 눈으로 나를 힐끗 바라보았다.

"가운데만 잘라내서 으깨려고. 다른 방법이 없잖아."

차마 눈뜨고는 볼 수 없는 광경이었다. 나는 이층으로 올라가서 몸을 씻고 식탁에 앉았다. 시그프리드는 벌써 자리에 앉아 있었는데, 아침의 작은 성공으로 기분이 좋아진 것을 알 수 있었다. 그는 쾌활하게 나를 맞이했다.

"제임스, 빌링스네 농장에서 일어난 사건은 정말 놀라웠지? 깨끗이 해결돼서 정말 다행이야."

하지만 트리스탄이 나타나 그 앞에 접시를 내려놓자 그의 미소가 얼어붙었다. 접시 하나에는 변함없이 소시지가 담겨 있었고, 또 하나에는 형태가 불분명한 진회색 덩어리가 담겨 있었다. 게다가 그 덩어리에는 다양한 크기의 검은 이물질이 풍부하게 들어 있었다.

"도대체 이게 뭐지?" 그의 목소리는 불길할 만큼 조용했다.

그의 동생은 침을 꿀꺽 삼켰다. 그러고는 쾌활하게 말했다.

"소시지와 으깬 감자야."

시그프리드는 차가운 눈으로 동생을 노려보았다.

"나는 이게 뭐냐고 물었어."

그러고는 작은 산처럼 쌓여 있는 진회색 덩어리를 조심스럽게 포크로 찔렀다.

"그러니까 그게 감자라고." 트리스탄은 헛기침을 했다. "좀 탔나 봐."

원장은 더 이상 아무 말도 하지 않았다. 그는 으스스할 만큼 침착하게 그 물질을 숟가락으로 덜어서 접시에 담고는, 포크로 떠서 입 안에 넣고 천천히 씹기 시작했다. 유난히 단단한 탄소 조각이 어금니 사이에서 부서지면서 으드득 소리를 낸 적도 한두 번 있었다. 그러자 그는 몸을 움찔했지만 눈을 감고 꿀꺽 삼켰다.

한동안 그는 조용히 있다가 두 손으로 배를 움켜쥐고 벌떡 일어났다.

"안 돼! 더 이상은 못 참아!" 그가 소리쳤다. "농장에서 약물 중독을 조사하는 건 상관없지만, 내 집에서 독살당하기는 싫어!"

그는 식탁을 떠나 문까지 걸어가서 멈춰 섰다.

"점심은 드로버스 식당에 가서 먹겠어."

그가 방을 나갈 때 또다시 발작이 일어났다. 그는 다시 배를 움켜쥐고 뒤를 돌아보았다.

"그 불쌍한 송아지들이 어떤 기분이었는지, 이제야 알겠군!"

5

런던에서 받은 신병 교육도 막바지에 이르러 있었다. 몇 주의 교육 기간은 거의 다 끝났고, 우리는 기본훈련대에 배치되었다는 소식을 기다리고 있었다.

온갖 소문이 나돌았다. 웨일스의 애버리스트위스로 갈 거라는 소문이 퍼졌다. 나한테는 너무 먼 곳이었다. 나는 북부로 가고 싶었다. 다음에는 콘월의 뉴키로 가게 된다는 소문이 들려왔다. 콘월은 웨일스보다 더 나빴다. 아내의 출산이 다가오고 있었다. 헤리엇 이등병의 자녀 탄생이 전반적인 전쟁 전략에 어떤 영향도 주지 않는다는 것은 나도 알고 있었지만, 그래도 헬렌이 아이를 낳을 때 되도록 가까이 있고 싶었다.

런던에 대한 기억은 짙은 안개에 뒤덮인 것처럼 몽롱하고 흐릿하다. 아마 모든 것이 너무 새롭고 달라서 인상이 마음속에 충분히 흡수되지 못했기 때문일 것이다. 그리고 런던에 머무는 동안 내가 줄곧 지쳐 있었기 때문인지도 모른다. 나만이 아니라 우리 모두 지쳐 있었다. 우리 가운데 날마다 아침 6시에 달콤한 잠에서 깨어나 계속 신체활동을 하면서 하루를 보내는 데 익숙해져 있는 사람은 거의 없었다. 훈련을 받지 않을 때는 식사를 하러, 수업을 받으러, 강연을 들으러 행군했다. 나는 지난 몇 년 동안 자동차를 타고 다녔기 때문에, 다리의 기능을 재발견하는 것은 무척 고통스러웠다.

도대체 이게 어찌된 일인지 의아할 때도 있었다. 다른 젊은이들과 마찬가지로 나도 잠깐 예비교육만 받으면 당장 비행기를 타고 하늘을 나는 법을 배우게 될 거라고 상상했지만, 이것은 너무나 먼 미래의 일이어서 거의 언급되지도 않았다. 기본훈련대에 가면 우리는 또 몇 달 동안 항법과 비행의 원리, 모스 부호와 그 밖의 온갖 것을 배우게 될 것이다.

한 가지 다행스러운 일도 있었다. 수학 시험에 합격한 것이다. 나는 항상 손가락으로 셈을 했고, 지금도 그렇다. 하지만 가까스로 수학 시험에 합격하자 이제는 어떤 일에도 당당히 맞설 수 있겠다는 자신감을 느꼈다.

런던에서는 예기치 않은 충격도 받았다. 공군에서 돼지우리를 청소하면서 하루를 보내게 될 줄은 꿈에도 몰랐다. 게다가 그렇게 더러운 돼지우리는 난생처음 보았다. 누군가가 공군에서 나온 음식물 쓰레기를 몽땅 돼지고기와 베이컨으로 바꾸자는 기막힌 아이디어를 생각해낸 게 분명했다. 물론 돼지를 키울 노동력은 충분했다. 큰 뜻을 품은 다른 조종사들과 함께 몇 시간 동안이나 돼지우리에서 똥오줌을 치우고 음식 찌꺼기를 돼지에게 먹이면서 나는 강한 비현실감에 사로잡혔다.

같은 기분을 느낀 적은 또 있었다. 하루는 두 동료와 함께 영화를 보러 가기로 했다. 우리는 영화가 시작되는 시간에 맞추어 극장에 갈 수 있도록 저녁 식사 때 줄 앞쪽에 서려고 애를 썼다. 동물원에 있는 거대한 식당 문이 활짝 열렸을 때 맨 먼저 들어간 것은 우리였다. 중사 계급장을 단 요리사가 입구에서 우리를 맞이했다.

"설거지 자원 봉사자가 세 명 필요해. 너, 너, 그리고 너."

중사는 우리를 데리고 행군했다. 그는 아마 친절한 마음씨를 갖고 있었을 것이다. 우리가 비참한 얼굴로 기름때가 묻어 번들거리는 작업복을 입자, 우리 어깨를 두드리면서 이렇게 말했기 때문이다.

"걱정 마. 나중에 정말로 근사한 식사를 먹을 수 있게 해줄 테니까."

동료들은 다른 곳으로 끌려갔고, 나는 금속 슈트 끝에 있는 일종의 지하 감옥에 혼자 남겨졌다. 곧이어 더러운 접시들이 슈트에서 폭포처럼 떨어지기 시작했다. 내 임무는 접시에 남은 음식 찌꺼기를 잔반통에 털어내고 빈 접시를 식기 세척기로 나르는 일이었다.

그날 밤의 메뉴는 셰퍼드파이(다진 고기와 양파 따위를 으깬 감자로 싸서 구운 파이)와 감자튀김이었다. 이 조합은 내 기억에 깊이 새겨졌다. 두 시간이 넘도록 사기 접시가 끊임없이 억수처럼 나에게 쏟아졌다. 수천 개의 접시에 하나같이 셰퍼드파이 조각과 그레이비소스 얼룩이 묻어 있고, 거기에 감자튀김 몇 개가 달라붙어 있었다.

고기 냄새가 나는 수증기 속에서 빙글빙글 도는 동안 내 마음속에서는 똑같은 노랫가락이 되풀이해 울리고 있었다. 그것은 시그프리드와 내가 공군 입대를 기다리면서 끊임없이 부른 대중가요였다. 순진하게도 우리는 그 노래가 우리를 기다리고 있는 새로운 생활을 전형적으로 표현하고 있다고 믿었다.

나에게 날개만 있다면
세상은 얼마나 달라질까요.
나는 온종일 하늘 높이 떠서
내 곁을 지나가는 새들에게 말을 걸 텐데.

하지만 냄새와 수증기로 가득 찬 이 동굴 속에서 손과 얼굴과 머리카락만이 아니라 살갗의 모든 땀구멍과 털구멍에도 셰퍼드파이와 감자튀김 냄새가 스며든 나에게 그 새들은 너무나 멀리 있는 것처럼 여겨졌다.

마침내 접시 떨어지는 속도가 차츰 느려지나 싶더니, 결국 하나도 내려오지 않게 되었다. 중사가 환한 얼굴로 들어와서 잘했다고 칭찬하고는 나를 식당으로 데려갔다. 거대한 식당에는 내 동료 두 명을 제외하고는 아무도 없었다. 그들은 둘 다 멍한 표정을 짓고 있었다. 아마 나도 똑같은 표정을 짓고 있었을 것이다.

"여기 앉아." 중사가 말했다.

우리는 식탁 한구석에 나란히 앉았다. 텅 빈 널빤지가 멀리까지 뻗어 있었다.

"내가 근사한 식사를 하게 될 거라고 말했지? 자, 여기 있다."

그는 음식이 수북이 쌓인 접시 세 개를 우리 앞으로 밀어냈다.

"어서 먹어. 셰퍼드파이와 감자튀김 2인분!"

이튿날 나는 여느 때보다 훨씬 심한 환멸을 느꼈을지도 모른다. 하지만 우리가 배치되었다는 소식이 다른 감정을 모두 덮어버렸다. 너무나 좋은 소식이라서 사실이라고 믿기가 어려울 정도였다. 내가 스카버러로 가게 된 것이다. 나는 거기에 가본 적이 있었고, 아름다운 해변 휴양지로 알고 있었지만, 내가 기뻐한 것은 그 때문이 아니라 스카버러가 요크셔에 있기 때문이었다.

6

그해의 크리스마스는 떠들썩했다. 우리는 그랜드호텔을 숙소로 배정받았는데, 이 호텔은 스카버러 전체가 내려다보이는 웅장한 빅토리아 양식의 건물이었다. 바다 위로 우뚝 솟은 작은 탑들이 장관을 이루는 호텔의 넓은 식당에는 이제 수백 명의 항공병이 모여서 떠들어대고 있었다. 군대의 엄격한 규율도 잠시 누그러져, 몇 시간 동안은 마음껏 크리스마스 기분을 낼 수 있었다.

이것은 내가 경험한 어떤 크리스마스와도 달랐기 때문에 내 마음속에 등대처럼 빛나는 추억으로 남아 있어야 마땅하지만, 나에게는 작은 고양이 한 마리에 얽힌 색다른 기억이 있었다.

그 고양이를 처음 만난 것은 에인즈워스 부인의 개를 진찰하러 갔을 때였다. 난로 앞에 검은 암고양이가 앉아 있는 것을 보고 나는 좀 놀랐다.

"고양이를 키우시는 줄은 몰랐습니다."

그러자 부인은 미소를 지으면서 말했다.

"키우는 게 아니에요. 이 아이는 데비예요."

"데비요?"

"우리는 그렇게 불러요. 들고양이인데, 일주일에 두세 번 찾아와서 먹이를 먹고 간답니다. 어디 사는지는 모르지만, 평소에는 길가의 농장 주변에서 시간을 보내는 것 같아요."

"여기서 살고 싶어 하는 기색은 보인 적이 없나요?"

"아뇨." 에인즈워스 부인은 고개를 저었다. "이 녀석은 정말 겁쟁이예요. 살금살금 들어와서 음식을 조금 먹고는 재빨리 도망치는 거예요. 왠지 마음이 끌리는 녀석이지만, 아무도 자기 생활에 끼어드는 것을 원치 않는 것 같아요."

나는 다시 한 번 작은 고양이를 살펴보았다.

"그런데 오늘은 식사만 하러 온 것 같지 않군요."

"그래요. 이상하게도 이따금 이 방에 들어와서 잠시 난롯가에 앉아 있곤 한답니다. 꼭 자기 자신에게 가끔씩 호사를 시켜주는 것처럼 말이에요."

"아, 예…… 무슨 뜻인지 알겠습니다."

그 고양이의 태도가 적잖이 색다른 것은 의심할 여지가 없었다. 고양이는 석탄이 활활 타오르는 벽난로 앞에 깔린 두꺼운 깔개에 등을 곧게 펴고 앉아 있었다. 조용히 앞만 바라보고 있을 뿐, 몸을 둥글게 말거나 고양이세수를 하거나 몸단장을 하려는 노력은 전혀 하지 않았다. 흙 묻은 검은 털가죽과 야생고양이처럼 비쩍 마른 모습을 보고 있다가 문득 나는 깨달았다. 저 고양이한테 이건 특별한 사건, 아주 드물고 멋진 일이구나. 평소의 생활에서는 꿈도 꿀 수 없는 안락을 마음껏 맛보고 있구나.

내가 보고 있는 앞에서 고양이는 획 돌아서서 소리도 없이 방을 나가 어디론가 사라졌다.

"데비는 언제나 저래요." 에인즈워스 부인이 웃으면서 말했다. "10분 이상 머문 적이 없어요. 10분쯤 여기 있다가는 훌쩍 가버리는 거예요."

에인즈워스 부인은 오동통하고 마음씨 좋은 40대 중년 여성으로, 수의사에게는 더없이 좋은 고객이었다. 유복하고 후덕한 데다, 응석받이로 자란 바셋하운드 세 마리를 키우고 있었다. 원래 슬픈 표정을 짓고 있는 바셋하운드가 평소보다 조금이라도 더 슬퍼 보이면 당장 나를 호출한다. 오늘도 역시 한 마리가 앞발을 들어 귀를 두어 번 긁자 부인은 깜짝 놀라 허둥지둥 전화기로 달려갔던 것이다.

그래서 나는 에인즈워스 댁에 자주 불려갔지만 부담은 전혀 없었고, 덕분에 묘하게 마음을 사로잡는 그 작은 고양이를 관찰할 기회를 충분히 가질 수 있었다. 한번은 부엌 문간에서 접시에 담긴 먹이를 조금씩 우아하게 먹고 있는 데비를 발견했다. 음식을 다 먹자 녀석은 휙 돌아서서 날아갈듯 경쾌한 걸음으로 현관홀을 지나 거실로 들어갔다.

거실에는 바셋하운드 세 마리가 벌써 진을 치고 있었다. 벽난로 앞 깔개에 축 늘어져 코를 골고 있던 개들은 데비에게 완전히 익숙해진 것 같았다. 두 마리는 따분하다는 태도로 코를 킁킁거리며 데비의 냄새를 맡았지만, 나머지 한 마리는 졸린 눈으로 데비를 힐끗 보고는 다시 두꺼운 깔개 위에 털썩 고개를 떨어뜨렸기 때문이다.

데비는 개들 사이에 자리를 잡고는 여느 때와 같은 자세로 등을 곧게 펴고 빨갛게 타오르는 석탄불을 열심히 바라보았다. 나는 이번 기회에 데비와 친해지기로 마음먹고 조심조심 다가갔다. 하지만 내가 손을 뻗자 데비는 반대쪽으로 몸을 기울여 내 손을 피했다. 그래도 나는 부드럽게 말을 걸고 참을성 있게 비위를 맞추어 겨우 데비를 만질 수 있었다. 나는 손가락 하나로 데비의 뺨을 부드럽게 어루만졌다. 한 번은 데비가 내 애무에 반응을 보였다. 머리를 한쪽으로 기울여 내 손에 비벼댄 것이다. 하지만 곧 데비는 떠날 준비를 했다. 일단 집 밖으로 나가자 데비는 쏜살같이 길을 따라 달려가다가 산울타리에 난 틈새로 들어갔다. 내가 마지막으로 본 것은 비에 씻긴 풀밭 위를 날듯이 달려가는 검은 형체였다.

"대체 어디를 가는 거지?" 나는 혼잣말로 중얼거렸다.

에인즈워스 부인이 내 옆에 나타났다.

"우리도 여태껏 그걸 알아내지 못했답니다."

에인즈워스 부인한테서 다시 전화가 걸려온 것은 거의 석 달이 지나서였다. 사실 나는 바셋하운드들이 그토록 오랫동안 아무 증세도 보이지 않는 것을 의아하게 생각하고 있던 참이었다.

그날은 마침 크리스마스 아침이어서, 에인즈워스 부인은 우선 사과부터 했다.

"하필이면 이런 날 귀찮게 해서 정말 죄송해요. 선생님도 크리스마스 날에는 쉬고 싶으실 텐데."

하지만 그 정중한 사과 뒤에는 감출 수 없는 비통함이 담겨 있었다.

"그건 걱정하지 마세요. 이번에는 어떤 녀석입니까?"

"개가 아니라…… 데비예요."

"데비요? 데비가 지금 댁에 있습니까?"

"네…… 그런데 아무래도 이상해요. 빨리 좀 와 주세요."

나는 차를 몰고 시장을 지나가면서, 크리스마스 날의 대러비는 찰스 디킨스가 되살아난 것 같다고 생각했다. 눈이 두껍게 쌓인 광장은 텅 비어 있고, 처마에는 지붕에서 흘러내린 눈이 고드름이 되어 매달려 있고, 가게들은 모두 문을 닫고, 옹기종기 모여 있는 집들의 창문에서는 크리스마스트리의 색전구 불빛이 깜박거렸다. 하얀 눈에 덮인 추운 황무지와 대비되어 그 따뜻한 불빛은 더욱 유혹적으로 보였다.

에인즈워스 부인의 집은 반짝이는 금속조각과 나뭇가지와 열매로 화려하게 꾸며져 있었다. 찬장에는 술병이 즐비하게 놓여 있고, 부엌에서는 샐비어와 양파로 속을 채운 칠면조 냄새가 풍겨 나왔다. 하지만 나를 거실로 안내하는 부인의 눈은 고통으로 가득 차 있었다.

데비는 거기에 있었다. 하지만 모든 것이 전과는 딴판이었다. 데비는 여느 때처럼 등을 곧게 펴고 똑바로 앉지 않고, 옆으로 누워서 꼼짝도 하지 않았다. 축 늘어져 있는 데비 옆에는 검은 새끼 고양이 한 마리가 웅크리고 누워 있었다.

나는 어리둥절하여 고양이들을 내려다보았다.

"여기서 무슨 일이 있었습니까?"

"그게 가장 이상한 일이에요. 데비는 지난 몇 주 동안 나타나지 않다가 두 시간쯤 전에 부엌으로 비틀거리면서 들어왔어요. 새끼를 입에 물고 말이에요. 새끼를 거실로 데려와서는 깔개 위에 내려놓았어요. 처음에는 나도 기뻐했죠. 하지만 뭔가 이상하다는 걸 알 수 있었어요. 데비는 여느 때처럼 똑바로 앉아 있다가 저렇게 드러누워서는 한 시간이 넘도록 꼼짝도 않고 있어요."

나는 깔개 위에 무릎을 꿇고 데비의 목과 갈비뼈를 만져보았다. 데비는 전보다 더 여위었고, 털은 더럽고 진흙이 덕지덕지 묻어 있었다. 내가 조심스럽게 입을 벌려도 데비는 전혀 저항하지 않았다. 혀와 점막은 비정상적으로 창백했고, 내 손에 닿은 입술은 얼음장처럼 차가웠다. 눈꺼풀을 젖혀보니 새하얀 결막이 보였다. 내 마음속에서 경종이 울리기 시작했다.

나는 데비의 배를 만져보았다. 거기서 무엇을 발견하게 될지는 분명했다. 그래서 내장 사이에 깊이 박혀 있는 단단한 소엽 덩어리가 손가락에 만져졌을 때에도 나는 놀라지 않았다. 그저 아련한 슬픔만 느꼈을 뿐이다. 조직에 광범위하게 퍼진 림프육종. 암은 이미 말기에 접어들었고, 살아날 가망은 전혀 없었다. 나는 청진기를 데비의 심장에 대고 점점 약해지고 빨라지는 고동 소리를 들었다. 나는 허리를 펴고 깔개 위에 앉아서 초점 없는 눈으로 난롯불을 멍하니 바라보았다. 얼굴에 난롯불의 열기가 느껴졌다.

에인즈워스 부인의 목소리가 아주 멀리서 들려오는 것 같았다.

"병에 걸렸나요?"

"예…… 그런 것 같습니다. 악성종양이에요." 나는 일어섰다. "제가 할 수 있는 일은 아무 것도 없습니다. 죄송합니다."

부인은 손으로 입을 막고 크게 뜬 눈으로 나를 쳐다보았다. 마침내 입을 연 부인의 목소리는 떨리고 있었다.

"그렇군요. 그렇다면 당장 데비를 잠재워주세요. 우리가 해줄 수 있는 건 그것뿐이에요. 데비가 고통에 시달리게 내버려둘 수는 없어요."

"그럴 필요도 없습니다. 데비는 지금 죽어가고 있거든요. 혼수상태에 빠져 있어서 고통도 느끼지 못할 겁니다."

부인은 홱 돌아서서 꼼짝도 하지 않고 자신의 감정과 싸우기 시작했다. 하지만 이내 그 싸움을 포기하고 데비 옆에 털썩 무릎을 꿇었다.

"오오, 가엾어라!" 부인은 흐느끼면서 고양이의 머리를 몇 번이고 쓰다듬었다. 데비의 헝클어진 털에 부인의 눈물이 뚝뚝 떨어졌다. "얼마나 괴로웠을까. 내가 좀 더 잘해줬어야 하는 건데."

나는 실내의 화려한 크리스마스 장식과는 전혀 어울리지 않는 부인의 슬픔을 느끼고, 한동안 아무 말도 하지 않았다.

이윽고 나는 부드럽게 입을 열었다.

"아무도 아주머니보다 더 잘해줄 수는 없었을 겁니다. 아무도 아주머니보다 더 친절할 수는 없었을 거예요."

"하지만 여기 붙잡아둘 수도 있었을 텐데. 편안하게 지내도록 보살펴줄 수도 있었는데. 병든 몸으로 이 추위에 바깥에서 지내는 건 끔찍했을 거예요. 그걸 생각하면 너무 애처롭고 가슴이 아파요. 게다가 새끼까지 낳아서…… 그런데 데비는 새끼를 몇 마리나 낳았을까요?"

"그건 영원히 알 수 없을 겁니다." 나는 어깨를 으쓱했다. "어쩌면 이 녀석 하나만 낳았을지도 모르죠. 한 마리만 낳는 경우도 있거든요. 그리고 데비는 제 새끼를 아주머니한테 데려왔어요."

"맞아요. 그랬어요……." 에인즈워스 부인은 손을 뻗어 흙투성이의 새끼 고양이를 집어 들었다. 부인이 손가락으로 털을 쓰다듬자 새끼는 작은 입을 벌리고 소리 없이 울었다. "이상하지 않아요? 데비는 죽어가고 있으면서 제 새끼를 이리로 데려왔어요. 게다가 크리스마스 날."

나는 허리를 굽혀 데비의 심장에 손을 대보았다. 고동이 없었다.

나는 고개를 들었다.

"죽은 것 같습니다."

나는 깃털처럼 가벼운 작은 몸을 들어 올려 깔개 위에 깔려 있던 시트로 싸서 내 차로 가져갔다.

다시 집 안으로 돌아와 보니 에인즈워스 부인은 아직도 새끼 고양이를 쓰다듬고 있었다. 뺨에 흘러내린 눈물은 이제 말라버렸고, 나를 쳐다보는 부인의 눈은 다시금 밝아져 있었다.

"고양이는 한 번도 키워본 적이 없어요."

나는 빙긋 웃었다.

"지금부터 키우게 되실 것 같군요."

내 말대로 에인즈워스 부인은 고양이를 키우게 되었다. 새끼 고양이는 쑥쑥 자라서 털에 윤기가 흐르는 잘생긴 수고양이가 되었고, 너무 장난이 심한 말썽꾸러기여서 버스터라는 이름을 얻었다. 버스터는 모든 면에서 겁 많은 어미와는 정반대였다. 야외에서 궁핍을 견디며 남몰래 숨어 사는 생활은 버스터에게는 어울리지 않았다. 버스터는 에인즈워스 댁의 값비싼 융단 위를 왕처럼 거들먹거리며 돌아다녔고, 목에 두르고 있는 화려한 목걸이가 그 풍채를 더욱 돋보이게 해주었다.

그 집에 갈 때마다 나는 버스터가 성장하는 모습을 보고 기뻐했지만, 그 중에서도 특히 기억에 남는 것은 이듬해 크리스마스, 즉 버스터가 그 집에 온 지 정확히 1년째 되는 날의 일이었다.

나는 여느 때처럼 그날도 왕진을 나갔다. 생각해보면 내가 일하지 않아도 되었던 크리스마스는 한 번도 없었다. 동물들은 크리스마스가 휴일이라는 것을 알 턱이 없기 때문이다. 크리스마스 날 왕진을 나가면서 느끼곤 했던 막연한 원망은 해가 갈수록 철학적인 체념으로 바뀌었다. 어쨌든 나는 살을 엘 듯이 차가운 공기 속에서 언덕 비탈에 있는 외양간들을 돌아다녔기 때문에, 침대에 누워 빈둥거리거나 난롯가에 축 늘어져 있는 수백만 사람들보다 훨씬 왕성한 식욕으로 칠면조를 먹어 치웠다. 그리고 인심 좋은 농부들한테 얻어 마신 식전주는 식욕을 더욱 돋우어주었다.

나는 얼굴이 장밋빛으로 달아오른 채 집으로 돌아가고 있었다. 벌써 위스키를 여러 잔 마신데다(게다가 요크셔 사람들은 위스키를 맥주처럼 듬뿍 따라준다) 언쇼 부인이 장군풀로 손수 담근 약주 한 잔으로 입가심까지 마친 상태였다. 이 약주는 너무 독해서 온몸이 발톱 끝까지 타버린 느낌이었다. 그런데 에인즈워스 부인의 집을 지날 때 외침 소리가 들렸다.

"메리 크리스마스, 헤리엇 선생님!" 부인은 현관문에서 손님을 배웅하고 있다가, 나를 보고는 쾌활하게 손을 흔들었다. "들어오셔서 한잔하세요. 몸이 따뜻해질 거예요."

더 이상 몸을 덥힐 필요는 없었지만 나는 주저 없이 길가에 차를 세웠다. 집 안은 작년 크리스마스 때와 마찬가지로 아름답게 꾸며져 있고, 군침이 돌게 하는 샐비어와 양파 냄새도 여전했다. 하지만 작년과 다른 점도 있었다. 슬픔은 없고, 그 대신 버스터가 있다는 점이었다.

버스터는 귀를 쫑긋 세우고 장난기로 눈을 반짝거리며 바셋하운드 세 녀석에게 차례로 돌진하여 앞발로 후려치고는 날쌔게 달아나는 장난에 열중해 있었다.

에인즈워스 부인이 소리 내어 웃었다.

"버스터가 개들을 얼마나 귀찮게 괴롭히는지 몰라요. 잠시도 가만히 놔두질 않는다니까요."

사실 버스터의 등장은 런던의 배타적인 클럽에 무례한 아웃사이더가 침입한 거나 마찬가지였다. 오랫동안 개들은 우아한 생활을 즐겼다. 여주인과 규칙적으로 산책을 하고, 양질의 음식을 배불리 먹고, 깔개와 안락의자 위에서 실컷 잠을 즐겼다. 그들의 나날은 조용하고 평온하게 지나갔다. 그런데 거기에 버스터가 끼어든 것이다.

버스터는 다시 제일 어린 강아지에게 덤벼들었다. 이번에는 옆에서 머리를 한쪽으로 기울이고 팔짝팔짝 뛰면서 개를 자극했다. 이윽고 버스터는 두 앞발로 개를 툭툭 치기 시작했다. 바셋하운드가 점잖은 견종이긴 하지만, 녀석들도 더는 참을 수 없었는지 체면을 내던지고 버스터와 맞붙어 뒹굴면서 한바탕 레슬링 시합을 벌였다.

"재미있는 걸 보여드리죠."

에인즈워스 부인은 찬장에서 단단한 고무공을 집어 들고 정원으로 나갔다. 버스터도 그 뒤를 따랐다. 부인이 잔디밭을 질러가 공을 던지자 버스터는 서리 내린 풀밭 위를 달려 공을 따라갔다. 새까만 털가죽 밑에서 근육이 물결치고 있었다. 버스터는 공을 이빨로 물고 여주인에게 가져와서 발치에 떨어뜨리고는 기대에 찬 눈으로 기다렸다. 부인이 다시 공을 던지자 버스터는 또 공을 쫓아가서 물고 왔다.

나는 도저히 믿을 수가 없었다. 고양이가 개를 흉내 내다니!

바셋하운드들은 경멸하는 눈으로 고양이를 바라보았다. 그 개들은 무슨 일이 있어도 공을 쫓아가지 않았겠지만, 버스터는 영원히 싫증내지 않을 것처럼 되풀이하여 공을 쫓아다녔다.

에인즈워스 부인이 나를 돌아보았다.

"이런 고양이를 보신 적이 있나요?"

"아뇨, 한 번도 못 봤습니다. 버스터는 정말 진기한 고양이군요."

부인은 아직도 공놀이에 열중해 있는 버스터를 억지로 공에서 떼어놓고 나와 함께 집 안으로 돌아왔다. 부인이 덩치 큰 고양이를 번쩍 들어 올리자, 녀석은 목구멍을 가르랑거리며 몸을 활처럼 구부리고 기분 좋은 듯이 부인의 **뺨**에다 얼굴을 비벼댔다. 부인은 깔깔 소리 내어 웃었다.

건강과 만족감의 화신 같은 버스터를 바라보면서 나는 녀석의 어미를 생각했다. 에인즈워스 부인의 집은 데비가 아는 유일한 안식처였다. 편안하고 따뜻한 이 집에서는 제 새끼가 보살핌을 받을 수 있으리라 믿고, 데비가 죽어가면서도 마지막 남은 힘을 짜내어 새끼를 데려왔다고 생각하는 것은 지나친 공상일까? 그럴지도 모른다.

하지만 그런 공상을 한 것은 나만이 아니었다. 에인즈워스 부인은 나를 돌아보며 미소를 지었지만 눈에는 슬픔이 담겨 있었다.

"데비가 보면 기**뻐**할 거예요."

나는 고개를 끄덕였다.

"예, 그럴 겁니다…… 데비가 버스터를 데려온 게 꼭 1년 전 오늘이군요. 그렇지요?"

"맞아요." 부인은 다시 버스터를 꼭 끌어안았다. "내가 받은 최고의 크리스마스 선물이었어요."

7

체중계 눈금을 보고 나는 눈을 의심했다. 60킬로그램! 공군에 들어온 뒤 무려 13킬로그램이나 빠져버린 것이다. 나는 여느 때처럼 스카버러 시내에 있는 부츠 약국의 한구석에 몸을 움츠리고 있었다. 매주 한 번 여기 있는 체중계에 올라가 계속 여위어가는 몸을 우울한 눈으로 확인하는 버릇이 생겼는데, 이렇게 빨리 몸무게가 주는 것은 믿을 수 없는 일이었다. 게다가 그게 꼭 고된 훈련 탓만은 아니었다.

스카버러에 도착하자마자 우리는 지휘관인 반스 대위의 훈시를 들었다. 그는 생각에 잠긴 눈으로 우리를 둘러보면서 말했다. "이곳을 떠날 때쯤이면 여러분은 스스로도 몰라볼 만큼 달라져 있을 것이다." 이 말은 농담이 아니었다.

우리는 쉴 틈이 없었다. 체력 단련과 군사 훈련의 연속이었다. 겨울 바다에서 불어오는 바람이 몸을 채찍질하는 해안도로에서 러닝셔츠와 반바지만 입은 채 몇 시간 동안이나 몸을 구부리고 펴고 뒤틀기를 반복했다. 중사의 구령에 따라 몇 시간 동안이나 행군을 했다. 속보 행진! 완보 행진! 뒤로 돌아갓! 조종술을 배우러 갈 때도 공군식 속보법에 따라 두 팔을 어깨 높이까지 흔들며 빠른 걸음으로 걸어야 했다.

또한 우리는 정기적으로 캐슬 언덕 꼭대기까지 행군하여 온갖 무기를 발사했다. 12구경 산탄총, 22구경 소총, 권총, 기관총. 인형을 총검으로 찌르기까지 했다. 훈련이나 사격 연습을 하지 않을 때는 수영이나 축구나 럭비를 했고, 해변과 절벽 위를 몇 킬로미터나 달리기도 했다.

처음에는 너무 바빠서 나에게 일어난 변화를 알아차리지 못했다. 몇 주 뒤인 어느 날 아침, 우리 소대는 8킬로미터 구보를 거의 끝내가고 있었다. 백사장이 길게 뻗어 있는 텅 빈 해변으로 내려오자 중사가 소리쳤다.

"좋아. 저 바위까지 전력 질주! 누가 제일 먼저 도착하는지 보자!"

우리는 마지막 100미터 경주를 위해 일제히 출발했다. 그리고 놀랍게도 결승점을 맨 먼저 통과한 사람은 바로 나였다. 숨도 차지 않았다. 그때 나는 깨달았다. 반스 대위의 말이 맞았구나. 내가 정말 몰라보게 달라졌구나.

헬렌 곁을 떠났을 때는 그녀의 정성스러운 보살핌 덕분에 이중턱에다 허리에 스페어타이어 같은 군살이 붙기 시작한 젊은 유부남이었지만, 지금은 유연하고 지칠 줄 모르는 그레이하운드(사냥개)가 되어 있었다. 내가 건강해진 것은 확실했다. 하지만 무언가가 잘못되어 있었다. 이렇게 여위는 것은 아무래도 이상했다. 무언가 다른 요인이 작용하고 있었다.

요크셔에서는 아내가 임신하고 있을 때 남편이 수척해지면 다들 손으로 입을 가리고 킬킬거리면서 남자가 애를 '뱄다'고 수군거린다. 나는 이 말을 결코 우습게 생각지 않는다. 그때 나는 정말로 내 아들을 '뱄다'고 확신하기 때문이다.

다양한 증세가 이 결론을 뒷받침하고 있다. 내가 입덧으로 고생했다고 말하면 과장이겠지만, 아침에 구역질이 나기 시작하자 혹시 이게 입덧이 아닐까 하는 의심이 생겼다. 아내의 해산이 다가올수록 나는 점점 불안해졌고, 몸이 건강한데도 피로감과 불쾌감을 느꼈다. 드디어 마지막 단계가 되자 나는 아랫배에 명백한 진통을 느끼기 시작했다. 이제는 의심할 여지가 없다. 무언가 손을 써야 한다고 생각했다.

헬렌을 만나야 한다. 어쨌든 아내는 그랜드호텔의 맨 위층 창문에서 바라보이는 언덕 바로 너머에 있었다. 바로 너머라는 말은 엄밀히 말하면 사실이 아니지만, 그래도 이곳은 요크셔였고, 여기서 버스를 타면 세 시간 만에 아내한테 갈 수 있다. 문제는 기본훈련대에는 휴가가 없다는 점이었다. 거기에 대해서는 의심할 여지가 없었다. 이 부대의 규율은 근위대만큼이나 엄격하고 제약이 심했다. 아이가 태어나면 특별휴가를 얻을 수 있겠지만, 그때까지 기다릴 수가 없다. 허가를 받지 않고 부대를 빠져나가면 탈영으로 취급되어 심각한 결과가 뒤따를 것이다. 어쩌면 영창에 들어갈 수도 있다. 하지만 그런 것은 나한테 중요하지 않았다.

"어떤 녀석이 한 번 시도했다가 결국 영창에 들어갔어. 해보나 마나니까 그만두는 게 좋아."

동료 하나가 경고했지만 귀에 들어오지 않았다. 나는 평소 법을 존중하는 선량한 시민이지만, 이번에는 전혀 양심의 가책을 느끼지 않았다. 무슨 수를 써서라도 헬렌을 만나야 한다. 몰래 버스 시간표를 조사해보니 오후 2시에 이곳을 떠나 5시에 대러비에 도착하는 버스와 6시에 대러비를 떠나 9시에 스카버러에 도착하는 버스가 있었다. 여섯 시간 동안 버스를 타면 한 시간을 헬렌과 함께 보낼 수 있다. 해볼 만한 가치는 있었다.

오후 2시에는 한 번도 자유 시간을 가진 적이 없었기 때문에 처음에는 아무리 궁리해도 그 시간에 버스 정류장까지 갈 방법을 찾을 수 없었지만, 이윽고 생각지도 않은 기회가 찾아왔다. 어느 금요일 점심시간에, 오늘 오후에는 수업이 없으니까 저녁까지 숙소에서 대기하라는 지시를 받은 것이다. 동료들은 대부분 얼씨구나 하고 침대로 들어갔지만, 나는 긴 돌계단을 살금살금 내려가 현관문이 바라보이는 로비에 자리를 잡았다.

출입구 한쪽에는 앞면이 유리로 된 사무실이 있는데, 거기에 헌병들이 앉아서 나가는 사람들을 감시하고 있었다. 오늘 근무하는 헌병은 한 명뿐이었다. 나는 그가 돌아서서 방 뒤쪽으로 가기를 기다렸다가 조용히 사무실 앞을 지나 광장으로 나갔다.

거기까지는 너무 쉬웠지만, 그랜드호텔과 맞은편 호텔들 사이의 텅 빈 공간을 가로지를 때는 알몸을 드러낸 듯한 기분이었다. 일단 모퉁이를 돌자 조금 안심이 되었다. 나는 경쾌한 걸음으로 서쪽을 향해 출발했다. 나에게 필요한 것은 약간의 행운뿐이었다. 입이 바싹 마른 채 텅 빈 거리를 걸으면서 나는 그 행운을 잡았다고 생각했다. 덩치 큰 헌병 둘이 내 쪽으로 다가오는 것을 보았을 때는 한 방 얻어맞은 듯한 충격을 느꼈지만, 곧이어 마음이 기묘하게 차분해졌다.

헌병들은 외출증을 보자고 하겠지. 내가 외출증이 없다고 하면, 뭣 하러 밖에 나왔느냐고 묻겠지. 그냥 바람 좀 쐬러 나왔다고 대답하는 건 별로 바람직하지 않아. 이 길은 버스 정류장과 기차역으로 이어져 있으니까, 천재가 아니라도 내 속셈을 꿰뚫어볼 수 있을 거야. 어쨌든 그곳에는 숨을 곳도 도망칠 길도 없었다. 지금까지 영창에 수의사가 들어간 적이 있었는지 궁금했다. 어쩌면 내가 새로운 기록을 세우게 될지도 모른다.

그때 내 뒤에서 행군하는 군인들의 율동적인 발소리와 거기에 늘 따라다니는 구령 소리가 들려왔다. "왼발 오른발, 왼발 오른발." 돌아보니 푸른 제복의 긴 행렬이 다가오고 있었다. 하사 한 명이 그들을 인솔하고 있었다. 그들이 내 옆을 지나갈 때 나는 다시 헌병들을 보고 가슴이 뛰었다. 헌병들은 농담을 하면서 서로 얼굴을 쳐다보고 웃어댔다. 그들은 나를 보지 못했다. 나는 얼른 행렬 꼬리에 붙어서 몇 초도 지나기 전에 들키지 않고 헌병들 옆을 지나쳤다.

나는 필사적으로 머리를 굴렸다. 버스 정류장 방향으로 이탈할 기회를 잡을 때까지는 행렬 꼬리에 붙어서 따라가는 편이 안전할 것 같았다. 아무도 나를 알아보지 못할 거라는 생각에 마음이 우쭐해지려는 순간, 하사가 여전히 구령을 외치면서 힐끗 뒤를 돌아보았다. 하사는 다시 앞으로 고개를 돌렸지만, 뒤쪽에서 무언가 흥미로운 것을 발견한 것처럼 더 천천히 고개를 돌렸다. 그러고는 서서히 보폭을 줄여서 마침내 내 옆까지 왔다.

하사가 나를 위아래로 훑어보는 동안 나도 곁눈으로 그를 관찰했다. 마치 오그라든 것처럼 쭈글쭈글하고 작은 남자였다. 해골 같은 창백한 얼굴에서 작은 눈이 매섭게 번득이고 있었다. 잠시 후 그가 입을 열었다.

"자넨 도대체 누군가?"

그가 군대식이 아니라 일상적인 말투로 물었다. 나에게는 가장 난처한 질문이었지만, 희미한 희망의 빛을 감지했다. 하사의 억양에 내 고향 특유의 사투리가 섞여 있었던 것이다. 귀에 거슬리는 성문음이 많이 섞인 그 사투리를 잘못 들을 리가 없었다.

"헤리엇입니다, 하사님. 4중대 2소대 소속입니다."

나는 일부러 심한 글래스고 사투리로 대답했다.

"4중대 2소대…… 여긴 3중대 1소대야. 도대체 여기서 뭘 하고 있는 건가?"

나는 두 팔을 높이 휘두르고 똑바로 앞을 바라보면서 숨을 한 번 깊이 들이마셨다. 이제는 숨겨봤자 소용이 없었다.

"아내를 만나러 가고 있습니다, 하사님. 아내가 출산을 앞두고 있거든요."

나는 재빨리 그를 훔쳐보았다. 그는 놀란 표정을 지어 약점을 드러낼 사람은 아니었지만, 작은 눈이 조금 커져 있었다.

"아내를 만나러 간다고? 자네…… 미쳤나? 아니면 바보야?"

"별로 멀지 않습니다, 하사님. 지금 대러비에 살고 있어요. 버스로 세 시간이면 갈 수 있습니다. 오늘 밤에 돌아올 겁니다."

"오늘 밤에 돌아온다고? 머리가 돌았는지 검사를 받아보는 게 좋겠군."

"꼭 가야 합니다."

"앞을 봐!" 하사가 느닷없이 우리 앞에서 행군하고 있는 부하들에게 고함을 질렀다. "왼발, 오른발, 왼발, 오른발!"

그러고는 다시 고개를 돌려, 내가 불가사의한 현상이라도 되는 것처럼 찬찬히 나를 뜯어보았다. 나도 하사에게 흥미를 느꼈다. 그는 제1차 세계 대전 이후 어려운 시기에 글래스고가 낳은 전형적인 산물이었다. 영양부족으로 발육이 저해되었지만, 흰 족제비처럼 강인하고 호전적이었다.

마침내 그가 입을 열었다.

"아내가 출산하면 휴가를 얻을 수 있다는 걸 모르나?"

"알고 있습니다. 하지만 그렇게 오랫동안 기다릴 수가 없습니다. 휴가를 좀 주십시오, 하사님."

"휴가를 달라고? 내가 총살당하기를 바라나?"

"아닙니다, 하사님. 버스 정류장까지 가고 싶을 뿐입니다."

"맙소사! 그것뿐이라고?"

그는 마지막으로 믿을 수 없다는 눈길을 나에게 던진 다음, 걸음을 빨리하여 대열 앞으로 가버렸다. 하지만 잠시 후에 돌아와서 다시 나를 뜯어보았다.

"글래스고의 어디 출신이야?"

"스코츠타운힐입니다. 하사님은 어디십니까?"

"고번이야."

나는 하사 쪽으로 살짝 고개를 돌렸다.

"레인저스(글래스고를 연고로 하는 스코틀랜드의 축구팀) 팬입니까?"

그는 표정을 바꾸지는 않았지만 한쪽 눈썹이 꿈틀했다. 나는 그를 구워삶은 것을 알았다.

"대단한 팀이지요!" 나는 경외감이 담긴 말투로 중얼거렸다. "나는 아이브록스 경기장을 문턱이 닳도록 드나들었답니다."

그는 아무 말도 하지 않았다. 나는 1930년대의 위대한 레인저스 선수들의 이름을 차례로 늘어놓기 시작했다. "도슨, 그레이, 맥도널드, 마이클 존, 심프슨, 브라운." 그의 눈이 꿈꾸는 듯한 표정을 띠었다. 그리고 내가 "아치볼드, 마셜, 잉글리시, 맥파일, 모턴"까지 읊조렸을 때쯤에는 그의 입술에 그 시절을 그리워하는 듯한 미소가 감돌고 있었다.

하지만 고개를 흔들어 향수를 떨쳐버리고 다시 정상적인 상태로 돌아온 것 같았다.

"왼발 오른발, 왼발 오른발!" 그가 고함을 질렀다. "자, 자, 빨리빨리 걸어!" 그러고는 한쪽 입꼬리로 나에게 속삭였다. "저기가 버스 정류장이야. 우리가 정류장을 지나칠 때 재빨리 뛰어!"

그는 고함을 지르면서 다시 내 곁을 떠나 대열 앞쪽으로 달려갔다. 왼쪽에 버스와 대합실 창문이 보였다. 나는 잽싸게 길을 건너 버스에 뛰어올랐다. 그러고는 얼른 모자를 벗고, 늙은 농부들과 그 아내들 틈에 끼어앉아 부들부들 떨었다. 길을 따라 멀어져가는 푸른 제복의 긴 대열이 유리창 너머로 바라보였다. 하사의 고함 소리도 아직 들려오고 있었다.

하지만 그가 뒤돌아보지 않았기 때문에 나에게는 멀어져가는 그의 등과 곧추세운 좁은 어깨, 부하들과 보조를 맞추어 힘차게 내뻗는 다리밖에 보이지 않았다. 나는 그를 두 번 다시 보지 못했지만, 그를 아이브록스 경기장에 데려가서 함께 레인저스 팀의 경기를 구경하고 고번의 선술집에서 맥주라도 한잔 대접하고픈 마음이 지금도 간절하다. 그 결정적인 순간, 그가 레인저스 팬이 아니라 셀틱(글래스고에 기반한 축구팀으로, 레인저스와는 숙명의 라이벌 관계) 팬으로 밝혀졌다 해도 문제는 없었을 것이다. 나는 케너웨이, 쿡, 맥고니글 같은 셀틱 팀 선수들의 이름도 줄줄이 꿰고 있었기 때문이다. 위급한 상황에서 해박한 축구 지식의 덕을 본 것은 이때만이 아니다.

남의 관심을 끌지 않으려고 모자를 무릎에 올려놓은 채 버스 안에 앉아 있는 동안, 나는 시내를 벗어나 2~3킬로미터만 가면 세상이 완전히 달라진다는 것을 깨달았다. 도시에는 도처에 전쟁이 있었다. 사람들의 마음과 생각도 전쟁으로 가득 차 있었다. 수천 명의 제복 군인이 우글거리고, 공군과 육군의 차량이 돌아다니고, 공기 속에 감도는 기대와 불안을 감지할 수 있었다. 그런데 갑자기 그 모든 것이 사라졌다.

드넓은 청회색 바다가 시가지 뒤편에 우뚝 솟은 고원 아래로 사라지자 전쟁도 사라졌다. 버스가 서쪽으로 방향을 틀자 조용하고 평화로운 풍경이 창밖에 펼쳐졌다. 새로 흙을 갈아엎어 촉촉하게 습기를 머금은 기다란 밭고랑이 창백한 2월의 태양 아래서 반짝거리며, 그루터기만 남아 있는 황금빛 들판이나 목초지와 대조를 이루고 있었다. 목초지에서는 양들이 여물통 주위에 옹기종기 모여 있었다. 바람 한 점 없는 날씨였다. 농가의 굴뚝에서 피어오른 연기는 곧장 하늘로 올라가고, 길가 나무들의 앙상한 나뭇가지도 흔들리지 않고 추운 하늘을 가로질러 곧장 뻗어 있었다.

수많은 것들이 내 마음을 잡아당겼다. 반바지에 각반을 차고 멀리 떨어져 있는 소들에게 갖다 줄 건초다발을 어깨에 메고 가는 남자, 산울타리에서 잘라낸 잎과 가지를 태우고 있는 농부들, 버스 안에까지 흘러드는 연기 냄새. 시간이 갈수록 내 마음을 끌어당기는 풍경의 흡인력은 더욱 강해졌고, 마침내 창문 너머로 정든 고장이 보이기 시작했다. 내가 대러비를 보지 않은 게 오히려 다행이었는지도 모른다. 헬렌의 집은 버스 노선 근처에 있었기 때문에 나는 읍내로 들어가기 훨씬 전에 버스에서 내렸다.

헬렌은 집에 혼자 있다가, 내가 부엌으로 들어가자 고개를 돌렸다. 아내의 얼굴에 떠오른 표정에는 기쁨과 놀라움이 뒤섞여 있었다. 사실은 우리 둘 다 놀랐다. 헬렌은 내가 너무 여위어서 놀랐고, 나는 그녀가 너무 뚱뚱해져서 놀랐다. 해산을 보름 앞둔 아내는 정말로 거대했지만, 내가 두 팔로 끌어안지 못할 정도는 아니었다. 우리는 부엌 한복판에서 그렇게 얼싸안은 채 거의 말도 하지 않고 한참 동안 서 있었다.

겨우 포옹을 풀어주자 그녀는 눈을 동그랗게 뜨고 나를 말똥말똥 바라보았다.

"들어왔을 때 당신인 줄 몰랐어요."

"나도 당신인 줄 몰랐어."

"그것도 그래요." 그녀는 웃으면서 부푼 배 위에 두 손을 올려놓았다. "심하게 걷어차요. 이 녀석은 틀림없이 사내아이예요."

그러고는 갑자기 걱정스러운 표정을 지으며 손을 뻗어 살이 빠진 내 볼을 만졌다.

"식사는 제대로 나오나요?"

"응, 식사는 괜찮아. 다만 군대는 준 만큼 본전을 뽑아."

"어쨌든 뭔가 맛있는 걸 만들게요." 그녀는 뭔가를 생각하면서 나를 가만히 바라보았다. "유감이지만 배급받은 고기는 다 먹어버렸으니까, 달걀과 감자는 어때요?"

"응, 좋아."

헬렌은 나에게 달걀과 감자로 요리를 만들어주고 내가 먹는 동안 내 옆에 앉아 있었다. 우리의 대화는 좀 갈팡질팡했다. 헬렌과 헤어진 뒤 내 마음이 그녀와는 다른 궤도를 따라왔다는 것을 깨닫자 머리를 한 방 얻어맞은 기분이었다. 지난 몇 달 사이에 내 머리에는 새로운 생활이 깊이 배어들었고, 내 입도 영국 공군의 은어와 속어로 가득 찼다. 전에는 침실과 거실을 겸하고 있는 살림방에서 내 환자에 대해 이야기를 나누었고, 왕진할 때 생긴 재미난 일들을 헬렌에게 말해주곤 했지만, 지금은 해줄 말이 별로 없었다. 필립스 이등병이 또 군기 위반으로 영창에 들어갔다느니, 벡터 삼각함수는 정말 지긋지긋하다느니, 돈 맥그리거는 하인드 중사의 군화가 놀랄 만큼 반짝거리는 비결을 알아냈다고 뻐긴다느니 하는 따위의 이야기를 헬렌에게 해줘봤자 무슨 의미가 있겠는가. 그렇게 생각하자 맥이 빠졌다.

하지만 사실 그런 것은 중요하지 않았다. 헬렌을 바라보고 있는 동안 내 걱정은 눈 녹듯 사라졌다. 나는 헬렌이 건강하게 잘 있는지 걱정했지만, 눈앞에 있는 헬렌은 원기왕성했다. 눈은 반짝반짝 빛나고 뺨은 장밋빛이고 여전히 아름다웠다. 불협화음을 내는 것은 하나뿐이었지만, 그게 좀 기묘했다. 헬렌은 옆이 트여 있어서 배가 점점 불러오면 저절로 늘어나는 '임신복'을 입고 있었다. 어쨌든 나는 그 옷이 마음에 들지 않았다. 푸른색 드레스에 목을 완전히 가리는 빨간색 칼라가 달려 있어서 꼴사납고 싸구려처럼 보였다. 내핍생활이 영국에 널리 퍼졌고 많은 물건이 겉만 번드르르한 가짜라는 것은 나도 알고 있었지만, 내 아내만은 좀 더 나은 옷을 입었으면 하는 마음이 간절했다. 내 평생 그때만큼 내 가난한 주머니가 원망스러웠던 적은 별로 없다. 하루에 3실링인 이등병 급료로는 아내에게 비싼 옷을 사줄 수 없었기 때문이다.

한 시간은 눈 깜짝할 사이에 지나갔다. 집에 온 지 1분도 지나지 않은 것 같은데 어느새 나는 밀려오는 어둠 속에서 스카버러행 버스를 기다리고 있었다. 돌아오는 길은 좀 황량했다. 등화관제 때문에 불을 끈 버스는 더 어두운 마을과 끝없이 뻗어 있는 시골을 지나 덜컹거리며 달렸다. 날씨도 추웠지만 나는 따뜻한 이불처럼 나를 감싸는 헬렌의 기억 덕분에 행복했다.

그날 하루는 대성공이었다. 나는 행운 덕분에 숙소를 빠져나갔고, 그랜드호텔로 되돌아가는 것은 아무 문제도 없을 터였다. 내 친구 중의 하나가 보초를 서고 있을 테고, 내가 들어가는 것을 보아도 못 본 체 눈감아줄 테니까. 어둠 속에서 눈을 감자 아직도 헬렌을 품에 안고 있는 듯한 기분이 들었다. 나는 건강이 넘쳐흐르는 헬렌의 모습을 생각해내고 혼자 빙긋 웃었다. 헬렌은 멋져 보였고, 달걀과 감자 요리는 맛은 황홀했고, 그 모든 것이 더할 나위 없이 좋았다.

조화를 깨뜨리는 꼴사나운 임신복만 **빼고**! 그 불협화음은 아직도 마음 속에서 시끄럽게 울리고 있었다. 아아, 그 드레스는 정말 싫어!

8

"이봐 너! 어디 가는 거야?"

이런 식으로 말을 거는 것은 영국 공군 헌병의 전형적인 방식이었고, 나한테 고함을 지른 그 헌병도 역시 험악한 표정을 띠고 있었다.

"항법 수업을 받으러 갑니다, 하사님."

"외출증 내놔 봐!"

그는 외출증을 내 손에서 낚아채어 읽어보고는 나를 쳐다보지도 않고 돌려주었다. 나는 가석방된 죄수 같은 기분을 느끼면서 주뼛주뼛 거리로 나왔다.

헌병이 전부 다 그런 것은 아니지만 내가 만난 헌병들은 대부분 무뚝뚝했다. 그리고 그것이 계기가 되어 나는 공군에 들어온 이후 서서히 깨닫기 시작했던 사실을 뼈저리게 절감했다. 오랫동안 사람들이 나를 떠받들어주는 바람에 버릇이 나빠졌다는 사실이었다. 수의사는 존경할 만한 직업이었고, 그래서 사람들은 항상 존경하는 태도로 나를 대했다. 그리고 그것을 나는 너무나 당연하게 생각했다.

이제 나는 영국 공군에서 가장 낮은 계급인 이등병이었고, "이봐 너!"는 졸병인 내 지위를 반영하는 호칭이었다. 요크셔 농부들은 쏜살같이 달려 나와 나에게 입을 맞추지는 않지만, 공군에 들어온 뒤에는 그들의 친절하고 정중한 태도가 훨씬 소중하게 여겨졌다. 이제는 더 이상 그들의 그런 태도를 당연히 여기지 않게 되었기 때문이다.

물론 사람을 상대하는 직업에서는 대부분 상대방의 건방진 태도를 견뎌야 하고, 수의사도 예외는 아니다. 나는 차에서 내리는 나를 노려보던 경주마 조교사 랠프 비미시의 불쾌한 표정을 지금도 잊을 수 없다.

"파넌 씨는 어디 갔소?" 그가 퉁명스럽게 물었다.

나는 괜히 기가 죽었다. 노골적으로 나를 못 미더워하며 시그프리드를 찾는 사람은 한둘이 아니었다. 특히 대러비 부근의 경마 관계자들 가운데 그런 사람이 많았다.

"죄송하지만, 원장님은 먼 곳에 볼일이 있어서 늦게까지 돌아오지 않을 겁니다. 그래서 내일까지 내버려두기보다는 내가 오는 편이 낫겠다고 생각했지요."

그는 불쾌감을 감추려고도 하지 않았다. 자줏빛을 띤 통통한 볼을 부풀리고, 반바지 주머니에 두 손을 깊이 찔러 넣고는 순교자 같은 태도로 하늘을 쳐다보았다.

"그럼 할 수 없지. 따라오슈."

그는 돌아서서 짧고 굵은 다리로 마당 가장자리에 늘어서 있는 마구간을 향해 터벅터벅 걸어갔다. 나는 속으로 한숨을 내쉬며 그 뒤를 따라갔다. 요크셔에서 승마나 여우사냥을 좋아하지 않는 사람이 수의사 노릇을 하는 것은 때로는 고행이었다. 말의 성지인 이런 경주마 사육장에서는 더욱 그러했다. 시그프리드는 직관적인 기술도 뛰어났지만, 그것과는 별개로 말과 관련된 전문용어를 막힘없이 구사할 수 있었다. 또한 환자들의 혈통과 품종적 특징을 훤히 꿰뚫고 있어서 오랫동안 상세하게 그것을 논할 수도 있었고, 말을 타고 사냥도 했다. 게다가 귀족적인 얼굴과 짧게 자른 콧수염과 날씬한 체격을 갖고 있어서, 생김새까지 그럴싸했다.

조교사들은 그를 무척 좋아했고, 그 중에서도 특히 비미시 같은 자들은 자기가 맡고 있는 귀중한 말들을 시그프리드가 직접 보살피러 오지 않고 남을 대신 보내면 지독한 모욕이라도 당한 것처럼 생각했다.

그는 소년 하나를 불러서 마구간 문을 열라고 지시했다.

"환자는 이 안에 있소. 오늘 아침에 운동을 하러 나갔다가 발을 절룩거리면서 돌아왔지 뭐요."

소년이 밤색 거세마를 끌어냈다. 아픈 다리를 진단하기 위해 말을 달리게 할 필요는 없었다. 왼쪽 앞다리가 꺾이는 것을 한눈에 알 수 있었기 때문이다.

"아무래도 어깨를 다친 것 같소." 비미시가 말했다.

나는 반대편으로 돌아가서 오른쪽 앞다리를 들어올렸다. 발굽 칼로 각질 연골과 발바닥을 깨끗이 청소해보았지만 상처가 난 징후는 전혀 없었고, 칼 손잡이로 각질을 두드려보았지만 민감한 반응도 보이지 않았다.

나는 발굽 위의 돌기까지 더듬어 올라가면서 촉진을 계속했다. 그 결과 중수골 말단부에서 누르면 통증을 느끼는 부위를 찾아냈다.

나는 웅크린 자세로 얼굴을 들었다.

"이게 문제인 것 같습니다. 뒷발로 여기를 걷어찬 게 분명해요."

"어디요?" 조교사는 내 위로 허리를 굽혀 말의 다리를 내려다보았다. "내 눈엔 아무 것도 안 보이는데."

"피부는 찢어지지 않았지만, 여기를 누르면 말이 움찔합니다."

비미시는 뭉툭한 집게손가락으로 그 부위를 쿡쿡 찔렀다.

"그렇군. 하지만 그런 식으로 눌러대면 어디를 눌러도 움찔할 거요."

나는 그의 말투에 화가 나기 시작했지만 차분한 목소리로 말을 이었다.

"이게 문제인 건 분명합니다. 발굽 위의 돌기 바로 위에 소염작용이 있는 온습포를 대고, 하루에 두 번씩 그 위에 찬물을 뿌리고 습포를 갈겠습니다."

"진단이 잘못된 것 같은데. 그렇게 아래쪽은 절대로 아니오. 걸음걸이를 보면 어깨를 다친 게 분명해요." 그는 소년에게 손짓을 했다. "말 어깨에 열이 나는지 확인해봐."

그가 나를 한 대 후려쳤다 해도 그렇게 기분이 나쁘지는 않았을 것이다. 나는 말대꾸를 하려고 입을 벌렸지만 그는 벌써 저쪽으로 걸어가고 있었다.

"한 마리 더 봐주슈."

그는 이렇게 말하면서 가까운 우리 안으로 들어가 커다란 밤색 말을 가리켰다. 그 말은 앞다리 힘줄에 물집이 생긴 조짐을 보이고 있었다.

"반 년 전에 파년 씨가 저 다리에 붉은 물집이 생겼다고 해서, 그 후 지금까지 밖에 내보내지 않고 여기서 쉬게 했소. 이제 건강해진 것처럼 보이는데 밖에 내보내도 되겠소?"

나는 말에게 다가가 굽힘근(다리 관절 양쪽에 있는 뼈 사이의 각도를 줄이는 근육) 힘줄을 손가락으로 쓸면서 힘줄이 굵어지고 있는 조짐을 찾았지만, 그런 조짐은 전혀 없었다. 발을 들어 올려 더 자세히 조사해보니 피하 굽힘근에 말랑말랑한 부위가 있었다. 나는 허리를 폈다.

"아직 좀 아픕니다. 좀 더 여기 가두어두는 편이 안전할 것 같습니다."

"나는 그렇게 생각지 않아요!" 비미시는 꽥 소리를 질렀다. 그러고는 소년을 돌아보았다. "말을 밖으로 내보내, 해리."

나는 그를 노려보았다. 비미시는 나에게 굴욕감을 주려고 일부러 이런 짓을 하는 걸까? 나를 대수롭지 않게 여긴다는 사실을 새삼스럽게 상기시키려는 걸까? 어쨌든 나는 그에게 화가 나기 시작했고, 벌겋게 달아오른 내 얼굴이 너무 눈에 띄지 않기만을 바랄 뿐이었다.

비미시가 다시 입을 열었다.

"줄곧 기침을 하고 있는 말이 하나 있는데, 가기 전에 그 녀석도 좀 봐주슈."

우리는 좁은 통로를 지나 작은 마당으로 들어갔다. 해리가 칸막이 우리로 들어가 말의 굴레를 잡았다. 나는 체온계를 꺼내면서 그 뒤를 따라 들어갔다.

내가 엉덩이 쪽으로 접근하자 말은 귀를 뒤로 눕히고 히힝거리면서 발길질을 하기 시작했다. 나는 머뭇거리다가 소년에게 고개를 끄덕였다.

"내가 체온을 재는 동안 앞다리를 들고 있어. 알았지?"

소년이 허리를 굽혀 앞다리를 잡자 비미시가 끼어들었다.

"괜찮아, 해리. 그럴 필요 없어. 이 말은 양처럼 순하니까."

나는 잠시 망설였다. 내가 옳다는 생각이 들었지만, 이곳에서는 내 지위가 너무 낮았다. 나는 어깨를 으쓱하고 꼬리를 들어 올린 다음 체온계를 직장으로 밀어 넣었다.

두 개의 뒷발이 거의 동시에 나를 걷어찼지만, 문을 통해 뒤로 날아가면서 배보다 가슴을 조금 먼저 맞았다고 생각한 것을 똑똑히 기억하고 있다. 하지만 배를 걷어찬 발굽이 내 명치에 정통으로 닿았기 때문에 내 의식은 순식간에 흐려졌다.

나는 마당의 콘크리트 바닥에 길게 뻗은 채 숨을 쉬려고 필사적으로 헐떡거리며 신음했다. 이제 나도 끝장이구나 하고 생각한 순간도 있었지만, 마침내 길게 울부짖는 소리와 함께 숨통이 터졌다. 그것이 내 목숨을 구해주었다. 고통을 참으며 간신히 땅바닥에 일어나 앉았다. 열린 문을 통해 해리가 말머리에 매달린 채 겁먹은 눈으로 나를 바라보고 있는 것이 보였다. 한편 비미시는 내 수난에 전혀 관심을 보이지 않았다. 그는 걱정스러운 얼굴로 말의 뒷발을 하나씩 꼼꼼히 살펴보고 있었다. 고약하고 단단한 내 갈비뼈에 부딪혀 뒷발이 상하지나 않았나 걱정하고 있는 게 분명했다.

나는 천천히 일어나 숨을 몇 번 길게 들이마셨다. 충격을 받긴 했지만 심하게 다치지는 않았다. 내가 체온계를 놓지 않은 것은 아마 본능이었을 것이다. 그 깨지기 쉬운 기구는 아직도 내 손에 무사히 쥐어져 있었다.

우리 안으로 돌아갈 때 내가 느낀 감정은 차가운 분노뿐이었다.

"내 말대로 그 빌어먹을 앞다리를 들어!" 나는 아무 잘못도 없는 해리에게 고함을 질렀다.

"알겠습니다, 선생님! 죄송합니다, 선생님!" 해리는 허리를 숙여 앞다리를 들어 올리고는 두 손으로 단단히 움켜잡았다.

나는 비미시가 또 무슨 참견을 하는지 보려고 그를 돌아보았지만, 그는 말없이 커다란 동물을 무표정하게 바라볼 뿐이었다.

이번에는 무사히 체온을 잴 수 있었다. 섭씨 38도 3분이었다. 나는 말머리 쪽으로 가서 집게와 엄지손가락으로 콧구멍을 벌려보았다. 점액성 콧물이 조금 보였다. 턱밑샘과 뒤쪽 귀밑샘은 정상이었다.

"가벼운 감기예요. 주사를 한 대 놓고 설파제를 조금 드리지요. 우리 원장님이 이런 증세에 사용하는 약입니다."

마지막 말이 그를 안심시켰는지 어떤지는 알 수 없었다. 그는 아무 내색도 하지 않고, 내가 프론토질 10시시를 주사하는 것을 무표정한 얼굴로 지켜볼 뿐이었다.

나는 그곳을 떠나기 전에 설파제 반 파운드를 자동차 트렁크에서 꺼냈다. "지금 당장 이 약 3온스를 물 0.5리터에 타서 먹이고, 밤과 아침에 1.5온스를 먹이세요. 이틀이 지나도 좋아지지 않으면 우리한테 알려주세요."

비미시는 무뚝뚝한 얼굴로 약을 받아 들었다. 자동차 문을 열 때 나는 불쾌한 왕진이 마침내 끝났다는 안도감에 사로잡혔다. 시간이 많이 걸린 것처럼 느껴졌고, 고생한 보람도 전혀 없었다. 내가 시동을 걸고 있을 때 어린 수습 조교사가 숨을 헐떡이며 조교사에게 달려왔다.

"앨마이라가 숨을 못 쉬어요! 숨이 막혔나 봐요!"

"숨이 막혔다고?" 비미시는 소년을 노려보다가 나에게로 홱 돌아섰다. "앨마이라는 여기서 제일 좋은 암컷 망아지요. 선생이 가주면 좋겠는데……."

그렇다면 왕진은 아직 끝난 게 아니었다. 나는 운명의 실에 이끌리는 듯한 기분으로 땅딸막한 조교사를 따라 서둘러 마구간으로 돌아갔다. 그곳에는 또 다른 소년이 아름다운 밤색 망아지 옆에 서 있었다. 망아지를 본 순간 가슴이 섬뜩했다. 차가운 손이 내 심장을 거머쥔 듯한 기분이었다. 사소한 병은 치료해본 적이 있었지만, 이것은 달랐다.

망아지는 꼼짝도 않고 뚫어지게 앞을 바라보며 서 있었다. 갈비뼈가 오르내릴 때마다 거품이 일듯 쌕쌕거리는 소리가 나고, 숨을 들이마실 때마다 콧구멍이 격렬하게 벌름거렸다. 나는 말이 이런 식으로 숨 쉬는 것을 한 번도 본 적이 없었다. 그것만이 아니었다. 망아지는 침을 질질 흘리고 있었고, 몇 초마다 한 번씩 헛구역질 같은 기침을 했다.

나는 수습 조교사를 돌아보았다.

"언제부터 이랬지?"

"얼마 안 됐어요. 한 시간 전에 보았을 때는 아주 건강했거든요."

"확실해?"

"그럼요. 제가 건초를 주었는데, 그때는 전혀 아프지 않았어요."

"도대체 뭐가 잘못된 거요?" 비미시가 소리쳤다.

좋은 질문이었지만 나는 대답할 말이 없었다. 뭐가 잘못됐는지 짐작도 가지 않았다. 나는 생각에 잠겨 망아지 주위를 돌면서 후들거리는 다리와 겁먹은 눈을 관찰했다. 온갖 생각이 뒤범벅되어 머리를 가득 채웠다. 나는 먹이가 목구멍에 걸려 질식한 말을 본 적이 있지만, 그 말들은 이렇지 않았다. 식도를 만져보았지만 먹이는 전혀 걸려 있지 않았다. 어쨌든 호흡이 전혀 달랐다. 이 망아지는 식도가 아니라 숨관이 막힌 것처럼 보였다. 하지만 그게 무엇일까? 그리고 어떻게? 숨관에 이물질이 들어갈 수 있을까? 가능한 일이긴 하지만, 그것도 역시 내가 이제껏 본 적이 없는 사례였다.

"빌어먹을! 내가 묻고 있잖소! 도대체 무슨 병이오? 망아지를 어떻게 할 거요?" 비미시는 초조해지고 있었다. 그것도 무리는 아니었다.

나도 숨이 좀 가빠진 것을 깨달았다.

"잠깐 기다리세요. 허파에서 나는 소리를 들어볼 테니까."

"잠깐 기다리라고?" 조교사가 폭발했다. "젠장! 기다릴 시간이 어디 있어. 망아지가 죽을지도 모르는데!"

그가 말해줄 필요는 없었다. 나는 이미 망아지의 다리가 불길하게 후들거리는 것을 보았고, 이제 망아지는 조금씩 휘청거리고 있었다.

나는 입이 바싹바싹 마르는 것을 느끼면서 망아지의 가슴에 청진기를 댔다. 허파에 이상이 없다는 것은 처음부터 알고 있었지만(문제는 목구멍 부위에 있는 것 같았다), 이렇게 하고 있으면 생각할 시간을 조금이라도 벌 수 있었다. 청진기를 귀에 대고 있는데도 비미시의 목소리를 들을 수 있었다.

"왜 하필이면 이 망아지야! 에릭 호록스 경은 작년에 5천 파운드를 주고 이 망아지를 샀어. 이 녀석은 내 마구간에서 제일 값비싼 말이라고. 왜 이런 일이 일어나야 하지?"

나는 두근거리는 가슴으로 망아지의 갈비뼈를 더듬으면서 그의 말에 진심으로 동의했다. 도대체 왜 내가 이런 악몽을 겪어야 하지? 게다가 나를 손톱만큼도 믿지 않는 비미시 같은 작자와 함께.

그는 한 걸음 앞으로 나와서 내 팔을 움켜잡았다.

"파년 씨가 올 수 없는 건 확실해요?"

"죄송합니다. 원장님은 50킬로미터나 떨어진 곳에 가 있어요."

"그럼 끝장이군. 우린 끝났어. 이 말은 죽게 될 거야."

그 말이 옳았다. 망아지는 비틀거리기 시작했고, 숨소리는 아까보다 더 커지고, 병적인 코고는 소리가 났다. 망아지 가슴에 청진기를 대고 있기도 어려워졌다. 말이 움직이지 못하게 하려고 옆구리에 손을 올려놓았을 때였다. 살갗 밑에 조그맣게 부풀어 오른 것이 만져졌다. 동전 크기의 둥근 반점이었다. 마치 살갗 밑에 1페니짜리 동전 하나를 밀어 넣은 것 같았다. 나는 그 부위를 유심히 살펴보았다. 육안으로도 분명히 알아볼 수 있었다. 등에도 반점이 하나 있었다. 여기도…… 그리고 저기도…… 내 심장이 빠른 속도로 쿵쿵 두 번 뛰었다. 그래, 바로 그거야.

"에릭 경한테 뭐라고 하지?" 조교사가 신음 소리를 냈다. "경의 망아지가 죽었습니다. 그런데 수의사는 뭐가 잘못되었는지도 몰랐습니다. 이렇게 말하나?"

그는 시그프리드가 마술처럼 어디선가 불쑥 나타날지도 모른다는 희미한 기대라도 품고 있는 것처럼 필사적으로 주위를 둘러보았다.

나는 자동차 쪽으로 달려가면서 어깨 너머로 소리쳤다.

"나는 모른다는 말은 한 적이 없어요. 알고 있다고요. 저 망아지는 어티캐리아예요."

그는 휘청거리면서 내 뒤를 따라왔다.

"어티…… 그게 뭐요?"

"쐐기풀 발진입니다." 나는 아드레날린을 찾느라 약병들을 뒤적이면서 대답했다.

"쐐기풀 발진!" 그의 눈이 휘둥그레졌다. "하지만 쐐기풀 때문에 저렇게 될 리가 없잖소!"

나는 아드레날린 5시시를 주사기에 넣고 마구간으로 되돌아왔다.

"쐐기풀과는 아무 관계도 없습니다. 알레르기 반응으로 두드러기가 생긴 거지요. 대개는 전혀 해롭지 않지만, 극히 드문 경우에는 후두에 부종을 일으킵니다. 저 망아지가 바로 그런 경우지요."

망아지가 비틀거려서 혈관을 찾기가 어려웠지만, 몇 초 동안 얌전해진 틈을 타서 엄지손가락으로 경정맥 사이의 고랑을 힘껏 눌렀다. 굵은 혈관이 팽팽하게 부풀어 올랐다. 나는 재빨리 바늘을 찔러 넣고 아드레날린을 주사했다. 그러고는 뒷걸음쳐서 조교사 옆에 나란히 섰다.

둘 다 아무 말도 하지 않았다. 고통스러워하는 동물의 모습과 쌕쌕거리는 숨소리에 완전히 정신이 팔려 있었다.

망아지가 질식해서 죽기 직전이라는 것을 알고 나는 오싹했다. 망아지가 비틀거리다가 넘어질 뻔했을 때는 아드레날린과 함께 차에서 가져온 메스를 주머니 속에서 더 힘껏 움켜잡았다. 이런 경우에는 숨관 절개술이 필요하다는 것을 너무나 잘 알고 있었지만, 튜브를 하나도 가져오지 않았다. 망아지가 쓰러지면 어쩔 수 없이 숨관을 절개해야 하겠지만, 나는 그 생각을 애써 마음에서 몰아냈다. 지금은 아드레날린에 기대를 걸 수밖에 없었다.

비미시가 무력하게 한 손을 내밀었다.

"가망이 없군. 안 그래요?"

"가망이 전혀 없는 것은 아닙니다. 주사가 제때에 후두의 유동체를 줄여주기만 한다면…… 지금은 그저 기다릴 수밖에 없습니다."

그는 고개를 끄덕였다. 나는 그의 얼굴에서 복잡한 감정을 읽을 수 있었다. 유명인사인 마주(馬主)에게 이 소식을 전해야 한다는 두려움과 아름다운 동물의 고통을 속수무책으로 지켜봐야 하는 고통이 뒤섞인 표정이었다.

처음에는 내 상상인 줄 알았지만, 숨소리에서 병적인 코고는 소리가 줄어들기 시작했다. 그래도 아직 확신을 갖지 못하고 긴가민가하고 있을 때, 말의 입에서 질질 흘러내리던 침이 줄어드는 것을 알아차렸다. 말은 이제 침을 삼킬 수 있게 된 것이다.

그 순간부터는 믿을 수 없을 만큼 빠른 속도로 일이 진행되었다. 알레르기 증상은 극적일 만큼 갑자기 나타나지만, 치료를 하면 다행히도 나타났을 때만큼 순식간에 사라지는 경우가 많다. 15분도 지나기 전에 망아지는 거의 정상으로 돌아온 것처럼 보였다. 아직도 숨이 좀 가쁘긴 했지만 고통에서 완전히 벗어나 주위를 둘러보고 있었다.

넋을 잃고 지켜보고 있던 비미시가 건초 한 줌을 집어 망아지에게 내밀었다. 망아지는 그의 손에서 건초를 낚아채어 맛있게 먹기 시작했다.

"믿을 수가 없군." 조교사는 혼잣말처럼 중얼거렸다. "그 주사만큼 효과가 빠른 약은 본 적이 없소."

모든 긴장과 고통이 기쁨의 급류에 실려 멀리 떠내려갔다. 나는 핑크빛 구름을 타고 있는 듯한 기분이었다. 수의사 일을 하다 보면 정신적 충격을 받을 때가 많지만, 다행히 이런 순간도 있다. 절망에서 승리로, 부끄러움에서 자랑스러움으로 순식간에 상황이 바뀌는 것이다.

내가 날아오를 듯한 기분으로 자동차로 돌아가서 의자에 앉자 비미시가 열린 창문으로 얼굴을 들이밀었다.

"헤리엇 선생……" 그는 멋진 말을 술술 지껄여댈 수 있는 사람은 아니었다. 말을 타고 황무지를 달리면서 살아온 오랜 세월 동안 거칠어지고 풍화된 그의 얼굴은 적당한 말을 찾느라 씰룩거렸다. "헤리엇 선생…… 승마나 여우사냥을 꼭 좋아하지 않더라도 말을 치료할 수는 있겠어요. 안 그래요?"

우리는 서로 마주보았다. 나를 바라보는 그의 눈에는 간절함 같은 것이 담겨 있었다. 나는 별안간 웃음을 터뜨렸다. 그의 표정이 누그러졌다.

"맞습니다." 나는 말하고 차를 출발시켰다.

9

한번 범죄의 길에 발을 들여놓으면, 그다음부터는 갈수록 쉬워지는 것 같다. 처음 시작이 어려울 뿐이다.

무단 외출을 다시 감행하여 무사히 버스에 올라탔을 때는 그렇게 여겨졌다. 그랜드호텔을 몰래 빠져나오는 것은 식은 죽 먹기였고, 스카버러 시내 거리에는 헌병이 한 사람도 없었고, 태연히 버스 정류장 쪽으로 걸어가는 나를 유심히 바라보는 사람은 아무도 없었다.

2월 13일 토요일이었다. 아내의 출산 예정일은 이번 주말이었다. 언제 아기가 나올지 모르는 판에 어떻게 몇 킬로미터밖에 떨어지지 않은 곳에서 두 손 놓고 앉아 있을 수 있겠는가. 오늘도 내일도 수업이 없으니까 내가 손해볼 것은 없고, 내가 없어서 아쉬워할 사람도 없을 것이다. 규칙 위반이라 해도 실질적인 피해는 전혀 없는 형식적인 것에 불과하다. 어쨌든 나에게는 선택의 여지가 없었다. 지난번과 마찬가지로 이번에도 무조건 헬렌을 만나야 했다.

그리고 오래 있을 것도 아니니까…… 하고, 나는 낯익은 처갓집 현관으로 서둘러 다가가면서 생각했다. 집 안으로 들어간 나는 텅 빈 부엌을 보고 실망했다. 헬렌이 부엌에서 두 팔을 벌리고 나를 기다리고 있을 줄 알았는데……. 큰 소리로 헬렌을 불러보았지만 집 안은 쥐죽은 듯 조용했다. 내가 귀를 기울이고 서 있을 때 장인어른이 안방에서 나왔다.

"아들이야." 장인이 말했다.

나는 의자 등받이를 움켜잡았다.

"뭐라고요?"

"자네가 아들을 얻었다고." 장인은 너무나 침착했다.

"언제……?"

"조금 전에. 조산원에서 방금 전화가 왔었네. 그런데 전화를 끊자마자 자네가 들어오다니, 참 재미있군."

장인은 의자에 몸을 기대고 있는 나를 찬찬히 바라보았다.

"위스키라도 좀 마시겠나?"

"위스키요? 아니…… 하지만 왜요?"

"자네 얼굴이 창백해졌어. 그것뿐일세. 어쨌든 뭘 좀 먹는 게 좋겠네."

"아니, 괜찮습니다. 빨리 조산원에 가봐야 돼요."

장인은 빙긋 웃었다.

"서두를 거 없네. 너무 빨리 가도 방해만 될 거야. 뭘 좀 먹게나."

"죄송합니다. 음식이 넘어갈 것 같지 않군요. 저어…… 차 좀 빌리겠습니다."

차를 몰면서도 나는 여전히 떨고 있었다. 장인인 앨더슨 씨가 좀 더 차근차근 말해주었다면 나도 마음의 준비를 할 수 있었을 텐데. "좋은 소식이 있네"라든가, 그런 말로 운을 떼고 나서 소식을 전할 수도 있지 않은가. 그런데 거두절미하고 다짜고짜 아들을 낳았다니, 놀랄 수밖에. 조산원 바깥에 차를 세운 뒤에도 나는 아직 아빠가 되었다는 것을 실감하지 못했다.

'그린사이드 조산원'이라면 그럴듯하게 들리지만 사실은 조산사 브라운 부인의 살림집이었다. 브라운 부인은 국가 공인 간호사였고, 대개 두세 명의 임산부가 여기서 아기를 낳으려고 입원해 있었다.

브라운 부인이 직접 문을 열어주었다. 그녀는 나를 보고는 놀라서 두 팔을 번쩍 들어올렸다.

"헤리엇 씨! 빨리도 오셨네요! 대체 어디서 튀어나온 거예요?"

그녀는 작은 몸집에 쾌활하고 활발한 여자였고, 눈에는 짓궂은 장난기가 어려 있었다.

나는 멋쩍게 웃었다.

"우연히 처갓집에 들렀다가 소식을 들었을 뿐입니다."

"조금만 일찍 오셨다면 아기를 씻길 수도 있었을 텐데. 하지만 괜찮아요. 어서 들어와서 아기를 보세요. 아주 건강해요. 체중이 4킬로그램이나 된답니다."

나는 아직도 꿈꾸는 듯한 기분으로 그녀를 따라 계단을 올라가 작은 침실로 들어갔다. 거기에 헬렌이 있었다. 발갛게 상기된 얼굴로 침대에 누워 있었다.

"여보!" 헬렌이 말했다.

나는 다가가서 아내에게 입을 맞추었다.

"어땠어?" 나는 조심조심 물었다.

"끔찍했어요." 헬렌은 심드렁하게 대답했다. 그리고는 고갯짓으로 옆에 있는 아기 침대를 가리켰다.

내 아들과의 첫 대면이었다. 어린 지미는 적갈색이었고, 얼굴은 난봉꾼처럼 부풀어 있었다. 내가 그 위로 허리를 숙이자 지미는 턱 밑에서 작은 주먹을 뒤틀었다. 마치 격렬한 내분을 겪고 있는 것처럼 보였다. 아기가 오만상을 찌푸리자 얼굴은 더욱 부풀어 오르고 색깔도 더 짙어졌다. 이윽고 투실투실한 살 속에 깊이 파묻혀 있던 눈이 나에게 초점을 맞추었다. 나를 노려보는 눈에서는 악의가 번득이고 있었다. 아기는 입 가장자리로 혀를 쏙 내밀었다.

"맙소사!" 내가 소리쳤다.

"왜 그러세요?" 조산사가 놀라서 나를 쳐다보았다.

"아기가 좀 이상하게 생겼군요. 그렇죠?"

"뭐라고요!" 조산사는 성난 눈으로 나를 노려보았다. "헤리엇 씨, 어떻게 그런 말을 할 수가 있죠? 이렇게 잘생긴 아기인데!"

나는 다시 침대 안을 들여다보았다. 지미는 심술궂은 눈초리로 나를 곁눈질하다가 얼굴이 자줏빛으로 변하면서 거품을 내뿜었다.

"정말로 괜찮은 겁니까?" 내가 물었다.

침대에 누운 헬렌은 지친 얼굴로 킬킬거렸지만, 브라운 부인은 즐거워하지 않았다.

"괜찮다니…… 그게 도대체 무슨 뜻이죠?"

"그러니까 아기한테는 아무 이상도 없는 건가요?"

"이상이라니…… 어떻게 감히!" 나는 그녀가 나를 후려갈기려는 줄 알았다. "도대체 무슨 말을 하고 있는 거예요? 그런 어처구니없는 소리는 난생처음 듣겠군요!"

그녀는 호소하듯 침대 쪽으로 돌아섰지만, 헬렌은 얼굴에 피곤한 미소를 띤 채 눈을 감고 있었다.

나는 성난 조산사를 방구석으로 끌고 갔다.

"이봐요, 혹시 여기에 다른 건 없나요?"

"다른 거라뇨?" 그녀는 차갑게 물었다.

"아기…… 갓난아기 말입니다. 지미와 다른 아기들을 비교해보고 싶은데."

조산사는 눈을 크게 떴다.

"비교한다고요! 헤리엇 씨, 더 이상 당신 말은 듣지 않겠어요. 참는 데에도 한계가 있는 거예요!"

"부탁입니다. 여기 다른 아기는 없습니까?"

조산사는 내가 신기하고 희한한 동물이라도 되는 것처럼 한참 동안 나를 쳐다보다가 마침내 입을 열었다.

"옆방에 듀번 부인이 있어요. 시드니는 지미와 거의 동시에 태어났죠."

"그 아기를 한번 볼 수 있을까요?" 나는 애원하는 눈으로 조산사를 바라보았다.

조산사는 망설였지만, 이윽고 동정하는 듯한 미소가 서서히 얼굴에 번져갔다.

"정말…… 못 말리겠군요. 그럼 잠깐만 기다리세요."

그녀는 다른 방으로 들어갔고, 중얼거리는 목소리가 들려왔다. 잠시 후 그녀가 다시 나타나 나를 손짓으로 불렀다.

듀번 부인은 푸주한의 아내였고 나하고도 잘 아는 사이였다. 베개 위에 놓인 얼굴은 헬렌처럼 발갛게 상기되어 있고 지쳐 보였다.

"아니, 헤리엇 씨, 여기서 만나게 될 줄은 몰랐어요. 육군에 들어가신 줄 알았는데."

"육군이 아니라 공군입니다. 저어…… 잠시 휴가를 나왔어요."

나는 아기 침대를 들여다보았다. 시드니도 역시 검붉은 색이었고, 통통부어 있었고, 역시 자신과 씨름을 하고 있는 것처럼 보였다. 내분은 오만상을 찌푸리며 얼굴을 일그러뜨리는 것으로 나타났고, 마침내 이가 없는 입에서 요란한 고함 소리가 터져 나왔다.

나는 나도 모르게 뒤로 물러섰다.

"아기가 아주 잘생겼네요."

"예, 정말 귀엽죠?" 아기 엄마가 상냥하게 말했다.

"정말 대단합니다." 나는 믿을 수가 없어서 다시 한 번 아기 침대로 힐끗 눈길을 던졌다. "고맙습니다, 아주머니. 아기를 보여주셔서."

"천만에요. 관심을 가져주셔서 제가 오히려 고맙죠."

방에서 나오자 나는 숨을 한 번 길게 들이마시고 이마를 문질렀다. 안도감이 밀려왔다. 시드니는 지미보다 훨씬 이상했다.

헬렌의 방으로 돌아오자 조산사가 헬렌의 침대에 걸터앉아 있었다. 두여자는 나를 비웃고 있었던 게 분명했다. 물론 돌이켜 생각해보면 그들에게는 내가 바보처럼 보였을 것이다. 시드니 듀번과 내 아들은 이제 둘다 키 크고 힘세고 잘생긴 젊은이가 되었고, 따라서 내 걱정은 아무 근거도 없었다.

작달막한 조산사는 놀리는 듯한 눈으로 나를 바라보았다. 그때 이미 그녀는 나를 용서했던 것 같다.

"송아지와 망아지는 헤리엇 씨가 보기에는 태어나는 순간부터 모두 예쁜가 보죠?"

"그럼요. 그건 인정할 수밖에 없습니다. 나는 정말로 그렇게 생각하니까요."

나는 결코 아이디어가 샘솟듯 떠오르는 사람은 아니지만, 버스를 타고 스카버러로 돌아오는 동안 악마 같은 계획이 머릿속에서 자라나기 시작했다.

　내가 당연히 받게 될 특별휴가를 꼭 지금 받아야 할 이유는 없지 않은가? 헬렌은 보름 동안 조산원에 입원해 있을 테니까, 지금 휴가를 받아도 혼자 대러비를 돌아다니며 멍하니 시간을 보낼 수밖에 없다. 그런 휴가가 무슨 의미가 있겠는가? 지금부터 보름 뒤에 아기의 탄생을 알리는 전보가 나한테 날아오도록 조치해두면 아내와 아들과 셋이서 오붓하게 시간을 보낼 수 있을 것이다.

　이것은 참으로 매력적인 생각이었다. 그 매력 앞에서 내 도덕적 양심이 전혀 맥을 못 춘 것은 흥미로운 일이었지만, 어쨌든 남한테 피해를 주는 것도 아니잖은가. 나는 그렇게 자신을 납득시켰다. 무슨 특혜를 달라고 요구하는 것도 아니고 휴가 날짜를 바꾸는 것뿐이다. 군대나 전쟁 수행이 그것 때문에 치명타를 받을 리도 없다. 등화관제로 불을 끈 버스가 스카버러 시내로 들어가기 오래전에 나는 이미 마음을 굳혔고, 이튿날 대러비의 친구에게 편지를 써서 보름 뒤에 이러이러한 내용의 전보를 쳐달라고 부탁했다.

　하지만 나는 스스로 생각한 것만큼 노련한 범죄자가 아니었다. 날이 갈수록 불안이 마음속으로 기어들어왔기 때문이다. 기본훈련대의 규율은 엄격하기 짝이 없었다. 사실이 밝혀지면 상당히 귀찮게 된다. 하지만 헬렌과 휴가를 보낼 수 있다는 생각이 모든 불안을 없애주었다.

　마침내 운명의 날이 왔다. 점심을 먹고 동료들과 함께 침대에 누워 있을 때 커다란 목소리가 복도에 울려 퍼졌다.

"헤리엇 이등병! 나 좀 보자, 헤리엇!"

나는 가슴이 오그라들었다. 블래킷 상사가 이 일에 끼어들 줄은 미처 몰랐다. 그렇게 높은 사람이 아니라 병장이나 하사 또는 중사가 일을 처리할 거라고 생각했다.

블래킷 상사는 규율에 엄하고 좀처럼 웃지 않는 사람이어서, 가만히 있어도 위압감을 주었다. 185센티미터의 키에 깡마른 체격, 뼈대가 굵고 넓은 어깨, 우락부락한 얼굴은 그 위압감을 줄이는 데 아무 도움도 되지 않았다. 우리의 규율 위반을 처리하는 것은 대개 하급 하사관이었지만, 블래킷 상사가 직접 나서면 그것만으로도 우리는 주눅이 들었다.

또다시 외침 소리가 들렸다. 아침마다 광장에서 울려 퍼지는 그 황소 같은 고함 소리였다.

"헤리엇! 나 좀 보자니까! 헤리엇!"

나는 기세 좋게 방에서 뛰쳐나가 반들반들 윤이 나게 닦은 복도를 서둘러 걸어갔다. 그리고 키 큰 인물 앞에 꼿꼿이 멈춰 섰다.

"예, 상사님."

"자네가 헤리엇인가?"

"예, 그렇습니다."

상사가 손을 앞뒤로 흔들자 그가 손에 들고 있는 전보가 푸른 바지를 부드럽게 스쳤다. 상사의 다음 말을 기다리는 동안 내 맥박은 고통스럽게 빨라졌다.

"자네 부인이 무사히 출산했다는 소식을 전해줄 수 있어서 기쁘군." 그는 전보를 눈앞으로 들어올렸다. "이렇게 적혀 있네. '아들, 둘 다 건강함, 브라운 조산사.' 축하하네."

그는 손을 내밀었고, 내가 그 손을 잡자 빙긋 웃었다. 갑자기 그가 게리 쿠퍼와 비슷해 보였다.

"당장 가서 부인과 아들을 만나고 싶겠지?"

나는 말없이 고개를 끄덕였다. 그는 나를 지독히 무덤덤한 사람이라고 생각했을 게 분명하다.

그는 내 어깨를 잡고 중대 사무실로 데리고 들어갔다.

"자, 모두 움직여!" 오르간 같은 목소리가 책상 앞에 앉아 있는 기간병들의 머리 위로 퍼져갔다. "이건 중요한 일이야. 이 친구가 방금 아빠가 됐단 말이다. 휴가증, 기차 무임승차권, 급료를 빨리 준비해!"

"알았습니다, 상사님."

타이프라이터가 소리를 내기 시작했다.

상사는 벽에 붙어 있는 기차 시간표 쪽으로 걸어갔다.

"어쨌든 멀지는 않군. 어디 보자. 대러비…… 대러비…… 그래, 3시 20분에 여기서 요크로 가는 기차가 있군." 그는 손목시계를 들여다보았다. "서두르면 그 기차를 탈 수 있겠어."

부끄러움이 점점 깊어져서, 그가 다시 입을 열었을 때는 수치심에 완전히 삼켜질 뻔했다.

"빨리 자네 방으로 가서 짐을 꾸리게. 우리는 그동안 서류를 준비할 테니까."

나는 가장 좋은 군복으로 갈아입고, 배낭을 꾸려서 어깨에 메고 서둘러 중대 사무실로 돌아갔다.

블래킷 상사는 나를 기다리고 있다가 봉투 하나를 건네주었다.

"서류는 여기 다 들어 있네. 시간은 충분해." 그는 나를 위아래로 훑어 보고 내 주위를 돌면서 옷차림을 꼼꼼히 살펴본 다음, 모자의 하얀 휘장을 바로잡아주었다. "으음, 아주 훌륭해. 자네를 후줄근한 꼴로 부인한테 보낼 수는 없잖아?"

그는 또다시 게리 쿠퍼 같은 미소를 지어 보였다. 그는 잘생기고 부드러운 눈을 가진 사람이었다. 내가 그것을 알아차리지 못했을 뿐이다.

그는 나와 함께 복도를 걸었다.

"물론 첫 아이겠지?"

"예, 그렇습니다."

"좋아. 자네한테는 중요한 날이야. 나는 세 아이를 두었지. 지금은 많이 컸지만, 이 빌어먹을 전쟁 때문에 자주 보지 못해서 무척 그립다네. 자네가 정말 부럽군."

죄책감이 홍수처럼 밀려왔다. 계단 꼭대기에 멈춰 섰을 때 나는 교활한 곁눈질로 상사를 힐끔힐끔 훔쳐보았다. 상사가 그걸 보았다면 나의 속임수를 눈치 챘겠지만, 상사는 나를 보고 있지 않았다.

그는 내 머리 위의 어딘가를 바라보면서 부드럽게 말했다.

"자네 인생에서 최고의 순간이 다가오고 있어."

우리는 중앙 계단을 이용하는 것이 금지되어 있었다. 내가 종업원용 좁은 돌계단을 뛰어 내려갈 때 또다시 큰 목소리가 들렸다.

"부인과 아들한테 안부 전해주게."

나는 헬렌과 행복한 시간을 보냈다. 유모차를 밀면서 몇 킬로미터나 걷는 즐거움을 발견하기도 했다. 어린 지미의 외모는 기적적으로 달라져 있었다. 공식적으로 정해진 날짜에 휴가를 받았다면 만사가 그렇게 좋지는 않았을 것이다. 내 계획이 성공한 것은 의심할 여지가 없다.

하지만 나는 거기에 만족하여 무조건 기뻐할 수가 없었다. 승리는 빛을 잃었고, 오늘날까지도 그 일은 내 마음 한구석에 걸려 있다.

블래킷 상사가, 그의 진솔한 선의가 내 만족감을 망쳐놓았던 것이다.

10

욕실에서 세면대에 얼굴을 처박고 또 한바탕 기침 발작을 일으켰을 때, 나는 내가 일개 졸병에 불과하다는 사실을 더욱 절실하게 깨달았다.

수의사로 일할 때는 일하는 방식을 스스로 결정하곤 했지만, 군대에서는 나에게 영향을 미치는 결정이 모두 다른 사람들 손에서 이루어졌다. 그것이 현재의 생활과 과거 수의사 생활의 큰 차이점이었다. 졸병 생활은 별로 마음에 들지 않았다. 우리 같은 하급 병사의 생활은 우리가 얼굴조차 볼 수 없을 만큼 높은 자리에 앉아 있는 사람들이 생각해내는 엉뚱하고 허황한 생각에 좌우되었기 때문이다.

그들의 생각은 나한테는 대부분 어리석고 무분별해 보였다.

건강에 좋은 안개가 시키면 바다에서 곧장 창문을 통해 소용돌이치며 들어와 우리가 자는 침대 위에 내려앉을 수 있도록, 우리의 침실 창문을 못으로 박아서 요크셔의 추운 겨울 내내 창문을 열어놓으라고 결정한 사람은 대체 누구였을까? 그 결과, 우리 비행중대는 거의 다 기관지염에 걸렸고, 아침이면 그랜드호텔은 기침 소리와 숨 가쁘게 씨근거리는 소리가 어우러진 비참한 합창으로 결핵 요양소를 방불케 했다.

기침이 또다시 나를 사로잡고 내 몸을 쥐어짰다. 눈알이 금방이라도 튀어나올 것 같았다. 병이 났다고 신고하고 싶은 마음이 굴뚝같았지만 나는 아직 신고하지 않았다. 동료들은 대부분 몸이 고열로 펄펄 끓을 때까지 참고 견디다가 신고했고, 2월 말인 지금은 거의 다 병원에서 며칠씩 보낸 상태였다. 아직 입원한 적이 없는 사람은 나를 포함해서 몇 명뿐이었다. 어쩌면 내가 허세를 부렸는지도 모른다. 동료들은 대부분 열여덟이나 열아홉 살이었고, 20대인 나는 비교적 나이가 많은 편이었기 때문이다. 하지만 그 밖에도 두 가지 이유가 있었다. 첫째, 나는 옷을 다 차려입고 아침을 먹으러 갔다가 음식이 목구멍으로 넘어가지 않을 때에야 비로소 내가 정말로 병이 났다는 것을 실감하는 경우가 많았기 때문이다. 환자는 아침 7시 이전에 신고해야 했고, 그 시간을 넘기면 이튿날 아침까지 고통을 참아야 했다.

또 다른 이유는 진료 소집 광경이 마음에 들지 않기 때문이다. 내가 수건을 어깨에 두르고 복도로 나가자 중사가 명단을 읽으면서 동시에 제 허파를 부풀리고 있었다.

"진료 소집 출동! 자, 자. 빨리빨리 나와!"

여러 문에서 불행한 병자들이 나타나기 시작했다. 저마다 잠옷과 헝겊신, 포크와 나이프와 스푼 따위가 든 작은 주머니를 늘어뜨리고 리놀륨 바닥에 발을 질질 끌고 있었다.

중사가 또다시 고함을 질렀다.

"줄을 서! 이봐, 빨랑빨랑 움직여! 활기차게 보여야지!"

나는 핼쑥한 얼굴로 부들부들 떨면서 거기에 모여 있는 젊은이들을 바라보았다. 대부분 기침을 하고 가래 끓는 소리를 내고 있었다. 그 중 하나는 맹장이 터진 사람처럼 배를 움켜잡고 있었다.

"일동!" 중사가 고함을 질렀다. "일동, 차렷! 열중쉬엇! 차렷! 좌향좌!

앞으로 갓! 왼발, 오른발, 왼발, 오른발! 하낫 둘, 하낫 둘!"

불운한 병자들은 지친 듯이 발을 끌면서 멀어져갔다. 비를 맞으며, 온천장 위쪽의 다른 호텔에 있는 환자 병영까지 1.5킬로미터를 행군하는 것이다. 나는 내 방으로 들어가면서, 되도록 오래 신고하지 않고 버텨야겠다고 다시 한 번 굳게 결심했다.

우리 모두를 또 한바탕 경악하게 만든 것은, 훈련할 때 스카버러 주위를 달리는 것만으로는 충분치 않으니까 이따금 구보를 멈추고 권투선수처럼 섀도복싱을 하는 게 어떠냐는 제안이 저 위 어딘가에서 내려온 것이었다. 이 발상은 진짜라고 믿기에는 너무 엉뚱했지만, 구보할 때 우리와 함께 달리는 중사가 직접 우리한테 전달했으니까 믿을 수밖에 없었다. 어떤 고위층 인사가 섀도복싱이 우리에게 호전성을 심어줄 거라고 주장하면서 그런 지시를 내려 보냈다는 것이다. 우리는 너무 놀라서 한동안 벌린 입을 다물지 못했고, 중사도 허공에다 주먹질을 하면서 춤을 추는 미치광이들의 인솔자로 보이고 싶은 마음은 추호도 없었다. 다행히 누군가가 용기 있게 이 지시에 반대했고, 그래서 고위층의 원대한 계획은 수포로 돌아갔다.

하지만 이런 훌륭한 계획들 중에서도 내 기억에 가장 또렷이 남아 있는 것은 체력 훈련이 끝날 때 비명을 지르기로 한 결정이었다. 우리는 몇 킬로미터를 달린 뒤에도 비에 씻긴 해안 산책로에서 살을 엘 듯한 바닷바람을 맞으며 소름이 돋은 팔다리로 오랫동안 신체단련(PT) 체조를 했다. 우리는 이 체조에 너무 능숙해져서, 우리 부대를 방문할 공군 중장에게 시범을 보이기로 결정되었다. 우리 중대만이 아니라 여러 중대가 그랜드 호텔 앞에서 모두 함께 체조를 한다는 것이었다.

우리는 그날을 위해 몇 달 동안 훈련을 거듭했다. 완벽하게 해낼 수 있을 때까지 똑같은 동작을 수없이 반복해서 연습했다. 처음에는 가슴이 두툼한 PT 담당 중사가 내내 큰 소리로 지시를 내렸지만, 우리가 차츰 나아지자 중사가 하는 일은 "3번 체조, 시작!" 하고 외치는 것뿐이었다. 마지막에는 체조가 완전히 우리 몸에 배어서, 중사는 체조가 시작될 때마다 호루라기로 조그맣게 삐익 소리만 내게 되었다.

봄이 되었을 때쯤에는 정말 인상적인 광경을 보여줄 수 있게 되었다. 반바지에 런닝셔츠를 입은 수백 명의 젊은이가 광장에서 한 사람처럼 일사불란하게 움직이는 것이다. PT 담당 중사는 현관문 위의 발코니에서 우리를 지휘했는데, 그날은 중장과 함께 그 자리에 설 예정이었다. 시범을 더욱 극적으로 만든 것은 완전한 정적이었다. 숲을 이룬 팔다리와 몸뚱이가 소리 없이 절도 있게 움직였고, 들리는 소리라고는 중사의 호루라기 소리뿐이었다.

누군가가 마지막에 비명을 지르자는 착상을 낼 때까지는 만사가 순조로웠다. 그때까지는 PT 체조가 끝나면 조용히 광장에서 퇴장했지만, 그것은 확실히 좀 싱거워 보였다. 이제 우리가 해야 할 일은 마지막 체조가 끝났을 때 속으로 다섯까지 센 다음, 공중으로 펄쩍 뛰어오르면서 목청껏 소리를 지르고 전속력으로 광장에서 달려 나가는 것이었다.

그것이 대단한 아이디어로 보인다는 것을 인정할 수밖에 없었다. 몇 번 시도해본 뒤 우리는 거기에 열중하기 시작했다. 높이 뛰어오르면서 고행하는 수도승처럼 고함을 지른 다음, 광장 주변의 호텔들 사이에 있는 여러 골목으로 허둥지둥 뛰어 들어가는 것은 무척 재미있었다.

발코니에서 내려다보면 장관이었을 것이다. 하얀 옷을 입은 수많은 장정들이 대성당처럼 조용히 체조를 끝낸 다음, 몇 초 동안 꼼짝도 않고 서 있다가 일제히 우렁찬 고함 소리를 터뜨리고 순식간에 사라진다. 텅 빈 광장에는 고함 소리가 메아리친다. 이 마지막 마무리는 우리의 잠재적인 야만성을 더욱 잘 증명해준다는 바람직한 측면도 갖고 있었다. 그 소름 끼치는 소리를 적이 들었다면 부들부들 떨었을 것이다.

중사는 우리 중대에 있는 크로마티라는 녀석 때문에 조금 애를 먹었다. 호리호리한 체격에 붉은 머리를 가진 그 젊은이는 내 앞줄에—나보다 약간 오른쪽에—서 있었다. 그런데 크로마티는 그 분위기에 좀처럼 녹아들지 못하는 것 같았다.

하루는 중사가 말했다.

"이봐, 좀 열심히 해봐! 건강한 살인자처럼 소리를 질러야 돼. 그런데 넌 건강한 아줌마처럼 팔짝팔짝 뛰고만 있잖아."

크로마티는 노력했지만, 어떻게 해야 좋을지 모르는 것 같았다. 살짝 뛰어오르고, 미안한 듯 두 팔을 꿈틀 움직이고, 힘없이 소리를 지르는 게 고작이었다.

"그게 아니라니까! 자신을 완전히 해방시켜야 돼." 중사가 제 머리를 쥐어뜯었다. 그리고는 주위를 둘러보았다. "야, 데블린! 이리 나와서 어떻게 하는지 시범을 좀 보여줘."

아일랜드 출신인 데블린이 히죽히죽 웃으면서 앞으로 걸어 나왔다. 그에게는 비명을 지르는 것이 하루 중에서 최고의 순간이었다. 그는 잠시 긴장을 풀고 느긋하게 서 있다가, 느닷없이 팔다리를 벌리고 고개를 뒤로 젖히면서 공중으로 높이 솟구쳐 올랐다. 그와 동시에 딱 벌린 입에서는 무시무시한 동물적인 외침 소리가 터져 나왔다.

중사는 저도 모르게 한 걸음 뒤로 물러섰다.

"고맙다, 데블린. 훌륭해." 중사는 약간 떨리는 목소리로 말하고는 크로마티를 돌아보았다. "내가 뭘 원하는지, 이젠 알겠지? 바로 저렇게 하란 말이다. 열심히 노력해봐."

크로마티는 고개를 끄덕였다. 그의 얼굴은 우울하고 진지했다. 그가 기꺼이 중사의 명령에 따르고 싶어 한다는 것은 누구나 알 수 있었다. 그후 나는 날마다 크로마티를 관찰했다. 그가 조금씩 나아지고 있는 것은 분명했다. 그를 억누르고 있던 심리적 굴레가 차츰 풀려가고 있었다.

자연도 우리의 노력에 미소를 짓는 듯했다. 그 중요한 날, 푸른 하늘과 따뜻한 햇빛을 선사해주었기 때문이다. 광장으로 나간 수백 명의 젊은이들은 모두 만반의 준비를 갖추고 있었다. 새로 목욕하고 단정히 깎은 머리에 얼룩 하나 없는 하얀 반바지와 러닝셔츠. 우리는 새로 페인트를 칠한 그랜드호텔의 현관문 앞에 줄을 서서 꼼짝도 않고 기다렸다. 위쪽 발코니에 서 있는 공군 중장의 모자 위에서는 황금빛 띠가 햇빛을 받아 반짝반짝 빛났다.

중장 주위에는 스카버러의 고위급 장교들이 즐비하게 늘어서 있고, 구석에는 하얀 플란넬 옷을 입은 우리 중사가 두툼한 가슴을 여느 때보다 더 앞으로 내민 채 꼿꼿이 서 있었다. 우리 뒤에서는 바다가 어른어른 빛나고, 황금빛 굽이가 필리 절벽 쪽으로 구부러져 있었다.

이윽고 중사가 손을 들었다. "삐익!" 하고 호루라기가 울렸다. 우리는 일제히 움직이기 시작했다.

기계처럼 척척 돌아가는 집단의 일부가 되는 것은 왠지 기분을 들뜨게 하고 도취시켰다. 나는 사방에서 내 팔다리와 함께 움직이는 수많은 팔다리와 하나가 되는 멋진 기분을 맛보았다. 전혀 힘들지 않았다. 우리는 1번부터 10번까지 열 가지 체조를 할 예정이었다. 첫 번째 체조가 끝난 뒤 10초 동안 꼿꼿이 서 있다가, 호루라기가 울리자 다시 움직이기 시작했다.

시간은 쏜살같이 지나갔다. 나는 우리의 완벽함에 마음이 흡족해졌다. 9번 체조가 끝났을 때 나는 차렷 자세를 취하고 작은 소리로 숫자를 세면서 호루라기 소리를 기다렸다. 움직이는 것은 아무 것도 없었다. 사방이 쥐죽은 듯 고요했다. 바로 그 순간, 꼼짝도 하지 않는 대열 속에서 예기치 않게 폭탄이 터졌다. 내 앞줄에 서 있던 크로마티가 팔다리와 붉은 머리를 도리깨질하듯 흔들면서 위로 뛰어오르는 동시에 입에 거품을 물고 늑대처럼 길게 고함을 지른 것이다. 너무 높이 뛰어오른 탓에, 지상으로 내려오는 데 한참 시간이 걸리는 것 같았다. 그가 땅으로 내려온 뒤에도 귀청을 찢는 고함 소리는 계속 메아리쳤다.

크로마티가 마침내 해낸 것이다. 사납고 호전적인 고함 소리, 높은 점프. 중사도 그 이상은 바랄 수 없었을 것이다. 유일한 문제는 크로마티가 너무 빨랐다는 점이다.

마지막 10번 체조의 시작을 알리는 호루라기가 울렸을 때 대원들은 크로마티의 요란한 고함 소리 때문에 호루라기 소리를 듣지 못했다. 그 소리를 들은 사람들도 대부분 쇼크 상태에 빠져 있어서 한 박자 늦게 체조를 시작했다. 어쨌든 10번 체조는 난장판이었고, 마지막 고함 소리와 해산은 비참한 용두사미였다. 나는 땅에서 겨우 몇 센티미터를 뛰어올랐지만, 고함을 지르기는커녕 아무 소리도 내지 못했다.

크로마티가 자비로운 민주주의 국가의 군대에 복무하지 않았다면 아마 조용히 끌려 나가서 총살이라도 당했을 것이다. 하지만 영국은 민주 국가였기 때문에 아무도 그에게 손가락 하나 댈 수 없었다. 하사관이 부하들에게 욕하는 것조차 금지되어 있었다.

나는 PT 담당 중사를 동정했다. 그는 하고 싶은 말이 많았을 테지만 불쌍하게도 온갖 제약이 그를 억누르고 있었다. 나는 나중에 그가 크로마티와 함께 있는 것을 보았다. 중사는 젊은이에게 얼굴을 바싹 들이대고 말했다.

"너…… 너……" 적당한 말을 찾으려고 애쓰는 동안 그의 이목구비가 격렬하게 실룩거렸다. "너는 구제불능이야!"

그는 돌아서서 힘없이 어깨를 늘어뜨리고 걸어가 버렸다. 그 순간에는 중사도 졸병 같은 기분이 들었을 게 분명하다.

11

그 노부인이 찻잔을 건네주었을 때 나는 신경이 곤두서는 듯한 기분이 들었다. 베크 부인과 너무나 비슷했기 때문이다.

이 동네 교회에서 불쌍한 우리 항공병들을 위로하는 '친목의 밤' 행사를 열어주었지만, 나는 홍차를 받아 들고 자리에 앉은 뒤에도 그 노부인의 얼굴에서 눈을 떼지 못했다.

베크 부인! 병원 창가에 서 있는 부인의 모습이 눈앞에 생생하게 떠올랐다.

"선생님이 그렇게 무정한 분인 줄은 미처 몰랐어요." 그녀는 턱을 부들부들 떨면서 눈을 치뜨고 비난하듯 나를 쳐다보았다.

"하지만 베크 부인, 저는 절대로 무정한 말을 하고 있는 게 아닙니다. 그런 대수술을 10실링으로는 도저히 할 수 없다고 말하고 있을 뿐이지요."

"나 같은 가난뱅이 과부를 위해서라면 응당 해주실 줄 알았어요."

나는 그녀를 찬찬히 바라보았다. 작고 옹골찬 몸집, 건강한 뺨, 단정히 뒤로 빗어 넘겨 투구처럼 정수리로 틀어 올린 회색 머리. 정말로 이 부인이 가난한 과부일까? 의심할 이유는 있었다. 레이턴 마을에 사는 그녀의 이웃 사람은 전혀 그렇게 생각지 않았다. "모두 말뿐이에요. 누구한테나 그렇게 말하고 있지만, 사실 그 부인은 알부자예요. 여기저기 부동산을 갖고 있지요."

나는 숨을 깊이 들이마셨다.

"물론 치료비를 낼 수 없는 가난한 분들에게는 이따금 특별 할인을 해드리지만, 이건 의사가 보기에는 요컨대 사치스러운 수술이라서요."

"사치라니요!" 부인은 깜짝 놀란 표정을 지었다. "몇 번이나 말했지만 조지나는 새끼를 너무 많이 낳아요. 낳고 또 낳고, 나도 이제 지쳐버렸어요. 언제 또 새끼가 태어날까 생각하면 너무 걱정이 돼서 밤에 잠도 안 올 지경이라고요." 그녀는 눈시울을 닦았다.

"그건 충분히 이해합니다. 그리고 안됐다고 생각합니다. 그것을 막으려면 불임수술을 할 수밖에 없고 비용은 1파운드(20실링)라고 다시 한 번 말씀드릴 수밖에 없군요."

"그렇게 큰돈은 도저히 낼 수 없어요."

"그러니까 반값에 해달라는 겁니까. 그건 무리예요. 이 수술은 전신 마취를 하고 난소와 자궁을 둘 다 떼어내는 대수술입니다. 10실링으로는 도저히 안 됩니다."

"정말 잔인한 분이군요. 가난한 과부를 눈곱만큼도 동정하지 않다니."

그녀는 휙 돌아서서 창밖을 내다보았다. 어깨가 떨리기 시작했다.

이런 실랑이가 10분쯤 계속되었고, 그러는 동안 부인의 성격이 나보다 훨씬 강하다는 것을 깨닫기 시작했다. 나는 힐끗 시계를 보았다. 벌써 왕진을 나갔어야 할 시간이고, 아무리 보아도 이 논쟁에서 내가 이길 가능성은 없을 것 같았다.

나는 한숨을 내쉬었다. 어쩌면 이 부인은 정말로 가난한 과부인지도 몰라.

"알았습니다. 이번만은 10실링에 해드리죠. 화요일 오후면 괜찮겠습니까?"

그녀는 창문 쪽에서 휙 돌아섰다. 얼굴에는 마법처럼 미소가 떠올라 있었다.

"물론이죠. 정말 친절하시군요."

그녀는 내 앞을 지나쳐서 성큼성큼 걸어갔고 나는 그 뒤를 따라 현관으로 갔다.

"그리고 또 하나." 나는 그녀를 위해 현관문을 열어주면서 말했다. "월요일 점심때부터는 아무 것도 먹이지 마세요. 속이 빈 채로 데려오셔야 합니다."

"데려오라고요?" 그녀는 어리둥절한 표정을 지었다. "하지만 나는 차가 없어요. 선생님이 데리러 오실 줄 알았는데."

"데리러 간다고요? 레이턴은 여기서 8킬로미터나 떨어져 있는데요."

"그거야 어쨌든, 수술이 끝나면 다시 데려다주세요. 나는 차가 없으니까요."

"그러니까 조지나를 데려와서…… 수술을 하고…… 다시 데려다달라는 거군요! 단돈 10실링에!"

그녀는 여전히 미소를 짓고 있었지만 눈 속에서는 강철 같은 빛이 번득였다.

"그건 선생님도 동의하셨잖아요. 10실링에 해주겠다고."

"그건 그렇지만……."

"처음부터 다시 시작하자는 건가요?" 그녀는 얼굴에서 미소를 지우고는 고개를 휙 돌렸다. "나는 가난한 과부……."

"아, 알았습니다." 나는 서둘러 말했다. "화요일에 찾아가겠습니다."

화요일 오후가 되었을 때 나는 내 약한 마음을 저주했다. 부인이 그 고양이를 데려왔다면 나는 오후 2시에 고양이를 수술할 수 있었을 테고, 2시 반에는 농장으로 왕진을 나갈 수 있었을 것이다. 30분쯤 밑지는 일을 하는 거야 상관없지만, 이 일을 끝내려면 시간이 얼마나 걸릴까?

나는 밖으로 나가면서 거실의 열린 문으로 안을 들여다보았다. 당연히 공부를 하고 있어야 할 트리스탄이 자기가 제일 좋아하는 의자에서 쿨쿨 자고 있었다. 나는 거실로 들어가서 트리스탄을 내려다보았다. 잠에 깊이 빠져 있는 사람한테서만 볼 수 있는 그 편안한 자세, 완전히 긴장이 풀려 축 늘어진 자세가 참으로 경탄스러웠다. 그의 얼굴은 아기처럼 천진했고 《데일리 미러》지의 연재만화를 보다가 잠이 들었는지 펼쳐진 신문이 가슴을 덮고 있었다. 팔걸이에서 늘어진 손에는 다 타버린 담배꽁초가 매달려 있었다.

나는 부드럽게 트리스탄을 흔들어 깨웠다.

"이봐, 트리스! 나랑 같이 가지 않을래? 고양이를 데리러 가야 돼."

그는 천천히 의식을 회복하고는, 늘어지게 기지개를 켜면서 오만상을 찌푸렸지만, 타고난 선량함이 곧 눈을 떴다.

"그야 물론이지." 그는 하품을 깨물면서 말했다. "재미있겠는걸."

베크 부인은 레이턴 마을 왼쪽 중간쯤에 살고 있었다. 깨끗하게 페인트를 칠한 대문에는 '재스민 코티지(오두막)'라는 글자가 적혀 있었다. 우리가 정원 사이로 난 길을 걸어가자 문이 열리고 작달막한 여자가 쾌활하게 손을 흔들었다.

"안녕하세요. 정말 잘 오셨어요."

그녀는 우리를 거실로 안내했다. 단단해 보이는 훌륭한 거실 가구에서는 가난의 흔적조차 찾아볼 수 없었다. 마호가니 찬장이 열려 있어서, 그 안에 즐비하게 놓여 있는 술잔과 술병이 언뜻 보였다. 나는 베크 부인이 무릎으로 찬장 문을 슬쩍 밀어서 닫기 전에 스카치위스키와 체리브랜디와 셰리주를 확인할 수 있었다.

나는 끈으로 느슨하게 묶여 있는 골판지 상자를 가리켰다.

"아아, 잘됐습니다. 벌써 고양이를 상자에 넣어두셨군요?"

"아뇨. 조지나는 정원에 있어요. 오후에는 늘 정원에 나가서 논답니다."

"정원에요?" 나는 짜증스럽게 물었다. "그럼 데려오세요. 우리는 좀 바쁘거든요."

우리는 타일 깔린 부엌을 지나 뒷문으로 걸어갔다. 이런 코티지는 대부분 뒤쪽에 놀랄 만큼 넓은 정원이 딸려 있다. 베크 부인의 뒤뜰은 구석구석 빈틈없이 손질되어 있었다. 넓은 잔디밭은 아름다운 화단으로 둘러싸여 있고, 나뭇가지 사이에서는 사과와 배가 햇빛을 받아 화려한 색깔로 빛나고 있었다.

"조지나." 베크 부인이 소리쳐 불렀다. "어디 있니?"

고양이가 나타날 기색도 보이지 않자 그녀는 나를 돌아보며 짓궂게 히죽 웃었다.

"그 개구쟁이 녀석이 우리와 술래잡기를 하려나 봐요. 조지나는 늘 그래요."

"그렇습니까?" 나는 건성으로 대답했다. "어쨌든 빨리 나타났으면 좋겠군요. 시간이 별로 많지……."

그 순간, 뒤룩뒤룩 살찐 얼룩고양이 한 마리가 국화밭에서 튀어나와 잔디밭을 휙 가로지르더니, 진달래가 무리지어 있는 곳으로 들어갔다. 트리스탄이 그 뒤를 바싹 추적했다. 트리스탄이 진달래 덤불 속으로 뛰어든 순간 고양이는 반대쪽에서 튀어나와 잔디밭을 두어 개 지나서 울퉁불퉁한 나무 위로 쏜살같이 올라가버렸다.

트리스탄은 기대감에 눈을 빛내면서 바람에 떨어진 사과 두어 개를 잔디밭에서 집어 들었다. 그러고는 "내가 저 녀석을 당장 나무에서 떨어뜨릴게" 하고 내 귀에다 속삭인 다음, 사과로 고양이를 겨냥했다.

나는 그의 팔을 움켜잡고 날카롭게 속삭였다.

"안 돼. 그만 둬, 트리스! 그러면 안 돼. 사과를 내려놔."

"알았어. 어쨌든 내가 잡아올게."

그는 사과를 떨어뜨리고 나무 쪽으로 걸어갔다.

"잠깐만 기다려." 나는 옆을 지나가는 트리스탄의 코트를 움켜잡았다. "내가 할 테니까 넌 여기 있다가 고양이가 뛰어내리면 잡아줘."

트리스탄은 실망한 표정을 지었지만, 나는 경고하는 눈으로 그를 쏘아보았다. 고양이의 잽싼 몸놀림으로 보아, 트리스탄이 넘치는 기운을 주체하지 못해 고양이를 마구 뒤쫓으면 고양이는 이웃 마을까지 날아가버릴 거라는 생각이 들었다. 나는 나무를 기어오르기 시작했다.

나는 예나 지금이나 고양이를 좋아한다. 고양이는 그것을 본능적으로 알아차리는 것 같다. 그래서 아무리 까다로운 고양이라도 대개는 나한테 고분고분했다. 고양이 다루는 기술을 자랑스럽게 생각한다 해도 과언이 아니다. 게다가 이 경우에는 아무 문제도 없어 보였다.

나는 조금 헐떡거리면서 꼭대기 가지에 이르자, 거기에 웅크리고 있는 고양이에게 한 손을 뻗었다.

"나비야." 나는 어떤 고양이도 저항할 수 없을 만큼 달콤한 목소리로 속삭였다.

조지나는 차갑게 나를 노려보면서 등을 활처럼 더 높이 구부릴 뿐, 내 부름에 응답할 기색은 전혀 보이지 않았다.

나는 가지를 따라 좀 더 앞으로 몸을 내밀었다. "나비야, 나비야." 나는 꿀처럼 달콤한 소리를 내면서 손가락을 조지나의 얼굴 쪽으로 뻗었다. 조지나의 뺨을 부드럽게 쓰다듬으면 녀석은 내 손아귀에 들어올 것이다. 이 방법이 실패한 적은 이제껏 한 번도 없었다.

"야옹!" 조지나가 경고하듯 이빨을 드러냈지만 나는 상관하지 않고 녀석의 턱 밑으로 손을 가져갔다.

"야옹, 야옹!" 조지나가 으르렁거리고는 왼쪽 앞발을 번개처럼 휘둘러 내 손등에 상처를 냈다. 고양이 발톱이 지나간 자리에 피가 맺혔다.

나는 투덜거리면서 뒤로 물러나 상처를 살폈다. 밑에서 베크 부인이 킬킬 웃었다.

"꼭 작은 원숭이 같지 않아요? 저 애는 저렇게 장난꾸러기랍니다."

나는 콧방귀를 뀌고 다시 나뭇가지를 따라 천천히 움직이기 시작했다. 이번에는 꾀를 쓰지 않고 정면 돌파하기로 단단히 마음먹었다. 지금은 고양이를 잽싸게 낚아챌 필요가 있었다.

마치 내 마음을 읽은 것처럼 고양이는 가지 끝으로 사뿐사뿐 이동했다. 가지가 고양이의 무게로 낮게 구부러지자 고양이는 가볍게 풀밭으로 뛰어내렸다.

트리스탄이 고양이를 향해 번개처럼 몸을 날려 뒷다리를 움켜잡았다.

조지나는 홱 돌아서서 주저 없이 트리스탄의 엄지손가락에 이빨을 박아 넣었지만 트리스탄은 복원력의 진수를 보여주었다. 고통에 못 이겨 한 번 고함을 지른 뒤, 다른 손으로 번개처럼 잽싸게 고양이 목덜미를 움켜 잡은 것이다.

잠시 후 트리스탄은 그의 손에 대롱대롱 매달린 채 맹렬히 몸부림치는 고양이를 높이 들어 올리며 똑바로 일어섰다.

"됐어, 짐. 내가 잡았어." 그는 기뻐서 어쩔 줄 모르는 얼굴로 말했다.

"잘했어! 꽉 잡고 있어!"

나는 숨 가쁘게 말하고는 최대한 빨리 나무에서 미끄러져 내려왔다. 아니, 사실은 너무 빨리 내려왔다. 헝겊이 찢어지는 불길한 소리가 내 재킷의 팔꿈치 부분이 삼각형으로 찢어진 것을 알려주었기 때문이다.

하지만 그런 사소한 일에 신경 쓰고 있을 때가 아니었다. 나는 트리스탄을 재촉하여 집 안으로 뛰어 들어가 골판지 상자를 열었다. 당시에는 고양이를 나르는 전용 바구니가 없었기 때문에 조지나를 상자에 가두는 것은 여간 어려운 일이 아니었다. 조지나는 이쪽저쪽으로 잽싸게 움직이면서 성난 소리로 울부짖으며 심하게 불평을 했다.

우리는 숨을 헐떡이며 꼬박 10분 동안 씨름한 뒤에야 겨우 고양이를 상자에 가두는 데 성공했지만, 느슨한 골판지 상자를 몇 미터나 되는 튼튼한 끈으로 꽁꽁 묶었는데도 상자를 차까지 가져가는 동안 녀석이 상자에서 금방이라도 튀어나올 것 같아서 마음이 놓이지 않았다.

우리가 차를 몰고 떠나려 하자 베크 부인이 손가락 하나를 들어올렸다. 나는 고양이 발톱에 긁힌 손을 찬찬히 살펴보았고, 트리스탄은 엄지손가락에서 흘러나오는 피를 빨아내면서 베크 부인의 말을 기다렸다.

"조지나를 상냥하게 다루어주세요." 베크 부인은 걱정스러운 얼굴로 말했다. "그 애는 무척 겁이 많거든요."

1킬로미터도 가기 전에 뒷좌석에서 다투는 소리가 들렸다.

"들어가! 얌전히 안에 들어가 있어. 이 녀석, 빨리 들어가지 못해!"

나는 힐끔 뒤를 돌아보았다. 트리스탄이 애를 먹고 있었다. 조지나는 차의 움직임을 좋아하지 않는 모양이었다. 상자에 난 틈새로 뾰족한 발톱이 달린 발이 계속 튀어나왔다. 한번은 성난 얼굴을 목까지 쑥 내밀고 으르렁거리기까지 했다. 트리스탄은 고양이 발과 얼굴이 튀어나올 때마다 단호하게 안으로 밀어 넣었지만, 그의 고함 소리가 점점 애원조로 바뀌는 것으로 보아 전황이 그에게 불리하게 돌아가고 있는 게 분명했다.

마지막 외침 소리를 들었을 때 나는 드디어 올 것이 왔구나 하는 생각이 들었다.

"나왔어, 짐! 빌어먹을 녀석이 나와버렸다고!"

이건 엄청난 일이었다. 히스테리 발작을 일으킨 고양이가 차 안을 종횡무진 휘저으며 미친 듯이 날뛰고 있는 상황에서 차를 몰아본 경험이 있는 사람이라면 누구나 내 상황을 이해할 것이다. 털 난 짐승이 좌우로 번개처럼 몸을 날리거나 펄쩍 뛰어올라 천장을 할퀴거나 앞유리창을 발톱으로 긁어대고, 트리스탄이 고양이를 잡으려고 이리저리 날뛰는 동안, 나는 몸을 잔뜩 웅크리고 핸들에 매달려 있었다.

하지만 잔인한 운명은 그보다 더한 시련을 준비해두고 있었다. 뒷좌석에서 트리스탄의 헐떡거리는 소리와 투덜대는 소리가 잠시 멎었나 했더니, 공포에 질린 비명 소리가 터져 나왔다.

"이 녀석이 똥을 싸고 있어, 짐! 사방에 똥을 내깔기고 있다고!"

고양이는 자기가 가진 무기를 총동원하고 있는 게 분명했다. 구태여 트리스탄이 말하지 않아도 내 코는 벌써 사태를 알아차렸다. 나는 미친 듯이 창문을 내렸다. 그러나 황급히 닫을 수밖에 없었다. 조지나가 열린 창문으로 탈출하여 어딘가로 사라져버리는 끔찍한 사태가 머리에 떠올랐기 때문이다.

그 여행길의 후반부에 대해서는 생각도 하고 싶지 않다. 나는 입으로 숨을 쉬려고 애썼고, 트리스탄은 담배연기를 자욱하게 내뿜었지만, 그래도 고양이의 똥냄새는 여전히 지독했다. 대러비로 들어가기 직전에 나는 차를 세우고 트리스탄과 합세하여 고양이를 습격했다. 몇 군데 더 상처를 입는 대가를 치른 뒤(내 콧잔등에 난 상처가 특히 아팠다) 우리는 겨우 조지나를 구석으로 몰아넣어 다시 상자 속에 가둘 수 있었다.

수술대 위에 올라간 뒤에도 녀석은 포기하지 않고 교묘한 책략으로 우리를 속이려 들었다. 우리는 에테르와 산소로 조지나를 마취하려고 얼굴에 마스크를 씌워주었는데, 녀석은 마스크를 쓰고 있는 동안은 가만히 숨을 참고 있다가, 이제 잠들었나 보다 하고 마스크를 벗기자마자 갑자기 날뛰기 시작했다. 조지나가 마침내 굴복했을 때 트리스탄과 나는 둘 다 기진맥진 땀투성이가 되어 있었다.

수술하기 전부터 이렇게 애를 먹였으니 수술 자체가 까다로웠던 것도 당연하다는 생각이 든다. 고양이의 난소와 자궁을 적출하는 불임수술은 지극히 단순한 작업이고, 오늘날에는 수많은 불임수술이 아무 일 없이 이루어지고 있지만, 1930년대에 특히 시골에서는 흔하지 않은 수술이었고, 따라서 상당한 대수술이었다.

나는 개인적으로 이 분야에서 선호하는 고양이와 꺼리는 고양이가 있었다. 예를 들면 마른 고양이는 수술하기가 쉬웠고 살찐 고양이는 어려 웠다. 조지나는 극단적으로 비만한 고양이였다.

배를 가른 순간 엄청난 양의 지방이 뿜어져 나와 모든 것을 뒤덮어버렸 다. 나는 핀셋으로 창자와 복막의 주름을 조금씩 집어 올려 조사하고 다 시 배안에 집어넣는 작업을 오랫동안 계속해야 했다. 그것은 신경에 심 한 고통을 주는 작업이었다. 마침내 분홍색 난소를 핀셋으로 집고 자궁 에 붙어 있는 가느다란 끈을 앞으로 끌어냈을 때쯤에는 엄청난 피로감이 온몸으로 퍼지기 시작했다. 그다음부터는 만사가 순서대로 진행되었지 만, 봉합을 막 끝낸 순간에도 여전히 기묘한 피로감을 느끼고 있었다.

나는 자고 있는 고양이를 상자 속에 집어넣고 트리스탄을 불렀다.

"조지나가 깨어나기 전에 빨리 집으로 데려다주자."

내가 복도로 나가서 걷기 시작하자 트리스탄이 내 팔을 잡았다.

"짐." 그가 엄숙하게 말했다. "내가 네 친구인 건 알고 있겠지?"

"물론이지."

"너를 위해서라면 나는 무슨 짓이든 다 할 거야."

"그야 그렇겠지."

그는 숨을 깊이 들이마셨다.

"한 가지만 빼고는……. 다시는 그 빌어먹을 차에 타지 않겠어."

나는 멍하니 고개를 끄덕였다. 도저히 트리스탄를 비난할 수가 없었다.

"알았어. 그럼 나 혼자 다녀올게."

떠나기 전에 나는 소나무 향기가 나는 소독약을 차 안에 뿌렸지만 효과 는 거의 없었다. 어쨌든 내 가슴은 레이턴에 도착할 때까지 조지나가 깨 어나지 않기를 바라는 마음으로 가득 차 있었다. 하지만 그 소망은 대려

비의 시장을 가로지르기도 전에 산산이 깨져버렸다. 뒷좌석에 놓아둔 상자에서 불길한 소리가 들렸을 때 나는 몸이 오싹했다. 목덜미의 털이 꼿꼿이 곤두섰다. 그것은 멀리서 벌떼가 윙윙거리는 소리처럼 들렸지만, 나는 그 소리의 의미를 알고 있었다. 그것은 마취제의 효력이 서서히 사라지고 있다는 뜻이었다.

일단 대러비를 벗어나자 나는 액셀을 힘껏 밟았다. 이런 일은 극히 드물었다. 시속 60킬로미터 이상으로 차를 몰면 엔진과 차체가 요란하게 항의하는 소리를 냈기 때문이다. 그러면 나는 차가 금방이라도 분해되어버리지나 않을까 하는 두려움에 사로잡히곤 했다. 하지만 지금 이 순간에는 그게 문제가 아니었다. 나는 이를 악물고 눈을 크게 뜨고 앞으로 돌진했다. 하지만 쏜살같이 차 옆을 스쳐 지나가는 돌담이나 포장도로는 전혀 눈에 들어오지 않았다. 내 주의는 온통 뒷좌석에 쏠려 있었다. 벌떼는 점점 가까이 다가오고 있었고, 소리는 더욱 사나워지고 있었다.

윙윙거리는 소리가 으르렁거리는 소리로 바뀌고, 그와 더불어 튼튼한 발톱으로 골판지를 찢어대는 소리가 들렸을 때, 나는 부들부들 떨기 시작했다. 굉음을 내며 레이턴 마을로 들어가면서 뒤를 힐끔 돌아보니 조지나는 상자에서 반쯤 빠져나와 있었다. 나는 뒤로 손을 뻗어 녀석의 목덜미를 움켜잡았다. 그러고는 '재스민 코티지' 대문 앞에 차를 세운 순간, 한 손으로는 사이드브레이크를 잡아당기고, 또 한 손으로는 녀석을 상자에서 들어 올려 내 무릎 위에 올려놓았다.

나는 시트에 깊이 몸을 묻었다. 입에서 안도의 한숨이 폭발하듯 새어나왔다. 정원에서 빈둥거리고 있는 베크 부인을 보았을 때는 긴장으로 잔뜩 굳었던 내 얼굴에 거의 미소가 떠오를 뻔했다.

베크 부인은 환성을 지르며 나한테서 조지나를 받아들었지만, 고양이 옆구리에서 털을 깎아낸 부분과 두 바늘을 꿰맨 자국을 발견하고는 놀라서 숨을 훅 들이마셨다.

"오오, 조지나! 그 고약한 사람들이 너한테 무슨 짓을 한 거니?"

베크 부인은 고양이를 꼭 끌어안고 나를 노려보았다.

"괜찮습니다, 베크 부인. 상태는 아주 좋습니다. 오늘 밤에는 우유를 조금 먹여도 됩니다. 그리고 내일은 고형음식을 좀 먹이세요. 걱정하실 일은 전혀 없습니다."

베크 부인은 부루퉁한 표정으로 입을 삐죽거리며 말했다.

"알았어요. 그런데 지금……" 그녀는 곁눈질로 나를 힐끔 살폈다. "돈을 받고 싶으시겠죠?"

"아아, 예……."

"그럼 기다리세요. 돈을 가져올 테니까."

베크 부인은 돌아서서 집 안으로 들어갔다.

나는 지독한 악취를 내뿜고 있는 차에 기대선 채 손과 콧잔등의 긁힌 상처가 따끔거리는 것을 느끼면서 길쭉하게 찢어진 팔꿈치를 살펴보았다. 심신이 모두 고갈된 기분이었다. 내가 오늘 오후에 한 일이라고는 고양이 한 마리의 난소를 제거한 것뿐이었지만 손가락 하나 까딱할 힘도 남아 있지 않았다.

나는 현관에서 대문 쪽으로 걸어오는 베크 부인을 무표정하게 바라보았다. 그녀는 지갑을 들고 있었다. 대문에 이르자 그녀는 멈춰 서서 나를 정면으로 마주보았다.

"10실링이죠?"

"맞습니다."

그녀는 한참 동안 지갑을 뒤지다가 10실링짜리 지폐 한 장을 꺼내 들고는 유감스러운 듯이 지폐를 뚫어지게 바라보았다.

"조지나, 넌 정말 돈이 많이 드는 녀석이야." 베크 부인이 독백을 했다.

내가 머뭇거리며 손을 내밀자 베크 부인은 황급히 돈을 끌어당겼다.

"잠깐만요. 깜박 잊고 있었네요. 실을 뽑아야죠."

"예, 실은 열흘 뒤에 뽑을 겁니다."

베크 부인은 입을 꽉 다물었다.

"그렇다면 시간 여유는 충분하군요. 열흘 뒤에 다시 여기 오실 테니까, 돈은 그때 드리겠어요."

"다시 여기 오라고요? 하지만 그건……."

"일이 다 끝나기 전에 돈을 주는 건 재수 없어요. 난 항상 그렇게 생각한답니다. 조지나한테 끔찍한 일이 일어날지도 몰라요."

"하지만……."

"난 이미 결정했어요."

베크 부인은 돈을 지갑에 도로 집어넣고, 이것으로 이야기는 다 끝났다는 태도로 지갑을 탁 닫고는 집 쪽으로 돌아섰다. 현관으로 걸어가다가 그녀는 어깨 너머로 뒤를 돌아보며 생긋 웃었다.

"난 그렇게 할 거예요. 여기 다시 오면 그때 돈을 드리죠."

12

　드디어 스카버러를 떠날 준비가 끝났다. 그런데 얄궂게도 우리가 떠날 즈음부터 스카버러가 우리에게 미소를 짓기 시작했다.

　얼음처럼 차가운 빗방울을 얼굴에 맞으며 요크셔의 어둡고 추운 겨울을 다 보내고, 우리는 이제 아침 7시에 5월의 찬란한 햇빛 속에서 그랜드호텔 바깥에 정렬해 있었다. 막상 떠나려 하니 못내 아쉬운 기분이 들었다. 나는 절벽 아래 먼 곳까지 뻗어 있는 넓고 아름다운 후미를 동료들의 머리 너머로 바라보았다. 바닷물에 씻긴 깨끗한 모래는 나를 손짓해 부르는 듯하고, 그 너머에 끝없이 펼쳐진 푸른 바다는 어른어른 빛나고, 소금 냄새와 해초 냄새가 뒤섞인 달콤한 바다 내음이 모든 것 위에 감돌고 있었다. 그것은 전쟁통에 잃어버린 행복한 일들과 즐거운 휴가의 추억을 되살려주었다.

　"차렷!" 블래킷 상사의 구령 소리가 우리 머리 위로 울려 퍼지자, 완전군장을 갖추고 정렬해 있던 우리는 긴장으로 몸이 **뻣뻣**해졌다. 우리는 배낭이 직사각형으로 네모반듯하게 보이도록 배낭 속에 골판지를 댔고, 머리를 짧게 잘랐다. 군화는 반짝반짝 빛났고, 단추는 황금처럼 반짝였다. 우리도 모르는 사이에 기본훈련대는 우리를 팔팔하고 말쑥한 집단으로 바꾸어놓았다. 반년 전의 그 굼뜨고 미숙한 오합지졸과는 딴판이었다. 우리는 시험을 모두 통과하여, 이제는 이등병이 아니라 어엿한 일등병이었다. 그리고 헤리엇 일등병으로서 내 봉급도 하루에 3실링에서 무려 7실링 3페니로 급등했다.

"우향우!" 다시 고함 소리가 들렸다. "왼발부터 행진!"

우리는 팔을 높이 쳐들고 일사불란하게 움직이면서 그랜드호텔 앞을 마지막으로 지나갔다. 나는 그 거대한 건물—화려한 옷을 벗어버린, 빅토리아 시대의 귀부인 같은 건물—에 작별의 눈길을 던졌다. 그리고 결심했다. 언젠가 전쟁이 끝나면 반드시 돌아와서, 본래의 모습을 되찾은 그랜드호텔을 보리라. 나는 그 결심을 지켰다. 몇 년 뒤 헬렌과 나는 헌병들이 고함을 지르던 호텔 라운지에서 푹신한 소파에 앉아 있었다. 웨이터들이 차와 머핀을 들고 두꺼운 카펫 위를 소리 없이 걸어 다니고, 실내 관현악단이 로즈 마리(미국의 여배우이자 가수)를 연주하고 있었다.

저녁에는 기다란 통유리를 통해 바다가 내려다보이는 우아한 방에서 식사를 했다. 내가 추위에 떨면서 등대에서 깜박거리는 올디스 램프(모스 신호를 보내는 휴대용 램프)의 신호를 해독하는 법을 배운 옥외 테라스였던 이 방은 호화롭고 따뜻한 식당으로 변신했다. 헬렌과 나는 거기에 앉아 넙치구이를 먹으며, 밀려오는 어둠 속에서 깜박거리기 시작한 항구와 시내의 불빛을 바라보았다. 하지만 이것은 아직 먼 미래의 일이었다. 지금은 역으로 가는 헌트리스 거리를 따라 저벅거리는 발소리가 메아리치고, 푸른 제복의 긴 행렬이 점점 비어가는 광장을 떠나고 있었다. 어디로 가는지는 우리도 알지 못했다. 모든 게 불확실했다.

『수의학사전』이 골판지를 통해 내 등으로 파고들었다. 그 책은 너무 크고 두꺼워서 갖고 다니기에는 불편한 물건이었지만, 나에게 좋았던 시절을 생각나게 하고, 앞으로 더 좋은 날들이 오리라는 희망을 안겨주었다.

13

"이 세상 어디나 마찬가지야. 책임을 지는 것은 가난뱅이들이고, 즐거움을 얻는 것은 부자들이지……."

우리는 슈롭셔(영국 잉글랜드 중서부의 주)의 오지에서 야영을 하며 '강화 훈련' 과정을 밟고 있었다. 지금 우리—햇볕에 그을린 수백 명의 병사들—는 거대한 막사에 모두 모여 공군 준장의 연설을 기다리고 있었다.

그 높은 양반이 도착하기 전에 우리는 연단을 차지한 호색적인 하사관의 선창에 따라 음탕한 몸짓과 함께 외설적인 노래를 연달아 부르면서 시간을 보내고 있었다. "즐거움을 얻는 것은 부자들이지……"에서 하사관은 '즐거움'이라는 말 대신 손짓으로 격렬하게 펌프질을 해 보였다.

내 오른쪽에 서 있는 항공병의 반응이 내 관심을 끌었다. 그는 호리호리한 체격에 분홍빛 얼굴을 가진 열아홉 살쯤 된 젊은이였는데, 하사관의 몸짓에 맞춰 펄쩍펄쩍 뛰자 부드러운 머리카락이 이마로 늘어졌다. 그는 상스러운 가사를 큰 소리로 외치고 하사관의 손짓을 열광적으로 흉내 내면서 정말로 노래에 열중해 있었다. 나도 얼마 전에야 알았지만 그는 주교의 아들이었다.

이 훈련에는 옥스퍼드 대학교 비행중대도 함께 참가했다. 그들은 좋은 집안에서 세심한 교육을 받은 우수한 젊은이들이었다. 나는 그들과 함께 감자껍질을 벗기면서 꼬박 사흘을 보냈기 때문에 그들 대부분을 잘 알게 되었다. '감자껍질 벗기기'는 동료와 친해지는 데에는 더없이 좋은 방법 이다. 우리는 수많은 통을 껍질 벗긴 감자로 채우면서 서서히 장벽을 무 너뜨렸고, 그리하여 사흘 뒤에는 허물없는 사이가 되어 있었다.

주교의 아들은 면허를 가진 수의사가 조국을 구하기 위해 일터를 떠나 공군에서 수천 개의 감자껍질을 벗기는 것을 무척 유쾌하게 생각했다. 한편 나는 그의 별난 행동을 관찰하면서 보상을 얻었다.

그는 매력적이고 호감이 가는 젊은이였지만, 조금이라도 외설스러운 냄새가 나는 것에는 무엇이든 탐욕스럽게 덤벼들었다. 성직자의 아들은 속박에서 벗어나면 좀 거칠어진다고 한다. 주교관에서 벗어나면 이 넓은 세상의 감언이설에 넘어가기가 훨씬 쉬울 것이다.

나는 다시 그를 바라보았다. 그의 주위에 있는 젊은이들은 모두 맹렬하 게 고함을 지르고 있었지만, 상스러운 말을 재미있다는 듯 외치고 있는 그의 목소리는 나머지 목소리를 압도할 정도였다. 게다가 그는 지휘하는 하사관의 행동을 충실한 조교처럼 흉내 내고 있었다.

대러비와는 모든 것이 너무나 달랐다. 공군에 갓 들어왔을 무렵에는 거 리낌 없는 욕지거리를 들으면서 내가 떠나온 대러비가 어떤 공동체였는 가를 처음으로 깨달았다. 나는 1930년대 요크셔 지방의 농촌이야말로 인류 역사상 가장 편협하고 완고한 사회라고 생각할 때가 많다. 농부들 은 섹스나 생리적 기능과 관련된 말은 절대로 입에 올리지 않았다.

그래서 내 일이 더 어려워졌다. 동물의 질병이 조금이라도 성과 관련된 것일 경우, 헬렌이나 우리 비서인 하보틀 양이 전화를 받으면 동물의 주 인은 자세한 내용을 말하려 하지 않았기 때문이다. "선생님이 오셔서 우리 암소를 봐주셨으면 합니다" 하고 말하는 게 고작이었다.

오늘이 전형적인 경우였다. 나는 좀 짜증스러운 얼굴로 홉스 씨를 바라보았다.

"왜 암소가 발정하지 않는다고 말하지 않으셨어요? 그걸 치료하는 주사약이 새로 개발됐는데, 지금은 가져오지 않았습니다. 내 차에 약을 모조리 싣고 다닐 수는 없으니까요."

농부는 제 발등을 내려다보았다.

"여자 분이 전화를 받아서요. 여자 분한테 우리 스노드롭이 발정하지 않는다고 말하기가 영……." 그는 부끄러운 듯이 나를 쳐다보았다. "그럼 방법이 전혀 없나요?"

나는 한숨을 내쉬었다.

"한번 해봅시다. 양동이에 뜨거운 물을 가져오세요. 그리고 비누도 필요합니다."

나는 팔에 비누거품을 칠하면서 실망으로 가슴이 아팠다. 새로 나온 그 주사약을 한번 시험해보고 싶었는데, 그 기회를 놓쳤기 때문이다. 하지만 이 직장 검사에는 흥미로운 점도 있었다.

"꼬리를 좀 잡아주세요." 나는 농부에게 말하고, 손을 암소의 항문으로 조심스럽게 집어넣었다.

요즘에는 직장 검사를 많이 하고 있다. 수의사들은 소의 불임이 더 이상 불가해한 수수께끼가 아니라는 사실에 갑자기 눈을 떴다. 그래서 직장 검사가 점점 늘어나고 있었는데, 그것이 묘한 매력을 갖고 있었다.

어느 날 아침 시그프리드 원장은 그 매력을 여느 때처럼 간결하게 표현했다. "제임스, 백과사전보다 암소 항문에서 배우는 게 더 많아."

나는 스노드롭의 자궁 속을 손으로 더듬으면서 시그프리드의 말이 무슨 뜻인지를 알 수 있었다. 나는 직장벽을 통해 자궁경관을 잡은 다음, 오른쪽에 있는 뿔 모양의 기관을 따라 나아갔다. 그것은 완전히 정상으로 느껴졌고 난관도 마찬가지였다. 다음 순간, 난소가 호두처럼 내 손에 잡혔다. 하지만 그것은 의미심장한 돌기를 가진 호두였다. 나는 혼자 빙긋 웃었다. 그 불룩한 돌기는 황체였다. 황체가 난소에 영향력을 행사하여 정상적인 발정 주기가 시작되는 것을 막고 있었던 것이다.

나는 돌기의 아랫부분을 부드럽게 쥐어짰다. 황체가 난소에서 분리되어 빈 공간으로 헤엄쳐가는 것이 느껴졌다. 이 암소에게 필요한 것은 바로 그거였다. 나는 암소의 꼬리를 붙잡고 있는 농부를 유쾌하게 돌아보았다.

"잘된 것 같습니다, 홉스 씨. 내일이나 모레쯤 발정이 날 테니까, 당장 교미를 시킬 수 있을 겁니다."

나는 어깨까지 오물로 더러워진 팔을 빼내고 따뜻한 물로 오물을 씻어냈다. 수의사가 되겠다는 순진한 꿈을 가진 젊은이들이 수의사 대신 변호사나 간호사가 되기로 결심하는 것은 대개 이 순간이다. 수의사를 지망하는 많은 청소년들이 수습을 하러 나와 함께 왕진을 다녔는데, 그들에게는 수의사의 현실을 빨리 보여줄수록 좋은 것 같았다. 아침의 임신 진단 같은 일은 옥석을 가려서 정말로 수의사가 될 재목과 그렇지 않은 젊은이를 구별할 수 있게 해주는 효과가 있었다.

나는 농장을 떠나면서 뿌듯한 만족감을 느꼈고, 홉스 씨의 지나친 결벽성 때문에 헛걸음을 할 뻔했지만 좋은 결과가 나온 데 안도감을 느꼈다.

기묘한 일이지만 나는 홉스 씨의 농장에서 병원으로 돌아오자마자 비슷한 사례에 부닥쳤다. 자작농인 핑커튼 씨가 하보틀 양의 책상 옆에 앉아서 나를 기다리고 있었다. 그 옆에는 그의 농장에서 키우는 콜리종 개가 앉아 있었다.

"무슨 일로 오셨습니까, 핑커튼 씨?" 나는 문을 닫으면서 물었다.

농부는 머뭇거리다가 입을 열었다.

"우리 개가…… 좀 이상해서요."

"이상하다뇨? 아픈가요?"

나는 허리를 굽혀 콜리의 털투성이 머리를 쓰다듬었다. 개는 벌떡 일어나 꼬리로 책상 옆면을 탁탁 때리기 시작했다.

"아뇨, 아픈 데는 전혀 없습니다." 농부는 분명 난감해 보였다.

"그런데 뭐가 문젭니까? 내가 보기에는 건강의 화신처럼 보이는데요."

"예. 하지만 좀 걱정이 돼서요. 저어…… 그게 말입니다." 농부는 하보틀 양을 슬쩍 훔쳐보았다. "문제는 개의 연필입니다."

"뭐라고요?"

핑커튼 씨의 여윈 볼에 희미한 핏기가 올라왔다. 그는 또다시 하보틀 양을 겁먹은 눈으로 힐끔 돌아보았다.

"연필요. 개의 연필에 문제가 있는 것 같습니다."

그는 집게손가락을 경련하듯 실룩 움직여 개의 아랫배 쪽을 가리켰다. 나는 그쪽을 보았다.

"죄송하지만 아무 이상도 없는데요."

"아니, 이상한 게 있습니다." 농부는 곤혹스러움으로 일그러진 얼굴을 내 얼굴에 바짝 들이대고 작은 목소리로 속삭였다. "저길 보세요. 뭔가가 나오고 있죠? 개의 연필에서…….”

나는 무릎을 꿇고 좀 더 자세히 들여다보았다. 그 순간 모든 것이 분명해졌다.

“이걸 말씀하시는 건가요?”

나는 개의 음경 끝에 매달린 작은 정액 방울을 가리켰다. 농부는 고통스러운 표정으로 말없이 고개만 끄덕였다.

나는 웃음을 터뜨렸다.

“이거라면 걱정하실 것 없습니다. 전혀 비정상적인 게 아니에요. 물이 그릇에 가득 차면 넘쳐흐르는 거나 마찬가지랍니다. 이 개는 아직 어리죠?”

“예, 이제 겨우 18개월 됐습니다.”

“바로 그겁니다. 힘이 넘쳐흐르는 것뿐이에요. 좋은 음식을 실컷 먹고 일은 별로 안 하겠죠?”

“예, 잘 먹긴 하지만 최고로 좋은 음식은 아닙니다. 선생님 말씀이 맞습니다. 이 녀석한테는 일을 별로 시키지 않았어요.”

“바로 그겁니다.” 나는 한 손을 내밀었다. “식사량을 줄이고 좀 더 운동을 시키세요. 그러면 이 문제는 저절로 해결될 겁니다.”

핑커튼 씨는 나를 뚫어지게 바라보았다.

“그럼 아무 치료도 해주시지 않을 건가요? 이 개의…….”

그는 또다시 우리 비서에게 괴로운 눈길을 던졌다.

“예, 치료는 필요 없습니다. 개의…… 연필에는 아무 문제도 없으니까요.”

그래도 그가 여전히 납득하지 못하는 것 같아서 나는 전략을 바꾸었다.

"그럼 이렇게 하시죠. 가벼운 진정제를 몇 알 드릴 테니까 그걸 먹여보세요. 조금은 도움이 될 겁니다."

나는 조제실로 가서 알약을 헤아려 상자에 담았다. 그러고는 진료실로 돌아와서 미소를 지으며 알약을 농부에게 건네주었지만, 그의 얼굴은 점점 더 고통스러워질 뿐이었다. 내가 사태를 분명히 설명하지 못한 게 분명했다. 그래서 나는 그를 현관으로 안내하면서 그가 알아들을 수 있도록 쉬운 말로 설명을 계속했다.

그가 문간에 서자 나는 마지막으로 그를 안심시키려고 어깨를 두드려주었다. 계속 지껄이느라 숨이 찼지만, 농부가 떠나기 전에 그동안의 장광설을 한 마디로 요약해주는 것이 좋겠다고 생각했다.

"그러니까 요컨대…… 식사량을 줄이고, 일과 운동을 충분히 시키고, 아침과 저녁에 알약을 한 알씩 먹이세요."

농부가 금방이라도 울음을 터뜨릴 것처럼 입을 비죽거렸다. 그러다가 돌아서서 천천히 계단을 내려가 두세 걸음 걷는가 싶더니, 홱 돌아서서 애처로운 목소리로 외쳤다.

"하지만…… 개의 연필은 도대체 어떻게 된 겁니까?"

몸집 작은 길비 씨가 외양간 바닥에 깔린 자갈 위에 쓰러져 신음 소리를 내기 시작했을 때 내 마음에 맨 먼저 떠오른 생각은 하고많은 사람 중에 하필이면 그에게 이런 일이 일어난 건 부당하다는 것이었다.

그는 당시의 결벽성과 과묵함을 극단적으로 구현하고 있는 인물이었기 때문이다. 심지어는 그의 신체 구조에도 영묘한 분위기가 감돌고 있었다. 57킬로그램의 몸무게, 작은 뼈대, 기름기가 전혀 없는 팽팽한 피부,

나이가 쉰 살인데도 어린애처럼 순수하고 온화한 얼굴. 길비 씨가 욕을 하거나 상스러운 말투를 쓰는 것을 들은 사람은 아무도 없었다. 사실 그는 내가 지금까지 만난 농부들 가운데 암소의 '거름'에 대해 이야기한 유일한 사람이었다.

게다가 그는 독실한 감리교 신자여서 술도 마시지 않고, 세속적인 쾌락에 탐닉하지도 않고, 거짓말을 한 적도 없었다. 요컨대 그는 너무 선량했다. 길비 씨가 아닌 다른 사람이었다면 나는 그 사람의 선량함을 의심했을 것이다. 하지만 나는 길비 씨를 잘 알게 되었다. 그는 점잖고 친절한 사람이었고, 무엇보다도 정직했다. 나는 내 목숨까지도 그에게 믿고 맡길 수 있었을 것이다.

외양간 바닥에 쓰러져 있는 그를 보고 내가 그토록 가슴이 아팠던 것은 그 때문이었다. 일은 너무나 순식간에 일어났다. 외양간으로 들어가자마자 그는 문 맞은편에 있는 검은 암소를 가리켰다.

"저 녀석이에요. 아무래도 감기에 걸린 것 같습니다."

그는 내가 암소의 체온을 재고 싶어 하리라는 것을 알고, 시키기도 전에 암소의 꼬리를 잡고는 그 소와 옆에 있는 소 사이로 끼어들기 위해 도랑 건너편으로 한쪽 다리를 뻗었다. 그 일이 일어난 것은 바로 그때였다. 그의 가랑이가 최악의 자세로 벌어진 것이다.

우리가 외양간에 들어갔을 때부터 암소가 기분 나쁜 듯이 꼬리를 핵핵 움직이고 있었기 때문에, 그런 일이 일어났는데도 나는 어떤 의미에서는 별로 놀라지 않았다. 어쨌든 나는 검은 암소를 항상 경계한다. 그 암소는 우리가 외양간에 불쑥 들어온 것이 마음에 들지 않은 모양이었다. 그래서 길비 씨의 가랑이가 벌어진 순간 오른쪽 뒷다리를 번개처럼 휘둘렀다. 단단한 발굽이 길비 씨의 가랑이를 정통으로 걷어찼다. 길비 씨는 작업복 바지만 입고 있었고, 그것은 그를 전혀 보호해주지 못했다.

암소의 뒷발이 오싹할 만큼 큰 소리를 내면서 제자리로 돌아갔을 때 나는 움찔했다. 하지만 길비 씨는 아무 감정도 드러내지 않고 두 손으로 사타구니를 움켜쥔 채, 단단한 돌바닥 위에 마치 총살당한 사형수처럼 꼼짝도 하지 않고 누워 있었다. 그가 낮은 소리로 신음을 토해낸 것은 몇 초 뒤였다.

나는 서둘러 그를 도우러 가면서, 그의 점잖은 체면이 이런 식으로 허물어지는 꼴을 목격하는 것은 옳지 않다는 생각이 들었다. 그는 외양간 바닥에 엎드려, 차마 입에 담을 수 없는 부위를 두 손으로 움켜잡고 있는 우아하지 못한 자세를 남에게 보이기보다는 차라리 죽는 게 낫다고 생각했을 것이다. 나는 자갈 바닥에 무릎을 꿇고 혼자 고통과 싸우고 있는 그의 어깨를 토닥였다.

잠시 후 그는 일어나 앉을 수 있을 만큼 상태가 나아졌다. 나는 앉아 있는 그의 어깨에 팔을 둘러 쓰러지지 않도록 받쳐주었다. 핼쑥해진 그의 얼굴에는 땀방울이 송골송골 맺혀 있었다. 당혹감이 그의 마음에 슬며시 들어오기 시작한 것은 바로 그때였다. 그는 체면을 손상시키는 부위에서 손을 뗐지만, 그런 천박한 자세를 남에게 보인 것을 몹시 부끄러워하는 게 분명했다.

나는 묘한 무력감을 느꼈다. 이 작달막한 농부는 암소와 운명 전체를 저주하는 평범한 방법으로 울분을 풀 수도 없고, 나도 그가 몇 마디 저속한 말로 이 일을 웃어넘기도록 도와줄 수도 없었다. 이런 일은 오늘날에도 이따금 일어나고, 그러면 사람들은 사타구니를 걷어차인 것이 장차 희생자의 성생활에 영향을 미칠 수도 있다는 주장을 포함하여 저마다 온 갖 논평과 의견을 제시한다. 그런 의견은 모두 도움이 된다.

하지만 길비 씨의 외양간에 있는 것은 불편한 침묵뿐이었다. 잠시 후 창백했던 그의 뺨에 혈색이 돌아오기 시작했다. 작달막한 농부는 천천히 몸을 일으켰다. 그러고는 두어 번 숨을 깊이 들이쉬고 나서 참담한 눈으로 나를 쳐다보았다. 그는 자신의 천박한 행동을 설명하거나 사과해야 한다고 생각하는 게 분명했다.

시간이 갈수록 긴장이 고조되었다. 길비 씨는 말을 하려는 것처럼 입을 한두 번 실룩거렸지만 적당한 말을 찾지 못하는 것 같았다. 마침내 그는 결단을 내렸다. 우선 헛기침을 하고 주위를 주의 깊게 둘러본 다음, 입을 내 귀에 바싹 갖다 댔다. 그는 낮은 목소리로 속삭인 허물없는 한마디로 모든 상황을 분명히 했다.

"비밀로 해주세요, 헤리엇 선생님."

당시에는 자연스러운 생리적 기능에 대해 말하기를 부끄러워하는 경향이 널리 퍼져 있었는데, 사실은 이것이 문제를 일으켰다.

시골 수의사라면 누구나 겪는 사소한 어려움 가운데 하나는 소변 처리다. 온종일 농장을 돌아다니다 보면 소변을 보아야 할 때가 온다. 내가 처음 요크셔에 왔을 때는 외양간 구석에서 소변을 보는 것이 세상에서 가장 자연스러운 일로 여겨졌고, 내가 그럴 때마다 같은 남자인 농부들이 곤혹스러워하는 것은 정말 이해할 수 없는 일이었다. 하지만 내가 외양간 구석에서 소변을 볼 때마다 농부들이 반대쪽으로 눈길을 돌리거나 그 밖의 몸짓으로 곤혹스러운 기색을 드러내면서 어색하게 발을 이리저리 움직이는 것을 나는 곧 알아차렸다.

나는 이 일을 웃어넘기려 했지만 그런 노력은 한 번도 성공하지 못했다. 소변을 보면서 고개를 돌려 어깨 너머로 "나는 지금 방광에서 물을 짜내고 있을 뿐입니다" 하거나 "이 방법은 즉석에서 속성으로 기분을 전환시켜주지요" 하고 익살을 떨어도, 농부들은 진지하게 고개를 끄덕이며 "아…… 예…… 예…… 맞습니다" 하고 중얼거릴 뿐이었다. 나는 농장에 도착하자마자 아무도 없는 헛간으로 살금살금 들어가서 소변을 보는 방법에 의존해야 할 때가 많았지만, 불쑥 들어온 농부들한테 들킬 때도 많았다. 농부들은 소변을 보고 있는 나를 보면 부끄러운 듯이 얼른 물러나곤 했다.

농부들이 기회 있을 때마다 큼직한 찻잔을 내 손에 억지로 쥐어주는 것도 내 어려움을 가중시켰다. 차를 권하는 것은 손님을 접대하는 그들의 관습이었다. 때로는 그들의 기분을 해치지 않으려고 오줌을 참다가, 더 이상 참을 수 없게 되면 탁 트인 들판으로 피신하기도 했다. 하지만 이 방법도 위험으로 가득 차 있었다. 나는 항상 텅 빈 황무지가 먼 지평선까지 뻗어 있는 한적한 길을 골랐지만, 몇 초도 지나기 전에 그 길은 자동차로 까맣게 메워지기 일쑤였다. 게다가 차는 모두 여자가 운전했고, 모두 맹렬한 속도로 나를 급습하곤 했다.

한번은 중년의 노처녀들을 가득 태운 차 한 대가 멈춰 서서 나에게 대러비로 가는 지름길을 장황하게 물었다. 그들이 질문하는 동안 내 발치에서는 검은 웅덩이가 나의 비리를 고발하듯 퍼져가고 있었다. 그 일을 생각하면 지금도 부끄러워서 몸이 떨린다.

하지만 모든 규칙에는 예외가 있는 법이다. 내 곤경에 대한 반응이 전혀 달랐던 때가 딱 한 번 있었다. 나는 농장을 돌면서 여느 때처럼 내 몫의 차를 마셨고, 게다가 함석지붕을 씌운 헛간에서 송아지를 거세하느라 한참 땀을 흘렸더니 친절한 농부가 1리터들이 흑맥주를 두어 병이나 대접해주었다. 그래서 에인즐리 노인네 농장에 도착했을 때쯤에는 절박한 곤경에 빠져 있었다.

주위에는 아무도 없었다. 나는 외양간으로 살금살금 들어가 구석에서 수문을 열고 안도의 한숨을 내쉬었다. 한참 오줌을 쏟아내고 있을 때 뒤에서 무거운 장화가 자갈을 밟는 소리가 들렸다. 돌아보니 노인이 두 손을 주머니에 찔러 넣고 어깨를 구부정하게 구부린 채 거기에 서서 나를 바라보고 있었다.

맙소사, 또 들켰군. 하지만 이제 와서 멈출 수는 없었다. 나는 어깨 너머로 노인을 돌아보며 멋쩍은 미소를 지었다.

"외양간을 이렇게 제멋대로 사용해서 죄송합니다, 영감님." 나는 애써 쾌활한 농담조로 말했다. "하지만 어쩔 수 없었어요. 오줌이 마려우면 누어야 하거든요. 아무래도 방광이 약한 것 같습니다."

노인은 한참동안 침착하게 나를 바라보다가 고개를 몇 번 끄덕였다.

"압니다. 알아요." 그는 우울하게 말했다. "헤리엇 선생도 나와 비슷하군요. 나도 오줌이 잦은 편이라오."

14

작은 그림들이 내 마음속에 계속 떠올랐다. 스켈데일 하우스에 온 초기의 기억들, 영국 공군에 입대하기 전, 헬렌을 만나기 전······.

시그프리드와 나는 널찍한 식당에서 아침을 먹고 있었다. 시그프리드가 읽고 있던 편지에서 눈을 들었다.

"제임스, 스튜이 브래넌을 기억하나?"

나는 빙긋 웃었다.

"잊을 수가 없지요. 브로턴 경마장에서 함께 보낸 그날은 정말 대단한 하루였어요."

시그프리드의 대학 동창인 그 다정한 사람의 기억은 언제까지나 내 마음에 생생하게 남아 있을 것이다.

"그래, 정말 대단했지." 시그프리드는 잠깐 고개를 끄덕였다. "이건 스튜이가 보낸 편지야. 애가 벌써 여섯이라는군. 스튜이는 불평 한 마디 안 하지만, 셰필드처럼 너저분한 도시에서 일하는 게 소풍처럼 즐겁지는 않을 거야. 더구나 입에 풀칠할 정도밖에 돈을 못 번다니 말이야." 시그프리드는 생각에 잠겨 귓불을 잡아당겼다. "그가 잠시라도 휴가를 얻을 수 있다면 좋을 텐데. 제임스, 스튜이가 가족과 함께 휴가를 가질 수 있도록 자네가 그곳에 가서 보름 동안만 병원을 맡아주지 않겠나?"

"좋습니다. 하지만 그러면 원장님이 혼자 힘드실 텐데요?"

시그프리드는 한 손을 내저었다.

"나는 괜찮아. 가끔은 바쁘게 사는 것도 괜찮지. 그리고 어차피 지금은 한가한 계절이잖아. 오늘 당장 답장을 쓰겠네."

스튜이는 이 다시없는 기회를 기꺼이 받아들였고, 며칠도 지나기 전에 나는 차를 몰고 셰필드로 가고 있었다. 요크셔는 영국에서 가장 큰 주이고, 아마 가장 다채로운 지방일 것이다. 초목이 우거진 대러비의 깨끗한 산과 수정처럼 맑은 공기를 떠난 지 두 시간도 지나기 전에 갈색 장막 같은 검댕 속에서 숲처럼 솟아오른 공장 굴뚝을 보았을 때는 내 눈이 의심스러울 정도였다.

그곳은 공업지대인 웨스트라이딩이었다. 공장들은 내가 상상한 대로 시커멓고 악마처럼 보였다. 노동자가 사는 집들이 길게 늘어서 있었다. 나는 황량하고 단조로운 주택가와 공장지대를 지나갔다. 온통 검은색이었다. 집도, 공장도, 담벼락도, 나무도, 심지어는 주위를 둘러싸고 있는 언덕 비탈도 수많은 굴뚝에서 흘러온 매연을 뒤집어쓰고 있었다.

스튜이의 병원은 그곳 한복판에 자리 잡고 있었다. 언덕 비탈에 축대를 쌓아 계단식 대지를 만들고, 검댕으로 더러워진 그 축대 위에 건물들이 늘어서 있었다. 그 중 하나인 음침한 건물이 스튜이의 병원이었다. 나는 초인종을 누르면서 간판을 읽었다.

'스튜이 브래넌, 영국수의사협회 회원, 개 전문의'

수의사협회가 '개 전문의'라는 말을 어떻게 생각할지 궁금했다. 그때 문이 열리고 스튜이가 눈앞에 서 있었다.

그는 입구를 꽉 채우고 있는 것 같았다. 전에 보았을 때보다 더 뚱뚱해졌지만, 그것 말고는 전혀 달라진 게 없었다. 지금은 8월이니까 군용 코트를 입고 있으리라고 기대할 수는 없었지만, 나머지는 대러비에서 보았을 때와 똑같았다. 투실투실하고 선량해 보이는 얼굴, 기름을 발라 이마에 찰싹 붙인 검은 머리, 언제 보아도 땀방울이 송송 맺혀 있는 이마.

스튜이는 반갑게 손을 내밀어 내 손을 움켜잡고 안으로 끌어들였다.

"짐! 정말 잘 왔네!" 그는 내 어깨를 안고 어두운 현관홀을 가로질렀다. "이렇게 나를 도와주다니 얼마나 고마운지 모르겠어. 아이들은 벌써 야단법석이야. 지금은 모두 휴가에 필요한 물건을 사러 시내에 나갔지. 블랙풀(잉글랜드 북서부 해안에 있는 휴양 도시)에 콘도를 빌렸다네."

늘 웃고 있는 입이 더 활짝 벌어졌다.

우리는 집 뒤쪽에 있는 방으로 들어갔다. 갈색 리놀륨 바닥에 부엌 식탁처럼 보이는 진찰대가 놓여 있었다. 한쪽 구석에는 싱크대가 있고, 병들이 가득 놓인 선반 몇 개와 하얀 페인트를 칠한 찬장이 하나 보였다. 석탄산 냄새와 고양이 오줌 냄새가 공기 속에 감돌고 있었다.

"여기가 진료실이야." 스튜이는 흐뭇하게 말하면서 손목시계를 보았다. "다섯 시 이십 분이군. 다섯 시 반에 진찰을 시작하니까, 그때까지 병원을 안내해주지."

병원 안내는 금세 끝났다. 볼 만한 게 별로 없었기 때문이다. 셰필드에는 더 근대적인 동물병원이 하나 있었고, 스튜이의 고객은 이 도시의 가난한 사람들이었다. 그것은 나도 알고 있었지만, 스튜이의 병원 설비는 적은 돈으로 겨우 꾸려나가는 동물병원의 본보기였다. 모든 기구가 하나씩밖에 없는 듯했다. 곧은 봉합바늘도 하나, 구부러진 봉합바늘도 하나, 가위도 하나, 주사기도 하나였다. 약도 몇 가지밖에 없었다. 그런데 조제

한 약을 담아주는 약병은 놀랄 만큼 많아서 선반에 즐비하게 놓여 있었다. 그 병들은 가지각색의 기묘한 모양을 하고 있었다. 내가 어떤 조제실에서도 본 적이 없는 별난 모양이었다.

스튜이는 내 생각을 알아차린 듯했다.

"썩 훌륭한 병원은 아니야. 손님도 별로 없고 돈도 많이 못 벌지만, 그럭저럭 먹고살 정도는 돼. 그게 제일 중요하지."

그 말은 귀에 익었다. 브로턴 경마장에서 처음 만났을 때도 그는 "그럭저럭 먹고살 정도는 된다"고 말했다. 그것이 북극성처럼 그의 삶을 이끌어주는 길잡이인 듯했다.

방 끝에 커튼이 쳐져 있었다. 스튜이는 그 커튼을 젖혔다.

"이곳은 이를테면 대기실이라고 할 수 있지." 내가 삼면 벽에 나무의자 여섯 개만 달랑 놓여 있는 대기실을 놀란 눈으로 들여다보자 스튜이는 빙긋이 웃었다. "설비도 시원찮고 손님이 길거리까지 줄을 서지도 않지만, 그럭저럭 해나가고 있지."

벌써 고객 몇 명이 기다리고 있었다. 어린 소녀 두 명이 검은 개를 데려왔고, 헝겊 모자를 쓴 노인은 끈에 묶은 테리어를, 청소년은 바구니에 넣은 토끼 한 마리를 데려왔다.

"좋아. 그럼 시작해볼까." 거구의 사내는 하얀 가운을 걸치고 커튼을 젖히면서 말했다. "첫 번째 손님 들어오세요."

어린 소녀들이 개를 진찰대 위에 올려놓았다. 꼬리가 긴 잡종이었는데, 하얀 가운을 불안한 눈으로 힐끔거리며 부들부들 떨고 있었다.

"괜찮아. 아프지 않을 거야" 스튜이가 개한테 부드럽게 말하면서 머리를 쓰다듬고 토닥여주었다. 그러고는 소녀들을 돌아보았다. "그런데 무슨 일이지?"

"다리요. 다리를 절룩거려요." 한 소녀가 대답했다.

작은 개는 그 말을 뒷받침이라도 하는 것처럼 애처로운 표정으로 앞다리 하나를 들어올렸다. 스튜이는 커다란 손으로 그 다리를 잡고 주의 깊게 촉진했다. 둔한 곰 같은 사내가 어쩌면 이렇게 친절하고 자상할 수 있을까 하는 생각이 들었다.

"부러지지는 않았어. 어깨를 삐었을 뿐이야. 며칠 쉬게 하고, 밤과 아침에 이걸 발라주렴."

스튜이는 큰 통에 든 희끄무레한 연고를 기묘한 모양의 병에 덜어서 건네주었다.

한 소녀가 손을 내밀었다. 오므린 손가락을 펴자 손바닥에 1실링짜리 동전 하나가 놓여 있었다.

"고맙다." 스튜이는 놀라지도 않고 말했다. "잘 가."

그가 여러 환자를 보고 나서 다시 칸막이 커튼으로 가려는데, 반대쪽에 있는 문이 열리고 지저분한 사내아이 둘이 나타났다. 아이들은 각양각색의 유리병을 넣은 빨래 바구니를 들고 있었다.

스튜이는 바구니 위로 허리를 굽히고 소스병과 피클병, 케첩병 따위를 하나씩 꺼내어 미술품 감정가 같은 태도로 꼼꼼히 조사했다. 한참 뒤에야 마침내 그는 결론에 도달한 것 같았다.

"3페니." 그가 말했다.

"6페니." 두 아이가 합창을 했다.

"4페니." 스튜이가 툴툴거리듯 말했다.

"6페니." 아이들은 또 합창을 했다.

"5페니." 스튜이는 고집스럽게 중얼거렸다.

"6페니!" 아이들의 합창 소리에는 승리감이 담겨 있었다.

스튜이는 한숨을 내쉬었다.

"좋아."

그는 동전을 건네주고, 병들을 싱크대 밑에 쌓아올리기 시작했다.

"라벨을 떼어내고 끓는 물에 잘 소독해서 약병으로 사용한다네."

"그렇군요."

"돈이 꽤 절약돼."

"물론 그렇겠지요."

약병의 수수께끼가 풀렸다.

마지막 손님이 커튼을 젖히고 들어온 것은 6시 반이었다. 스튜이는 모든 환자를 오랫동안 세심하게 진찰하고, 한정된 기구와 약으로 훌륭하게 치료했다. 치료비는 대개 1실링이나 2실링이었다. 근근이 먹고살 정도밖에 안 되는 것도 당연했다.

나는 사람들이 모두 스튜이를 좋아한다는 것도 알아차렸다. 스튜이는 잘난 체하지 않고 환자를 진심으로 걱정해주고 친절했다. 그 점은 배울 만하다고 생각했다.

마지막 손님은 깐깐한 태도로 또박또박 말하는 뚱뚱한 여자였다.

"지난주에 우리 개가 다른 개한테 물렸는데, 상처를 소독해야 할 것 같아요."

"아, 예." 스튜이는 엄숙하게 고개를 끄덕이고는 바나나처럼 굵은 손가락으로 개의 목을 조사하고, 퉁퉁 부어오른 부위를 살짝 만졌다. "부기가 심하군요. 조심하지 않으면 곪을 수도 있어요."

그는 오랫동안 시간을 들여 개의 털을 깎아내고, 깊은 상처 구멍을 과산화수소로 소독했다. 그런 다음 가루약을 뿌리고 솜을 대고 붕대를 감았다. 이어서 항포도상구균 주사를 놓고, 끝으로 소독약을 가득 채운 소스병을 건네주었다.

"라벨에 적힌 대로 사용하세요."

여자가 지갑을 열고 얼마냐고 묻듯이 스튜이를 쳐다보았다. 스튜이는 뒤로 물러서서 생각에 잠겼다.

이따금 볼이 실룩거리고 눈꺼풀이 파르르 떨리는 것으로 보아, 마음속에서 격렬한 싸움이 벌어지고 있는 것이 분명했다. 하지만 마침내 그는 어깨를 펴고 단호하게 말했다.

"3실링 6페니입니다."

스튜이의 기준으로는 거액이었지만, 다른 동물병원에서는 최소한의 치료비일 것이다. 그가 어떻게 수익을 내는지 이해할 수가 없었다.

여자가 나간 뒤 집 안이 갑자기 떠들썩해졌다. 스튜이는 천사처럼 거룩한 미소를 지으며 말했다.

"메그와 아이들이야. 가서 만나보게."

우리는 현관홀로 나가자마자 믿을 수 없는 혼란에 휩쓸렸다. 아이들은 소리를 지르고 까르르 웃어댔다. 삽과 양동이가 우당탕 소리를 내고, 커다란 공이 벽에서 벽으로 날아다니고, 젖먹이가 목청껏 울어댔다.

스튜이는 아이들 한복판으로 들어가 작달막한 여자를 끌어냈다. 그러고는 자랑스러운 얼굴로 중얼거렸다.

"내 마누라 메그야."

그는 영화배우를 숭배하는 어린 소년처럼 아내를 바라보았다.

"안녕하세요?" 내가 말했다.

메그 브래넌은 내 손을 잡고 방긋 웃었다. 그녀의 매력은 남편 눈에만 존재하는 모양이었다. 젊은 시절에는 예뻤을지 모르나 그 아름다움은 완전히 파괴되고, 고생한 흔적이 얼굴에 역력했다. 나는 아내·어머니·주부·요리사·비서·접수계원, 거기에다 동물 간호사까지 겸해야 하는 그녀의 생활을 충분히 짐작할 수 있었다.

"이렇게 도와주셔서 정말 고마워요. 파넌 선생님도 고맙고요. 우리 모두 이번 여행을 낙으로 삼고 있답니다. 고맙습니다."

그녀의 눈에는 간절한 빛이 담겨 있었지만, 그래도 상냥했다.

나는 어깨를 으쓱했다.

"천만에요. 저도 이곳에서 즐겁게 지낼 수 있을 겁니다. 모두 휴가를 마음껏 즐기고 오세요."

이 말은 진심이었다. 브래넌 부인은 무엇보다도 휴식이 필요한 것처럼 보였다.

나는 아이들을 소개받았지만 누가 누군지 분간할 수가 없었다. 지칠 줄 모르고 울어대는 젖먹이를 제외하면 아들 셋과 딸 둘이 있었던 것 같지만, 모두 너무 빨리 움직이고 있었기 때문에 확신할 수는 없었다.

아이들이 조용해진 것은 저녁을 먹을 때뿐이었다. 메그는 가마솥에 끓인 음식을 우리한테 나누어주었는데, 가마솥 속에는 큼지막한 양고기와 감자와 당근 덩어리가 둥둥 떠다녔다. 맛도 좋았다. 그것을 다 먹고 나자 잼을 얹은 커다란 푸딩이 나왔다.

아이들이 경주라도 하듯 후닥닥 식사를 마치고 방에서 놀기 시작하자 혼란이 다시 시작되었다. 맏이와 둘째아들은 새로 산 비치볼을 우리가 식사하고 있는 식탁 너머로 주고받았다. 나는 몹시 곤혹스러웠다. 부모는 아무 말도 하지 않았다. 메그는 아이들이 하는 일에 일일이 신경 쓰는 것을 그만두었고, 스튜이는 한 번도 신경을 쓴 적이 없었을 것이다.

스튜이는 공이 내 코를 스치고 막 입으로 가져가던 푸딩을 날려버렸을 때에야 아이들을 타일렀다.

"자, 자, 얘들아." 스튜이는 멍하니 중얼거렸고, 아이들은 식탁 가운데쪽으로 자리를 옮겨 공 던지기 놀이를 계속했다.

이튿날 아침, 나는 스튜이 가족을 배웅했다. 스튜이는 낡아빠진 '오스틴 세븐'을 녹슨 대형 '포드 V 에이티'로 바꾸었다. 운전석에 앉은 스튜이는 깨진 옆유리창으로 손을 흔들며 만족스럽게 활짝 웃었다. 그 옆에 앉은 메그는 지친 얼굴로 간신히 미소를 지어 보였다. 나머지 창으로는 잡다한 개들과 아이들이 뒤엉켜 자리다툼을 하는 것이 보였다. 차가 출발하자 지붕에 올려놓은 유모차와 여러 개의 트렁크와 어린이용 침대가 금방이라도 떨어질 것처럼 흔들리고, 아이들은 빽빽 고함을 지르고, 개들은 짖어대고, 젖먹이는 앙앙 울어댔다. 그렇게 그들은 떠났다.

나는 집 안으로 돌아왔다. 익숙지 않은 고요가 주위에 내려앉았다. 고요와 함께 불안이 찾아왔다. 나는 보름 동안 이 병원을 꾸려가야 한다. 설비가 부실한 것을 생각하면 마음이 놓이지 않았다. 중대한 문제가 생겼을 때 거기에 맞설 수 있는 수단은 전혀 없었다.

하지만 나는 쉽게 불안을 달랠 수 있었다. 어제의 경험으로 보아 이 병원은 극적인 일이 일어날 만한 곳이 아니었다. 스튜이는 수고양이를 거세하여 먹고산다고 말한 적이 있었다. 그 밖에는 귀에 궤양이 생겼거나 사소한 질병에 걸린 동물을 몇 마리 치료하면 될 것이다.

오전 진료는 나의 이런 생각을 뒷받침해주는 것 같았다. 초라한 차림의 사람들이 정체를 알 수 없는 애완동물을 데려왔고, 질병도 모두 가벼운 것뿐이었다. 나는 양념병과 단지에 들어 있는 몇 안 되는 약을 즐겁게 조제했다.

어려운 문제는 한 가지뿐이었다. 그것은 바로 진찰대였다. 동물을 올려놓으면 진찰대가 자꾸 쓰러지는 것이었다. 무엇 때문인지 진찰대는 접이식이어서, 비스듬한 철제 버팀목이 진찰대 다리를 고정시키고 있었다. 그런데 이 버팀목이 중요한 순간에 이탈하는 경향이 있었다. 그러면 다리가 접히고, 진찰대가 기울어지면서 환자가 바닥으로 미끄러지곤 했다. 얼마 후 나는 진찰하는 동안 내 다리 하나를 진찰대 밑으로 밀어 넣어 버팀목에 대고 있는 요령을 터득했다.

오전 10시 반쯤, 커튼을 열어보니 대기실이 텅 비어 있었다. 개와 고양이의 독특한 냄새가 감돌고 있을 뿐이었다. 문을 잠그면서, 오후 진료 시간까지 할 일이 거의 없다는 생각이 들었다. 대러비에서라면 지금쯤 밖으로 달려 나가 농장을 돌아다니는 긴 일과를 시작했겠지만, 여기서는 거의 모든 일을 병원 건물 안에서 처리했고 왕진은 별로 없었다.

장부를 보니 오늘 왕진은 하나뿐이었다. 그 일을 마치면 어떻게 시간을 보낼까 궁리하고 있는데 초인종이 울렸다. 잠시 후 또다시 초인종이 울리고, 문을 미친 듯이 두드리는 소리가 들렸다. 나는 서둘러 커튼을 지나 문손잡이를 돌렸다. 잘 차려입은 젊은 부부가 계단에 서 있었다. 남편은 골든리트리버를 품에 안고 있었다. 그들 뒤에는 번쩍이는 대형 승용차와 거기에 연결된 캠핑카가 서 있었다.

"수의사세요?" 여자가 헐떡거리듯 물었다. 적갈색 머리에 눈부시게 매력적인 20대 여자였지만, 눈이 겁에 질려 있었다.

나는 고개를 끄덕였다.

"아아…… 예, 그렇습니다만…… 무슨 일이십니까?"

"우리 개가…… 차에 치였어요." 젊은 남자가 쉰 목소리로 말했다. 얼굴에 핏기가 하나도 없었다.

나는 움직이지 않는 누런 형체를 힐끔 바라보았다.

"많이 다쳤나요?"

잠시 침묵이 흘렀다. 이윽고 여자가 거의 속삭이는 소리로 말했다.

"뒷다리를 보세요."

나는 앞으로 한 발짝 다가가서 남자의 품 안을 들여다보았다. 개의 다리를 본 순간 몸이 오싹했다. 다리가 무릎관절에 대롱대롱 매달려 있었다. 뼈가 부러진 것이 아니라 관절 전체가 툭 끊어져, 피부 조각 하나로 몸통에 연결되어 있었다. 드러난 하얀 뼈가 눈부신 아침 햇살 속에서 반짝반짝 빛났다. 속이 메스꺼웠다.

내가 최초의 충격에서 벗어나기까지는 한참 시간이 걸린 것 같았다. 정신을 차리고 보니 나는 바보처럼 멍하니 개의 다리를 바라보고 있었다. 나는 겨우 입을 열었지만 내 목소리 같지가 않았다.

"안으로 데려오세요."

냄새나는 대기실을 지나 진찰실로 부부를 안내하면서, 이곳에서는 아무 일도 일어나지 않을 거라는 생각이 터무니없는 오산이었다는 것을 깨달았다.

 내가 커튼을 젖혀주자 젊은 남자는 비틀거리며 들어와 진찰대 위에 개를 내려놓았다.

 이제 나는 모든 것을 볼 수 있었다. 교통사고의 전형적인 징후, 윤기가 흐르는 황금빛 털에 묻은 흙먼지, 수많은 찰과상…… 하지만 엉망이 된 그 다리는 전형적인 것이 아니었다. 그런 다리는 일찍이 본 적이 없었다.

 나는 여자를 돌아보았다.

 "사고가 어떻게 일어났습니까?"

 "눈 깜짝할 사이였어요." 눈에 눈물이 가득 고여 있었다. "우리는 여름 휴가를 얻어 캠핑카로 여행을 하는 중이에요. 셰필드에 머물 생각은 전혀 없었어요." (그것은 나도 이해할 수 있었다.) "신문을 사려고 잠깐 차를 세웠는데, 킴이 밖으로 뛰어나가 그만 이렇게 돼버렸어요."

 나는 진찰대 위에 꼼짝 않고 늘어져 있는 커다란 개를 내려다보다가 손을 뻗어 잘생긴 머리를 살짝 쓰다듬었다.

 "가엾어라." 내가 중얼거리자 아름다운 적갈색 눈이 잠깐 나를 돌아보고 꼬리가 가볍게 진찰대를 때렸다.

 "어디서 오셨습니까?"

 "서리 주요." 남자가 대답했다. 서리 주라는 지명은 부유한 증권중개인을 연상시켰고, 확실히 그는 젊은 나이에 성공한 증권중개인처럼 보였다.

나는 턱을 문질렀다.

"알겠습니다." 어두운 터널 속에서 빠져나갈 길이 보였다. "응급치료를 해드릴 테니까 서리 주로 돌아가서 단골 수의사한테 데려가세요."

남자는 아내를 돌아보고는 다시 나에게 눈길을 돌렸다.

"서리 주로 데려가면 그곳 수의사들은 어떻게 할까요? 다리를 자를까요?"

나는 입을 다물었다. 이런 상태의 동물이 숙련된 조수와 충분한 장비를 갖춘 남부의 동물병원에 들어가면 아마 다리를 자를 것이다. 그것이 유일하게 현명한 방법이니까.

여자가 내 생각을 중단시켰다.

"어쨌든 킴의 다리를 구할 가능성이 조금이라도 있다면 지금 당장 조치를 취해야 하지 않을까요?" 그녀는 호소하는 눈으로 나를 바라보았다.

"예, 맞습니다." 나는 쉰 목소리로 대답했다. 그리고 개를 검사하기 시작했다. 피부의 찰과상은 사소한 문제였다. 킴은 충격을 받았지만 점막은 분홍색이었다. 내출혈은 없다고 판단해도 좋을 듯싶었다. 그 끔찍한 다리만 빼면 심하게 다친 곳은 없었다.

나는 다리를 유심히 살펴보았다. 경골 관절의 매끄럽게 빛나는 표면을 보니 오싹 소름이 끼쳤다. 살아 있는 동물한테서 뼈가 튀어나와 있는 것은 역겨웠다. 탐구심이 강한 사람이 잔인하게도 다리를 잘라 무릎 관절을 억지로 벌려놓은 것 같았다.

나는 진료실을 열심히 뒤지기 시작했다. 서랍과 벽장을 열어보고, 깡통과 상자를 열어보았다. 작은 거라도 찾아내면 가슴이 뛰었다. 알코올에 적신 봉합사가 나왔다. 붕대와 요오드포름도 있었다. 그리고 마취제도 한 병 있었다. 마취제는 정말로 귀중한 발견이었다.

무엇보다도 가장 필요한 것은 항생제였지만, 그것은 아무리 찾아도 나올 리가 없었다. 그때는 아직 항생제가 발견되지 않았기 때문이다. 하지만 설파제는 있을지 모른다. 하다못해 1, 2온스라도 없을까 하고 열심히 찾아보았지만 보이지 않았다. 머릿속에서 무언가가 찰칵 소리를 낸 것은 석고붕대를 발견했을 때였다.

1930년대 말에는 스페인 내전(1936년 스페인에 제2공화국의 인민전선 정부가 성립되자 프랑코 장군의 군부를 주축으로 하는 파시즘 진영이 군사반란을 일으켜 일어난 내전)이 사람들 마음에 생생하게 남아 있었다. 내전 말기에는 혼란이 극심해서 중상자를 치료할 의약품도 구할 수 없었다. 어쩔 수 없이 석고붕대로 둘둘 감아서, 오싹한 표현이지만 '상처가 고름 속에 잠겨 있도록' 내버려두었다. 그런데 때로는 그 결과가 놀랄 만큼 좋았다.

나는 석고붕대를 움켜잡았다. 내가 무엇을 하려고 하는지는 알고 있었다. 나는 마음을 단단히 먹고 요골 혈관에 마취제를 천천히 주입했다. 킴은 눈을 깜박거리며 나른하게 하품을 하고는 잠이 들었다. 나는 빈약한 무기를 재빨리 늘어놓고, 개를 일하기 편한 자세로 바꾸기 시작했다. 하지만 진찰대를 깜박 잊어버렸다. 내가 개의 아랫도리를 들어 올린 순간 버팀목이 빠지면서 진찰대가 기울어져 개가 바닥으로 주르르 미끄러졌다.

"개를 잡아요!" 내가 다급하게 소리치자 남편이 축 늘어진 개를 잽싸게 움켜잡았다. 나는 버팀목의 가느다란 끝을 다시 구멍에 끼워 진찰대를 수평으로 되돌려놓았다.

"다리를 진찰대 밑에 넣어서 그쪽을 받쳐주세요." 나는 헐떡거리며 말하고는 여자를 돌아보았다. "아주머니는 반대쪽을 받쳐주시겠습니까. 내가 일을 시작한 뒤에 진찰대가 쓰러지면 큰일이니까요."

그들은 말없이 내 지시에 따랐다. 한쪽 다리를 진찰대 밑에 밀어 넣고 있는 젊은 부부를 보자 나는 몹시 부끄러웠다. 그들이 이 병원을 어떻게 생각할까? '뭐 이런 데가 다 있어?' 하고 생각지 않을까?

하지만 그 후 오랫동안 나는 모든 것을 잊었다. 우선 경골의 융기 부분을 말단에 있는 홈에 밀어 넣어 관절을 제 위치에 맞추었다. 그것은 대학 해부실에서 질릴 정도로 자주 해본 일이었다. 다행히 인대가 일부 남아 있고 굵은 혈관이 아래쪽으로 이어져 있었다. 이것이 가장 중요한 점이었다. 희망의 불꽃이 어른거렸다.

나는 한 마디도 하지 않고 일에 몰두했다. 상처를 닦아내고 소독한 다음, 아무리 작은 상처에도 빠짐없이 요오드포름을 뿌렸다. 그러고는 상처를 봉합하기 시작했다. 엉망이 된 힘줄과 찢어진 관절 막낭과 근막을 이어 맞추며 끝없이 꿰매고 또 꿰맸다. 더운 날이어서 태양이 병원 유리창에 쨍쨍 내리쬐었다. 이마에 땀이 솟았다. 피부를 다 봉합했을 때쯤에는 땀이 콧등을 따라 줄줄 흘러내려 코끝에서 방울져 똑똑 떨어지고 있었다. 다음에는 요오드포름을 더 뿌리고 거즈를 댔다. 마지막으로 석고 붕대 두 개를 무릎 위에서 발까지 둘둘 감아 단단한 깁스를 만들었다.

나는 허리를 펴고 젊은 부부를 바라보았다. 그들은 불편한 자세로 진찰대를 떠받친 채 한 번도 움직이지 않았지만, 그들을 처음 보는 듯한 기분이 들었다.

나는 이마의 땀을 닦고 긴 한숨을 내쉬었다.

"끝났습니다. 일주일 동안 이대로 두었다가 수의사한테 보이세요."

그들은 잠시 잠자코 있었지만, 이윽고 여자가 입을 열었다.

"저는 선생님이 봐주셨으면 좋겠는데요."

남편도 고개를 끄덕였다.

"정말요?" 나는 깜짝 놀랐다. 그들이 다시는 나를 보고 싶어 하지 않을 거라고, 냄새나는 진료실이나 걸핏하면 쓰러지는 진찰대도 두 번 다시 보고 싶어 하지 않을 거라고 생각했기 때문이다.

"물론입니다." 남편이 말했다. "킴을 위해서 그렇게 애써주셨는데……결과가 어떻게 되든 깊이 감사드립니다, 브래넌 선생님."

"아아, 나는 브래넌이 아닙니다. 브래넌 선생은 지금 휴가를 떠났어요. 나는 대리 진료를 맡은 헤리엇이라고 합니다."

그는 손을 내밀었다.

"다시 한 번 감사드립니다, 헤리엇 선생님. 저는 피터 길러드이고, 이쪽은 제 아내 마저리입니다."

우리는 악수를 나누었고, 그는 개를 품에 안고 밖에 세워둔 자동차로 데려갔다.

그 후 며칠 동안 킴의 다리가 머리를 떠나지 않았다. 때로는 피부 조각 하나로 몸통과 연결되어 있는 다리를 구하려고 애쓰는 것이 미친 짓으로 여겨지기도 했다. 지금까지 나는 이런 환자는커녕 이와 비슷한 환자도 만나본 적이 없었다. 다른 일로 바쁘지 않을 때는 킴의 그 무릎 관절이 눈에 어른거리곤 했다.

스튜이의 병원은 한산했기 때문에 생각에 잠길 시간은 충분했다. 하루 세 차례의 진료 시간을 제외하면 할 일이 거의 없었다. 대러비에서는 아침도 먹기 전에 전화를 받고 왕진을 나가는 일이 다반사였지만, 여기서는 그런 불쾌한 새벽 호출은 전혀 없었다.

브래년 부부는 집과 나를 돌보는 일을 홀로이드 부인에게 맡겼다. 그녀는 칠칠찮게 생긴 나이든 과부였는데, 꽃무늬 앞치마를 두르고 구부정한 자세로 걸어 다녔다. 언제 보아도 입술에 대롱대롱 매달려 있는 담배에서 담뱃재가 앞치마로 폭포수처럼 떨어졌다. 그녀는 늦잠꾸러기였지만 곧 나를 길들였다. 아침에 일어나도 그녀가 보이지 않는 날이 며칠 계속되자 내가 스스로 아침밥을 차려 먹기 시작했고, 그것이 그대로 굳어졌기 때문이다.

하지만 다른 점에서는 나를 아주 잘 돌봐주었다. 그녀는 '타고난 요리사'여서 대충 아무렇게나 음식을 만들어도 맛이 있었고, 때맞춰 푸짐하고 맛있는 음식을 "여기 있수!" 하며 내 앞에 밀어놓고는 내가 수저를 들때까지 무표정하게 나를 바라보았다. 나를 불안하게 만든 유일한 문제는 그녀의 일부인 담배에 대롱대롱 매달려 있는 담뱃재가 늘 내 음식 위에서 금방이라도 떨어질 것처럼 흔들린다는 것이었다.

홀로이드 부인은 내가 없을 때 전화도 받아주었다. 왕진은 별로 없었지만, 내 기억에 깊이 새겨진 왕진이 두 건 있었다.

어느 날 메모를 보니 홀로이드 부인의 비뚜름한 글씨체로 '피모로프 씨 댁, 불도그 진찰 요망'이라고 적혀 있었다.

"피모로프요? 러시아 사람인가요?" 나는 홀로이드 부인에게 물었다.

"몰라요. 물어보지 않았으니까."

"외국 말투였나요? 엉터리 영어를 쓰던가요?"

"아니, 나처럼 요크셔 사투리던걸."

"그건 뭐 아무래도 좋습니다. 신경 쓰지 마세요. 그런데 주소는 어딥니까?"

그녀는 놀란 눈으로 나를 쳐다보았다.

"그걸 내가 어떻게 알겠수? 그 사람이 말하지 않았는데."

"하지만…… 그 사람이 어디 사는지 모르면 제가 어떻게 찾아갈 수 있겠어요?"

"그거야 선생이 제일 잘 알겠지."

나는 당황했다.

"하지만 그 사람이 말했을 텐데요."

"이보슈, 젊은 양반. 나는 피모로프라는 말밖에 못 들었수. 선생이 알 거라고 하던데?"

그녀는 턱을 쑥 내밀었다. 입에 문 담배가 바르르 떨렸다. 그녀는 돌처럼 무표정하게 나를 바라보았다. 그녀는 이와 비슷한 문답을 스튜이와도 수없이 되풀이했을 테지만, 그녀가 면담을 계속할 생각이 없는 것은 나도 분명히 알 수 있었다.

나는 온종일 그 일을 생각지 않으려고 애썼지만, 이 동네 어딘가에 병든 불도그가 있는 것을 알면서 도와주지 못한다고 생각하자 마음이 찜찜했다. 불도그가 치명적인 병에 걸리지 않았기를 바랄 뿐이었다.

내 걱정을 덜어준 것은 저녁 7시에 울린 전화벨이었다.

"수의사요?" 거칠고 걸걸한 목소리였다. 기분이 몹시 언짢은 듯했다.

"예, 그런데요."

"온종일 기다렸소. 도대체 언제 와서 우리 개를 봐줄 거요?"

한 줄기 빛이 깜박거렸다. 하지만 이 말투는…… 전혀 크렘린을 연상시키지 않는다…… 중앙아시아의 대초원과도 거리가 멀다.

"아아, 죄송합니다." 나는 서둘러 말했다. "작은 오해가 있었던 것 같습니다. 저는 브래넌 씨의 병원을 임시로 맡고 있어서 이 지역을 잘 모릅니다. 선생님네 개가 중병에 걸린 게 아니라면 좋겠군요."

"가벼운 감기에 걸렸을 뿐이오. 하지만 와서 진찰해주면 좋겠소."

"물론입니다. 지금 곧 가겠습니다. 성함이……."

"내 이름은 핌이고, 로프 마을 우체국 옆에 살고 있소."

"로프라고요?"

"셰필드에서 3킬로미터쯤 떨어진 곳이오."

나는 안도의 한숨을 내쉬었다.

"알겠습니다, 핌 씨. 곧 가겠습니다."

"고맙소." 목소리가 누그러졌다. "이제 나를 알겠지요? 피모로프요."

희미하게 깜박거리던 불이 눈부시게 환해졌다. 피모로프! 핌 오브 로프! 로프 마을의 핌! 알고 보면 간단했다.

홀로이드 부인이 적어놓은 메모는 대부분 이상했지만, 조금만 생각하면 대개는 해독해낼 수 있었다. 하지만 며칠 뒤에 나는 도저히 해독할 수 없는 해괴한 메모에 부닥쳤다. 메모에는 이렇게 적혀 있었다.

'존슨, 백레인 12번지, 스마일링 해리 시필리스'

나는 한참 동안 이 메모와 씨름하다가 홀로이드 부인에게 조심스럽게 접근했다.

홀로이드 부인은 스콘을 만들기 위해 밀가루를 반죽하는 데 열중해서 부엌에 들어간 나를 쳐다보지도 않았다.

"저어, 아주머니." 나는 두 손을 신경질적으로 맞비볐다. "메모를 보니까 존슨 씨 댁에 가라고 적혀 있던데요."

"맞아요."

"그런데 저어…… 아니, 그건 알겠지만 그다음에 있는 '스마일링 해리 시필리스'가 무슨 뜻인지 이해할 수가 없어서요. '미소 짓는 해리 매독'이 도대체 무슨 뜻입니까?"

홀로이드 부인은 곁눈질로 나를 힐끔 노려보았다.

"매독의 철자법은 그게 맞잖우? 언젠가 우리 집에 있는 가정백과에서 본 적이 있는데."

"물론 맞습니다. 정확하게 쓰셨어요. 문제는 그 앞에 있는 '미소 짓는'과 '해리'……."

홀로이드 부인의 눈이 위험하게 번득였다. 그녀는 나에게 담배연기를 내뿜었다.

"그 사람이 그렇게 말했어요. 세 번이나 되풀이했으니까 틀릴 리가 없어요."

"알겠습니다. 그런데 그 사람이 어떤 특정한 동물을 봐달라는 말은 하지 않던가요?"

"아니, 그런 말은 안 합디다. 그 사람이 한 말은 거기에 다 적어놓았고, 다른 말은 한 마디도 하지 않았어요." 담뱃재가 반죽 그릇에 떨어져 당장 스콘의 성분이 되었다. "선생도 알다시피 나는 최선을 다하고 있어요!"

"물론 아주머니가 애쓰시는 건 알고 있습니다." 나는 서둘러 말했다. "지금 백레인에 잠깐 다녀오겠습니다."

존슨 씨의 한 마디로 모든 수수께끼가 풀렸다. 존슨 씨는 헛간으로 나를 데려가면서 말했다.

"우리 돼지가 온몸이 붉은 반점으로 뒤덮였어요. 돼지 단독인 것 같은

데……."

돼지 단독(丹毒). 스와인 에리시펠라스(swine erysipelas). 다만 존슨 씨는 발음이 분명치 않아서, 듣기에 따라서는 '스마일링 해리 시필리스'로 들을 수도 있을 것 같았다. 홀로이드 부인을 탓할 수도 없었다.

이런 사소한 일들이 단조로운 일상에 활기를 주었지만, 킴이 병원에 올 날이 다가올수록 긴장이 차츰 고조되었다. 일주일째 되는 날이 왔을 때에도 나는 여전히 불안한 상태였다. 길러드 부부가 오전 진료 시간에 나타나지 않아서 이도저도 아닌 어정쩡한 상태로 긴장이 지속되었기 때문이다. 그들이 오후 진료 시간에도 나타나지 않자 나는 그들이 현명하게도 남부로 돌아가 설비 좋은 병원을 찾아간 모양이라고 생각했다. 그런데 5시 반에 그들이 나타났다.

나는 칸막이 커튼을 젖혀보기도 전에 그것을 알았다. 지독한 악취가 병원을 가득 채웠기 때문이다. 커튼을 젖히자 악취가 덮쳐왔다. 살이 썩는 구역질나는 냄새였다.

괴저. 일주일 내내 걱정하고 두려워한 일이 결국 현실이 되었다.

대기실에는 다른 손님이 여섯 명쯤 있었는데, 모두 젊은 길러드 부부한테서 되도록 멀리 떨어지려고 애쓰고 있었다. 길러드 부부는 억지웃음을 지으며 나를 쳐다보았다. 킴은 나를 보고 일어나려 했지만, 내 눈은 대롱대롱 매달려 있는 뒷다리에 고정되었다. 원래 돌처럼 단단했던 석고붕대는 고름에 흠뻑 젖어 쭈글쭈글 주름이 져 있었다.

길러드 부부가 맨 마지막에 왔기 때문에 다른 환자들을 먼저 보아야 했다. 나는 참담하고 부끄러워서 머리가 멍하고 무감각해진 상태로 다른 환자들을 진찰하고 치료했다. 저 아름다운 개한테 내가 도대체 무슨 짓을 했지? 그런 실험적인 방법을 시도하다니 내가 미쳤지. 다리에 괴저가 생기면, 이제 와서 절단해도 목숨을 구할 수 없을지 모른다. 이제 패혈증으로 죽을 가능성이 아주 높았다. 그런데 이 초라한 병원에서 내가 뭘 할 수 있단 말인가?

마침내 길러드 부부 차례가 왔다. 나는 부부 사이에 끼여 절룩거리며 들어오는 킴을 보고 새삼 잘생긴 개라는 생각이 들었다. 그러자 더욱 가슴이 아팠다. 나는 허리를 숙여 커다란 황금빛 머리를 쓰다듬었다. 킴은 상냥한 눈으로 잠시 내 눈을 들여다보며 꼬리를 흔들었다.

"좋습니다." 나는 개의 겨드랑이 밑에 두 팔을 밀어 넣고 피터 길러드에게 말했다. "엉덩이를 잡으세요. 함께 킴을 들어 올립시다."

무거운 개를 진찰대 위에 올려놓자 약한 버팀목이 당장 풀려버렸지만, 이번에는 젊은 부부도 대비가 되어 있어서 잽싸게 다리를 버팀목 밑에 밀어 넣었다. 멋진 팀워크였다. 진찰대는 다시 수평으로 돌아왔다.

킴이 옆으로 길게 드러눕자 나는 붕대를 만져보았다. 석고붕대를 제거할 때는 대개 특수 톱을 사용하여 천천히 잘라내야 하지만, 킴의 석고붕대는 악취 나는 펄프처럼 문드러져 있어서 그럴 필요가 없었다. 가위로 붕대를 잘라내는 내 손이 바르르 떨렸다.

살은 썩어서 푸른빛을 띠고, 다리는 차갑게 죽어 있겠지. 붕대를 떼어내면서 나는 이제 곧 눈앞에 나타날 그런 광경에 대비하여 마음을 굳게 다잡았다. 그런데 다리는 온통 고름과 장액으로 덮여 있었지만, 드러난 살은 놀랍게도 건강한 분홍빛이었다. 발을 잡은 순간 가슴이 두근거렸다. 발이 따뜻했다. 다리도 따뜻했다. 무릎까지 따뜻했다. 괴저는 흔적도 보이지 않았다.

나는 갑자기 맥이 빠져 진찰대에 몸을 기댔다.

"냄새가 지독해서 죄송합니다. 고름과 분비물이 일주일 동안 붕대 속에서 썩었으니까요. 하지만 보기에는 지저분해도 걱정했던 만큼 나쁘지는 않군요."

"그럼…… 다리를 구할 수 있다는 건가요?" 마저리 길러드가 떨리는 목소리로 물었다.

"모르겠습니다. 솔직히 모르겠어요. 그렇게 간단한 일이 아니니까요. 하지만 지금까지는 경과가 아주 좋다고 말할 수 있습니다."

나는 알코올로 상처를 깨끗이 닦아내고, 요오드포름을 뿌리고, 새 거즈를 대고, 다시 석고붕대를 감았다.

"킴, 이제 훨씬 편해질 거야."

커다란 개는 제 이름을 듣고는 꼬리로 진찰대를 탁탁 때렸다.

나는 길러드 부부를 돌아보았다.

"다시 일주일 동안 깁스를 한 상태로 놓아두고 싶은데, 여행은 어떻게 하시겠습니까?"

"우리는 셰필드 근처에 있을 겁니다." 피터 길러드가 대답했다. "강가에 캠핑카를 세워둘 곳을 찾아냈어요. 그리 나쁘지 않은 곳이에요."

"좋습니다. 그럼 다음 토요일에 오세요."

나는 킴이 새로 깁스를 한 다리를 높이 쳐들고 절룩거리며 나가는 것을 지켜보았다. 안도감이 따뜻한 물결처럼 밀려왔다.

하지만 내 마음 한구석에서는 경고하는 목소리가 울려 퍼졌다. 아직도 갈 길이 멀어…….

16

두 번째 주는 무사히 지나갔다. 스튜이는 좀 점잖지 못한 그림엽서를, 그의 아내는 블랙풀 타워가 찍혀 있는 그림엽서를 보내왔다. 날마다 쨍쨍 내리쬐는 햇볕 속에서 그들은 생애 최고의 휴가를 즐기고 있었다. 나는 그들이 즐겁게 지내는 모습을 상상하려고 애썼지만, 그 증거—해변의 사진사가 찍어준 스냅사진—를 본 것은 몇 주 뒤였다. 온 가족이 바닷가에 서서 카메라를 향해 즐겁게 웃고 있었다. 잔물결이 발목 언저리로 찰싹찰싹 밀려오고, 아이들은 양동이와 삽을 휘두르고, 엄마 품에 안긴 젖먹이는 포동포동한 다리를 바닷물 쪽으로 대롱거리고 있었다. 하지만 누구보다도 내 흥미를 끈 것은 스튜이였다. 환한 웃음에는 행복감과 만족감이 넘쳐흘렀다. 머리에는 모자 대신 손수건을 묶고, 튼튼한 멜빵이 달린 헐렁한 플란넬 바지를 장딴지까지 걷어 올리고 있었다. 그는 가족과 함께 휴가를 즐기고 있는 모범적인 영국인 가장의 전형이었다.

내가 셰필드에 머무는 동안 겪은 마지막 사건은 그레이하운드 경주였다. 스튜이는 격주로 금요일에 열리는 그레이하운드 경주에 출전하는 개들을 검사하는 수의사로 선임되어 있었다.

셰필드 경견장은 겉보기에도 별로 호감이 가지 않았다. 검댕으로 더러워진 언덕들 사이의 우묵한 골짜기에 건들거리는 판자 울타리를 빙 둘러친 곳이 경견장이었다.

서늘한 밤이었다. 차를 몰고 입구 쪽으로 내려가자 스피커에서 귀에 거슬리는 음악 소리가 꽝꽝 울려나왔다. 조지 폼비(1930~40년대에 활동한 영화배우이자 가수)가 그의 유명한 우쿨렐레(기타와 비슷한 네 줄 현악기)를 퉁기며 〈유리창을 닦을 때〉를 부르고 있었다.

그레이하운드 경견장도 천차만별이다. 나는 대학에 다닐 때 '영국 그레이하운드 경견협회'의 후원으로 심사관 직무를 수행하는 수의사들과 함께 경견장에 가본 적이 있었지만, 셰필드의 이 경견장은 협회의 승인을 받지 않은 '무인가'여서 내가 본 경견장들과는 딴판이었다. 무인가 경견장 중에도 평판이 높은 곳이 많다는 것은 알고 있었지만, 이 경견장은 분위기가 수상쩍었다. 스튜이가 심사관을 맡기에 어울리는 곳이라는 생각이 들었다.

나는 우선 경견장을 운영하는 코커 씨의 사무실에 출두해야 했다. 반짝이는 줄무늬 양복을 입은 코커 씨는 가볍게 고개를 끄덕이고는 매서운 눈매로 나를 노려보았다. 나의 됨됨이를 재보는 듯한 빈틈없는 눈초리였다.

"여기서 당신이 하는 일은 형식적인 절차일 뿐이오." 그는 이목구비를 비틀어 미소를 만들면서 말했다. "당신을 성가시게 할 일은 없을 거요."

그는 값을 매기듯 나를 위아래로 훑어보고는 만족한 것 같았다. 재킷과 바지는 구겨져 있고 젊은 풋내기가 분명하니까 마음대로 주무를 수 있겠다고 생각한 눈치였다. 그는 여전히 미소를 지으며 시가를 비벼 껐다.

"즐거운 저녁을 보내기 바라오."

"고맙습니다." 나는 대답하고 사무실을 나왔다.

나는 심판과 기록원을 비롯한 경견장 직원들을 만난 다음, 유리창을 통해 경주로가 내려다보이는 길쭉한 바로 갔다. 바에 발을 들여놓은 순간, 갑자기 이질적인 세계에 잘못 들어온 듯한 느낌이 들었다. 바는 순식간에 사람들로 메워지고 있었다. 주위의 얼굴들은 대러비의 건전하고 순박한 사람들과는 생김새부터 달랐다. 낙타 코트를 걸치고 천박한 금발 여자와 함께 온 뚱뚱한 남자가 손님의 대부분을 차지하는 것 같았다. 교활해 보이는 사람들이 출전 선수 명단을 열심히 들여다보고, 매상액을 나타내는 전광판에서 깜박거리는 숫자를 뚫어지게 노려보았다.

나는 손목시계를 보았다. 제1경주에 출전할 개들을 검사해야 할 시간이었다. 나는 〈유리창을 닦을 때〉를 열창하는 조지 폼비의 고함 소리를 들으며 경주로 가장자리를 따라 선수 대기소로 갔다. 대기소는 바닥이 포장되어 있고 철망을 둘러친 우리였다. 다섯 마리의 개가 조련사에게 이끌려 철망을 따라 걷고 있었다. 나는 대기소 한복판에 서서 잠시 개들을 바라보다가 개들을 세우고 한 마리씩 검사하기 시작했다. 눈을 살펴보고, 입을 벌려 타액 상태를 조사하고, 마지막으로 복부를 촉진했다.

모두 활발하고 정상적으로 보였지만, 4번 개만은 배가 좀 불룩한 듯싶었다. 경주가 열리는 날에는 아침에 가벼운 음식만 먹이고 그 후에는 아무것도 주지 말아야 한다. 나는 4번 개를 잡고 있는 사내를 돌아보며 물었다.

"한두 시간 전에 이 개한테 음식을 먹였습니까?"

"천만에요. 아침을 먹은 뒤로는 아무 것도 먹지 않았어요."

나는 다시 개의 배를 만져보았다. 그런데 구경꾼 가운데 몇 명이 유별나게 나를 지켜보고 있는 듯한 느낌이 들었다. 하지만 기분 탓이려니 하고 다음 개로 넘어갔다.

4번 선수는 두 번째로 인기있는 개였지만, 출발점을 떠난 순간부터 축 늘어져버렸다. 4번 개는 결국 꼴찌를 했고, 경주로 건너편 어둠 속에서 야유가 터져 나왔다. 나는 바람을 타고 날아온 야유 가운데 몇 마디를 알아들을 수 있었다. "수의사! 눈깔이 삐었냐? 똑바로 봐!" 환하게 불이 켜진 바로 돌아오자 사람들이 팔꿈치로 옆사람을 찌르며 나를 쳐다보는 것이 보였다.

나는 화가 치밀었다. 저 밑에 있는 신사들은 스튜이가 없는 틈을 타서 떼돈을 벌 수 있다고 생각했겠지. 놈들한테는 내가 어수룩하고 만만한 상대로 보인 모양인데, 어디 두고 보자.

내가 두 번째로 선수 대기소에 가자 모두 살갑게 고개를 끄덕이고 히죽히죽 웃으며 나를 맞아주었다. 유쾌한 분위기였다. 나는 개들을 차례로 검사했다. 4번까지는 모두 괜찮았지만 5번에서 걸렸다. 이번에는 틀릴 리가 없었다. 위를 만져보니 팽팽하게 부풀어 있었다. 손바닥으로 누르자 개가 끙끙 신음 소리를 냈다.

"이 개는 경주에서 제외시켜야겠습니다. 배가 꽉 찼어요."

견주가 조련사 옆에 서 있었다.

"말도 안 돼!" 그가 고함을 질렀다. "이 개는 아무 것도 안 먹었어!"

나는 허리를 펴고 일어나 그를 똑바로 바라보았지만, 그는 시선을 피했다. 나는 몇 가지 속임수를 알고 있었다. 경주가 시작되기 직전에 스테이크를 1킬로그램 먹이기도 하고, 빵가루에 우유 1리터를 타서 먹이기도 한다. 빵가루는 배 속에 들어가면 순식간에 부풀어 올라 효과가 뛰어났다.

"그럼 토하게 해볼까요? 내 차에 세탁용 소다가 있으니까, 그걸 먹여보면 금방 알겠지요." 나는 차가 있는 쪽으로 걸음을 떼어놓으면서 말했다.

그러자 사내가 한 손을 들어올렸다.

"아니, 됐어. 당신이 내 개를 거칠게 다루는 건 보고 싶지 않아."

사내는 험악한 눈으로 나를 한 번 노려보고는 부루퉁한 얼굴로 사라졌다.

내가 바로 돌아오자마자 스피커에서 나를 찾는 소리가 들렸다.

"수의사 선생님, 코커 씨 사무실로 즉시 와주십시오."

코커 씨는 책상 앞에 앉아 있다가 시가 연기를 내뿜으며 나를 노려보았다.

"개 한 마리를 실격시켰다며?"

"예. 죄송하지만 그 개는 배가 꽉 차 있었어요."

"빌어먹을……." 그는 손가락으로 나를 쿡쿡 찌르다가 감정을 가라앉히고 억지로 일그러진 미소를 지었다. "이보시오, 헤리엇 선생, 이런 문제는 이성을 가지고 합리적으로 풀어나가야 돼. 물론 당신은 정식 수의사니까 자기 일을 잘 알고 있겠지만, 그래도 실수를 저지를 가능성이 조금은 있다고 생각지 않소?" 코커 씨는 시가를 마구 휘둘렀다. "사람은 누구나 실수를 저지를 수 있어요. 그러니까 다시 한 번 생각해줄 수 없을까?"

그는 입술 양끝을 귀 쪽으로 조금 더 잡아당겼다.

"죄송하지만 그럴 수는 없습니다, 코커 씨."

긴 침묵이 흘렀다.

"그럼 그게 당신의 최종 의견이오?"

"그렇습니다."

미소가 사라졌다. 그는 위협적인 눈으로 나를 노려보았다.

"이것 봐. 당신은 두 번째 경주를 망쳐놓았는데, 그건 심각한 문제야. 그런 일이 또다시 되풀이되는 건 원치 않아. 알겠소?" 그는 시가를 난폭하게 비벼 끄고 턱을 쑥 내밀었다. "그런 말썽은 더 이상 일어나지 않기를 바라오."

"저도 동감입니다, 코커 씨." 나는 사무실을 나오면서 말했다.

다음 검사를 위해 선수 대기소로 가는 길이 한없이 멀게 느껴졌다. 밖은 이제 캄캄했다. 나는 관중의 웅성거림과 물주들의 외침 소리를 의식했다. 조지 폼비는 여전히 우쿨렐레를 퉁기면서 쇳소리를 질러대고 있었다. "오, 바람아, 차갑게 불지 말아다오!"

이번에는 2번 개가 문제였다. 그 개를 검사하고 있을 때 분위기가 갑자기 팽팽해지는 것을 느낄 수 있었다. 2번 개도 역시 배가 불룩했다.

"2번 실격!"

몇 사람이 험악한 눈으로 나를 노려보았을 뿐 아무도 이의를 제기하지 않았다.

나쁜 소식은 빨리 전달된다는 속담이 있다. 내가 바 쪽으로 걸음을 떼어놓기가 무섭게 조지의 노래가 중단되고, 스피커가 코커 씨의 사무실로 즉시 출두하라고 요구했다.

코커 씨는 이제 책상 앞에 앉아 있지 않고, 흥분하여 방을 오락가락하고 있었다. 나를 보고도 그는 방을 한 번 더 왕복한 뒤에야 걸음을 멈추었다. 표정은 악의에 가득 차 있었다. 그는 나를 거칠게 다루는 것이 상책이라고 판단한 게 분명했다.

"당신, 도대체 무슨 장난을 치고 있는지 알기나 해?" 그는 버럭 고함을 질렀다. "이 대회를 망쳐놓을 셈이야?"

"천만에요." 나는 침착하게 대답했다. "저는 다만 달리기에 부적합한 개를 가려냈을 뿐입니다. 그게 제 임무니까요. 그러기 위해서 제가 여기 있는 것이고요."

코커 씨의 얼굴이 시뻘게졌다.

"당신은 무엇 때문에 여기 있는지 모르는 모양인데, 당신은 직권을 남용해서 사람들의 즐거움을 망치고 있어. 브래넌 선생이 휴가를 떠난 건 좋지만, 당신처럼 잘난 체하는 건방진 애송이한테 이 일을 맡기다니! 다음에 만나면 어디 두고 보자!"

"브래넌 선생도 저와 똑같이 했을 겁니다. 수의사라면 누구나 그럴 거라고요."

"시끄러! 허튼 수작 하지 마! 마빡에 피도 안 마른 애송이 주제에!" 그는 나에게 천천히 다가왔다. "분명히 말해두겠는데, 나도 더는 못 참아! 마지막으로 말할 테니까 명심해! 쓸데없는 짓 그만두고 똑바로 해! 어서 꺼져!"

다음 경주에 출전할 개들을 보러 가는데 가슴이 두근거렸다. 다섯 마리를 검사하는 동안 견주와 조련사들은 내가 무슨 희한한 괴물이라도 되는 것처럼 나를 뚫어지게 바라보았다. 이번에는 배가 부른 개가 없는 것을 알자 내 맥박이 느려지기 시작했다. 나는 안도의 한숨을 내쉬며 개들을 둘러보았다. 그러고는 막 대기소를 나가려는데 1번 개가 문득 눈길을 끌었다. 아무래도 좀 이상해 보였다. 나는 되돌아가서 자세히 살펴보았다. 그리고 무엇이 내 눈길을 끌었는지를 알아차렸다. 개는 졸린 것 같았다. 고개를 숙인 채 주위에 무관심했다.

나는 개의 턱을 들어 올려 눈을 들여다보았다. 동공이 확대되어 있고 이따금 안구가 경련하듯 실룩거렸다. 의심할 여지가 없었다. 진정제를 투여한 게 분명했다. 약물 중독이다.

내가 몸을 일으켰을 때 대기소에 있는 사람들은 얼어붙은 듯이 꼼짝도 하지 않았다. 나는 철망을 통해 환하게 불이 켜진 타원형의 초록빛 경주로를 내다보았다. 밤바람이 뺨에 차갑게 느껴졌다. 스피커에서는 여전히 조지 폼비가 떨리는 목소리로 노래를 부르고 있었다. "아아, 난 어떡하면 좋아요?"

하지만 나는 어떻게 해야 하는지 알고 있었다. 나는 1번 개의 등을 톡톡 두드렸다.

"실격!"

나는 스피커가 부를 때까지 기다리지 않고 코커 씨의 사무실로 갔다. 층계를 절반쯤 올라갔을 때에야 코커 씨의 사무실로 즉시 출두하라는 말이 경견장에 울려 퍼졌다.

나는 코커 씨한테 얻어맞을 각오를 하고 문을 열었다. 그런데 그가 책상 앞에 앉아 두 손에 얼굴을 묻고 있는 것을 보고 적잖이 놀랐다. 내가 잠시 기다린 뒤에야 코커 씨는 송장처럼 핼쑥해진 얼굴을 들었다.

"정말인가?" 그는 절망적인 목소리로 속삭였다. "또 했나?"

나는 고개를 끄덕였다.

그는 입술을 바르르 떨었지만 아무 말도 하지 않았다. 잠시 믿을 수 없다는 눈길로 나를 빤히 쳐다보다가 다시 두 손에 얼굴을 묻었다.

나는 잠시 기다렸지만, 그가 꼼짝도 않고 계속 그렇게 앉아 있었기 때문에 접견이 끝난 것을 알아차리고 작별을 고했다.

다음 경주에 출전할 개들에게는 어떤 결함도 발견하지 못했다. 대기소를 떠나는 내 주위에 익숙지 않은 평화가 내려앉았다. 얼마 후 스피커가 또다시 "수의사 선생님, 즉시 출두……" 하고 말했을 때 나는 귀를 의심했다. 무슨 일인지 영문을 알 수가 없었다. 그런데 이번에는 코커 씨 사무실이 아니라 선수 대기소로 오라는 것이었다. 나는 개가 다쳤나 보다고 생각했다. 어쨌든 진짜 수의사 노릇을 하는 것도 기분전환이 될 것 같았다.

하지만 대기소에 도착해보니 개는 하나도 보이지 않고 두 사내가 뚱뚱한 친구를 품에 안고 있을 뿐이었다.

"무슨 일이죠?" 나는 한 사내에게 물었다.

"이 친구가 관중석 계단에서 넘어져 무릎이 까졌어요."

"하지만 나는 수의사지 의사가 아닙니다."

"이곳에는 의사가 없어요." 사내가 중얼거렸다. "수의사라도 붕대 정도는 감아줄 수 있잖습니까?"

아아, 정말 이상한 밤이었다.

"저 벤치에 눕히세요."

나는 환자의 바지를 걷어 올려 징그러울 만큼 투실투실 살진 무릎을 드러냈다. 무릎뼈에 가벼운 찰과상이 생겨 있었다. 내가 그곳을 만지자 환자는 둔탁한 신음 소리를 냈다.

"별거 아닙니다. 살갗이 조금 벗겨졌을 뿐이에요."

환자는 부들부들 떨면서 나를 쳐다보았다.

"하지만 잘못될 수도 있잖소? 패혈증에 걸리고 싶지 않아요."

"좋습니다. 약을 좀 발라드리죠."

나는 스튜이의 진료 가방을 뒤졌다. 약은 몇 가지밖에 없었지만 요오드팅크가 조금 있었다. 나는 솜에 요오드팅크를 조금 적셔서 상처에 발랐다.

환자는 날카로운 비명을 질렀다.

"아야! 아이쿠 아파! 도대체 뭘 하고 있는 거야?"

그의 발이 홱 올라오면서 내 팔꿈치를 때렸다.

의사를 걷어차는 건 동물만이 아니라 인간 환자들도 마찬가지인가. 나는 안심시키듯 빙긋 웃었다.

"걱정 마세요. 좀 쓰리겠지만 오래가진 않을 겁니다. 이제 붕대를 감아드리죠."

나는 무릎에 붕대를 감고 바지를 내리고 뚱보 사내의 어깨를 토닥여주었다.

"됐습니다. 신품처럼 말짱해졌어요."

환자는 벤치에서 일어나 고개를 끄덕이고는 아픈 듯이 얼굴을 찡그리며 떠날 준비를 했다. 하지만 문득 생각이 났는지 주머니에서 잔돈을 한 움큼 꺼냈다. 그는 집게손가락으로 잔돈을 한참 뒤지다가 동전 하나를 골라 내 손바닥에 올려놓았다.

"옜소."

나는 동전을 내려다보았다. 6페니짜리였다. 내가 처음이자 마지막으로 인간을 치료하고 받은 돈이었다. 나는 한참 동안 멍하니 그 동전을 내려다보았다. 사내가 준 사례금을 그의 머리에 던져주어야겠다는 생각이 들었다. 그런 생각을 하면서 마침내 고개를 들어보니 사내는 벌써 군중 속으로 절룩거리며 들어가고 있었다. 그는 곧 시야에서 사라져버렸다.

바로 돌아온 나는 경주로를 행진하고 있는 개들을 유리창 너머로 멍하니 내다보았다. 그때 누군가가 내 팔을 잡았다. 돌아보니 아까 초저녁에 바에서 본 기억이 있는 사내였다. 그는 세 남자와 세 여자로 이루어진 패거리에 끼어 있었다. 남자들은 몸에 꼭 끼는 양복 차림에 피부가 까무잡잡해서 외국인처럼 보였다. 여자들은 치장이 화려하고 요란스러웠다. 그들에게는 어딘지 모르게 사악한 데가 있었다. 나는 그들이 마피아라고 해도 문제없이 통할 거라고 생각했다.

사내는 나에게 얼굴을 바싹 들이댔다. 잽싸게 움직이는 검은 눈동자와 탐욕스러운 웃음이 언뜻 보였다.

"3번 개는 괜찮소?" 사내가 속삭였다.

나는 그 질문을 이해할 수가 없었다. 사내는 내가 수의사라는 것을 아는 듯했지만, 내가 개를 합격시켰다면 건강 상태가 좋다고 생각할 게 뻔하지 않은가.

"예, 좋습니다." 나는 대답했다.

사내는 힘차게 고개를 끄덕이고는 관모 같은 눈썹 밑에서 나에게 교활한 눈길을 던졌다. 그러고는 제자리로 돌아가서 친구들과 열심히 대화를 나누었다. 짧은 대화가 끝나자 그들은 일제히 고개를 돌려 만족스러운 듯이 나를 바라보았다.

나는 어리둥절했다. 그때 문득 이런 생각이 들었다. 저 사람들은 내가 자기네한테 내부 정보를 제공했다고 생각한 게 아닐까. 오늘날까지도 확실히 단언할 수는 없지만 십중팔구는 그랬을 것이다. 3번 개가 등수에 들지 못하자 그들의 태도가 싹 달라져서 부릅뜬 눈으로 나를 쏘아보았기 때문이다. 그렇게 험악한 표정을 짓자 더욱 폭력배처럼 보였다.

어쨌든 그 후로는 선수 대기소에서 더 이상 문제가 일어나지 않았다. 실격당한 개가 없는 것은 천만다행이었다. 나는 이미 하룻밤 사이에 너무 많은 적을 만들었기 때문이다.

마지막 경주가 끝난 뒤 나는 바를 둘러보았다. 마지막 술을 마시고 있는 사람들이 탁자를 거의 다 차지하고 있었다. 나는 겨우 빈자리 하나를 찾아내어 지친 몸을 의자에 털썩 내려놓았다. 스튜이는 마지막 경주가 끝난 뒤에도 30분쯤 남아서 개들이 모두 무사히 떠나는 것을 확인해달라고 부탁했다. 나는 한시 바삐 이곳을 떠나 다시는 돌아오고 싶지 않았지만, 맡은 일은 충실히 해내고 싶었다.

스피커에서는 조지 폼비가 여전히 멋진 목소리로 노래를 부르고 있었다. "나는 날마다 아홉 시 반에는 잠자리에 들어요." 조지는 목소리를 떨면서 노래했다. 그건 정말 잘하는 일이라고 생각했다.

바의 카운터에는 나와 충돌했던 사람들이 대부분 모여 있었다. 코커 씨와 경견장 직원들, 견주들. 그들은 팔꿈치로 옆사람을 쿡쿡 찌르며 서로 수근거렸다. 그들이 무슨 이야기를 나누고 있는지는 듣지 않아도 뻔했다. 마피아들도 험악한 눈으로 나를 곁눈질하고 있었다. 적개심의 물결이 나한테 밀려오는 것을 느낄 수 있었다.

물주와 그의 비서가 들어오는 바람에 나는 잠시 우울한 생각에서 벗어났다. 물주는 내 맞은편 의자에 털썩 주저앉아 큼지막한 가죽가방을 탁자 위에 기울였다. 가방에서 돈이 쏟아졌다. 그렇게 많은 돈을 본 것은 난생처음이었다. 5파운드 지폐와 1파운드 지폐와 10실링짜리 지폐가 산을 이루었고, 동전들이 개울과 시내를 이루어 산비탈을 따라 흘러내렸다. 나는 그 돈더미 너머로 사내를 바라보았다.

두 사람은 돈을 산더미처럼 쌓아놓고 헤아리기 시작했다. 나는 최면에라도 걸린 것처럼 넋을 잃고 바라보았다. 산이 조금씩 침식되었다. 이윽고 산의 높이가 절반 정도로 줄어들었을 때 물주와 내 눈이 마주쳤다. 그는 내가 자기를 부러워한다고 생각했을 것이다. 아니면 가난에 쪼들리는 사람처럼 보였거나 그냥 불쌍해 보였을 뿐인지도 모른다. 어쨌든 그는 돈더미에서 따로 떨어져 나간 반 크라운짜리 은화 뒤에 손가락을 대고는 능숙한 솜씨로 탁 튀겼다. 은화는 탁자 위를 가로질러 내 쪽으로 미끄러져 왔다.

"한잔해." 그가 말했다.

그날 금전을 제공받은 것은 두 번째였지만, 나는 먼젓번에 못지않게 당황했다. 물주는 무표정하게 나를 바라보다가 싱긋 웃었다. 매력적일 만큼 못생기고 선량한 얼굴이었다. 나는 본능적으로 그 얼굴이 마음에 들었다. 갑자기 그가 고맙게 느껴졌다. 돈을 주어서가 아니라 우호적인 얼굴을 보여준 것이 고마웠다. 그날 처음 보는 우호적인 얼굴이었다.

나도 미소로 답례했다.

"고맙습니다." '

그러고는 반 크라운짜리 은화를 집어 들고 술을 사러 갔다.

이튿날 아침, 나는 오늘이 셰필드에서 지내는 마지막 날이라는 생각과 함께 잠에서 깨어났다. 스튜이는 점심때 돌아올 예정이었다.

오전 진료 시간에 이제 익숙해진 칸막이 커튼을 젖혔을 때 나는 아직도 기분이 우울했다. 어젯밤 경견장에서 맛본 참담한 기분이 숙취처럼 남아 있었다.

하지만 대기실을 들여다보자마자 기분이 밝아졌다. 크고 작은 잡다한 의자들 사이에 동물은 한 마리밖에 없었지만, 그 유일한 환자가 바로 킴이었다. 황금색의 아름답고 당당한 골든리트리버가 주인들 사이에 앉아 있다가 나를 보고는 벌떡 일어나 꼬리를 휙휙 휘두르며 입을 크게 벌려 활짝 웃었다.

지난번에 나를 오싹하게 했던 냄새는 전혀 나지 않았다. 하지만 나는 개를 바라보면서 다른 냄새를 맡을 수 있었다. 달콤하기 이를 데 없는 성공의 냄새였다. 킴은 다친 다리로 바닥을 딛고 있었기 때문이다. 아직 그 다리에 체중을 싣지는 못했지만, 내 주위를 뛰어다닐 때 분명히 그 다리를 바닥에 대고 있었다.

나는 당장 내 세계로 되돌아왔다. 코커 씨와 간밤의 사건들은 아침 햇살과 함께 안개처럼 사라지는 악몽일 뿐이었다.

나는 빨리 일을 시작하고 싶어서 몸이 근질거렸다.

"진찰대 위에 올려놓으세요."

나는 쾌활하게 소리치고, 길러드 부부가 자동적으로 다리를 밀어 넣어 버팀목을 받치는 것을 보고는 소리 내어 웃기 시작했다. 이젠 그들도 요령을 배운 것이다.

석고붕대를 풀었을 때 나는 덩실덩실 춤이라도 추고 싶은 마음을 억눌러야 했다. 아직도 분비물이 조금 나와 있었지만, 그것을 닦아내자 건강한 육아조직이 다리 전체에 돋아나 있었다. 분홍빛 새 살이 끊어진 관절을 이어주고 있었다. 상처는 매끄러운 새 살에 덮여 보이지 않았다.

"이제 다리는 무사한가요?" 마저리 길러드가 낮은 소리로 물었다.

나는 그녀를 바라보며 빙긋 웃었다.

"예, 그건 이제 의심할 여지가 없습니다." 내가 커다란 개의 턱 밑을 문지르자 개는 기쁜 듯이 꼬리로 진찰대를 때렸다. "관절이 좀 뻣뻣하겠지만, 그건 상관없겠지요?"

나는 마지막 남은 스튜이의 붕대를 감고 길러드 씨와 함께 킴을 진찰대에서 내려놓았다.

"끝났습니다. 보름 뒤에 킴을 단골 수의사한테 데려가세요. 그 후에는 붕대를 감을 필요도 없을 겁니다."

길러드 부부는 남부로 여행을 떠났다. 그리고 두어 시간 뒤에 스튜이 가족이 돌아왔다. 아이들은 갈색으로 그을려 있었다. 여전히 목청껏 울어대는 젖먹이도 고운 황갈색이 되어 있었다. 메그는 콧등의 살갗이 벗겨졌지만 한결 느긋해 보였다. 노타이셔츠 차림의 스튜이는 얼굴이 삶은 바다가재처럼 빨개졌고 살이 더 찐 것 같았다.

"그 휴가가 우리를 살렸네, 짐. 어떻게 감사해야 할지 모르겠군. 시그프리드한테도 고맙다고 전해주게."

스튜이는 집 안을 세찬 물결처럼 휩쓸고 다니는 아이들을 사랑스럽게 바라보다가 문득 생각난 듯이 나를 돌아보았다.

"병원에는 별일없나?"

"예, 별일없습니다. 물론 기복은 있었지만."

스튜이는 껄껄 웃었다.

"그거야 우리 모두 마찬가지 아닌가?"

"그건 그렇지만, 이제 만사가 잘되어가고 있습니다."

셰필드의 매연에서 벗어나자 모든 것이 아름다워 보였다. 집들이 점점 드물어지다가 이윽고 사라졌다. 깨끗하고 자유로운 세상이 눈앞에 펼쳐졌다. 대러비 위에 솟아 있는 산들의 초록빛 능선이 보였다.

우리는 모두 좋은 일만 기억하는 경향이 있지만, 사실 나한테는 선택의 자유가 없었다. 다음 크리스마스에 나는 길러드 부부한테서 편지 한 통을 받았다. 편지에는 커다란 황금빛 개의 스냅 사진이 한 뭉치나 들어 있었다. 문을 멋지게 뛰어넘는 킴, 공을 잡으려고 높이 뛰어오르는 킴, 입에 막대기를 물고 자랑스럽게 뽐내며 걷고 있는 킴. 편지에는 킴이 아주 건강하다고 쓰여 있었다.

그래서 지금도 셰필드를 생각하면 가장 생생하게 기억나는 것은 킴이다.

17

영국 공군은 온통 고함 소리로 가득 차 있었다. 하사관들은 늘 고함을 지르고 있는 것 같았고, 대부분이 유난히 큰 목청을 갖고 있었다. 하지만 그들도 성량에서는 도저히 렌 햄프슨을 당해낼 수 없었을 것이다.

나는 렌 햄프슨네 농장으로 가는 길에 충동적으로 차를 세우고 잠시 핸들에 엎드려 있었다. 늦여름의 무더운 날이었다. 골짜기의 한 귀퉁이인 이곳은 산에 둘러싸여 있어서, 황무지의 억센 잡초와 히스를 제외하고는 모든 식물을 망쳐버리는 강풍도 여기까지는 힘을 쓰지 못했다.

이곳에는 아름드리 참나무와 느릅나무와 쥐방울나무가 잎을 잔뜩 매달고 초록빛 비탈과 골짜기에 당당하게 서 있었다. 바람 한 점 없는 공기 속에서 나뭇가지도 전혀 움직이지 않았다.

주위에 펼쳐진 사방 몇 킬로미터의 초원에는 아무런 움직임도 보이지 않았고, 지나가는 벌의 날개 소리와 멀리서 양이 우는 소리 말고는 아무 소리도 들리지 않았다.

열린 창문으로 여름 냄새가 흘러 들어왔다. 햇볕에 따뜻하게 데워진 풀 냄새, 클로버 냄새, 숨어 있는 꽃들의 달콤한 향기. 하지만 차 안으로 들어온 그 냄새들은 차에 늘 배어 있는 가축 냄새와 다투어야 했다. 나는 지난 한 시간 동안 쉰 마리의 소들에게 주사를 놓느라 녹초가 되어 있었다. 이제 나는 흙투성이가 된 바지와 땀에 젖은 셔츠를 입은 채 거기에 앉아서 조용하고 평화로운 풍경을 나른하게 바라보고 있었다.

차 문을 열자 샘이 밖으로 뛰쳐나가 가까운 나무로 달려갔다. 나도 샘을 따라 시원한 나무그늘로 들어갔다. 빽빽한 나무줄기의 어두운 심장부에서 낙엽과 솔잎의 축축하고 은근한 향기가 풍겨 나왔다. 높은 나뭇가지 어디에선가 마음을 달래주는 숲비둘기의 울음소리가 들렸다.

바로 그때 렌 햄프슨의 목소리가 들려왔다. 그의 농장은 목초지를 두 개나 더 지난 곳에 있는데도 그의 목소리를 들을 수 있었다. 소떼를 집으로 불러들이거나 하는 소리가 아니라 가족과 대화를 나누는 소리였다. 그는 늘 그렇게 지칠 줄 모르고 오랫동안 고함을 지르곤 했다.

내 차가 농장으로 다가가자 그는 내가 마당으로 몰고 들어갈 수 있도록 문을 열어주었다.

"안녕하세요, 햄프슨 씨."

"야아, 헤리엇 선생, 안녕하시오?" 그가 큰 소리로 외쳤다.

나는 그 큰 목청에 떠밀려 한 걸음 뒤로 물러섰지만, 그의 세 아들은 만족스러운 듯 빙그레 웃었다. 그들은 아버지의 큰 목소리에 익숙해져 있는 게 분명했다.

나는 안전거리를 유지했다.

"돼지를 봐달라고 하셨지요?"

"좋은 베이컨용 돼지인데, 갑자기 이상해졌어요. 이틀 동안 아무 것도 먹질 않아요."

우리는 돼지우리로 들어갔다. 환자를 찾아내는 것은 어렵지 않았다. 크고 하얀 돼지들은 대부분 낯선 사람을 보고 이리저리 뛰어다녔지만, 한 마리만은 구석에 조용히 서 있었다.

체온을 잴 때 돼지가 얌전히 서 있는 경우는 극히 드문데, 이 돼지는 내가 체온계를 직장에 밀어 넣는데도 꿈쩍하지 않았다. 열은 별로 높지 않았지만 죽음의 그림자가 감돌고 있었다. 등이 약간 활처럼 구부러지고, 움직이기를 꺼리고, 움푹 들어간 눈에는 불안이 어른거렸다.

나는 우리의 울타리 너머로 돼지를 들여다보고 있는 렌 햄프슨의 불그레한 얼굴을 쳐다보았다.

"갑자기 이렇게 된 겁니까? 아니면 서서히 나빠졌습니까?"

"갑자기였소!" 좁은 공간에서 목청껏 소리를 지르니 귀가 먹먹했다. "월요일 밤에는 멀쩡했는데, 화요일 아침에 보니 이렇게 되어 있었소."

나는 돼지의 복부를 만져보았다. 근육 조직이 널빤지처럼 딱딱하게 긴장되어 있어서 내장을 촉진하기가 어려웠지만, 만져보니 복부 전체가 말랑말랑했다.

"전에도 이런 경우를 본 적이 있습니다. 이건 내장 파열이에요. 서로 싸우거나 심하게 밀치면 창자가 터져버리지요. 특히 먹이를 먹고 배가 가득 찼을 때 자주 일어납니다."

"그럼 어떻게 되는 거요?"

"음식물이 복강으로 새어나가서 복막염을 일으켰습니다. 이런 돼지를 수술해본 적이 있는데, 내장이 심하게 유착되어 있었죠. 배안에 있는 기관들이 모두 서로 달라붙는 거예요. 회복될 가망은 아주 적습니다."

그는 모자를 벗고 대머리를 긁적거린 다음, 다시 낡아빠진 모자를 썼다.

"골치 아프게 됐구먼. 아주 좋은 놈인데. 가망이 전혀 없는 거요?" 그는 낙담했는데도 여전히 목청껏 소리를 질렀다.

"예, 가망이 없을 것 같습니다. 내장이 파열된 돼지는 대개 먹이를 거의 먹지 않고 서서히 쇠약해지거든요. 도살하는 게 좋겠습니다."

"그러고 싶진 않소! 나는 무엇이든 시도해보기를 좋아한다오. 우리가 할 수 있는 일이 뭐 없겠소? 생명이 있는 곳에는 희망이 있는 법이오."

나는 빙긋 웃었다.

"희망은 항상 있지요."

"그럼 한번 해봅시다."

"좋습니다." 나는 어깨를 으쓱했다. "이 돼지는 사실 심하게 고통스러운 것은 아닙니다. 고통보다는 불쾌감을 느끼고 있지요. 그러니까 치료해도 해로울 건 없을 겁니다. 가루약을 드릴 테니까 한번 먹여보세요."

돼지우리에서 나오던 나는 다른 돼지들이 모두 영양 상태가 좋고 손질이 잘 되어 있는 데 감탄하지 않을 수 없었다.

"이 돼지들은 정말 원기왕성하군요. 이보다 더 좋은 돼지들은 본 적이 없습니다. 돼지를 아주 잘 먹이시나 봐요."

그건 큰 실수였다. 열정 때문에 그의 목소리가 몇 데시벨은 더 커졌기 때문이다.

"그럼요!" 그가 고함을 질렀다. "돼지를 건강하게 키우려면 그저 잘 먹여야지요!"

차에 가서 트렁크를 열었을 때도 내 머리는 여전히 윙윙 울리고 있었다. 나는 설파제 한 봉지를 햄프슨에게 건네주었다. 그 약은 여러 경우에 도움이 되었지만, 이 경우에는 별로 기대를 걸지 않았다.

가장 목청이 큰 사람을 만난 직후에 가장 목소리가 작은 사람을 만나는 것도 기묘한 일이었다. 일라이저 웬트워스는 모기 우는 듯한 소리로 모든 의사를 전달했다.

웬트워스는 외양간에 호스로 물을 뿌리고 있다가, 내가 다가가자 여느 때처럼 진지한 표정으로 나를 돌아보았다. 키가 크고 여윈 체격을 가진 그는 말에도 행동에도 세심한 주의를 기울였고, 열심히 일하는 농부였지만 겉보기에는 그렇게 보이지 않았다. 거친 농사일보다는 사무실에서 펜대나 놀리는 사람에게 더 어울리는 옷차림 때문에 그런 인상이 더욱 강했다.

나에게 다가오는 그의 머리 위에는 새 중절모가 반듯하게 놓여 있었다. 그가 나에게 코가 맞닿을 만큼 바싹 다가왔기 때문에 나는 그 모자를 철저히 조사해볼 수 있었다.

그는 주위를 재빨리 둘러보고는 나에게 속삭였다.

"헤리엇 선생님, 정말로 곤란한 문제가 생겼어요."

그의 입에서 나오는 말은 무엇이든 지극히 중대한 비밀처럼 들렸다.

"그거 정말 안됐군요. 도대체 무슨 일입니까?"

"좋은 불친소가 단단히 병에 걸렸지 뭡니까." 그는 내 귀에 직접 속삭일 수 있을 만큼 바싹 다가섰다. "아무래도 결핵인 것 같아요."

"그거 큰일이군요. 소는 어디 있습니까?"

농부는 손가락 하나를 구부려 방향을 가리켰다. 나는 그를 따라 울타리를 느슨하게 둘러친 칸막이 우리로 들어갔다. 불친소는 '헤리퍼드 크로스종'이었고, 원래는 몸무게가 500킬로그램 정도는 나가야 할 텐데 뼈가 앙상하게 드러날 만큼 비쩍 마르고 수척했다. 나는 웬트워스의 걱정을 이해할 수 있었지만 임상적인 판단력을 발휘하기 시작했다. 그런데 아무리 보아도 결핵 같지는 않았다.

"기침을 합니까?" 내가 물었다.

"아뇨. 기침은 한 번도 안 했지만 신경이 예민해져서 잘 놀랍니다."

나는 조심스럽게 소에게로 다가갔다. 몇 가지 특이한 증상—아래턱의 부종, 불룩한 올챙이배, 창백한 점막—이 뚜렷하게 나타나 있어서 진단을 내리기는 쉬웠다.

"간흡충인 것 같습니다, 웬트워스 씨. 똥을 조금 가져가서 흡충알이 있는지 검사해보겠지만, 지금 당장 치료하고 싶습니다."

"간흡충이라고요? 도대체 어디서 감염되었을까요?"

"대개는 젖은 목초지에서 감염됩니다. 최근에 이 소를 방목한 곳이 어딥니까?"

농부는 문 너머를 가리켰다.

"저쪽입니다. 안내할게요."

나는 그와 함께 수백 미터를 걸어갔다. 울타리 문을 두어 개 지나자 산기슭에 펼쳐져 있는 넓고 평평한 들판이 나왔다. 철벅거리는 이탄의 감촉과 여기저기 덤불을 이루고 있는 습지성 풀이 모든 사태를 말해주었다.

"바로 이런 곳이 간흡충의 온상입니다. 아시다시피 간흡충은 간에 기생하는 기생충이지만, 그 단계에 이르기 전에 반드시 중간숙주인 달팽이를 거쳐야 합니다. 그런데 달팽이는 물이 있는 곳에서만 살 수 있지요."

그는 엄숙하게 고개를 몇 번 끄덕인 다음 주위를 둘러보기 시작했다. 나는 그가 뭔가를 말할 작정이라는 것을 알아차렸다. 그는 또다시 나에게 바짝 다가왔지만, 그러고도 불안한 듯 지평선을 유심히 바라보았다. 사방에는 텅 빈 풀밭이 몇 킬로미터나 뻗어 있었지만, 그래도 그는 누가 자기 말을 엿들을까봐 걱정하는 눈치였다.

그는 나에게 뺨을 거의 맞대다시피 하고 내 귀에 속삭였다.

"이게 누구 탓인지 알고 있습니다."

"정말입니까? 그게 누군데요?"

그는 땅속에서 불쑥 솟아난 사람이 아무도 없다는 것을 확인하기 위해 또다시 주위를 재빨리 점검한 다음, 다시 내 귀에 뜨거운 숨결을 불어넣었다.

"우리 땅주인입니다."

"그게 무슨 소립니까?"

"나를 위해 아무 것도 해주려 하지 않아요." 그는 얼굴을 내 앞으로 가져와서 눈을 크게 뜨고 나를 바라본 다음, 다시 원래 위치인 내 귀 옆으로 돌아갔다. "몇 년 전부터 여기에 배수설비를 하기로 되어 있었는데, 여태껏 아무 일도 하지 않았답니다."

나는 뒤로 물러섰다.

"아, 그렇군요. 그건 나도 어쩔 도리가 없습니다, 웬트워스 씨. 어쨌든 당신이 할 수 있는 일이 있어요. 황산동으로 달팽이를 죽일 수 있는데, 거기에 대해서는 나중에 다시 말씀드리겠지만, 그동안 불친소한테 약을 먹이고 싶군요."

나는 차에 있던 헥사클로로에탄을 물로 희석하여 불친소에게 먹였다. 내가 아래턱을 잡고 목구멍 속으로 약을 부어넣는데도 그렇게 덩치 큰 소가 저항할 기색조차 보이지 않았다.

"무척 쇠약해졌군요." 내가 말했다.

농부는 초췌한 표정으로 나를 바라보았다.

"그래요. 가망이 없는 것 같아요."

"희망을 버리진 마세요. 보기 딱할 만큼 쇠약해진 건 사실이지만, 간흡충이라면 충분히 치료할 수 있습니다. 경과를 알려주세요."

그로부터 한 달쯤 뒤, 마침 장날이라서 나는 자갈밭을 가득 메운 노점 사이를 어슬렁거리고 있었다. 선술집 '드로버스 암스' 입구는 평소 때처럼 농부들로 붐볐다. 그들은 문간에 서서 자기네끼리 잡담을 나누기도 하고, 소장수나 옥수수 상인들과 흥정을 하기도 했다. 하지만 노점상들의 외침 소리는 모든 소리를 압도했다.

특히 과자장수가 흥미를 끌었다. 그는 종이봉지를 집어 들어 갖가지 캔디를 한 움큼씩 봉지에 담으면서 쇠붙이처럼 쨍쨍 울리는 목소리로 잠시도 쉬지 않고 떠들어대고 있었다.

"둘이 먹다가 하나가 죽어도 모를 박하사탕이요! 약방의 감초를 넣은 달콤한 감초 캔디요! 얼음사탕에 초콜릿도 두어 개 들어갑니다! 버터스카치도 조금 넣어볼까요! 예쁘게 자른 터키 과자도 한 토막 넣습니다!" 그러고는 불룩해진 봉지를 의기양양하게 쳐들었다. "자! 자! 푸짐한 사탕 한 무더기에 단돈 6펜스!"

놀랍군. 나는 걸어가면서 생각했다. 어떻게 저럴 수가 있지? '드로버스 암스' 앞을 지나갈 때 귀에 익은 목소리가 나에게 인사를 했다.

"안녕하쇼, 헤리엇 선생!" 렌 햄프슨이었다. 그는 불그레한 얼굴에 쾌활한 표정을 지으며 내 앞에 불쑥 나타났다. "선생이 치료해준 그 돼지, 기억하시죠?"

장날이라 모처럼 맥주를 몇 잔 걸친 모양이었다. 술기운으로 여느 때보다 목소리가 더 커져 있었다.

무리 지어 있던 농부들이 귀를 쫑긋 세웠다. 다른 농부의 가축이 병에 걸린 이야기만큼 흥미진진한 것은 없다.

"그럼요, 햄프슨 씨."

"그 돼지는 아무짝에도 못쓰게 되어버렸소." 렌이 고함을 질렀다.

나는 농부들의 얼굴이 환해지는 것을 볼 수 있었다. 일이 잘못되면 더욱 흥미진진해지는 법이다.

"그래요? 정말 유감이군요."

"아무짝에도 쓸모가 없게 됐소. 돼지가 그렇게 빨리 오그라드는 꼴은 난생처음 봤소!"

"그래요?"

"살이 그냥 녹아서 없어져버렸다니까!"

"그거 정말 안됐군요. 하지만 그건 나도 처음부터 예상……."

"결국 뼈와 가죽만 남았소!" 고함치는 소리는 장터 전체에 울려 퍼져, 노점상들의 힘없는 외침 소리를 삼켜버렸다.

과자장수까지도 일손을 잠시 멈추고 다른 사람들만큼 흥미롭게 귀를 기울이고 있었다.

나는 어색하게 주위를 둘러보았다.

"저어, 햄프슨 씨, 그때도 분명히 말씀드렸듯이……."

"꼭 걸어 다니는 해골 같았소! 내 평생 그런 건 처음 보았소!"

나는 렌이 결코 불평을 하고 있는 게 아니라는 것을 깨달았다. 내가 치료를 잘못했다고 투덜대는 게 아니라 단지 나에게 이야기를 하고 있을 뿐이었지만, 그래도 나는 그가 입을 다물어주기를 간절히 바랐다.

"알려주셔서 고맙습니다. 나는 이제 그만 가봐야……."

"선생이 그 돼지한테 먹인 가루약이 뭔지는 모르겠지만……."

나는 헛기침을 했다.

"사실 그 약은……."

"그 약은 전혀 효과가 없었소!"

"알겠습니다. 나는 바빠서 이만……."

"그래서 지난주에 맬록(도축업자)한테 넘겨버렸소."

"저런……."

"결국 개먹이 신세가 되어버렸소. 불쌍한 녀석!"

"정말…… 안됐군요……."

"그럼 안녕히 가시오, 헤리엇 선생."

그는 돌아서서 가버렸다. 그 뒤에는 우렁찬 목소리의 여운으로 떨리는 정적만 남았다.

관심의 초점이 되어 있는 것이 거북해서 서둘러 그곳을 떠나려는데 내 팔에 누군가의 부드러운 손길이 느껴졌다. 돌아보니 일라이저 웬트워스였다.

"헤리엇 선생님." 웬트워스가 속삭였다. "그 불친소 말인데요."

나는 이 공교로운 우연의 일치에 아연하여 그를 빤히 쳐다보았다. 다른 농부들도 기대에 찬 눈으로 그를 바라보고 있었다.

"아, 예, 웬트워스 씨."

"사실은 말입니다." 그는 나에게 바싹 다가서서 내 귀에다 속삭였다. "그건 정말 기적 같았습니다. 선생님이 치료하신 뒤에 당장 회복되기 시작했어요."

나는 한 걸음 뒤로 물러섰다.

"그거 참 잘됐군요! 하지만 좀 크게 말씀해주시겠습니까. 잘 안 들리는데요."

나는 기대로 눈을 빛내며 주위를 둘러보았다.

웬트워스는 다시 나에게 바싹 다가서서 내 어깨에 뺨을 기댔다.

"선생님이 주신 약이 뭔지는 모르겠지만, 정말 놀라운 약이었어요. 믿을 수가 없더군요. 날마다 살이 오르는 게 보일 정도였으니까요."

"굉장하군요! 하지만 좀 더 크게 말씀해주세요."

"지금은 버터처럼 살이 투실투실하답니다." 거의 알아들을 수 없는 속삭임이 내 뺨에 감돌았다. "경매에 내놓으면 최고등급을 받을 게 분명합니다."

나는 또 뒤로 물러섰다.

"예…… 예…… 뭐라고 하셨지요?"

"나는 그 녀석이 죽을 줄 알았어요. 그런데 선생님이 그 놀라운 솜씨로 녀석을 구해주셨어요."

여전히 그의 입에서 나오는 말은 모두 '피아니시모'(아주 약하게)였고, 한숨이나 산들바람처럼 내 얼굴을 가볍게 스쳤다.

농부들은 아무 소리도 듣지 못했고, 흥미를 잃어버린 그들은 자기네끼리 떠들어대기 시작했다. 이윽고 과자장수가 다시 봉지를 채우면서 외치기 시작하자 웬트워스는 한 걸음 더 다가와서 나만 들을 수 있도록 낮은 소리로 내 귀에 은밀하게 속삭였다.

"그렇게 훌륭하고 놀라운 치료는 이제껏 본 적이 없어요."

18

20대 나이에 늙은이 같은 기분을 느끼는 것은 예삿일이 아니다. 하지만 나에게는 그런 일이 일어나고 있었다. 동료 병사들 중에는 내 나이 또래가 거의 없었고, 주위에 있는 전우들은 대부분 열여덟이나 열아홉 살이었다.

징병위원회는 그 나이가 조종사나 항법사나 기총사수로 훈련시키기에 가장 적당하다고 생각한 모양이다. 그런데 어떻게 해서 나같이 나이든 사람이 거기에 끼어들 수 있었는지 궁금할 때가 많았다.

동료들은 걸핏하면 나를 놀려대곤 했다. 내가 결혼했을 뿐만 아니라 아이까지 낳았다는 이유로 나를 노망난 늙다리로 취급했고, 무엇보다 슬픈 일은 나 자신도 그들과 함께 있으면 정말로 늙은이가 된 듯한 기분을 느꼈다는 것이다. 그들은 현지의 여자애들을 쫓아다니고, 술을 마시고, 춤을 추러 가거나 파티에 가면서 모두 신나는 시간을 보내고 있었다. 전쟁은 매사에 무관심하고 순간의 쾌락만을 추구하는 경박한 태평스러움을 낳는 법이다. 그들은 물거품처럼 공허한 그런 태평한 분위기에 휩쓸렸다. 몇 년 전이라면 나도 그들과 똑같이 행동했을 거라는 생각이 들 때가 많았다.

하지만 지금은 그것도 아무 소용이 없었다. 내 마음은 대부분 대러비에 남아 있었다. 낮에는 너무 바빠서 다른 생각을 할 여유가 없었지만, 밤에 모든 속박에서 해방되면 내가 원하는 것은 헬렌과 함께 했던 단순한 놀이뿐이었다. 살림방의 난롯가에서 열중했던 카드놀이, 놀이판 위에서 반 페니짜리 동전들이 벌이는 긴박한 전투, 벽에 매달린 갈고리에 고리를 던지며 놀기도 했다. 온종일 힘든 왕진을 끝내고 그런 어린애 놀이에 열중하는 것이다. 하지만 지난 세월을 돌이켜보면 지금도 그보다 나은 생활방식은 찾아내지 못했다는 생각이 든다.

어느 날 밤 침대에 나란히 누워 있을 때 그랜빌 베넷이 화제에 올랐다. 그러자 헬렌이 졸린 목소리로 중얼거렸다.

"여보, 베넷 씨가 오늘 또 전화를 했어요. 지난주에는 베넷 부인이 전화했고요. 함께 식사나 한번 하재요."

"응…… 그래……." 그 순간에는 아무 이야기도 하고 싶지 않았다. 그때가 하루 중에서 가장 행복한 시간이었기 때문이다. 꺼져가는 난롯불이 던지는 빛과 그림자가 천장에서 춤을 추고 있었다. 이완 로스가 결혼선물로 준 라디오에서는 오스카 래빈 악단의 〈딥 워터〉가 흘러나오고 있고, 나는 잠자리에 들기 전에 반 페니짜리 동전으로 벌인 전투에서 뜻밖의 승리를 거둔 참이었다. 그 게임의 명수인 헬렌은 정신을 집중할 때의 버릇으로 입술을 삐죽 내밀고는 엄지손가락의 볼록한 부분으로 동전을 능숙하게 몰아대곤 했다. 물론 헬렌은 어렸을 때부터 그 놀이를 해서 경험이 풍부했고 나는 이제 막 배우기 시작한 초보자였다. 따라서 내가 번번이 지는 것은 당연한 일이었다. 하지만 오늘 밤에는 뜻밖에 내가 이겼고, 그래서 무척 기분이 좋았다.

아내가 무릎으로 나를 쿡쿡 찔렀다.

"도대체 당신을 이해할 수가 없어요. 베넷 부부가 그렇게 식사 한번 하자는 데도 들은 체 만 체하면서 입으로는 베넷 부부를 좋아한다고 하니 말이에요."

"정말로 좋아해. 그랜빌은 좋은 사람이야. 최고지."

모두 그랜빌을 좋아했지만, 길을 가다가 그를 보면 얼른 옆골목으로 뛰어드는 사람이 많은 것도 사실이었다. 나는 그랜빌을 만날 때마다 체면이 손상되곤 했지만, 그 이야기는 헬렌한테 하고 싶지 않았다. 그랜빌이 선의를 갖고 있다는 것, 모든 것은 그의 지나친 인심이 낳은 자연스러운 결과라는 것은 나도 충분히 알고 있었다. 하지만 알고 있어도 그를 만나기가 꺼려지는 것은 어쩔 수 없었다.

"그리고 베넷 부인도 아주 친절하다고 말했잖아요."

"조이? 그래, 조이는 정말 훌륭해."

베넷 부인도 친절했지만, 그녀의 남편 덕분에 나는 이제껏 제 몸도 주체하지 못하는 주정뱅이의 모습밖에는 그녀한테 보여준 적이 없었다. 그걸 생각하자 이불 밑에서 내 발가락이 뒤틀렸다. 조이는 아름답고 친절하고 지적인 여자, 엉망으로 취해서 비틀거리고 딸꾹질을 해대는 꼴은 절대로 보여주고 싶지 않은 그런 여자였다. 어둠 속에서 나는 수치심에 얼굴이 화끈거리는 것을 느낄 수 있었다.

"그렇다면 초대를 받아들이는 게 어때요?" 헬렌은 집요하게 말을 이었다. 아무리 상냥한 여자라도 그렇게 고집스럽고 집요한 구석을 조금씩은 갖고 있는 법이다. "나도 만나보고 싶어요. 전화할 때마다 대답이 궁해서 난처해요."

나는 옆으로 돌아누웠다.

"좋아. 조만간 가기로 하지. 약속할게."

하지만 샘의 입술에 작은 종기가 돋지만 않았다면 우리는 절대 그랜빌을 찾아가지 않았을 것이다. 나는 법으로 금지되어 있는 초콜릿 비스킷을 우리 비글종 개한테 먹이다가 입술 왼쪽 끝 부근에서 그것을 발견했다. 완두콩보다 조금 작은 그 종기는 전형적인 양성 종양이었다. 따라서 다른 사람의 개라면 국부 마취를 해서 재빨리 떼어내 버렸을 것이다. 하지만 그게 하필 샘이었기 때문에 나는 가슴이 철렁해서 그랜빌에게 전화를 걸었다.

나는 우리 개들에 대해서는 노부인들처럼 감상적이었다. 아마 동료 수의사들도 대부분 그럴 것이다. 나는 멀리서 들리는 신호음에 불안하게 귀를 기울이고 있었다. 이윽고 큰 목소리가 전화선을 타고 들려왔다.

"베넷입니다."

"아, 그랜빌, 나는……."

"짐!" 기쁨의 외침 소리가 나에게 위안을 주었다. "도대체 그동안 어디 숨어 있었나?"

그는 자기 말이 얼마나 진실에 가까운지를 모르고 있었다. 나는 샘에 대해 이야기했다.

"그리 큰 문제는 아닌 것 같지만 기꺼이 봐줄게. 사실은 자네를 식사에 초대하려고 여러 번 전화를 했는데, 겸사겸사해서 우리 집에 오는 게 어때? 그때 개도 데려오면 되잖나?"

"글쎄……." 저녁 내내 그랜빌의 손아귀에 잡혀 있을 것을 생각하니 몸이 움츠러들었다.

"이번에는 어물쩍 넘기지 말게, 짐. 뉴캐슬(잉글랜드 북동부의 타인위어 주

209

에 있는 도시)에 멋진 인도 식당이 있는데, 조이와 나는 자네 부부를 거기에 데려가고 싶어. 이젠 우리가 자네 부인을 만날 때도 되지 않았나?"

"응…… 물론 그렇지…… 인도 식당이라고?"

"그래, 맛있는 카레 요리를 팔아. 맛이 순한 것도 있고, 보통 것도 있고, 머리가 날아가버릴 만큼 매운 것도 있지. 바지라는 양파 요리, 부나라는 양고기 요리, 난이라는 빵도 맛이 그만이야."

"듣기만 해도 맛있을 것 같군."

내 머리는 바쁘게 돌아가고 있었다. 인도 식당이라면 상당히 안전할 것 같았다. 그랜빌은 자기 세력권 안에서는 지극히 위험했지만, 뉴캐슬까지는 차로 45분은 걸릴 것이다. 식당에 머무는 시간은 한 시간 반 정도일 테니, 저녁 시간의 대부분은 상당히 안전하다고 보아도 좋을 것이다. 하지만 식당으로 떠나기 전에 그의 집에 잠깐 머무는 시간—그게 유일한 걱정이었다.

그런데 바로 그 순간 그랜빌이 내 마음을 읽기라도 한 듯이 말했다.

"식당으로 가기 전에 우리 정원에서 잠깐 시간을 보내세."

"자네 정원에서?"

11월에 정원에서 시간을 보내자는 말은 야릇하게 들렸다.

"그래, 친구야."

그랜빌은 늦게 핀 국화를 자랑하고 싶은 건지도 몰라. 어쨌든 정원에는 그렇게 큰 위험이 있을 것 같지 않았다.

"좋아, 그랜빌. 수요일 밤은 어때?"

"좋아, 좋아. 빨리 헬렌을 만나고 싶어서 좀이 쑤시는군."

수요일은 쌀쌀하지만 화려한 늦가을 날이었다. 그런데 오후부터 안개가 끼기 시작하더니, 저녁 6시쯤에는 사방이 온통 자욱한 안개로 뒤덮였다. 내가 요크셔에서 그렇게 짙은 안개를 본 것은 처음이었다.

나는 앞유리창에 코를 바싹 들이대고 기어가듯 천천히 차를 몰면서 유리창에 대고 중얼거렸다.

"여보, 오늘 밤에는 절대로 뉴캐슬에 가지 못할 거야. 그랜빌의 운전 솜씨가 상당하다는 건 알고 있지만, 10미터 전방도 안 보이니 뉴캐슬에 가기는 다 틀렸어."

우리는 거의 걸어가는 속도로 베넷의 집까지 30여 킬로미터를 달렸다. 환하게 불이 켜진 현관이 어둠 속에서 떠오르는 것을 보았을 때는 정말로 안도감을 느꼈다.

여느 때처럼 인상적이고 거대한 체구를 가진 그랜빌이 현관에서 두 팔을 활짝 벌려 우리를 맞이했다. 그는 수줍음과는 거리가 먼 사람이었기 때문에 두 팔로 곰처럼 헬렌을 얼싸안았다.

"헬렌."

그는 다정하게 오랫동안 헬렌에게 키스를 했다. 그러다가 숨을 쉬기 위해 잠시 키스를 멈추고는 찬탄하는 눈으로 헬렌을 바라본 다음 다시 키스를 했다.

나는 조이와 예의바르게 악수를 하고 조이와 헬렌을 서로 소개했다. 거기에 서 있는 두 여인은 한 폭의 그림이었다. 매력적인 여성은 하늘이 준 선물이고, 그런 두 여자를 그렇게 가까이 두고 볼 수 있다는 것은 보기 드문 보너스였다. 헬렌은 까만 머리에 푸른 눈, 조이는 갈색 머리에 회색이 섞인 초록빛 눈을 갖고 있었지만, 둘 다 따뜻한 미소를 짓고 있었다.

조이는 나에게 여느 때와 같은 영향을 미쳤다. 나의 가장 좋은 모습, 아니 사실은 그보다 더 좋은 모습을 보여주고 싶다는 소망이 샘물처럼 솟아났다. 그것은 내가 오래전부터 품고 있던 감정이었다. 나는 현관홀에 걸린 거울을 슬쩍 들여다보았다. 깨끗한 양복, 깨끗한 셔츠, 깨끗이 면도한 얼굴. 나는 팔다리가 늘씬한 젊은 수의사, 고결한 신조에 따라 행동하고 행실이 나무랄 데 없는 갓 결혼한 남자의 바람직한 이미지를 전달하고 있다고 확신했다.

나는 마침내 조이에게 술을 마시지 않은 정상적인 상태의 내 모습을 보여줄 수 있게 해준 신에게 속으로 감사 기도를 중얼거렸다. 오늘 밤에는 나에 대한 좋지 않은 기억을 조이의 마음에서 모조리 지워주리라.

"여보." 그랜빌이 노래하는 듯한 어조로 제 아내를 불렀다. "내가 짐의 개를 보는 동안 헬렌을 정원으로 안내해요."

나는 눈을 깜박였다. 이렇게 안개가 자욱한데 정원에 나간다고? 선뜻 이해가 가지 않았지만, 샘이 너무 걱정스러워서 거기에 대해서는 별로 생각지 않았다. 내가 차 문을 열자 비글 개는 곧장 집 안으로 뛰어들었다.

그랜빌은 기쁘게 샘을 맞이했다.

"어서 오너라." 그러고는 목청껏 고함을 질렀다. "피블스! 빅토리아! 이리 와서 너희들 사촌인 샘을 만나렴!"

비만한 스태퍼드셔불테리어가 어기적거리며 들어오고, 바로 뒤따라 들어온 요크셔테리어는 이빨을 드러내며 그 자리에 있는 모든 사람과 개에게 환심을 사려는 듯 매력적인 미소를 지어 보였다.

개들이 서로 인사를 나눈 뒤 그랜빌은 샘을 안아 올렸다.

"이놈이야? 자네가 걱정한 게?"

나는 말없이 고개를 끄덕였다.

"맙소사. 이런 것쯤은 숨을 한 번 들이마셨다가 훅 불기만 해도 날려 보낼 수 있어! 기구를 가져올 테니까 잠깐만 기다리게."

그는 사라졌다가 주사기와 가위를 들고 돌아왔다. 국부를 마취시키는 데에는 0.5시면 충분했다. 그는 가위로 종기를 싹둑 잘라내고 지혈제를 바른 다음, 샘을 바닥에 내려놓았다. 수술은 2분밖에 안 걸렸지만, 그 짧은 동안에도 그는 비할 데 없이 능숙한 솜씨를 보여주었다.

"요금은 10기니 되겠습니다, 헤리엇 씨." 그는 낮은 소리로 중얼거리고는 웃음을 터뜨렸다. "자, 정원으로 나가세. 샘은 우리 집 개들과 즐겁게 놀 거야."

그는 나를 데리고 뒷문으로 나갔다. 우리는 안개 속을 뚫고 암석정원과 장미꽃밭 옆을 더듬거리며 지나갔다. 그랜빌은 도대체 이런 날씨에 정원에서 무엇을 보여주려는 것일까. 내가 고개를 갸웃거리기 시작했을 때 눈앞에 돌로 지은 별채가 불쑥 나타났다. 그랜빌이 문을 열었다. 나는 휘황하게 불이 켜진 알라딘의 동굴 속으로 들어갔다.

그곳은 설비를 완전히 갖춘 바였다. 문 맞은편에는 손잡이를 잡아당기면 생맥주가 쏟아져 나오는 카운터가 있고, 그 카운터 뒤에는 상상할 수 있는 온갖 종류의 알코올음료가 즐비하게 늘어서 있었다. 벽난로에서는 장작이 딱딱 소리를 내면서 타오르고, 사냥 장면을 묘사한 판화와 화려한 포스터가 벽에서 우리를 내려다보고 있었다. 그것은 흠잡을 데 없이 완벽한 진짜 바였다.

그랜빌이 내 놀란 얼굴을 보고 껄껄 웃었다.

"어떤가, 짐? 정원에 내 전용 바를 차리는 것도 좋은 생각일 것 같았어. 꽤 아늑하지?"

"그래…… 이건 정말…… 매력적이야."

"좋아, 좋아." 그랜빌은 카운터 뒤로 들어갔다. "뭘 마시겠나?"

헬렌과 조이는 셰리주를 마셨고, 나는 별로 해롭지 않은 한 가지 술만 고집하기로 재빨리 결정을 내렸다.

"나는 진토닉으로 할게."

그랜빌은 여자들한테는 적당량의 셰리주를 따라주었지만, 내 술잔을 벽에 매달려 있는 진 술병 쪽으로 가져갔을 때는 손이 경련이라도 일으킨 것 같았다. 거꾸로 매달린 술병에는 작은 부속품이 달려 있어서, 술잔 가장자리를 거기에 대고 밀어 올리면 1인분 술이 나오도록 되어 있었다.

그러나 그랜빌은 술병을 목 부분까지 술잔 속에 집어넣고, 마치 경련이라도 일으킨 것처럼 팔 전체를 몇 번이나 발작적으로 움직였다. 그렇게 하면 술잔에는 1인분이 아니라 5인분의 술이 담길 게 분명했다. 내가 막 이의를 제기하려 할 때 그랜빌이 술잔을 술병에서 떼고는 재빨리 토닉과 얼음을 넣고 얇게 자른 레몬을 곁들였다.

나는 불안한 눈으로 술잔을 내려다보았다.

"술이 좀 많지 않아?"

"천만에. 진은 별로 없고 거의 다 토닉이야. 자, 건배하세. 자네와 부인을 한꺼번에 만나니까 너무 기분이 좋군."

확실히 그랬다. 그들은 인심 좋고 따뜻한 마음씨를 가진 사람들이었고, 우리와 같은 수의사 족속이었다. 나는 그들이 변함없이 보여준 호의에 고마움을 느꼈고, 숨 막힐 만큼 독한 진토닉을 홀짝거리면서 이런 사람들과 가깝게 사귈 수 있는 것이야말로 내 직업이 가져다준 가장 멋진 보상이라고 생각했다. 전에도 그런 생각이 들 때가 많았다.

그랜빌이 손을 내밀었다.

"한 잔 더 하게."

"글쎄. 이제 슬슬 출발하는 게 좋지 않을까? 날씨가 너무 지독해서 말이야. 이 안개 속에서 과연 뉴캐슬까지 갈 수 있을지도 의심스러워."

"당치도 않은 소리." 그는 내 술잔을 집어 들고 술병으로 가져가서 또다시 격렬한 발작을 일으켰다. "문제없어. 북쪽으로 뻗은 길을 곧장 따라가기만 하면 돼. 30분밖에 안 걸려. 나는 그 길을 내 손금처럼 훤히 알고 있지."

우리 네 사람은 난로 주위에 둘러앉았다. 여자들은 서로 할 말이 많은 게 분명했고, 그랜빌과 나는 수의사들이 모두 그렇듯이 자기 일에 대한 이야기에 열중했다. 따뜻한 방에서 마음이 맞는 사람들과 어울려 술을 홀짝거리면서 이야기를 나누다 보면 수의사가 너무나 편하고 쉬운 직업처럼 느껴지니, 참으로 불가사의한 일이다.

"떠나기 전에 마지막으로 한 잔만 더 해." 그랜빌이 말했다.

"아니, 이제 됐어. 충분히 마셨어." 나는 단호하게 대답했다. "그만 가세."

"짐, 그렇게 서두를 거 없어." 내가 익히 알고 있는 그 상처받은 표정이 그의 얼굴에 떠오르고 있었다. "그 멋진 식당에 대해 이야기해줄 테니까 마지막으로 딱 한 잔만 더 하세."

또다시 그는 술병 쪽으로 다가갔다. 이번에는 팔 근육의 경직 상태가 너무 오래 지속되었기 때문에 그가 혹시 과거에 말라리아를 앓은 적이 있는 게 아닐까 의심스러울 정도였다.

그는 술잔을 손에 들고 설명하기 시작했다.

"그 식당은 카레만이 아니라 요리가 전반적으로 훌륭해." 그는 손가락을 입술에 댔다가 허공에 키스를 보냈다. "그 독특한 풍미는 정말 믿을 수 없을 정도야. 동양의 향신료는 모두 갖추어져 있지."

그의 이야기는 끝이 없었다. 음식 이야기를 들으니 배가 더 고파졌기 때문에 이야기를 빨리 끝내고 식사를 하러 가고 싶었다. 나는 그날 여러 농장을 돌아다니면서 힘든 하루를 보낸 데다 저녁의 진수성찬을 기대하고 식사도 거의 하지 않은 터라 몹시 시장했다. 그랜빌이 손짓을 하면서 희귀한 약초를 고기와 생선에 섞어 사프란으로 물들인 쌀밥 위에 얹는 인도 요리를 설명하는 동안 나는 침을 흘리고 있었다.

내가 세 잔째를 다 마시고 그랜빌이 떠날 준비를 하려고 카운터 앞쪽으로 돌아 나왔을 때는 저절로 안도의 한숨이 나왔다. 우리가 막 나가려는데 덩치 큰 남자가 문간에 불쑥 나타났다.

"레이먼드!" 그랜빌이 기뻐하며 소리쳤다. "어서 오게. 자네를 짐 헤리엇한테 소개해주고 싶었는데, 마침 잘 왔네. 짐, 이쪽은 내 이웃인데, 정원 가꾸기를 좋아하지. 안 그런가, 레이먼드?"

사내는 낄낄거리는 웃음으로 대답을 대신했다.

"맞아! 여긴 정말 멋진 정원이야!"

그랜빌은 덩치 크고 불그레한 얼굴에 따뜻한 마음을 가진 남자들을 아주 많이 알고 있는 것 같았다. 이 사내도 그런 부류에 속하는 사람이었다.

내 친구는 다시 카운터 뒤로 돌아갔다.

"레이먼드가 왔는데 그냥 갈 수야 없지. 레이먼드와 함께 딱 한 잔만 더 하세."

그랜빌이 내 술잔을 술병에 눌러대고 또다시 경련을 일으켰을 때 나는 덫에 걸린 듯한 기분을 느꼈지만, 여자들은 별로 개의치 않는 것 같았다. 여자들은 아직도 대화에 열중해 있어서 시간 가는 줄도 모르고 허기도 잊어버린 모양이었다.

레이먼드가 막 나가려 할 때, 이번에는 터비 핀더가 얼굴을 내밀었다. 터비 핀더 역시 열성적인 원예가였고, 그 또한 덩치 크고 불그레한 얼굴에 친절한 마음씨를 가진 것을 보고도 나는 전혀 놀라지 않았다.

우리는 터비와 함께 또 한 잔을 마셔야 했다. 그랜빌이 중풍에 걸린 것처럼 손을 떨면서 내 술잔을 다시 원래대로 가득 채운 뒤 빈 술병을 새 술병으로 바꾸는 것을 나는 놀란 눈으로 바라보았다. 첫 번째 술병이 가득 차 있었다면 내가 술 한 병을 거의 다 마셔버린 셈이었다.

마침내 현관홀로 나와서 코트를 입고 있을 때도 나는 아직 그것을 실감할 수가 없었다. 그랜빌은 만족한 고양이처럼 목을 가르랑거리고 있었다.

"자네도 부인도 그 식당을 좋아하게 될 거야. 맛있는 음식을 이것저것 맛보여줄 생각을 하니 얼마나 기쁜지 모르겠네."

바깥의 안개는 어느 때보다도 짙었다. 그랜빌은 차고에서 거대한 '벤틀리'를 후진시킨 다음, 격식을 차려 예의바르게 우리를 차 안으로 안내했다. 우선 암탉이 병아리들을 돌보듯 조심스럽게 헬렌과 조이를 뒷좌석에 태운 다음, 내가 조수석에 타는 것을 도와주었다. 내가 불구의 노인이라도 되는 것처럼 코트자락을 여며주고, 등받이의 각도를 최대한 편안하게 조정해주고, 대시보드에 장착된 라이터의 사용법을 가르쳐주고, 글러브 박스에 불을 켜주고, 듣고 싶은 라디오 프로그램이 뭐냐고 물었다.

마침내 그랜빌도 운전석에 당당하게 자리를 잡았다. 앞창 너머에서 안개가 잠시 흩어지면서 집 맞은편에 있는 가파른 둔덕이 드러났다. 풀로 뒤덮인 그 둔덕은 거의 수직으로 눈앞을 가로막고 있었다. 하지만 다음 순간 안개는 더러운 노란색 커튼처럼 다시 닫혀서 모든 것을 차단해버렸다.

"그랜빌, 이런 상태로는 도저히 뉴캐슬까지 갈 수 없을 거야. 거기까지는 50킬로미터가 넘어."

그는 나를 돌아보며 부드러운 미소를 던졌다.

"문제없네, 이 친구야. 30분이면 도착해서 그 멋진 요리를 맛보고 있을 거라고. 탄두리 치킨과 동양의 온갖 향신료. 아무 걱정 말게. 나는 이 길을 정말로 훤히 알고 있으니까. 길을 잃을 염려는 전혀 없어."

그는 시동을 걸고 자신만만하게 출발했지만, 불행히도 도로를 따라가는 정통적인 루트를 택하는 대신 풀이 돋아난 둔덕으로 곧장 나아가고 말았다. 거대한 차의 앞부분이 점점 높이 올라가는데도 그는 알아차리지 못하는 것 같았다. 하지만 차의 각도가 45도에 이르자 뒷좌석에서 조이가 부드럽게 끼어들었다.

"여보, 여긴 풀밭이에요."

그랜빌은 놀라서 주위를 둘러보았다.

"그럴 리가 있나. 당신은 기억 못하나 본데 여기는 길이 좀 비탈져 있지."

그는 계속 액셀을 밟아댔다.

나는 두 발이 허공에 뜨고 머리가 뒤로 젖혀졌지만 아무 말도 하지 않았다. 마침내 벤틀리가 거의 수직으로 곤두섰다. 차가 뒤집히겠구나 생각한 순간, 또다시 조이의 목소리가 들려왔다.

"여보!" 그녀의 말투에서는 절박한 기색을 전혀 느낄 수 없었다. "당신은 지금 둔덕을 올라가고 있어요."

이번에는 그녀의 남편도 조금 양보할 준비가 되어 있는 것 같았다.

"그래…… 그렇군. 아무래도 내가 갓길 쪽으로 조금 벗어났나 봐."

그가 브레이크에서 발을 떼자 차는 무서운 속도로 어둠 속을 향해 후진했다. 이윽고 뒤에서 무언가가 삐걱거리며 부서지는 소리가 나더니 차가 덜컹 하며 갑자기 멈추었다.

다시 조이가 말했다.

"당신, 톰프슨 부인네 담장을 들이받았어요."

"내가? 잠깐만 기다려. 이제 곧 길로 나갈 테니까."

그는 조금도 침착성을 잃지 않고 클러치를 밟았다. 우리는 힘차게 앞으로 돌진했다. 하지만 그것도 겨우 2초뿐이었다. 앞쪽의 어둠 속에서 둔탁한 충돌음이 들리더니, 유리 깨지는 소리와 금속이 땡그랑 울리는 소리가 그 뒤를 이었다.

"여보." 조이가 큰 소리로 말했다. "그건 시속 60킬로미터 이하로 달리라는 표지판이었어요."

"그게 정말이야?" 그랜빌은 손으로 앞유리창을 문질렀다. "짐, 자네도 보다시피 시야가 별로 좋지 않군. 인도 요리를 먹으러 가는 건 아무래도 다음 기회로 미루는 게 좋겠어."

그는 커다란 차를 교묘하게 조종하여 다시 차고에 집어넣었고 우리는 차에서 내렸다. 뉴캐슬을 향해 아마 5미터 정도는 달렸을 것이다.

다시 정원의 바로 돌아오자마자 그랜빌은 모두 술이나 실컷 마시자고 외쳐댔다. 좀 전에 맛본 불안과 공포가 완전히 사라졌기 때문에 이번에는 나도 대찬성이었다. 나는 안개처럼 몽롱한 상태 속을 행복하게 떠돌고 있었다. 그랜빌이 다시 팔에 경련을 일으키며 술병에서 술을 따라도 나는 전혀 말리지 않았다.

갑자기 그가 한 손을 번쩍 쳐들었다.

"모두 배고파 죽을 지경이겠지? 핫도그를 먹읍시다!"

"핫도그? 그거 좋은 생각이야!" 내가 소리쳤다.

핫도그는 동양의 온갖 향신료와는 거리가 멀었지만, 나는 무엇이든 먹을 준비가 되어 있었다.

"여보." 그랜빌이 아내를 불렀다. "큰 깡통에 든 새비로이 소시지(다진 돼지고기에 양념을 넣어 만든 순대 비슷한 소시지)가 있으니까, 당신이 그걸 데워주기만 하면 핫도그에 넣을 수 있을 텐데."

그의 아내가 부엌으로 가자 헬렌이 내 팔을 잡았다.

"여보, 새비로이라는데요?"

나는 헬렌의 말뜻을 알고 있었다. 내 소화기능은 더없이 훌륭하지만 내가 먹을 수 없는 음식도 있다. 새비로이 소시지를 하나만 먹어도 내 신진대사는 완전히 정지되어버린다. 하지만 그 순간에는 새비로이 소시지를 먹으면 탈이 난다는 게 시시하고 비열한 궤변처럼 느껴졌다.

"걱정 마, 여보." 나는 헬렌을 팔로 얼싸안으면서 속삭였다. "소시지 좀 먹는다고 별일이야 있겠어?"

조이가 음식을 갖고 돌아오자 그랜빌은 물 만난 고기처럼 본령을 발휘하기 시작했다. 그는 즙이 많은 훈제 소시지를 길쭉하게 잘라서 겨자를 척척 바른 다음 롤빵 속에 채워 넣었다.

첫 번째 핫도그를 한 입 베어 문 순간, 이렇게 맛있는 음식은 난생처음 먹어본다는 생각이 들었다. 나는 행복하게 그것을 씹으면서, 이제껏 갖고 있던 어리석은 편견을 도무지 이해할 수가 없었다.

"어떤가? 하나 더 먹을 준비 됐나?" 그랜빌은 소시지를 넣은 롤빵을 들어올렸다.

"물론이지! 맛이 기가 막히군. 이렇게 맛있는 핫도그는 처음이야!"

나는 순식간에 두 개째 핫도그를 우적우적 씹어 삼키고는 세 개째 핫도그를 향해 손을 뻗었다.

그랜빌이 내 옆구리를 쿡쿡 찌른 것은 내가 다섯 개째 핫도그를 먹어 치웠을 때일 것이다.

"이보게, 짐." 그는 핫도그를 씹으면서 말했다. "이럴 때 맥주 한 잔 척 들이켜면 음식이 술술 넘어갈 텐데. 그렇게 생각하지 않나?"

나는 한쪽 팔을 과장되게 흔들었다.

"옳으신 말씀! 진토닉은 말이야, 음식을 먹을 때는 전혀 도움이 안 돼!"

그랜빌은 맥주잔 두 개에 생맥주를 반 리터씩 따랐다. 진하고 향긋한 맥주가 시원한 파도처럼 몰려와서 흥분한 내 점막을 식혀주자 나는 평생 동안 그것을 애타게 기다려온 듯한 기분이 들었다. 우리는 맥주를 2리터씩 마셨고, 핫도그를 한두 개씩 더 먹었다. 행복감의 물결이 내 주위에서 일렁거렸다.

나는 헬렌이 이따금 던지는 걱정 어린 눈길을 전혀 개의치 않았다. 헬렌은 이제 집에 갈 시간이라는 신호를 보내고 있었지만, 집에 간다는 것은 생각할 수도 없는 일이었다. 나는 일찍이 없었던 즐거운 시간을 보내고 있었고, 세상은 멋진 곳이었고, 이 작은 개인 전용 선술집은 그 멋진 세상에서도 가장 멋진 곳이었다.

그랜빌이 반쯤 먹은 롤빵을 내려놓았다.

"여보, 입가심으로 달콤한 걸 먹었으면 좋겠는데. 당신이 어제 만든 그

달고 쫄깃쫄깃한 과자를 조금 갖다 주지 않겠소?"

조이는 영양이 풍부해 보이는 작은 케이크를 한 접시 내놓았다. 나는 단 것을 좋아하지 않아서 식사할 때도 디저트는 대개 건너뛰지만, 조이가 손수 만든 과자에는 식욕이 동했다. 과자는 보기에도 아름답게 만들어져 있었고, 초콜릿과 마지팬(빻은 아몬드와 설탕으로 만든 사탕과자)과 캐러멜 따위가 들어간 것을 알 수 있었다.

사태가 악화되기 시작한 것은 그 과자를 세 개째 먹고 있을 때였다. 문득 깨닫고 보니 내 즐거운 수다는 어느새 멈춰버렸고 그랜빌 혼자 떠들어대고 있었다. 나는 올빼미처럼 심각한 체하는 얼굴로 그의 말을 들으면서 그의 얼굴이 두 개가 되는 것을 보고 깜짝 놀랐다. 두 개의 얼굴은 서로 떨어졌다가 다시 하나로 합쳐지는 일을 되풀이하고 있었다. 정말 놀라운 현상이었다. 게다가 그랜빌만이 아니라 방에 있는 다른 사람들의 얼굴에도 똑같은 현상이 일어나고 있었다.

나는 이제 별로 건강하다는 기분이 들지 않았다. 내 혈관에는 더 이상 끝없는 활력이 굽이치지 않았다. 내가 느낀 것은 나른한 피로감과 점점 심해지는 구역질뿐이었다.

그때쯤 나는 시간 감각을 잃어버렸다. 우리 네 사람은 계속 대화를 나누었을 게 분명한데, 나는 그때 나눈 대화를 전혀 기억하지 못한다. 다음으로 생각나는 것은 파티가 끝났을 때의 일이다. 그랜빌이 헬렌에게 코트를 입혀주었고, 유쾌하게 작별인사를 나눌 때의 일반적인 분위기가 감돌았다.

"준비됐나, 짐?" 그랜빌이 쾌활하게 물었다.

나는 고개를 끄덕이고 천천히 몸을 일으켰다. 내가 비틀거리자 그랜빌은 나를 부축하여 현관까지 데려다주었다. 밖으로 나와 보니 안개는 어느새 걷혔고, 찬란한 별들이 마을 위의 하늘을 아름답게 수놓고 있었다. 하지만 맑고 차가운 공기는 내 상태를 더욱 악화시켰을 뿐이다. 나는 몽유병 환자처럼 어둠 속을 비틀거리며 걸었다. 겨우 차에 이르렀을 때 격렬한 복통이 내 몸을 꿰뚫었다. 내 배 속에 들어간 술과 소시지와 그 밖의 온갖 음식이 생각났다. 나는 자동차 지붕에 기대어 신음을 토했다.

"헬렌이 운전하는 게 좋겠군요." 그랜빌이 말했다.

그가 차 문을 열려는 순간 나는 끔찍한 무력감과 함께 차체를 따라 주르르 미끄러지기 시작했다. 그랜빌이 내 어깨를 잡았다.

"짐은 뒷좌석에 태우는 게 좋겠어요." 그는 나를 뒷좌석 쪽으로 끌어당겼다. "여보, 헬렌과 둘이서 다리를 하나씩 잡아요. 됐어. 이제 내가 반대편으로 돌아가서 짐을 안으로 끌어들일 테니까."

그는 서둘러 반대쪽으로 돌아가서 문을 열고 내 어깨를 잡아당겼다.

"헬렌, 그쪽 다리를 조금 내려요. 이제 내 쪽으로 조금만 밀어요. 여보, 그쪽 다리를 조금 올려. 이제 당신 쪽으로 조금 잡아당겨. 좋아. 좋아."

분명히 그는 이 일을 즐거워하고 있었다. 마치 가구 운반 전문가 같은 말투로 의기양양하게 지시를 내리는 그를 몽롱한 눈으로 바라보면서, 도대체 이 친구는 그와 함께 저녁을 보낸 뒤 몸을 가누지 못하게 된 사람을 얼마나 많이 차에 쑤셔 넣었을까 하고 생각하자 입맛이 썼다.

마침내 그들은 나를 뒷좌석에 반쯤 드러누운 자세로 태우는 데 성공했다. 내 얼굴은 옆유리창에 짓눌려 있었다. 밖에서 보면 코가 옆으로 찌그러지고 죽은 고등어 같은 한쪽 눈이 거슴츠레하게 밤의 어둠 속을 응시하고 있는 내 꼴이 괴기스러워 보였을 것이다.

나는 겨우 눈의 초점을 맞추고, 걱정스러운 듯 나를 내려다보고 있는 조이를 보았다. 그녀는 머뭇거리며 손을 흔들었지만 나는 뺨을 한 번 가볍게 씰룩거리는 것으로 대답을 대신할 수밖에 없었다.

　그랜빌은 다정하게 헬렌에게 키스를 하고는 차 문을 쾅 닫았다. 그러고는 뒤쪽으로 와서 나를 들여다보며 두 팔을 휘둘렀다.

　"조만간 또 만나세, 짐. 오늘 밤은 정말 즐거웠어!"

　그의 커다란 얼굴이 행복한 미소로 뒤덮였다. 그 집을 떠나면서 내가 마지막으로 받은 인상은 그가 오늘 밤 정말로 완벽한 만족감을 맛보았으리라는 것이었다.

19

나는 대러비를 떠나 전혀 다른 생활을 하고 있었기 때문에 한 걸음 뒤로 물러서서 객관적으로 사물을 평가할 수 있었다. 나는 자신에게 많은 질문을 던졌다. 예를 들면 나와 시그프리드의 파트너십이 그렇게 성공적일 수 있었던 이유는 무엇일까?

그로부터 35년이 지난 지금도 우리는 여전히 즐겁게 해나가고 있지만, 나는 아직도 그 이유가 궁금하다. 스켈데일 하우스의 정원에서 처음 만난 그날 오후부터 본능적으로 그를 좋아했다는 것은 나도 알고 있지만, 우리가 그처럼 사이좋게 지낸 데에는 또 다른 이유가 있는 듯싶다.

그것은 아마 우리의 성격이 정반대이기 때문일 것이다. 시그프리드는 기력이 넘쳐서 끊임없이 변화를 추구하는 반면, 나는 어떤 변화도 싫어한다. 시그프리드를 뛰어난 재능의 소유자라고 생각할 사람은 많겠지만, 나를 그렇게 생각해줄 사람은 별로(아니, 아무도) 없다. 가장 친한 친구들조차 나를 재치가 넘치는 사람이라고 말하지는 않을 것이다. 시그프리드의 마음은 쉬지 않고 온갖 기발한 아이디어—그중에는 정말 기발한 것도 있지만, 의심스러운 것도 있고 터무니없는 것도 있다—를 만들어낸다. 반면에 나는 어떤 아이디어도 가져본 적이 드물다. 시그프리드는 사냥과 사격과 낚시를 좋아하고 나는 축구와 크리켓과 테니스를 좋아한다.

우리의 차이점을 말하라면 얼마든지 계속할 수 있다. 심지어는 신체 조건까지도 정반대다. 하지만 그런데도 우리는 사이좋게 지내고 있다.

물론 그렇다고 해서 의견 차이가 전혀 없었다는 뜻은 아니다. 오랜 세월이 흐르는 동안 여러 가지 문제로 사소한 충돌이 일어난 것은 한두 번이 아니었다.

한번은 플라스틱으로 만든 칼슘 주입기를 둘러싸고 의견이 충돌했다. 플라스틱 주입기는 새로 나온 제품이었기 때문에 시그프리드는 좋아했지만, 같은 이유로 나는 그것을 신뢰하지 않았다.

플라스틱 주입기는 다루기 어렵다는 것이 내 의구심을 더욱 부채질했다. 플라스틱 주입기가 초기에 갖고 있었던 문제점은 이제 모두 해결되었지만, 초기에는 사용하기가 너무 까다로워서 나는 아예 사용을 포기해 버렸다.

시그프리드는 내가 구식 주입기의 펄럭거리는 밸브 속에 수술용 천자(穿刺: 몸속에 찔러 넣어 체액을 뽑아내는, 속이 빈 가는 침)를 집어넣어 밸브 내부를 씻고 있는 것을 보고는 잔소리를 했다.

"맙소사, 설마 아직까지 그 구식 주입기를 쓰고 있는 건 아니겠지?"

"사실은 쓰고 있는데요."

"새로 나온 플라스틱 주입기를 써보지 않았나?"

"써봤습니다."

"그런데?"

"다루기가 너무 어려워요."

"다루기가 어렵다니…… 도대체 그게 무슨 소리야?"

나는 튜브 속에 남아 있는 물을 마지막 한 방울까지 똑똑 떨어뜨린 다음, 조그맣게 돌돌 말아서 케이스에 집어넣었다.

"지난번에 사용했을 때는 칼슘이 사방으로 튀었어요. 정말 다루기가 까다롭고 성가신 물건입니다. 그것 때문에 내 코트에 큼지막한 흰색 줄무늬가 생겼지 뭡니까."

"이보게 제임스!" 그는 믿을 수 없다는 듯이 소리 내어 웃었다. "바보 같은 소리 좀 작작 하게. 그게 얼마나 다루기 쉬운 줄 아나? 어린애라도 다룰 수 있을 정도야. 나는 지금까지 아무 문제도 없었다네."

"물론 그렇겠지요. 하지만 아시다시피 저는 기계에 약하거든요."

"기계를 잘 알아야 할 필요는 전혀 없어. 바보 천치라도 다룰 수 있을 만큼 간단해."

"저한테는 전혀 간단하지 않습니다. 이젠 질렸어요."

시그프리드는 내 어깨에 손을 올려놓았다. 초조한 표정이 얼굴 전체로 번지기 시작했다.

"제임스, 인내심을 갖고 익숙해지도록 애써야 돼. 이 문제에는 또 한 가지 중요한 핵심이 있어."

"그게 뭔데요?"

"무균성이라는 문제야. 자네가 사용하는 저 기다란 고무관이 깨끗하다는 걸 어떻게 알지?"

"쓰고 나면 항상 깨끗이 씻고, 끓는 물로 소독한 바늘을 사용하고……."

"플라스틱 주입기를 쓰면 그럴 필요가 없다는 걸 모르겠나? 자네는 쓸데없는 수고를 하고 있을 뿐이라고. 플라스틱 주입기에는 이미 약제가 들어 있고 살균 소독까지 되어 있으니까, 그대로 사용만 하면 돼."

"그건 알고 있지만, 암소 몸에 그걸 집어넣을 수가 없는데, 그게 다 무슨 소용입니까?"

"말도 안 되는 소리 좀 작작 하게!" 시그프리드는 엄숙한 표정을 지었다. "자네가 조금만 노력하면 돼. 분명히 말하지만 자네는 지금 반동적인 태도로 쓸데없는 고집을 부리고 있어. 진지하게 말하건대 우리는 시대와 함께 전진해야 하고, 시대에 뒤떨어진 그 구식 주입기를 사용할 때마다 자네는 한 걸음씩 퇴보하게 돼."

우리는 서로 의견이 맞지 않을 때는 자주 그랬듯이 얼굴을 맞대고 눈싸움을 하듯 노려보며 서 있었다. 그러다가 시그프리드가 갑자기 미소를 지었다.

"존 틸벗네 농장에 가서 내가 치료한 암소를 좀 봐주지 않겠나? 유열(乳熱: 젖소에게 일어나는 대사성 질환)에 걸린 그 암소 말일세. 아직 다 낫지 않았을 거야."

"맞습니다."

"그리고 나를 위해서라도 새로 나온 플라스틱 주입기를 한번 써보지 않겠나?"

나는 잠시 생각한 다음 말했다.

"좋습니다. 한 번 더 시도해보기로 하죠."

농장에 도착해서 보니 암소는 목초지에서 바다처럼 넘실거리는 노란 미나리아재비에 둘러싸여 편안하게 앉아 있었다.

"몇 번 일어나려고 했지만 결국 못 일어나고 저렇게 주저앉아 있소." 농부가 말했다.

"약을 한 번만 더 주입하면 될 겁니다."

나는 울퉁불퉁한 들판을 지나 전후좌우로 흔들리고 덜컹거리면서 몰고 온 내 차로 돌아가, 트렁크에서 플라스틱 주입기를 꺼냈다.

틸벗은 내가 돌아오는 것을 보고 눈썹을 치켜 올렸다.

"그게 새로 나온 신식 주입기요?"

"예, 틸벗 씨. 최신 발명품이죠. 살균 소독이 모두 완벽하게 되어 있답니다."

"그게 뭐든 내가 알 바 아니오. 난 그게 마음에 안 들어요!"

"마음에 안 드신다고요?"

"그래요!"

"왜요?"

"왜냐고? 파넌 씨가 오늘 아침에 그걸 사용했는데, 약이 엉뚱한 데로 다 튀었소. 일부는 내 눈으로 들어갔고, 파넌 씨 귓구멍에도 들어갔고, 나머지는 몽땅 파넌 씨 바지로 쏟아졌으니까, 암소 몸에는 아마 한 방울도 안 들어갔을 거요!"

우리의 의견 충돌은 짧지만 격렬한 경우도 있었다.

나는 점심 식탁에 앉아서 팔꿈치를 구부리거나 문지르고 있었다. 구운 양고기를 열심히 자르고 있던 시그프리드가 고개를 들었다.

"왜 그러나, 제임스? 류머티즘인가?"

"아니, 오늘 아침에 암소가 뿔로 들이받았어요. 하필이면 제일 아픈 자뼈 끝부분을 정통으로 들이받아서⋯⋯."

"아이쿠 저런. 암소의 코를 잡으려 했나?"

"아뇨. 주사를 놓고 있었어요."

시그프리드는 양고기 토막 하나를 내 접시에 옮겨 담으려다가 허공에서 손을 멈추었다.

"주사를 놓았다고? 앞쪽에서?"

"예, 목에다 놓았어요."

"자네는 늘 목에다 주사를 놓나?"

"예, 항상 그랬죠. 왜요?"

"이렇게 말하기는 뭣하지만, 거기다 주사를 놓는 건 어리석은 짓이니까. 나는 항상 엉덩이를 이용하지."

"그래요?" 나는 으깬 감자를 내 접시에 덜었다. "그런데 목은 왜 안 됩니까?"

"그건 자네가 몸소 증명했잖나? 우선 목은 뿔과 너무 가까워."

"그렇다면 엉덩이는 뒷발과 너무 가깝죠."

"이보게 제임스, 자네도 알다시피 엉덩이에 주사를 놓았다고 뒷발로 걸어차는 암소는 거의 없잖나."

"그럴지도 모르지만, 한 번만으로도 충분합니다."

"그렇다면 뿔에 들이받히는 것도 한 번만으로 충분하지. 안 그래?"

나는 대꾸하지 않았다. 시그프리드는 자기 양고기와 내 양고기에 그레이비소스를 끼얹었고, 우리는 먹기 시작했다. 하지만 시그프리드는 첫 고기토막을 삼키자마자 공격을 재개했다.

"또 하나, 엉덩이는 바로 손이 닿는 곳에 있다는 거야. 자네처럼 목에다 주사를 놓으려면 암소들 사이로 비집고 들어가야 돼."

"그래서요?"

"자칫하면 갈비뼈가 짓눌리거나 발가락을 밟힐 염려가 있다는 거지. 그것뿐일세."

"좋습니다." 나는 큰 접시에서 강낭콩을 조금 떠서 내 접시로 옮겼다. "하지만 원장님처럼 엉덩이에 주사를 놓으면 쇠똥을 얼굴 가득 뒤집어 쓸 가능성이 아주 크지요."

"말도 안 되는 소리. 자네는 억지 핑계를 대고 있을 뿐이야!"

시그프리드는 양고기를 맹렬히 토막 내기 시작했다.

"절대 핑계가 아닙니다. 저는 정말로 그렇게 믿고 있다고요. 그리고 어쨌든 원장님은 목에다 주사를 놓는 게 어리석다고 주장하는 이유를 하나도 대지 못했어요."

"이유를 못 댔다고? 난 아직 시작도 안 했어. 이유라면 얼마든지 댈 수 있지. 예를 들면 목은 엉덩이보다 아파."

"엉덩이는 더 오염되기 쉽습니다." 나는 되받아쳤다.

"목은 근육이 얇은 경우가 많아." 시그프리드가 잽싸게 반격을 가했다. "그래서 목에는 바늘을 찔러 넣기 좋은 부위가 없지."

"그렇긴 하지만 목에는 꼬리도 없지요." 나는 으르렁거리듯이 말했다.

"꼬리라니? 도대체 무슨 소리를 하는 건가?"

"꼬리 이야기를 하고 있는 겁니다! 누군가가 꼬리를 잡아준다면 문제가 없지만, 그렇지 않으면 채찍처럼 휙휙 휘둘러대는 꼬리는 상당히 위협적이죠."

시그프리드는 몇 번 빠르게 고기를 씹어서 꿀꺽 삼켰다.

"채찍처럼 휘두른다고? 도대체 그게 이 일과 무슨 관계가 있지?"

"관계야 많죠. 원장님은 좋아할지 모르지만, 저는 빌어먹을 꼬리가 얼굴을 후려치는 걸 좋아하지 않습니다."

원장은 숨을 깊이 몰아쉬면서 한동안 잠자코 있다가 심상치 않은 조용한 목소리로 말했다.

"꼬리에 대해서 이야기하고 싶은 건 그것뿐인가?"

"아니, 또 있습니다. 어떤 암소는 꼬리를 휘둘러서 주사기를 날려 보낼 수도 있습니다. 요전 날에도 한 녀석이 50시시짜리 대형 주사기를 꼬리로 낚아채서 벽에다 내동댕이쳤어요. 박살난 유리조각이 사방에 흩어졌지요."

시그프리드는 약간 얼굴을 붉히며 포크와 나이프를 내려놓았다.

"제임스, 이런 식으로 말하고 싶지는 않지만, 자네 이야기는 모두 시시하고 어리석은 허튼 소리라고 말할 수밖에 없네."

나는 불쾌한 눈으로 그를 노려보았다.

"그게 원장님 의견이군요?"

"그래, 제임스."

"좋습니다."

"좋아."

"됐습니다."

"됐어."

우리는 말없이 식사를 계속했다.

하지만 그 후 며칠 동안 나는 몇 번이나 그 대화를 마음속으로 곱씹었다. 시그프리드는 항상 설득력이 있었기 때문에 그의 말에 일리가 있을지도 모른다는 생각이 들었다.

일주일 뒤에 나는 주사기를 손에 들고 두 암소 사이로 뚫고 들어가기 전에 우뚝 멈춰 섰다. 소들은 여느 때처럼 내 의도를 꿰뚫어보고는 우락부락하게 생긴 엉덩이를 맞붙여 내 앞길을 가로막았다. 그래, 시그프리드가 한 말도 확실히 일리가 있어. 엉덩이가 바로 코앞에서 기다리고 있는데, 무엇 때문에 저 사이로 들어가려고 애써야 하지?

나는 결단을 내렸다.

"꼬리를 잡아주세요." 나는 농부에게 말하고 엉덩이에 주사바늘을 찔러 넣었다.

암소는 꿈쩍도 하지 않았다. 주사를 다 놓고 바늘을 뺐을 때 나는 좀 부끄러웠다. 엉덩이는 근육이 두꺼워서 바늘을 찌르기에 안성맞춤이었고, 접근하기도 쉬웠다. 시그프리드가 옳았고 나는 고지식한 바보였다. 앞으로는 반드시 엉덩이에 주사를 놓자.

농부는 똥오줌을 흘려보내는 도랑 너머로 물러나면서 껄껄 웃었다.

"수의사들이 저마다 방식이 다른 걸 보면 재미있어요."

"무슨 소립니까?"

"어제는 파넌 선생님이 와서 저기 있는 저 암소한테 주사를 놓았거든요."

"그래요?" 갑자기 내 마음속에 반짝이는 빛이 나타났다. 설득력 있게 자기주장을 펴는 수의사가 시그프리드만은 아닐 수도 있지 않을까? "파넌 선생은 어떻게 했는데요?"

"선생님과는 방식이 달랐다는 것뿐입니다. 파넌 선생님은 목에다 주사를 놓더군요."

20

나는 삽자루에 기댄 채, 눈으로 흘러드는 땀을 훔치고 주위를 둘러보았다. 수백 명의 사내들이 먼지투성이 풀밭에 흩어져서 땅을 파고 있었다.

우리는 아직도 '강화훈련' 과정을 밟고 있었다. 적어도 교관들은 우리한테 그렇게 말했다. 나는 그들이 훈련을 받고 있는 그 많은 항공병들을 어떻게 처리해야 할지 몰라서 이런 방법을 궁리해낸 게 아닐까 하고 속으로 의심하고 있었다. 이것은 성가신 훈련병들을 한꺼번에 처리할 수 있는 좋은 방법이었다.

어쨌든 우리는 슈롭셔의 아름다운 소도시 근처에 저수지를 만들고 있었다. 가까이에는 우리를 수용할 천막촌이 생겨났다. 저수지에 대해 확실히 알고 있는 사람은 아무도 없었지만, 어쨌든 우리는 뭔가를 만들고 있는 것으로 되어 있었다. 우리는 작업복과 곡괭이와 삽을 지급받고, 몇 시간 동안이나 돌투성이 언덕 비탈에서 무턱대고 곡괭이를 휘둘렀다.

좀 덥긴 했지만, 이렇게 좋은 날 온종일 야외에서 보내는 것은 즐거운 일이었다. 나는 비탈 아래를 내려다보고 눈을 들어 먼 곳을 바라보았다. 완만한 기복을 이룬 들판 너머에 솟아 있는 낮은 언덕들이 푸르스름하게 보였다. 요크셔에 두고 온 황량한 초원이나 황무지보다 밋밋한 풍경이었지만, 한없이 포근하게 마음을 달래주었다.

나무들 위로 보이는 지붕들은 작업이 끝난 뒤의 즐거움을 약속해주었다. 몇 시간 동안이나 뙤약볕 아래서 입술 주위에 달라붙은 흙먼지가 더께를 이룰 만큼 땀 흘려 일하다 보면 갈증이 점점 심해졌다. 우리는 캠프에서 나갈 수 있는 저녁때까지 그 갈증을 조심스럽게 키웠다.

갈증이 최고조에 이르렀을 때 시원한 선술집에서 시골 사람들과 어울려 떫은 사과술로 갈증을 달래는 기분은 그야말로 황홀했다. 지금은 거기에 가도 그런 사과술은 찾을 수 없을 것이다. 요즘 영국 남부에서 마시는 사과술은 대부분 공장에서 만들어지지만, 당시에는 대부분의 선술집이 사과 압착기를 갖추고 있어서 현지에서 생산된 사과에서 즙을 짜내 술을 빚었다.

천막에서 자는 것은 나에게는 좀 불편했다. 아침마다 얇은 천막을 뚫고 들어오는 아침 햇살과 함께 눈을 뜨면, 전쟁 따위는 꿈에도 생각지 않았던 시절에 살았던 클라이드 만(영국 스코틀랜드 서남쪽에 있는 만. 클라이드 강 하구에 펼쳐져 있다) 위의 구릉지로 돌아간 듯한 기분이 들었다. 햇볕에 뜨겁게 달구어진 천막과 바닥에 깐 고무시트, 짓눌린 풀에서 풍기는 냄새, 천막 기둥 위에서 붕붕대는 파리 떼는 과거의 추억을 되살려주었다. 나는 당장 로스니스(스코틀랜드 서부의 아가일뷰트 주에 있는 해변 마을)로 되돌아갔고, 눈을 뜨면 어린 시절 친구인 알렉스 테일러와 에디 허치슨이 슬리핑백 속에 누워 있을 것 같은 착각에 빠졌다.

우리 셋은 부활절부터 10월까지는 주말마다 연기와 먼지로 뒤덮인 글래스고를 떠나 로스니스로 캠핑을 가곤 했다. 이곳 슈롭셔에서 칙칙한 천막 냄새를 맡으며 눈을 감으면, 텐트 뒤에 펼쳐져 있던 솔숲과 개울로 이어져 있는 비탈진 풀밭과 저 아래쪽에 파란 거울처럼 반짝거리는 게어 후미와 그 위에 우뚝 솟아 있는 산들이 눈에 선했다. 이제는 로스니스와 게어 후미의 신성함도 많이 훼손되었지만, 어린 시절의 나에게 그곳은 세상의 경이로움과 아름다움 속으로 나를 데려다준 요정의 나라였다.

10대 청소년 시절의 기억이 내 마음을 떠나지 않는 것은 기묘한 일이었다. 알렉스는 중동에 있었고 에디는 버마에 있었고 나는 수많은 젊은 이들과 함께 다른 천막 속에 있었기 때문이다. 그동안의 세월은 완전히 사라져버린 것 같았다. 대러비도, 헬렌도, 수의사 생활을 하면서 겪은 온갖 고생도 내 인생에 전혀 존재한 적이 없는 것 같았다. 하지만 대러비에서 지낸 세월은 내 인생에서 가장 중요한 시절이었다. 나는 일어나 앉아서 고개를 저으며, 전쟁 때문에 내 생각이 혼란스러워진 데 놀라곤 했다.

하지만 나는 슈롭셔 생활을 마음껏 즐겼다. 유일한 걸림돌은 그 저수지였다. 아니, 저수지인지 뭔지는 모르지만 어쨌든 우리가 언덕을 파서 만들고 있는 무언가였다. 그런 일에 정말로 몰두하는 것은 불가능했다. 그래서 어느 날 아침 점호 때 상사가 공지사항을 발표했을 때 나는 귀를 쫑긋 세웠다.

"현지 농부들이 수확을 도와줄 일손을 필요로 하고 있다. 지원자는 없나?"

내가 맨 먼저 손을 들었고, 잠시 망설이다가 몇 명이 손을 들었지만, 내 친구들은 아무도 지원하지 않았다. 지원자를 할당한 결과 나는 다른 중대에 소속되어 있는 세 명의 낯선 항공병과 함께 에드워즈라는 농부의 일을 돕게 되었다.

이튿날 아침에 에드워즈 씨가 와서 전형적인 농부용 승용차인 구식 대형차에 우리 네 사람을 태웠다. 나는 앞좌석에 에드워즈 씨와 나란히 앉앉고 나머지 세 사람은 뒷좌석에 앉았다. 에드워즈 씨는 우리한테 이름만 물었을 뿐 다른 것은 전혀 묻지 않았다. 우리가 사회에서 어떤 지위에 있었는지는 자기가 알 바 아니라고 생각하는 것 같았다. 나이는 서른다섯 살쯤 되어 보였고, 새까만 머리와 햇볕에 검게 그을린 얼굴을 갖고 있었다. 그 검은 얼굴 속에서 반짝이는 새하얀 이와 맑고 푸른 눈이 인상적이었다.

그는 농장 안으로 차를 몰고 들어가면서 우리를 돌아보며 상냥하게 웃었다.

"자, 다 왔어요. 여기서 여러분을 실컷 고생시킬 작정이오."

하지만 나는 그의 말을 거의 듣고 있지 않았다. 주위에 펼쳐진 풍경에 넋을 잃었기 때문이다. 그 풍경은 몇 달 전만 해도 내 생활의 일부였던 농장과 똑같았다. 자갈이 깔린 마당, 외양간으로 들어가는 문, 헛간, 돼지우리, 마구간. 한 노인이 외양간을 청소하고 있었다. 소 특유의 냄새가 물씬 풍겨오자 동료들 가운데 하나가 코를 찡그렸다. 하지만 나는 향수 냄새라도 되는 것처럼 그 냄새를 깊이 들이마셨다.

농부는 우리를 밭으로 데려갔다. 바인더 한 대가 움직이고 있었고, 바인더가 지나간 자리에는 황금빛 밀단들이 길게 줄지어 누워 있었다.

"밀단을 세워본 적 있나요?" 에드워즈 씨가 물었다.

우리는 모두 말없이 고개를 저었다.

"걱정들 말아요. 금방 배우게 될 테니까. 짐, 나랑 같이 가세."

우리는 넓은 밀밭에 띄엄띄엄 배치되었다. 내 동료들은 각자 노인 한 사람과 짝을 지었고 에드워즈 씨는 나를 맡았다. 내가 가장 힘든 부서에 배치되었다는 것을 깨닫는 데에는 그리 오랜 시간이 걸리지 않았다.

에드워즈 씨는 두 손으로 밀단을 하나씩 집어 들어 겨드랑이에 끼우고는 몇 걸음 떨어진 곳으로 걸어가서 밀단을 땅에 세우고 쓰러지지 않도록 서로 기대어놓았다. 나도 그것을 흉내 내어 밀단 여덟 개로 더미 하나를 만들었다. 에드워즈 씨는 곡식 줄기가 똑바로 서도록 땅에 세우는 요령을 가르쳐주었고, 때로는 무릎으로 밀단을 살짝 밀어서 가지런히 줄을 맞추었다.

나는 최선을 다했지만, 내가 세운 밀단은 걸핏하면 쓰러졌기 때문에 그때마다 달려가서 도로 세워야 했다. 나는 에드워즈 씨가 세 명의 노인보다 두 배나 빨리 일하는 것을 보고 놀랐다. 우리가 고랑 하나를 거의 다 끝냈을 때 노인들은 아직 절반도 끝내지 못한 상태였다. 욱신거리는 내 팔과 등은 내가 얼마나 힘든 시련을 겪고 있는가를 말해주었다.

우리는 그런 식으로 두 시간쯤 일을 계속했다. 허리를 굽혀 밀단을 들어 올리고, 다시 허리를 굽혀 밀단을 들어 올리며, 잠시도 쉬지 않고 발을 질질 끌면서 앞으로 걸어가는 것이다. 처음 시골에서 수의사 일을 시작했을 때 나에게 가장 강렬한 인상을 준 것은 농부들의 고된 일상이었다. 농사일이야말로 세상에서 가장 힘든 생계 수단이라는 느낌이 들었다. 그런데 이제 나는 그 느낌이 사실이라는 것을 몸소 증명하고 있었다. 내가 밀 그루터기 위에 몸을 내던지듯 드러누우려 할 때 에드워즈 부인이 어린 딸과 아들을 데리고 나타났다. 그들이 들고 온 바구니에는 아침 10시의 새참 시간에 먹을 음식이 담겨 있었다. 새참은 바삭바삭한 사과 파이와 사과술이었다.

내가 얼른 땅바닥에 주저앉아 사막에서 갈증으로 죽어가던 나그네처럼 사과술을 벌컥벌컥 들이켜기 시작하자 에드워즈 씨는 놀리는 듯한 눈으로 나를 바라보았다. 그의 집에서 직접 만든 사과술은 입에 착 달라붙었다. 나는 눈을 지그시 감고 맛을 음미하면서 사과술을 쭈욱 들이켰다. 내 생각에는 이 맛있는 술 한 통을 옆에 갖다놓고 온종일 따사로운 햇빛을 받으며 누워 있으면 딱 좋을 것 같았지만, 에드워즈 씨의 생각은 달랐다. 내가 아직 딱딱한 파이 껍질을 씹고 있을 때 그는 벌써 밀단 두 개를 집어 들고 있었다.

"어서 오게. 일을 서둘러야 해." 에드워즈 씨가 툴툴거렸기 때문에 나는 다시 지루하고 단조로운 일로 돌아갔다.

우리는 점심때 빵과 치즈와 사과술을 먹으면서 잠시 쉬었을 뿐, 온종일 위험할 만큼 빠른 속도로 일을 계속했다. 지금까지도 나는 내 몸을 건강하게 만들어준 영국 공군에 감사하는 마음을 갖고 있다. 공군에 소집되었을 당시, 헬렌의 애정 어린 보살핌 때문에 내 몸이 조금 약해지고 있었던 것은 분명하다. 나는 맛있는 음식을 너무 많이 먹었고, 소파의 매력을 새로 발견했다. 그래서 점점 살이 찌고 있었다. 하지만 영국 공군은 그 모든 것을 바꾸어놓았고, 그 후 다시는 체력이 쇠퇴하지 않은 것 같다.

스카버러에서 여섯 달을 보낸 뒤에는 군살이 다 빠진 게 분명하다. 행군, 훈련, PT 체조, 구보—해변과 절벽을 따라 8킬로미터를 달려도 전혀 힘이 들지 않았다. 슈롭셔에 도착했을 때는 정말로 건강했다. 하지만 에드워즈 씨만큼 건강하지는 못했다.

그는 온통 힘으로 똘똘 뭉쳐 있는 힘의 덩어리였다. 체격은 별로 크지 않지만, 내가 기억하는 요크셔 농부들처럼 강인한 지구력을 갖고 있었다. 그는 피로를 모르는 것 같았고, 밭을 이리저리 돌아다니면서도 땀도 거의 흘리지 않았고, 빛바랜 티셔츠 소매에서 빠져나온 갈색 팔뚝은 근육으로 불룩했고, 약간 휜 다리는 애써 노력하지 않아도 쉽게 움직이는 것 같았다.

도저히 그의 속도를 따라갈 수 없다고 솔직하게 말해버리면 좋았을지도 모른다. 아마 그게 현명한 노릇이었을 것이다. 하지만 빌어먹을 자존심 때문에 나는 그와 보조를 맞출 수밖에 없었다. 에드워즈 씨도 내 자존심을 건드릴 작정이 아니었던 것은 분명하다. 다른 농부들과 마찬가지로 그에게는 할 일이 있었고, 그 일을 서둘러 해치우고 싶었을 뿐이다. 점심시간이 되었을 때 나는 온몸이 땀에 젖어 셔츠가 등에 찰싹 달라붙어 있었고 숨이 차서 입을 헤벌린 채 헐떡거리고 있었다. 에드워즈 씨는 거기에 서서 어깨로 숨을 몰아쉬고 있는 나를 측은한 눈으로 바라보았다.

"일을 아주 잘하는군." 그는 이렇게 말한 다음, 그제야 내가 지쳐 있는 것을 알아차린 듯 어색하게 발의 위치를 바꾸었다. "자네 같은 도시 청년들이 이런 일에 익숙지 않다는 것은 알고 있지만…… 문제는 힘이 아니라 요령이야, 요령."

그날 밤 캠프로 돌아가는 동안 뒷좌석에 탄 동료들은 줄곧 앓는 소리를 내고 있었다. 그들도 물론 고생했지만 나만큼 힘들지는 않았을 것이다.

며칠이 지나자 요령이 생기기 시작했다. 일은 여전히 힘들었지만, 요령을 익힌 뒤로는 쓰러지기 직전까지 간 적은 없었다.

에드워즈 씨는 내 일솜씨가 한결 나아진 것을 알아차리고는 장난스럽게 내 어깨를 두드렸다.

"그러게 내가 뭐랬나? 요령만 알면 돼!"

하지만 밀단을 쌓아올려 낟가리를 만들기 시작하자 새로운 시련이 나를 기다리고 있었다. 밀단을 쇠스랑으로 찍어서 수레 위로 들어 올린 다음, 밧줄로 묶어서 다시 낟가리 위로 던지는 작업이었다. 낟가리가 커질수록 밀단을 더 높이 던져 올려야 했다. 이 일에 비하면 밀단을 세우는 작업은 쉬운 편이었다는 것을 깨닫고 나는 가슴이 덜컹 내려앉았다.

이 작업에는 에드워즈 부인도 합류했다. 그녀는 남편과 함께 낟가리 위에 올라가서 우리가 던져 올리는 밀단을 능숙하게 남편 쪽으로 돌려놓았고, 남편은 그것을 제자리에 배치했다. 나는 밑에서 특별한 훈련이 필요 없는 일을 했다. 그렇게 힘든 일은 난생처음이었다. 허리는 부러질 것처럼 아프고, 쇠스랑 손잡이를 쥔 손바닥은 부르터서 물집이 생겼다.

내가 일을 빨리 하지 못했기 때문에 에드워즈 씨가 낟가리 위에서 뛰어 내려와 나를 도와주어야 했다. 그는 쇠스랑을 잡고 손목을 가볍게 튀겨서 밀단을 쉽게 던져 올렸다.

그는 전처럼 나를 바라보면서 격려해주었다.

"금방 숙달될 거야. 요령만 알면 돼."

일은 힘들었지만 보상도 많았다. 가장 큰 보상은 다시 농부들과 어울릴 수 있었다는 것이다. 에드워즈 부인은 겉으로 드러내지는 않았지만, 낯선 타향에 와서 좀 어리둥절해 있는 네 명의 도시 젊은이들에게 따뜻한 인정을 보여주고 싶어 했다. 그녀는 저녁마다 우리에게 진수성찬을 차려주었다. 남편처럼 살결이 까무잡잡하고 커다란 눈매에 늘 쾌활한 미소를 띠고 있는 그녀는 말랐지만 보기 좋게 균형 잡힌 몸매를 갖고 있었다. 잠시도 일손을 놓지 않으니까 살찔 겨를도 없었을 것이다. 밭에서 남자들처럼 밀단을 던지지 않을 때는 집에서 요리를 하고 빵을 굽고 아이들을 보살피고 커다란 헛간을 청소했다.

그녀가 차려준 저녁 식사는 기대할 만하고 기억할 만한 것이었다. 김이 모락모락 오르는 토끼고기 파이에 텃밭에서 방금 딴 싱싱한 강낭콩과 텃밭에서 캔 감자를 곁들인 요리. 월귤 파이와 사과 크럼블, 커다란 단지에 들어 있어서 마음대로 따라 먹을 수 있는 진한 크림. 집에서 구운 빵과 농장에서 만든 치즈.

우리 네 사람은 영국 공군에서는 먹어볼 수 없는 이런 음식을 마음껏 즐겼다. 항공병의 식사는 군대에서 최고라고들 했고, 나는 그 말을 믿었지만, 얼마 후에는 음식맛이 모두 똑같은 것처럼 느껴지기 시작했다. 아마 대량으로 조리하기 때문이겠지만, 맛에 아무런 변화가 없는 음식을 매일 먹으면 싫증이 났다.

농가 식탁에 앉아 우리에게 음식을 갖다주는 에드워즈 부인, 무신경하게 음식을 먹고 있는 그녀의 남편, 엄마처럼 매력적인 여성으로 성장할 가능성을 보여주는 검은 눈매의 열 살배기 딸, 팔다리가 갈색으로 그을린 건강한 여덟 살배기 아들을 바라보고 있으면, 혈통이 좋은 가족이라는 생각이 들었다.

영국에는 농업이 필요 없으며 농장은 모두 국립공원으로 바꿔야 한다고 주장하는 똑똑한 경제학자들은 우리와 적대하는 나라가 마음만 먹으면 우리를 굶주림으로 몰아넣어 일주일 안에 항복을 받아낼 수 있다는 명백한 사실을 무시하고 있는 것 같다. 하지만 그보다 더 큰 비극은 에드워즈 가족 같은 사람들의 공동체가 몽땅 사라지는 거라고 나는 생각한다.

어느 늦은 오후, 나는 여느 때보다 더 악골이 된 기분을 느끼고 있었다. 에드워즈 씨는 밀단을 솜털처럼 가볍게 휙휙 던지는데 나는 끙끙대면서 젖 먹던 힘까지 짜내고 있었기 때문이다. 그때 암소가 새끼를 낳는다는 소식을 듣고 에드워즈 씨는 암소를 돌보러 가게 되었다. 그는 경쾌하게 날가리에서 뛰어내리더니, 쇠스랑에 기대어 있는 내 어깨를 툭툭 두드렸다.

"걱정 말게, 짐." 그가 소리 내어 웃었다. "요령만 알면 돼."

한 시간 뒤에 우리가 식사를 하러 부엌으로 들어가자 에드워즈 부인이 말했다.

"남편은 아직도 외양간에 있어요. 아무래도 난산인가 봐요."

나는 문간에서 잠시 망설였다.

"내가 가서 어떻게 돌아가고 있는지 보아도 될까요?"

에드워즈 부인은 빙긋 웃었다.

"물론이죠. 원하신다면 가보세요. 돌아오실 때까지 음식이 식지 않게 해둘게요."

나는 마당을 가로질러 외양간으로 들어갔다. 노인 하나가 커다란 레드 폴종 암소의 꼬리를 잡고 태평스럽게 파이프를 피우고 있었고, 에드워즈 씨는 웃통을 벗어부치고 팔을 어깨까지 소의 자궁 속에 집어넣고 있었다. 하지만 에드워즈 씨는 마치 딴 사람 같았다. 등과 가슴은 땀으로 번들거리고 땀방울이 콧잔등을 따라 흘러내려 코끝에서 뚝뚝 떨어졌고, 소의 자궁 속에서 보이지 않는 전투를 치르느라 입을 벌린 채 헐떡거리고 있었다.

그가 내 쪽으로 흐릿한 눈을 돌렸다. 처음에는 일에 열중하여 나를 알아보지 못한 것 같았지만, 서서히 내 얼굴이 보이기 시작한 모양이었다.

"아아, 짐." 그가 숨찬 소리로 중얼거렸다. "한창 진땀을 빼고 있다네."

"그것 참 안됐군요. 문제가 뭡니까?"

그는 대답을 하려다 말고 오만상을 찡그렸다.

"아아아아! 이 빌어먹을 녀석! 또 내 팔을 쥐어짜고 있어! 일도 끝나기 전에 내 팔을 부러뜨리고 말 거야!"

그는 기운을 회복하기 위해 고개를 축 늘어뜨리고 잠시 쉬다가 고개를 들어 나를 쳐다보았다.

"송아지가 잘못 들어앉았어. 꼬리만 산도로 들어와 있는데, 아무리 애를 써도 뒷다리를 제 위치로 돌려놓을 수가 없군."

골반위(骨盤位) 분만이다. 내가 가장 좋아하는 태위(胎位)지만, 농부들을 항상 좌절시키는 태위이기도 하다. 사실 농부들을 탓할 수는 없다. 그들은 프란츠 베네슈의 고전적 저서인『수의산과학(獸醫産科學)』을 읽어볼 기회가 없었기 때문이다. 이 책에는 출산의 역학이 명쾌하게 설명되어 있는데, 거기에 나오는 구절 하나는 지금까지도 내 마음에 달라붙어 있다. '힘을 반대방향으로 동시에 가할 필요가 있다'는 구절이다.

베네슈는 많은 이상 태위를 바로잡기 위해서는 끌어당기는 힘과 밀어내는 힘을 동시에 가할 필요가 있는데, 새끼를 낳기 위해 필사적으로 힘을 주고 있는 소의 자궁 속에 한 손을 집어넣은 상태에서는 그것이 불가능하다고 지적했다.

내 생각을 뒷받침하듯 에드워즈 씨가 또다시 고함을 질렀다.

"빌어먹을! 또 놓쳤어! 무릎을 밀어내고 발을 붙잡으려 하는데, 그때마다 이 빌어먹을 녀석이 송아지 무릎을 다시 내 쪽으로 밀어붙이는 거야. 벌써 한 시간이나 기를 썼더니 녹초가 다 됐어."

이 다부진 남자 입에서 그런 말이 나올 줄은 미처 몰랐지만, 그가 고생한 것은 분명했다. 암소는 덩치가 커서 등이 식탁처럼 넓적했다. 암소가 힘을 주어 자궁을 수축시킬 때마다 농부는 가볍게 뒤로 내던져지곤 했다. 요크셔에서는 레드폴종 소를 별로 보지 못했지만, 내가 만난 레드폴종 소는 모두 코끼리처럼 고집불통이고 힘이 셌다. 한 시간 동안이나 그런 소를 상대로 씨름한다는 건 생각만 해도 기가 질릴 노릇이었다.

에드워즈 씨는 팔을 **빼**내고 암소의 털투성이 엉덩이에 잠시 몸을 기대고 서 있었다. 암소는 이 하찮은 인간의 간섭에도 아랑곳없이 침착했지만 농부는 기진맥진한 상태였다. 에드워즈 씨는 축 늘어진 손가락을 조심스럽게 움직여보다가 나를 쳐다보았다.

"제기랄!" 그가 툴툴거렸다. "이 빌어먹을 녀석 때문에 내가 혼이 나는군. 이 팔에는 감각이 거의 남아 있지 않아."

그가 말하지 않아도 나는 알 수 있었다. 나도 팔이 마비된 듯한 그 감각을 수없이 맛보았다. 베네슈조차도 '정복(整復)'이니 '역행 운동'이니 '이상 태위'니 '대항 압력'이니 하는 전문용어를 냉정하게 늘어놓다가 '시술자에게는 상당한 체력이 요구된다'고 고백할 정도다. 에드워즈 씨는 그의 말에 진심으로 동의할 것이다.

농부는 몸서리를 치면서 숨을 한 번 길게 들이마시고는 바닥에 놓여 있는 양동이 쪽으로 다가갔다. 거기에는 뜨거운 물이 담겨 있었다. 그는 팔을 씻고 나서 다시 암소에게 돌아섰다. 그의 얼굴에는 공포에 가까운 표정이 떠올라 있었다.

"내가 도와드릴까요?" 내가 말했다.

그러자 그는 나에게 힘없는 미소를 지어 보였다.

"말은 고맙지만, 자네가 할 수 있는 일은 아무 것도 없어. 송아지 다리를 돌려놓아야 돼."

"내가 말하는 게 바로 그겁니다. 나 할 수 있어요."

"뭐라고?"

"아저씨가 조금만 도와주면 됩니다. 노끈이 좀 필요한데, 집에 있습니까?"

"노끈이야 얼마든지 있지만, 이런 일에는 경험이 필요해. 자네는 아무것도 모르……."

내가 이미 셔츠를 벗고 있었기 때문에 그는 말을 끊었다. 어쨌든 너무 지쳐서 나를 단념시킬 기력도 남아 있지 않았다.

나는 벗은 셔츠를 벽에 박힌 못에 걸고 양동이의 물로 팔을 씻었다. 소독약 냄새를 맡으면서 비누로 팔을 씻고 있으려니까 추억이 한꺼번에 밀려와 내 마음을 가득 채웠다. 내가 손을 내밀자 에드워즈 씨는 말없이 노끈을 건네주었다.

나는 노끈을 물에 담갔다가 한쪽 끝에 재빨리 매듭을 만들고 암소의 자궁 속에 손을 집어넣었다. 과연 꼬리가 있었다. 송아지의 골반뼈 사이에 매달려 있는 꼬리는 나에게는 너무나 친숙한 것이었다. 나는 골반위 분만을 무척 좋아했다. 거의 관능적인 만족감을 느끼며 털 난 다리를 더듬어 올라가자 손가락이 작은 발에 닿았다. 노끈 고리를 발굽 위의 관절에 걸어서 단단히 죄고, 노끈의 반대쪽 끝을 둘로 갈라진 발의 발가락 사이로 통과시키는 것은 간단했다.

나는 발가락 사이로 빠져나온 노끈 끝을 에드워즈 씨에게 건네주면서 말했다.

"이걸 들고 계세요. 그리고 내가 잡아당기라고 말하면 계속 잡아당기세요."

나는 무릎 뒤쪽 관절에 손을 대고 자궁 안쪽으로 밀어내기 시작했다.

"이제 잡아당겨요. 홱 잡아당기지 말고 조심스럽게 천천히……."

에드워즈 씨는 꿈을 꾸는 사람처럼 내가 시키는 대로 했다. 몇 초도 지나기 전에 송아지 발이 쑥 빠져나왔다.

"이런, 젠장!" 에드워즈 씨가 외쳤다.

"이제 반대쪽 발을 꺼냅시다." 나는 고리를 풀면서 중얼거렸다.

나는 아까와 똑같은 절차를 밟았고, 농부는 놀라서 눈이 휘둥그레진 채 노끈을 잡아당겼다. 그러자 당장 노랗고 축축하고 작은 두 번째 발굽이 밖으로 빠져나와 자기 짝을 만났다.

"젠장!" 에드워즈 씨가 또 소리쳤다.

"됐습니다. 이제 한쪽 다리를 꽉 잡으세요. 몇 초만 잡아당기면 송아지를 완전히 꺼낼 수 있을 겁니다."

우리는 각자 다리를 하나씩 잡고 몸을 뒤로 젖혔다. 하지만 송아지를 꺼내는 수고는 어미가 대신 해주었다. 어미가 한 번 힘을 주자 축축하게 젖어서 꼼지락거리는 송아지가 내 품으로 툭 떨어졌다. 나는 송아지 무게에 밀려 비틀비틀 뒷걸음치다가 송아지를 안은 채 건초 위로 나동그라졌다.

"훌륭한 수놈이군요. 몸을 닦아주는 게 좋겠습니다."

농부는 믿을 수 없다는 눈길을 나에게 던지고는, 건초 한 움큼을 새끼처럼 꼬아서 송아지를 닦아주기 시작했다.

"암소가 또 골반위 분만을 하게 되면 어떻게 해야 하는지 가르쳐드리죠. 그럴 때는 밀고 당기기를 동시에 해야 합니다. 노끈은 바로 거기에 쓰이는 거예요. 아저씨가 송아지 무릎 뒤쪽 관절을 손으로 미는 동안 다른 사람이 송아지 발을 잡아당기면 됩니다. 하지만 내가 송아지의 발가락 사이로 노끈을 통과시킨 것을 명심해야 합니다. 그게 중요해요. 그렇게 하면 노끈이 날카로운 발을 들어 올려 주기 때문에 질벽에 상처가 나는 것을 막을 수 있거든요."

농부는 멍하니 고개를 끄덕이며 계속 송아지 몸을 닦았다. 그 일이 끝나자 그는 어리둥절한 눈으로 나를 쳐다보면서 입술을 몇 번 달싹거리다가 말했다.

"도대체…… 어떻게…… 어떻게 그걸 다 알지?"

나는 사실을 털어놓았다.

그는 한참 동안 잠자코 있다가 폭발했다.

"그걸 지금까지 비밀로 했다니, 왜 숨겼나?"

"그거야…… 물어보지도 않았잖아요."

그는 머리를 긁적거렸다.

"나를 도와주는 젊은이들한테 꼬치꼬치 캐묻고 싶지 않았네. 그걸 좋아하지 않는 사람도 있고……." 그의 목소리가 서서히 꺼져들었다.

우리는 말없이 팔을 닦고 셔츠를 입었다. 외양간을 떠나기 전에 그는 송아지를 살펴보았다. 송아지는 벌써 일어나려고 안간힘을 쓰고 있었다. 어미가 송아지를 핥아주고 있었다.

"팔팔하군." 에드워즈 씨가 말했다. "그런데 하마터면 저 녀석을 잃었을지도 몰라. 정말 고맙네." 그는 내 어깨를 끌어안았다. "어쨌든 가서 저녁을 먹음세, 수의사 선생."

마당을 반쯤 질렀을 때 그가 갑자기 우뚝 멈춰 서서 침울한 눈으로 나를 바라보았다.

"자네한테는 내가 지독한 바보처럼 보였겠지? 나는 한 시간 동안이나 소와 씨름하느라 죽을 뻔했는데, 자네가 나서서 순식간에 일을 끝냈으니…… 내가 계집애처럼 연약해진 기분이야."

"전혀 그렇지 않습니다, 에드워즈 씨. 문제는……" 나는 잠시 머뭇거렸다. "문제는 힘이 아니라 요령이죠."

그는 고개를 끄덕이고는 뚫어지게 나를 바라보았다. 그렇게 몇 초가 지났다. 갑자기 그의 이가 하얗게 빛났다. 갈색 얼굴이 활짝 웃고 있었다. 미소는 점점 커져서 폭소가 되었다.

우리가 집에 도착했을 때에도 그는 여전히 웃음을 멈추지 못했다. 내가 부엌문을 열었을 때 그는 벽에 기대어 눈물을 훔치고 있었다.

"제기랄! 그런 식으로 나한테 앙갚음했군!"

21

드디어 항공학교로 가게 되었다. 항공학교는 윈저(영국 런던 서쪽, 템스 강 기슭에 있는 도시. 대대로 왕이 살던 윈저 성이 유명하다)에 있었는데, 지도에서는 별로 멀어 보이지 않았지만 전시의 기차 운행이 으레 그렇듯이 걸핏하면 멈춰 서기 일쑤였고, 게다가 수없이 기차를 갈아타고 끝없이 기다리기를 되풀이하느라 슈롭셔에서 윈저까지 꼬박 하룻밤이 걸렸고, 우리는 밤새 토막잠을 자야 했다. 나는 이름도 없는 작은 역 대합실 벤치 위에서 한 시간쯤 도둑잠을 잤다. 베개도 없는 딱딱한 침대였지만 나는 달콤한 꿈속으로 빠져들었다. 대러비에 돌아가 있는 유쾌한 꿈이었다.

나는 바퀴 자국이 깊이 팬 샛길을 따라 네더 리스네 농장으로 가고 있었다. 차가 덜컹거려서 요동치는 핸들을 단단히 움켜잡아야 했다. 저 아래 집이 보였다. 집을 둘러싸고 있는 나무들 위로 빛바랜 붉은 기와가 보이고, 건물 뒤에는 관목이 무성한 언덕 비탈이 황무지로 이어져 있었다.

비탈 위쪽에는 나무가 드물었고, 가파른 비탈에 드문드문 흩어져 있는 나무들도 제대로 자라지 못하고 뒤틀려 있었다. 더 높은 곳에는 무너져 내린 바위 부스러기와 깎아지른 절벽뿐이었고, 햇빛 속에서 나를 손짓해 부르고 있는 언덕배기에서 황무지가 시작되고 있었다. 황무지는 나무 한 그루 없이 평탄하게 끝없이 펼쳐져 있었다.

드넓은 풀밭에 나 있는 상처는 먼 옛날 사람들이 커다란 농가와 튼튼한 담장을 짓기 위해 돌을 캐낸 자리를 보여주었다. 수백 년의 무자비한 풍상을 견뎌낸 집들과 끝없이 이어져 있는 돌담은 내가 죽어서 잊힌 뒤에도 여전히 거기에 서 있을 것이다.

차에는 헬렌이 함께 타고 있었다. 나는 왕진을 갈 때 헬렌과 함께 가기를 좋아했다. 농가 방문이 끝나자 우리는 햇볕에 따뜻하게 데워진 양치류의 향기를 맡으며 산비탈을 올라갔다. 숨이 찼지만 산꼭대기가 가까워질수록 옛날의 흥분이 되살아나는 것을 느꼈다.

어느새 우리는 꼭대기에 올라 요크셔의 깨끗한 바람을 맞으며 거칠 것 없이 드넓은 황무지를 마주보고 있었다. 구름 그림자가 푸른 초원과 갈색 들판 위를 달려갔다. 나는 헬렌의 따뜻한 손을 잡고 히스 사이를 거닐었다. 군데군데 양떼에 뜯어 먹혀 벨벳처럼 매끄러워진 풀밭이 히스 사이에 초록빛 섬처럼 떠 있었다. 마도요의 외로운 울음소리가 야생의 태피스트리를 가로질러 울려 퍼지자 헬렌이 손가락 하나를 들어올렸다. 바람에 날려 얼굴을 가린 검은 머리카락 사이에서 그녀의 눈이 경이로움으로 반짝였다.

어깨가 부드럽게 흔들리는 바람에 나는 현실로 돌아왔다. 기차가 쉭쉭거리며 수증기를 내뿜는 소리와 저벅거리는 군화 소리가 들려왔다. 탁자가 딱딱해서 엉덩이가 배겼고, 배낭을 베고 있던 목은 뻣뻣해져 있었다.

"기차가 들어오고 있어, 짐." 동료 항공병이 나를 내려다보고 있었다. "깨우고 싶지는 않았지만…… 자면서 미소를 짓고 있더군."

두 시간 뒤, 우리는 배낭을 둘러메고 발을 질질 끌면서 윈저 비행장으로 들어가고 있었다. 온몸은 땀투성이가 되고, 면도를 못해 수염이 거뭇 거뭇하고, 반쯤은 졸고 있는 상태였다. 목조 건물에 들어간 우리는 자리를 잡고 앉아서, 항공학교를 소개하는 하사의 연설을 건성으로 흘려듣고 있었다. 그때 갑자기 귀가 번쩍 뜨였다.

"또 하나, 인식표를 항상 착용해야 한다는 점을 명심하도록. 지난주에 두 건의 추락 사고가 있었다. 사망자 가운데 두어 명은 신원을 알아볼 수 없을 만큼 불에 탔는데, 아무도 인식표를 착용하고 있지 않았기 때문에 누가 누군지 알 수가 없었다." 하사는 호소하듯 두 팔을 벌렸다. "이런 일이 일어나면 우리는 할 일이 아주 많아진다. 그러니까 내 말을 명심하도록."

잠이 순식간에 달아나버렸다. 우리는 모두 정신을 바짝 차리고 하사의 말에 열심히 귀를 기울였다. 다른 사람들도 모두 나와 같은 생각을 하고 있었을 것이다. 지금까지 우리가 받은 훈련은 병정놀이에 불과했구나.

나는 창밖을 내다보았다. 길게 뻗은 평탄한 풀밭 위에서 바람에 흔들리고 있는 풍향계, 여기저기 흩어져 있는 비행기와 소방차들, 옹기종기 모여 있는 낮은 오두막들. 놀이는 이제 끝났다. 모든 게 여기서 시작된다.

22

이 제복은 전혀 달랐다. 헐렁한 조종사복을 입고 양가죽 부츠를 신고 장갑을 끼자(우선 실크 장갑을 끼고 그 위에 다시 크고 꼴사나운 가죽 장갑을 끼었다), 시골 수의사 시절의 고무장화와 반바지는 아득히 먼 세상의 일처럼 여겨졌다. 모두 낯설었지만 나는 뿌듯한 자긍심을 느꼈다.

다음에는 가죽 헬멧과 보안경을 착용하고 낙하산을 몸에 고정시켰다. 낙하산 끈을 어깨 뒤로 넘기고 가랑이 사이로 빼내어 가슴 앞에서 죔쇠로 채우는 것이다. 나는 그런 차림으로 막사에서 햇빛이 쏟아지는 풀밭으로 어기적어기적 걸어 나갔다.

우드햄 중위가 거기서 나를 기다리고 있었다. 그가 내 교관이었다. 그런데 내 꼴을 보니 전망이 암담하다고 생각했는지 불안한 눈으로 나를 힐끗 바라보았다. 까무잡잡하고 쾌활한 미남인 그는 '브리튼 전투'(1940년에 영국 남부에서 벌어진 영국과 독일 공군의 전투) 사진에서 본 조종사들과 아주 비슷했다. 사실 그는 다른 교관들과 마찬가지로 영국 역사의 위기를 겪어낸 사람이었다. 그들은 엄청난 경험을 한 뒤 항공학교 교관으로 보내졌다. 일종의 포상휴가라고 할 수 있었다. 하지만 그들 자신은 항공학교 교관에 비하면 적을 상대하는 작전은 소풍이나 마찬가지라고 생각했다. 그들은 '루트프바페'(나치스 치하의 독일 공군)의 위력에는 눈 하나 깜짝

하지 않고 태연히 맞섰지만, 우리한테는 겁을 먹었다.

　나는 그와 함께 풀밭을 걸어가다가 친구 하나가 착륙하는 것을 보았다. 작은 복엽기(동체에 두 개의 날개를 위아래로 장착하고 이것으로 양력을 얻는 비행기)는 하늘에서 미친 듯이 빙글빙글 돌고 술 취한 것처럼 비틀거렸다. 비행기는 작은 숲을 아슬아슬하게 피한 뒤, 15미터 상공에서 돌멩이처럼 뚝 떨어졌다가 바퀴의 탄력으로 높이 튀어 올랐다. 그렇게 두 번을 더 튀어 오른 뒤 갈짓자로 요동을 치다가 겨우 멈춰 섰다. 뒤쪽 조종석에서 헬멧을 쓴 머리가 전후좌우로 힘차게 움직이는 것이 보였다. 앞에 있는 머리를 향해 무언가 신랄한 말을 하고 있는 것 같았다. 우드햄 중위의 얼굴은 무표정했지만 나는 그가 무슨 생각을 하고 있는지 알 수 있었다. '다음은 내 차례구나' 하고 생각한 게 분명했다.

　드넓은 풀밭에 앉아 있는 '타이거 모스(1930년대에 영국 공군에서 연습기로 사용한 복엽기의 애칭. '불나방'이라는 뜻이다.)'는 아주 작고 외로워 보였다. 나는 비행기로 올라가 조종석에 자리를 잡았고 교관은 내 뒤에 올라탔다. 교관이 조종 순서를 복습했다. 나는 이제 곧 그것을 시처럼 줄줄 외게 될 터였다. 정비병이 점화를 위해 프로펠러를 몇 번 돌렸다. 엔진이 굉음을 냈다. 굄목이 바퀴에서 치워졌고 우리는 출발했다. 비행기는 풀밭 위를 덜컹거리며 달리다가 갑자기 붕 떠올라, 여기저기 흩어져 있는 막사들 위로 높이 올라갔다. 여름 하늘 속으로 들어가자 영국 남부의 완만한 시골 풍경이 눈 아래에 조각이불처럼 펼쳐졌다.

　나는 갑자기 우쭐한 기분을 느꼈다. 그 감각을 좋아했기 때문만이 아니라, 오랫동안 바로 이 순간을 기다려 왔기 때문이다. 몇 달 동안의 훈련과 행군, 항법 공부는 모두 내가 공중으로 떠오를 순간을 위한 사전 준비였고, 이제 드디어 그 순간이 온 것이다.

우드햄 중위의 목소리가 인터컴을 통해 들려왔다.

"비행기는 이제 귀관의 것이다. 귀관이 조종을 맡아라. 조종간을 잡고 비행기를 안정된 자세로 유지하도록. 수평의를 주시하면서 수평을 유지하라. 앞에 있는 저 구름이 보이나? 저 구름을 똑바로 겨냥하여 기수를 그쪽으로 돌려라."

나는 장갑 낀 손으로 조종간을 움켜잡았다. 이건 재미있었다. 게다가 쉬웠다. 나는 비행이 아주 쉽다는 말을 들었는데, 과연 그 말이 옳았다. 비행은 어린애 장난이었다. 나는 순항속도로 비행기를 몰면서 까마득히 밑에 있는 애스컷 경마장의 특별관람석을 힐끗 내려다보았다.

내가 막 행복한 미소를 짓기 시작했을 때 우렁찬 목소리가 내 귀청을 때렸다.

"제발 긴장 풀어! 도대체 뭘 하고 있나?"

교관이 왜 화를 내는지 이해할 수가 없었다. 나는 너무나 느긋했고 잘하고 있다고 생각했는데, 거울에 비친 교관은 보안경 속에서 눈을 무섭게 부릅뜨고 나를 노려보고 있었다.

"아니, 아니, 아니야! 그건 좋지 않아! 긴장 풀어. 내 말 안 들리나? 긴장 풀라니까!"

"예, 교관님."

내 몸은 와들와들 떨면서 당장 **뻣뻣**해지기 시작했다. 교관이 뭘 걱정하고 있는지는 짐작도 가지 않았지만, 내가 점점 더 필사적으로 수평의와 앞쪽의 구름을 등지고 있는 기수를 번갈아 노려보기 시작하자, 인터컴을 통해 들려오는 목소리는 더욱 격렬해졌다.

내가 보기에는 아무 문제도 없는 것 같은데 내 귀에 들려오는 소리는 욕설과 저주와 신음 소리뿐이었다. 한 번은 그 목소리가 비명으로 바뀌었다.

"당장 손가락 떼!"

나는 더 이상 즐겁지 않았고 비참한 기분이 솟아났다. 그런 일이 일어나면 으레 그랬듯이 나는 헬렌을 생각하고 내가 두고 온 행복했던 생활을 생각하기 시작했다. 열린 조종석에 앉아 있으면 바람이 내 귓전에서 천둥 같은 소리를 냈다. 그 소리는 내 마음속에서 형성되고 있는 그림에 생생한 활기를 불어넣어주었다.

여기서도 바람은 천둥소리를 내고 있지만, 우리의 살림방 창문에 부딪히는 바람도 역시 천둥소리를 냈다. 때는 11월 초였다. 황금 같은 가을이 갑자기 북극 같은 추위로 바뀌었다. 보름 동안 얼음처럼 차가운 비가 요크셔 골짜기에 옹기종기 모여 있는 잿빛 도시와 마을을 휩쓸자, 들판은 얕은 호수로 바뀌었고 농가 마당은 철벅거리는 진창이 되어버렸다.

모두 감기에 걸렸다. 감기가 아니라 독감이라고 말하는 사람도 있었지만, 그게 무엇이든 인구의 태반을 정복했다. 대러비 인구의 절반이 침대에 앓아누운 것 같았고, 나머지 절반은 재채기를 하고 있었다.

나는 벼랑 끝에 서 있는 것처럼 위태로운 상태였다. 항생제를 한 알 삼키고 침을 삼켜야 할 때마다 몸을 움츠리면서 난롯불 앞에 웅크리고 앉아 있었다. 목이 쓰라렸고 콧등이 불길하게 간질거렸다. 비가 유리창에 부딪혀 북소리를 내며 폭포수처럼 흘러내렸다. 그것을 보면서 나는 몸을 떨었다. 병원에는 나밖에 없었다. 시그프리드 원장은 며칠 동안 먼 곳에 가 있었다. 그런데 어떻게 내가 감히 감기에 걸릴 수 있겠는가.

모든 것은 오늘 밤에 달려 있었다. 오늘 밤만 밖에 나가지 않고 집 안에서 지낼 수 있다면, 그리고 하룻밤 푹 잘 수만 있다면 감기를 떨쳐버릴 수 있을 것이다. 하지만 침대 옆에 놓인 전화를 힐끗 바라보니, 전화는 언제라도 뛰쳐나갈 태세로 잔뜩 웅크리고 있는 짐승처럼 보였다.

헬렌은 난롯가에 앉아서 뜨개질을 하고 있었다. 헬렌은 감기에 걸리지 않았다. 지금까지 한 번도 감기에 걸린 적이 없다. 신혼 초인 그때도 나는 그것이 좀 불공평하다고 생각지 않을 수 없었다. 35년이 지난 지금도 사정은 마찬가지다. 나는 코를 훌쩍거리면서 돌아다니는데 헬렌은 나와 고통을 함께하기를 완강하게 거부한다. 그런 헬렌을 보면 나는 아직도 마음이 토라진다.

나는 난로 쪽으로 더 가까이 의자를 끌어당겼다. 수의사는 항상 밤에 일이 많았지만, 어쩌면 오늘은 운이 좋을지도 모른다. 밤 8시인데 병아리 한 마리도 태어나지 않았다. 운명의 여신은 비가 억수같이 쏟아지는 저 어둠 속으로 몸이 약해진 나를 끌어내면 안 된다고 명령한 모양이다.

헬렌이 한 줄을 다 뜨고 나서 뜨개질감을 들어올렸다. 그것은 반쯤 완성된 내 스웨터였다.

"여보, 이거 어때요?"

나는 빙그레 웃었다. 헬렌의 몸짓에는 우리의 결혼생활을 요약하는 듯이 보이는 무언가가 있었다. 내가 멋지다고 대답하려고 입을 막 벌린 순간, 느닷없이 전화벨이 울리는 바람에 나는 그만 혀를 깨물고 말았다.

나는 떨리는 손으로 수화기를 들어올렸다. 처음으로 새끼를 낳는 젊은 암소의 무시무시한 모습이 눈앞에 떠올랐다. 셔츠를 벗고 한 시간 동안 젊은 암소와 씨름하면 나는 벼랑 끝에서 낭떠러지 아래로 떨어질 게 뻔했다.

"롱 목장의 소든입니다."

"아, 소든 씨?" 나는 수화기를 꽉 움켜잡았다. 이제 곧 내 운명을 알게 될 터였다.

"큰 송아지가 하나 있는데, 고통이 심해서 끙끙대고 있습니다. 좀 와주실 수 없을까요?"

내 입에서 안도의 긴 한숨이 새어나왔다. 송아지는 아마 배탈이 났을 것이다. 그 정도는 아무 것도 아니다.

"알았습니다. 20분 내로 가겠습니다."

작지만 아늑하고 따뜻한 방을 돌아보니 인생이 너무 불공평하다는 생각이 나를 사로잡았다.

"여보, 나가야 돼."

"어머나, 저런."

"감기가 더 심해지고 있어." 나는 코를 킁킁거렸다. "게다가 저 빗소리 좀 들어봐!"

"그러니까 옷을 단단히 입어야 돼요."

나는 얼굴을 찡그렸다.

"그곳은 15킬로미터나 떨어져 있고, 게다가 칙칙하고 지저분한 곳이야. 따뜻한 구석이라곤 어디에도 없어." 나는 아픈 목을 손가락으로 만졌다. "저 밖으로 한 걸음만 나가면 나는 열병에 걸릴 거야."

모든 수의사가 원치 않는 전화를 받았을 때 아내를 탓하는지는 모르지만, 나는 평생 그렇게 해왔다.

헬렌은 나에게 항변하기는커녕 나를 쳐다보며 빙긋 웃었다.

"당신이 딱하기는 하지만 오래 걸리진 않을 거예요. 돌아오면 수프를 따끈하게 데워드릴게요."

나는 뚱한 얼굴로 고개를 끄덕였다. 돌아와서 따끈한 수프 한 사발을 먹을 수 있다고 생각하자 조금은 위안이 되었다. 헬렌은 그날 셀러리와 리크와 당근을 듬뿍 넣고 고깃국을 끓였다. 고기와 야채가 많이 들어가서 영양이 풍부하고 감칠맛 나는 그 수프는 죽은 사람도 되살아날 만큼 맛이 좋았다. 나는 헬렌에게 입을 맞추고 발을 질질 끌면서 밤의 어둠 속으로 들어갔다.

롱 목장은 다우셋의 작은 마을에 있었다. 나는 이 좁은 길을 수없이 지나다녔다. 길은 황량한 산 속으로 구불구불 뻗어 있고, 여름날에는 띄엄띄엄 솟아 있는 벌거벗은 언덕들이 평화로운 아름다움을 연출했다. 나무 한 그루 없는 황량한 곳이지만, 깨끗한 바람이 드넓은 초원을 스치고 지나갔다.

하지만 오늘 밤에는 빗물이 줄줄 흘러내리는 앞유리창을 통해 밖을 내다보니 정체 모를 검은 덩어리가 길가에 바싹 다가와 있었다. 나는 산꼭대기까지 뻗어 있는 돌담이 비에 흠뻑 젖어 있는 광경을 상상할 수 있었다. 산꼭대기에 이르자, 비가 황무지를 가로지르며 히스와 양치류를 적시고 검은 거울처럼 잔잔했던 습지의 웅덩이를 휘저어 진흙탕으로 만들고 있었다.

소든 씨를 본 순간 나는 내 상태가 그래도 좋은 편이라는 것을 깨달았다. 그는 감기에 걸려 한동안 고생한 게 분명했지만, 농부들이 대개 그렇듯이 끊임없는 중노동을 계속할 수밖에 없었다. 그는 눈물이 글썽이는 눈으로 나를 바라보고, 몸이 거의 찢어질 것처럼 심한 기침을 하면서 나를 헛간으로 안내했다. 천장이 높은 헛간으로 들어가자 그는 기름등잔을 높이 들어올렸다. 희미한 불빛 속에 녹슨 농기구와 무더기로 쌓여 있는 감자와 순무가 떠올랐다. 구석에는 임시변통으로 만든 우리가 있고, 거기에 내 환자가 서 있었다.

나는 태어난 지 보름쯤 된 송아지가 아닐까 생각했지만, 생후 6개월 된 송아지였다. 생후 6개월치고는 발육이 좋은 편이 아니었다. 송아지는 '발육 상태가 나쁜 소'의 징후를 모두 갖고 있었다. 비쩍 마른데다 배는 올챙이처럼 불룩 튀어나왔고, 옅은 밤색 피부가 웃자라서 배 밑에 두꺼운 술장식처럼 늘어져 있었다.

"이 녀석은 태어났을 때부터 시원찮았어요." 소든 씨가 기침을 하는 틈틈이 헐떡거리며 말했다. "도대체 살이 붙는 것 같지 않았어요. 오늘 오후에 비가 잠깐 그쳤기에 신선한 공기를 좀 쐬라고 밖에 내놓았더니, 이 꼴 좀 보세요."

나는 우리 안으로 들어가 체온계를 직장으로 밀어 넣고 송아지를 유심히 관찰했다. 내가 한쪽으로 부드럽게 밀자 송아지는 아무 저항도 하지 않고 고개를 축 늘어뜨린 채 움푹 들어간 눈으로 바닥만 무표정하게 내려다보았다. 가장 나쁜 것은 송아지가 내고 있는 소리였다. 그냥 끙끙거리는 게 아니라, 몇 초마다 한 번씩 길고 고통스러운 신음 소리를 내고 있었다.

"위에 문제가 있는 것 같은데요. 오늘 오후에 어느 목초지에 있었습니까?"

"두어 시간 동안 과수원 주위를 걸어 다니게 했을 뿐인데요."

"알겠습니다." 나는 체온계를 꺼내 보았다. 체온이 너무 낮았다. "거기에 과일이 떨어져 있었나 보군요."

소든 씨는 또다시 기침 발작을 일으킨 다음, 우리를 둘러싼 널빤지에 기대어 숨을 헐떡거렸다.

"예, 사과와 배가 풀밭에 잔뜩 떨어져 있습니다. 올해는 과일이 엄청 많이 열렸지요."

송아지의 혹위에 청진기를 대보니 죽은 듯이 조용했다. 건강한 위라면 맥박 치는 듯한 소리와 거품이 이는 듯한 소리가 들린다. 옆구리를 만져보니 밀가루 반죽처럼 말랑하고 묵직했다. 과식의 전형적인 증상이다.

"소든 씨, 과일을 너무 많이 먹어서 소화기능이 멈춰버린 것 같습니다. 상태가 아주 심해요."

농부는 어깨를 으쓱했다.

"과식을 한 것뿐이라면, 아마인유를 듬뿍 먹이면 나을 겁니다."

"그렇게 간단한 문제가 아닌 것 같습니다. 이건 심각한 상태예요."

"그럼 어떻게 해야 합니까?"

그는 코를 문지르며 시무룩한 눈으로 나를 바라보았다.

나는 망설였다. 낡은 건물은 너무 추웠고, 나는 벌써 오한을 느끼고 있었다. 목도 아팠다. 헬렌과 아늑한 거실과 따뜻한 난롯불이 생각났다. 그 생각은 참을 수 없을 만큼 유혹적이었다. 하지만 나는 전에도 이런 소를 진찰한 적이 있었다. 그때는 하제로 치료하려고 했지만 효과가 없었다. 이 송아지의 체온은 치명적인 수준까지 떨어져 있었고, 눈이 움푹 들어가 있었다. 내가 과감한 조치를 취하지 않으면 송아지는 아침이 되기 전에 죽을 것이다.

"송아지를 살릴 수 있는 방법은 하나뿐이에요. 혹위 절개술이죠."

"혹위 뭐라고요?"

"수술입니다. 첫째 위를 절개하고, 거기에 있어서는 안 될 음식을 모조리 꺼내는 겁니다."

"정말요? 기름을 듬뿍 먹이면 좋아지지 않을까요? 그게 훨씬 쉬울 텐데."

옳은 소리다. 난롯불과 헬렌이 잠시 동굴 속의 보석처럼 반짝거렸다. 나는 송아지를 힐끗 바라보았다. 비쩍 마르고 털이 긴 송아지는 너무나 하찮고 연약하고 무력해 보였다. 송아지가 아침까지 어둠 속에서 신음하도록 내버려두는 것은 세상에서 가장 쉬운 일일 것이다.

"확실합니다, 소든 씨. 이 송아지는 너무 약해서 국부 마취를 해야 할 것 같습니다. 그래서 도움이 필요합니다."

농부는 천천히 고개를 끄덕였다.

"알았습니다. 마을로 내려가서 조지 힌들리를 데려오지요." 그는 다시 고통스럽게 기침을 했다. "빌어먹을! 오늘 밤에는 이놈의 기침을 안 해도 될 텐데. 아무래도 기관지염에 걸린 것 같아요."

'기관지염'은 당시 농부들 사이에 흔한 질병이었다. 이 가엾은 농부가 그 병에 시달리고 있는 것은 분명했지만, 그가 떠나자 내 동정심도 사라져버렸다. 그가 등잔을 가져가는 바람에 어둠이 나에게 바싹 다가왔기 때문이다.

세상에는 온갖 헛간이 있다. 작고 아늑하고 향긋한 건초 냄새가 나는 헛간도 있지만, 이 헛간은 끔찍한 곳이었다. 화창한 오후에 여기 온 적이 있었지만, 그때도 벽이 허물어지고 들보가 썩어가는 이 헛간은 진득거리고 차가운 담요처럼 눅눅하고 어두웠다. 온기와 아늑함은 저 높은 천장의 서까래를 뒤덮고 있는 거미줄 사이로 모조리 사라져버린 것 같았다.

농업에 대해 비현실적인 환상을 갖고 있는 사람은 이 헛간을 한 번 들여다봐야 한다고 나는 늘 생각했다. 이 헛간은 농경 생활의 가혹하고 황량한 측면을 여실히 보여주고 있었다.

그런데 이제 내가 그것을 겪고 있었다. 거기에 서서 문의 빗장을 덜컹거리는 바람 소리에 귀를 기울이자 사방에서 들어오는 외풍이 내 주위에서 휙휙 소리를 내고, 깨진 기와에서는 얼음처럼 차가운 빗방울이 내 머리와 목에 뚝뚝 떨어졌다. 몇 분이 지나자 나는 체온을 잃지 않으려고 발을 동동거리기 시작했지만 그것도 다 헛수고였다.

이 지방의 농부들은 결코 서두르는 법이 없다. 그래서 나도 소든 씨가 금방 돌아오리라고는 기대하지 않았지만, 한치 앞도 안 보이는 어둠 속에서 15분이 지나자 짜증이 나기 시작했다. 도대체 그는 어디 있는 거지? 조지 힌들리와 둘이서 차라도 끓여 마시고 있는 게 아닐까? 아니면 퍼질러 앉아서 도미노 게임을 하고 있는지도 몰라. 다리가 후들후들 떨리기 시작했을 때 입구에 기름등잔이 다시 나타났다. 소든 씨가 이웃을 안으로 안내했다.

"안녕하세요, 조지. 어떻게 지내십니까?"

"그만저만합니다." 조지는 코를 훌쩍거렸다. "이 빌어먹을 감기가……에, 에, 에취…… 나를 꽉 잡고 안 놓아줄 뿐이죠."

그는 빨간 손수건으로 요란하게 코를 풀고는 짓무른 눈으로 나를 바라보았다.

나는 주위를 둘러보았다.

"자 그럼, 시작합시다. 수술대가 필요하니까 짚단을 몇 개 쌓아주세요."

두 사내는 발을 질질 끌며 나갔다가 각자 짚단을 두어 개씩 들고 돌아왔다. 그것을 쌓아올리자 좀 불안정하지만 알맞은 높이의 즉석 수술대가 만들어졌다.

"위에 널빤지를 올려놓으면 좋을 텐데." 나는 얼어붙은 손가락을 입김으로 녹이고 발을 동동거렸다. "뭐 좋은 생각이라도 있습니까?"

소든 씨가 턱을 문질렀다.

"문짝을 가져오면 되겠군요."

그는 등잔을 들고 마당으로 나갔다. 나는 그가 외양간의 문을 경첩에서 떼어내려고 애쓰는 것을 지켜보았다. 조지가 그를 도우러 갔다. 두 사내가 문짝을 밀고 당기는 것을 보자 수술 자체보다 수술을 준비하는 과정이 더 힘들다는 생각이 들었다.

마침내 두 사내가 문짝을 메고 헛간으로 들어와 짚단 위에 올려놓았다. 무대는 준비되었다.

"송아지를 올려놓읍시다." 나는 헐떡거리며 말했다.

우리는 어린 송아지를 급조한 수술대 위로 들어 올려 오른쪽 옆구리가 아래로 가도록 눕혀놓았다. 소든 씨는 송아지 머리를 잡고 조지는 꼬리와 엉덩이를 맡았다.

나는 재빨리 도구를 벌여놓은 다음, 코트와 재킷을 벗고 셔츠 소매를 걷어 올렸다.

"제기랄! 뜨거운 물이 하나도 없군. 소든 씨, 뜨거운 물 좀 갖다주시겠어요?"

나는 송아지 머리를 잡고, 농부가 집에 가 있는 동안 또 끝없이 기다렸다. 이번에는 따뜻한 옷마저 없어서 아까보다 더 고약했다. 추위가 뼛속까지 스며들었다. 나는 농가의 부엌을 상상하고, 소든 씨가 화덕에서 천천히 물을 떠서 양동이에 담은 다음 천천히 헛간으로 돌아오는 것을 상상했다.

이윽고 소든 씨가 나타나자 나는 양동이에 소독약을 풀고 뜨거운 물로 팔을 문질렀다. 그런 다음 송아지 왼쪽 옆구리의 털을 깎고 주사기에 마취약을 채웠다. 하지만 마취약을 주사하는 동안 나는 희망이 차츰 사라지는 것을 느꼈다.

"잘 안 보여요." 나는 순무를 자를 때 쓰는 작은 도끼 위에 놓여 있는 기름등잔을 무력하게 바라보았다. "저 등잔의 위치가 잘못됐어요."

소든 씨는 말없이 제 위치를 떠나 기다란 밧줄을 들보에 묶기 시작했다. 그는 밧줄을 다른 들보 위로 넘겨서 단단히 고정시킨 다음, 송아지 위에 등잔을 매달았다. 아까보다 훨씬 나아지긴 했지만 시간이 너무 많이 걸렸다. 나는 소든 씨가 작업을 끝냈을 때쯤에는 감기를 떨쳐버릴 수 있을 거라는 희망을 모두 버린 뒤였다. 온몸이 꽁꽁 얼었고 가슴에 타는 듯한 감각이 느껴지기 시작했다. 나도 이제 곧 소든 씨나 조지와 같은 상태가 될 게 뻔했다. 기관지염이 내 옆에 바싹 다가와 있었다.

어쨌든 이제 수술을 시작할 수 있게 되었다. 나는 피부와 근육, 복막과 위벽을 기록적인 속도로 절개했다. 그러고는 발효되고 있는 음식물 덩어리를 지나 깊숙이 팔을 집어넣었다. 다음 순간 내 걱정은 모두 해소되었다. 첫째 위의 바닥에 사과와 배가 층층이 쌓여 있었다. 송아지가 깨문 흔적이 남아 있는 것도 있었지만, 대개는 통째로 삼킨 듯 온전한 형태를 유지하고 있었다. 소는 먹이를 대부분 통째로 삼키고 나중에 한가할 때 다시 씹어 먹는다. 하지만 어떤 소도 이렇게 많은 양의 음식을 되새김질

할 수는 없을 것이다.

나는 즐거운 눈으로 소든 씨를 쳐다보았다.

"생각한 대로군요. 위가 과일로 꽉 차 있어요."

"쿨룩쿨룩!" 소든 씨가 대답했다. 기침은 다양한 형태로 나오지만, 이 기침은 엄청나게 격렬했고 근본적이었다. 징을 박은 그의 장화 바닥에서 시작된 기침은 바로 내 얼굴에서 폭발했다. 농부가 소의 목 위로 몸을 구부리고 나와 머리를 거의 맞대고 있을 때 내가 그렇게 취약한 입장에 있는 줄은 미처 몰랐다. "쿨룩쿨룩!" 그가 또 요란하게 기침을 했다. 바이러스를 잔뜩 실은 물보라가 두 번째로 나에게 쏟아졌다. 소든 씨는 비말 감염에 대해 모르거나 알아도 개의치 않는 게 분명했지만, 두 손을 환자 몸속에 집어넣고 있는 상태에서는 말 그대로 속수무책이었다.

나는 본능적으로 얼굴을 조금 돌렸다.

"엣취!" 이번에는 조지였다. 이번 것은 기침이 아니라 재채기였지만, 역시 치명적인 물보라를 내 반대쪽 뺨에 날려 보냈다. 나는 탈출구가 없다는 것을 깨달았다. 두 사람 사이에 끼인 채 구제할 길 없이 갇혀버린 것이다.

하지만 나는 사기가 올라 있었다. 송아지를 괴롭히고 있는 과일을 열심히 퍼내자, 몇 분도 지나기 전에 헛간 바닥에는 사과와 배가 수북이 쌓였다.

"과일가게를 차려도 되겠군요." 내가 웃으면서 말했다.

"쿨룩쿨룩!" 소든 씨가 대답했다.

"엣취!" 조지도 질 수 없다는 듯이 끼어들었다.

나는 마지막 사과와 배를 어둠 속으로 굴려 보낸 다음, 다시 손을 씻고 송아지를 봉합하기 시작했다. 봉합은 혹위 절개술에서 가장 시간이 오래 걸리고 지겨운 작업이다. 진단과 발견의 흥분은 끝나고, 시간을 보내기 위해 무의미한 잡담이나 우스갯소리를 나누어야 할 시간이다.

하지만 등잔불이 만들어내는 노란 빛의 고리를 제외하고는 사방이 캄캄하고, 주위의 어둠 속에서 불어오는 바람이 내 발 주위에서 소용돌이치고, 천장에서 뚝뚝 떨어진 차가운 물방울이 내 등을 따라 흘러내리는 상황에서는 묘하게도 이야깃거리가 생각나지 않았고, 각자 자신의 불행 속에 깊이 잠겨 있는 두 농부는 농담을 할 기분이 아니었다.

피부 봉합을 절반쯤 끝냈을 때 콧잔등이 간질거렸다. 나는 손을 멈추고 허리를 펴야 했다.

"아아…… 아아…… 에취!" 나는 팔로 코를 문질렀다.

"선생님도 시작했군." 조지가 애통함과 만족감이 뒤섞인 표정으로 중얼거렸다.

"그래, 시작했어." 소든 씨가 눈에 띄게 밝아진 얼굴로 맞장구를 쳤다.

나는 별로 개의치 않았다. 목표를 달성할 가망은 전혀 없다는 결론에 도달한 지 오래였기 때문이다. 얼어붙을 듯한 추위 속에서 오랫동안 셔츠 바람으로 있었으니, 양쪽에서 끊임없이 세균 폭격을 받지 않았다 해도 재난을 피할 수는 없었을 것이다. 나는 내 운명을 감수했고, 게다가 봉합을 끝내고 송아지를 수술대에서 내려놓았을 때에는 짜릿한 만족감까지 느꼈다. 무시무시한 신음 소리는 사라졌고, 어린 송아지는 한동안 먼 곳에 있다가 돌아온 것처럼 새삼스럽게 주위를 둘러보고 있었다. 아직 기운을 차리지는 못했지만 고통은 사라진 게 분명했다. 나는 송아지가 살아나리라는 것을 알았다.

"송아지를 충분히 재우세요, 소든 씨." 나는 양동이 물로 수술 기구를 씻기 시작했다. "그리고 마대로 몸을 감싸서 따뜻하게 해주세요. 보름 뒤에 실을 뽑으러 오겠습니다."

그 보름은 끝없이 길게 느껴졌다. 내가 자신만만하게 예상했듯이 내 감기는 대파국으로 발전했다. 결국 소든 씨 못지않은 기침을 수반하는 기관지염으로 낙착된 것은 피할 수 없는 결과였다.

소든 씨는 결코 원기왕성한 사람이 아니었지만, 내가 봉합사를 제거해주었을 때는 그래도 기쁜 표정을 지을 줄 알았다. 송아지가 너무 쾌활하고 원기왕성해서, 녀석을 붙잡기 위해 우리 안을 이리저리 쫓아다녀야 했기 때문이다.

나는 가슴의 염증으로 고생하고 있었지만, 송아지가 건강한 것을 보자 뿌듯한 성취감을 느꼈다.

"송아지가 아주 잘 이겨냈군요. 언젠가는 훌륭한 황소가 될 겁니다."

농부는 우울하게 어깨를 으쓱했다.

"그렇겠지요. 하지만 그런 수술을 할 필요는 전혀 없었어요."

"필요가 없었다고요?"

"몇 사람한테 그 이야기를 했더니, 그런 식으로 배를 가른 건 미친 짓이라고 하더군요. 내가 그때 말한 대로 그냥 기름을 듬뿍 먹였어야 했어요."

"소든 씨, 분명히 말하지만……."

"게다가 수술비도 엄청날 테고." 그는 두 손을 주머니 속에 깊이 찔러넣었다.

"그만한 돈을 들일 가치는 있었습니다. 정말이에요."

"아니, 절대 그렇지 않아요." 그는 저쪽으로 걸어가다가 어깨 너머로 나를 돌아보았다. "선생님을 부르지 말 걸 그랬어요."

나는 우드햄 중위와 함께 세 차례의 비행을 마쳤다. 이 세 번째 비행에서 우드햄 중위는 아주 조용했다. 이제는 내가 아주 잘해내고 있는 게 분명했다. 나는 다시 비행을 즐길 수 있었다. 비행은 즐거웠다.

다시 인터컴에서 목소리가 들렸다.

"이번에는 귀관 혼자 착륙해봐. 방법은 말해줬지? 좋아, 비행기는 귀관의 것이다."

"알았습니다."

실제로 우드햄 중위는 착륙법을 귀에 못이 박이도록 말해주었고, 나는 아무 문제도 없을 거라고 확신했다.

비행기가 고도를 잃자 나무우듬지가 나타났고, 다음에는 비행장의 풀들이 우리를 마중하러 다가왔다. 지금이 결정적인 순간이었다. 나는 조심스럽게 조종간을 앞으로 당기다가, 이때다 싶은 순간 조종간이 내 배에 닿을 만큼 힘껏 잡아당겼다. 그런데 조금 일렀던 모양이다. 비행기는 두어 번 튀어 올랐고, 덕분에 나는 방향타를 움직이는 것을 깜박 잊어버렸다. 비행기는 잔디밭 위에서 이쪽저쪽으로 돌진하다가 겨우 멈춰 섰다.

엔진이 잠잠해지자 나는 숨을 한 번 깊이 들이마셨다. 첫 번째 착륙치고는 그렇게 나쁘지 않았다. 사실 나는 계속 나아졌고, 교관도 내가 초기에 거둔 성과에 깊은 인상을 받았을 거라는 확신이 점점 커졌다. 우리가 비행기에서 내려 말없이 몇 걸음 걸어갔을 때 우드햄 중위가 걸음을 멈추고 나를 돌아보았다.

"귀관 이름이 뭐지?"

그래, 이게 바로 증거야. 우드햄 중위는 내가 잘해냈다는 걸 인정했어. 그래서 나한테 관심을 가진 거야.

"헤리엇입니다, 교관님!" 나는 힘차게 대답했다.

우드햄 중위는 잠시 냉정한 눈으로 나를 바라보다가 중얼거렸다.

"그래, 헤리엇, 아까 착륙은 형편없었어."

그는 돌아서서 멀어져갔다. 나는 큼지막한 군화를 신은 내 발을 내려다보았다. 제복은 전혀 달랐지만 사정은 별로 달라지지 않았다.

23

"세상에는 별의별 놈이 다 있어. 안 그래, 친구?"

막사에서 탁자 건너편에 앉아 있던 항공병이 히죽 웃으면서 말했다. 우리는 방금 세 번째 남자의 장광설을 들은 참이었다. 그는 자기가 날 수 있게 되면 어떻게 할 작정인가를 장황하게 이야기하고 막사에서 나갔다. 그는 혼자 힘으로 전쟁을 이길 작정인 듯한 인상을 주었다.

확실히 영국 공군에는 별의별 사람이 다 모여 있었고, 다양한 유형의 사람들이 한데 모여 있을 때는 이런 '허풍선이'를 흔히 볼 수 있었다.

동물도 마찬가지다. 정말 별의별 동물이 다 있다. 농장에 있는 동물은 모두 똑같다고 생각하는 사람이 많지만, 실제로는 소도 돼지도 양도 말도 저마다 개성을 갖고 있다. 변덕스러운 녀석도 있고, 차분한 녀석, 거칠어서 다루기 힘든 녀석, 온순한 녀석, 심술궂은 녀석, 다정다감한 녀석도 있다.

거트루드라는 돼지가 있었는데, 그 돼지 이야기를 하려면 우선 바지 씨 이야기부터 해야 한다.

요즘에는 수의사를 찾아오는 제약회사의 젊은 직원을 '렙'이라고 부른다. '렙(rep)'은 'representative'를 줄인 말로, 외판원이라는 뜻이다. 하지만 아무도 바지 씨를 '렙'이라고 부를 생각은 하지 않았을 것이다. 그는 1850년에 창립된 '카길 제약회사'의 '판매 대리인'이었는데, 그 회사가 창립될 때부터 일한 게 아닌가 싶을 만큼 나이가 많았다.

늦겨울의 어느 쌀쌀한 아침, 내가 스켈데일 하우스의 현관문을 열어보니 바지 씨가 현관 앞 계단에 서 있었다. 그는 검은 중절모를 몇 가닥 남은 은발 위로 몇 센티미터쯤 들어 올리면서 분홍빛 얼굴을 온화한 미소로 누그러뜨렸다. 그는 항상 나를 사랑하는 아들처럼 대했는데, 바지 씨처럼 인품이 훌륭한 분에게 그런 대우를 받는 것은 기쁜 일이었다.

"헤리엇 선생." 그는 중얼거리면서 가볍게 허리를 굽혔다. 그 절은 품위가 있었고, 검은 모닝코트와 줄무늬 바지와 반짝이는 가죽가방과도 잘 어울렸다.

"어서 들어오세요, 바지 씨." 나는 그를 집 안으로 안내했다.

그는 항상 정오쯤 찾아와서 점심을 먹고 갔다. 젊은 원장인 시그프리드 파넌은 남에게 쉽게 위압당할 사람이 아니었지만 바지 씨에게는 항상 경의를 표했고, 실제로 바지 씨의 방문은 공식 행사 같은 분위기를 띠었다.

요즘 '렙'들은 씩씩하게 나타나서 항생제와 스테로이드의 혈중 농도에 대해 간단히 이야기하고, 약값 할인에 대해 한두 마디 덧붙이고는, 관련 자료가 적힌 종이 몇 장을 책상 위에 놓고 서둘러 가버린다. 어떤 면에서는 이 젊은이들이 딱하게 느껴진다. 일부 예외도 있지만, 그들은 모두 똑같은 물건을 팔고 있기 때문이다.

반면에 바지 씨는 그 세대의 외판원들이 모두 그랬듯이 자기 회사에서만 제조하는 의약품 카탈로그를 갖고 다녔다.

시그프리드가 식탁 상석의 의자를 잡아당기면서 말했다.

"여기 앉으세요, 바지 씨."

"고맙소이다." 노신사는 고개를 가볍게 숙이고 자리에 앉았다.

늘 그랬듯이 식사를 하는 동안은 일에 대한 이야기가 전혀 나오지 않았다. 식사가 끝나고 커피가 나왔을 때에야 비로소 바지 씨는 카탈로그를 탁자에 무심하게 늘어놓았다. 약을 파는 것은 별로 중요하지 않고, 문득 카탈로그를 가져온 게 생각나서 이왕 찾아온 김에 보여준다는 태도였다.

시그프리드와 나는 팸플릿을 대강 훑어보면서 마법의 자극적인 냄새를 음미했다. 과학의 바람은 우리 직업에서 마법을 몰아내버렸지만, 바지 씨의 카탈로그에는 아직도 마법의 향기가 은은하게 감돌고 있었다. 원장은 카탈로그를 뒤적이면서 간간이 약품을 주문했다.

"연약(煉藥: 가루약에 시럽이나 꿀을 섞은, 핥아먹는 약)을 두어 다스 받아두는 게 좋을 것 같군요, 바지 씨."

"고맙습니다." 노신사는 가죽 표지를 씌운 수첩을 펼치고 은도금한 연필로 약 이름과 수량을 기입했다.

"참, 제임스, 해열제가 거의 다 떨어지지 않았나?" 시그프리드가 나를 돌아보았다. "그래, 해열제도 1그로스(12다스)쯤 필요하겠군요."

"고맙습니다." 바지 씨는 중얼거리고 그것도 수첩에 적었다.

원장은 카탈로그를 뒤적이면서 낮은 목소리로 필요한 약품을 주문했다. 질산칼륨 용액 반 갤런, 포르말린 반 갤런, 거세용 집게, 삼중 브롬화물, 스톡홀름 타르. 모두 다 지금은 쓰이지 않는 것들이다. 바지 씨는 원장이 주문할 때마다 꼬박꼬박 "고맙습니다" 하고 엄숙하게 대답하면서 연필을 움직였다.

마침내 시그프리드가 의자 등받이에 몸을 기댔다.

"그 정도면 된 것 같군요. 뭐 새로 나온 약이라도 있다면 모르지만."

"마침 새로 나온 약이 있습니다." 분홍빛 얼굴에서 눈이 반짝거렸다. "'수디트'라는 최신 제품인데, 효과가 뛰어난 진정제랍니다."

그 말은 당장 시그프리드와 나의 관심을 사로잡았다. 수의사는 모두 진정제에 관심이 많다. 우리 환자들을 고분고분하게 만들어주는 거라면 뭐든지 우리에게는 축복이다. 바지 씨는 수디트의 특성을 설명했고, 우리는 더 많은 정보를 얻으려고 꼬치꼬치 캐물었다.

"어미답지 않은 암퇘지는 어떻습니까?" 내가 물었다. "새끼를 공격하는 암퇘지 말입니다. 그런 경우에도 효과가 있을까요?"

바지 씨는 나를 안타깝게 여기는 듯한 미소를 지어 보였다. 마치 주교 신부가 잘못을 저지른 보좌신부에게 보여주는 미소 같았다.

"수디트가 바로 그런 경우에 특효약이지요. 새끼를 낳은 암퇘지에게 수디트를 한 대만 주사하면, 그다음에는 아무 문제도 없을 겁니다."

"그거 굉장하군요. 그러면 개의 차멀미에도 효과가 있습니까?"

노인의 단정한 얼굴이 승리감으로 환하게 빛났다.

"그것도 수디트의 전형적인 용례라오. 차멀미용 수디트는 알약 형태로 나와 있지요."

"그거 잘됐군요." 시그프리드가 찻잔을 비우고 일어났다. "그렇다면 그 약을 잔뜩 보내주시는 게 좋겠습니다. 그리고 괜찮으시다면 오후 회진을 시작해야겠습니다. 와주셔서 고맙습니다."

우리는 악수를 했고, 바지 씨는 현관 계단에서 다시 중절모를 들어 보였다. 또 한 번의 정중한 공식 행사가 끝난 것이다.

일주일도 지나기 전에 '카길 제약회사'에서 주문한 물건을 보내왔다. 당시에는 약품을 항상 차 상자에 넣어서 보냈다. 나는 나무 뚜껑을 열고,

아름답게 포장된 수디트 주사약과 알약을 흥미롭게 바라보았다. 약을 받자마자 이 신제품을 사용할 필요가 생긴 것도 묘한 일이었다.

바로 그날, 은행 지점장인 로널드 베레스퍼드 씨가 나를 만나러 왔다.

"헤리엇 선생, 아시다시피 나는 여기서 몇 년 동안 일했지만, 이번에 남쪽에 있는 더 큰 지점의 지점장으로 자리를 옮기게 됐어요. 내일 포츠머스(잉글랜드 남부 햄프셔 주에 있는 항구 도시)로 떠날 예정입니다."

키가 후리후리한 베레스퍼드 씨는 웃지도 않고 진지하게 나를 내려다보면서 말했다. 그것이 그의 특징이었다.

"포츠머스요? 무척 먼 곳이군요."

"500킬로미터쯤 됩니다. 그래서 한 가지 문제가 있어요."

"그래요?"

"실은 얼마 전에 생후 6개월 된 스패니얼을 샀는데, 모든 점에서 훌륭한 녀석이지만 차를 타기만 하면 특이한 행동을 하는 게 문제예요."

"어떤 식으로요?"

"지금 밖에 있는데, 잠시 시간을 내주시면 직접 보여드리지요."

"좋습니다. 지금 같이 가시죠."

우리는 밖에 세워둔 차로 다가갔다. 그의 아내가 조수석에 앉아 있었다. 부인은 비쩍 마른 남편과는 반대로 뚱뚱했지만, 남편처럼 근엄하고 완고한 태도를 갖고 있었다. 부인은 나를 보고 냉정하게 고개를 끄덕였지만, 부인의 무릎 위에 앉아 있는 매력적인 강아지는 나를 열렬히 환영해주었다.

나는 비단처럼 부드러운 기다란 귀를 어루만졌다.

"정말 귀여운 녀석이군요."

베레스퍼드 씨가 나를 힐끔 곁눈질했다.

"이름은 코코인데 정말로 애교 덩어리랍니다. 그런데 차에 시동만 걸었다 하면 문제가 시작되지요."

내가 뒷좌석에 올라타자 그가 시동을 걸었다. 차가 출발했다. 나는 당장 그의 말뜻을 알 수 있었다. 스패니얼은 몸을 뻣뻣하게 긴장시키면서 코가 지붕을 가리킬 만큼 고개를 뒤로 젖혔다. 게다가 입술을 원뿔 모양으로 오므리고는 높은 소리로 계속 짖어댔다.

"아우우, 아우우, 아우우, 아우우."

나는 그런 소리를 들어본 적이 없었기 때문에 정말로 깜짝 놀랐다. 그 소리가 내 머릿속으로 그렇게 깊이 밀고 들어온 이유는 무엇일까. 소리의 간격이 일정하고, 귀에 거슬리는 새된 소리였기 때문일까. 아니면 소리가 끝없이 계속되었기 때문일까. 어쨌든 그렇게 2분을 달리자 머리가 울리기 시작했다. 차가 다시 병원 밖에 멈춰 섰을 때는 안도의 한숨이 절로 나왔다.

베레스퍼드 씨는 차의 시동만이 아니라 강아지가 내는 시끄러운 소음도 꺼버린 것 같았다. 시동이 꺼지자 강아지는 당장 긴장을 풀고 내 손을 핥기 시작했기 때문이다.

"문제가 있는 건 확실하군요." 내가 말했다.

베레스퍼드 씨는 신경질적으로 넥타이를 잡아당겼다.

"게다가 오래 운전할수록 소리가 점점 커져요. 시내를 좀 더 돌아볼까요? 그러면……."

"아, 아닙니다. 됐습니다." 나는 서둘러 대답했다. "그럴 필요는 없을 겁니다. 뭐가 문제인지 정확히 알았으니까요. 하지만 얼마 전에 코코를 샀다고 하셨지요. 코코는 아직 어린 강아지에 불과합니다. 이제 곧 차에 익숙해질 겁니다."

"그럴지도 모르지요." 베레스퍼드 씨의 목소리는 불안으로 팽팽하게 긴장되어 있었다. "하지만 내일이 문제예요. 아내와 함께 이 개를 데리고 포츠머스까지 차를 몰고 가야 하는데, 멀미약도 먹여봤지만 아무 소용이 없었어요."

그 오싹한 소음을 들으면서 온종일 차를 몬다는 것은 도저히 생각할 수도 없는 일이었지만, 바로 그 순간 바지 씨의 모습이 눈앞에 떠올랐다. 바지 씨는 늙은 수호천사처럼 겨드랑이에서 돋아난 날개를 퍼덕이며 내 눈앞에 떠 있었다. 이렇게 운이 좋을 수가! 도저히 믿을 수가 없군!

"마침……" 나는 자신만만한 미소를 지으며 말했다. "이런 경우에 사용하는 특효약이 새로 개발됐는데, 재수 좋게도 방금 그 약을 받았지 뭡니까. 안으로 들어가시죠. 그 약을 드릴 테니까."

"야아, 그거 참 잘됐군요." 베레스퍼드 씨는 알약 상자를 유심히 들여다보았다. "여행을 떠나기 30분 전에 한 알만 먹이면 되는 겁니까?"

"그렇습니다." 나는 우쭐하게 대답했다. "하지만 나중에 또 여행하게 될 경우에 대비해서 여분으로 몇 알을 더 드렸습니다."

"정말 고맙습니다. 선생님 덕분에 한시름 놓았어요."

나는 그가 밖으로 나가서 차에 올라타고 시동을 거는 것을 유심히 지켜보았다. 시동을 거는 것이 무슨 신호라도 되는 듯, 뒷좌석에서 작은 갈색 머리가 쑥 올라오고 입술이 오므라졌다.

"아우우, 아우우, 아우우, 아우우……." 코코의 울부짖는 소리가 들렸다.

코코의 주인은 차를 몰고 떠나면서 마지막으로 절망적인 눈길을 나에게 던졌다.

나는 한동안 계단에 서서, 믿을 수 없는 기분으로 그 소리에 귀를 기울이고 있었다. 대러비에는 베레스퍼드 씨를 별로 좋아하지 않는 사람이 많았다. 그것은 아마 그의 태도가 너무 냉정하기 때문일 것이다. 하지만 내가 보기에는 결코 나쁜 사람은 아니었다. 어쨌든 내가 그를 동정한 것은 분명하다. 차가 트렌게이트 모퉁이를 돌아 사라진 지 한참 뒤에도 코코의 울부짖음은 여전히 들려오고 있었다.

"아우우, 아우우, 아우우, 아우우……."

그날 저녁 7시쯤, 윌 홀린이 전화를 걸어왔다.

"거트루드가 새끼를 낳기 시작했어요!" 그의 목소리는 다급했다. "그런데 새끼를 괴롭히려고 합니다!"

나쁜 소식이었다. 어미돼지가 이따금 자기가 낳은 새끼를 공격하고, 실제로 새끼를 죽이는 경우도 있었다. 그럴 때는 얼른 새끼를 어미와 격리시켜야 하는데, 그러면 새끼는 당연히 어미젖을 빨 수 없게 된다.

그것은 언제나 복잡한 문제였지만, 이 경우에는 거트루드가 혈통 좋은 순종 암퇘지였기 때문에 문제가 더욱 복잡해졌다. 거트루드는 윌 홀린이 돼지들의 품종을 개량하기 위해 사들인 값비싼 씨돼지였다.

"새끼를 몇 마리나 낳았습니까?"

"네 마리를 낳았는데, 전부 공격했어요." 윌 홀린의 목소리는 긴장되어 있었다.

내가 수디트를 기억해낸 것은 바로 그때였다. 또다시 나는 바지 씨가 와준 것을 신에게 감사했다.

나는 수화기에 대고 빙긋 웃었다.

"그럴 때 쓰는 특효약을 입수했습니다. 사실은 오늘 아침에 도착했지요. 지금 곧 그쪽으로 가겠습니다."

나는 조제실로 달려가서 주사약 상자를 뜯고, 거기에 첨부된 카탈로그를 서둘러 읽었다. 거기에는 이렇게 적혀 있었다. '10cc를 근육에 주사하면 암퇘지는 20분 이내에 새끼를 받아들일 것이다.'

홀린네 농장까지는 별로 멀지 않았지만, 나는 빠른 속도로 어둠을 뚫고 달리면서 오늘 일어난 사건에 운명이 작용한 것을 알아차릴 수 있었다. 오늘 아침에 수디트가 도착하자마자 긴급하게 그 약을 사용할 기회가 두 번이나 찾아온 것이다. 운명의 여신이 어떤 목적을 위해 바지 씨를 파견한 것은 의심할 여지가 없었다. 이것은 어쩌면 우리 인생에 일어나는 모든 일은 미리 예정되어 있다는 것을 입증하는 산 증거인지도 모른다. 그것을 생각하자 목덜미가 따끔거렸다.

어서 빨리 암퇘지에게 수디트를 주사하고 싶어서 좀이 쑤셨다. 나는 서둘러 돼지우리 안으로 들어갔다. 거트루드는 넓적다리에 주사바늘을 찔러 넣는 것을 고맙게 여기지 않았다. 내가 바늘을 찌르자마자 녀석은 꽥꽥 소리를 지르면서 내 쪽으로 홱 돌아섰다. 하지만 나는 도망치기 전에 10시시를 다 주사했다.

"그럼 20분만 기다리면 되는 거지요?"

윌 홀린은 돼지우리 난간에 기대어 어미돼지를 걱정스러운 눈으로 내려다보았다. 그는 열심히 일하는 50대의 소농이었다. 나는 그에게 이것이 얼마나 중요한지를 알고 있었다.

내가 막 그를 안심시키는 대답을 하려는 순간 거트루드가 꼼지락거리는 분홍빛 새끼를 또 한 마리 떨구었다. 농부는 난간 너머로 몸을 내밀고, 옆으로 누워 있는 어미돼지의 젖통 쪽으로 새끼를 부드럽게 밀어주었다. 하지만 새끼의 코가 젖꼭지에 닿자마자 어미는 벌떡 일어나 으르렁거리며 누런 이빨을 드러냈다.

월 홀린은 얼른 새끼를 낚아채어, 다른 새끼들이 들어 있는 높은 골판지 상자 속에 집어넣었다.

"보셨죠?"

"예, 봤습니다. 저 상자 안에 지금 몇 마리나 있습니까?"

"여섯 마리예요. 새끼들도 아주 크고 건강해요."

나는 상자 안에 들어 있는 새끼들을 들여다보았다. 모두 몸통이 긴 고전적인 생김새를 갖고 있었다.

"정말 그렇군요. 그리고 어미의 몸속에는 아직도 새끼가 많이 남아 있는 것 같은데요."

농부는 고개를 끄덕였다. 우리는 기다렸다.

20분이 한없이 길게 느껴졌다. 마침내 나는 새끼 두 마리를 안고 돼지우리 안으로 들어갔다. 내가 새끼를 어미에게 데려가려 할 때 새끼 한 마리가 깩깩 울었다. 그러자 거트루드가 입을 딱 벌리고 사납게 으르렁거리며 우리를 가로질러 달려왔다. 나는 스스로도 놀랄 만큼 민첩하게 돼지우리 난간을 뛰어넘어 안전지대로 도망쳤다.

"거트루드는 별로 졸린 것 같지 않은데요." 홀린 씨가 말했다.

"예…… 그런 것 같지요? 좀 더 기다리는 게 좋을 것 같습니다."

우리는 거트루드에게 다시 10분의 여유를 준 다음 다시 시도해보았지만 결과는 마찬가지였다. 나는 수디트 10시시를 더 주사했고, 한 시간쯤 뒤에 또 10시시를 주사했다. 저녁 9시까지 거트루드는 열다섯 마리의 예쁜 새끼를 낳았고, 나와 새끼를 우리에서 여섯 번 쫓아냈다. 거트루드는 내가 처음 왔을 때보다 더 활기차고 사나웠다.

"거트루드를 씻겨야겠어요." 홀린 씨가 침울하게 말했다. "새끼는 다 낳은 모양이니까." 그는 슬픈 얼굴로 골판지 상자를 들여다보았다. "그리고 이제 나는 새끼 열다섯 마리를 어미젖 없이 키워야 할 처지가 되었군요. 어쩌면 이 녀석들을 몽땅 잃을지도 몰라요."

"새끼를 잃다니. 아니야, 그런 일은 없을 거야." 열린 문간에서 누군가가 말했다.

그쪽을 돌아보았더니, 홀린 영감이었다. 노인의 장난스러운 얼굴은 여느 때처럼 미소를 짓고 있었다. 노인은 돼지우리로 다가와서 거트루드의 옆구리를 지팡이로 쿡쿡 찔렀다.

거트루드가 으르렁거리며 악의에 찬 눈길로 노려보자 노인은 더 활짝 미소를 지었다.

"내가 곧 녀석을 주물러주지."

"주무르다니요?" 나는 불안하게 발의 위치를 바꾸었다. "그게 무슨 소립니까?"

"녀석을 달래주면 돼. 녀석한테 필요한 건 그것뿐이야."

나는 숨을 한 번 길게 들이마셨다.

"제가 지금까지 하려고 애썼던 게 바로 그겁니다."

"그래. 하지만 자네는 방식이 틀렸어, 젊은이."

나는 홀린 영감을 주의 깊게 바라보았다. 어려운 상황에서 아는 체하며 조언을 아끼지 않는 사람은 수의사들이 흔히 마주치는 인물이다. 수의사들은 그런 사람의 어쭙잖은 조언이 짜증스러워도 참아야 한다. 하지만 홀린 영감의 경우에는 나도 평소 때와는 달리 짜증을 느끼지 않았다. 나는 영감을 좋아했다. 홀린 영감은 유쾌한 분이었고, 훌륭한 가족을 이끄는 가장이었다. 윌은 영감의 네 아들 가운데 맏이였고, 영감의 손자들도 이 지역에서 농사를 짓고 있었다.

어쨌든 나는 비참한 낭패를 맛보았으니 건방지게 굴 처지가 아니었다.

"저는 최근에 개발된 약을 주사했는데요."

노인은 고개를 저었다.

"거트루드가 원하는 건 주사가 아니라 맥주야."

"예?"

"맥주 말일세. 맛있는 맥주 한 잔." 그는 아들을 돌아보았다. "윌, 깨끗한 양동이 있지?"

"예, 착유소에 뜨거운 물로 방금 소독해둔 양동이가 있습니다."

"좋아. 나는 선술집에 다녀오마. 오래 걸리지는 않을 거야."

노인은 홱 돌아서서 기운차게 밤의 어둠 속으로 사라졌다. 나이가 여든 살은 됐을 텐데, 등이 꼿꼿하고 어깨가 딱 바라지고 원기왕성해서 뒤에서 보면 스물다섯 살 청년처럼 보였다.

윌 홀린과 나는 서로 할 말이 별로 없었다. 윌은 낙담에 빠져 있었고 나는 수치심으로 가득 차 있었다. 홀린 영감이 갈색 액체가 넘칠 만큼 가득 찬 양동이를 들고 다시 나타났을 때는 구원받은 기분이었다.

노인은 낄낄 웃었다.

"'왜건 호스'에 있던 사람들의 얼굴을 보았어야 하는 건데. 한 사람이 맥주를 한꺼번에 10리터나 주문했다는 이야기는 난생처음 들은 모양이 야."

나는 입을 딱 벌렸다.

"맥주를 10리터나 가져오셨어요?"

"그래. 거트루드는 이걸 다 마셔야 할 거야." 그는 다시 아들을 돌아보았다. "거트루드가 한동안 아무 것도 안 마셨지?"

"예, 새끼를 다 낳으면 물을 조금 줄 작정이었지만, 아직 주지 않았습니다."

"그렇다면 목이 무척 마르겠군."

노인은 양동이를 들어올렸다. 그러고는 돼지우리 난간 너머로 몸을 내밀고 빈 여물통에 맥주를 쏟았다. 맥주는 검은 폭포수처럼 거품을 일으키며 쏟아졌다.

거트루드는 침울한 얼굴로 천천히 다가와 이상한 액체에 코를 대고 킁킁거렸다. 그리고 잠시 망설이다가 주둥이를 맥주에 담그고 시험 삼아 한 모금 마셔보았다. 몇 초도 지나기 전에 바쁘게 쩝쩝거리는 소리가 돼지우리 전체에 메아리쳤다.

"맙소사. 거트루드가 맥주를 좋아해요!" 윌이 외쳤다.

"당연히 그렇겠지." 홀린 영감이 탐나는 듯이 중얼거렸다. "존 스미스네 최고급 맥주니까."

덩치 큰 암돼지는 10리터나 되는 맥주를 놀랄 만큼 빨리 먹어치웠고, 다 마신 뒤에도 아쉬운 듯 여물통을 구석구석 핥다가 돌아섰다. 하지만 짚자리로 돌아갈 기색은 전혀 보이지 않고 우리를 어슬렁거리며 돌아다니기 시작했다. 이따금 여물통 앞에 멈춰 서서 맥주가 더 이상 없다는 것을 확인하고는 이따금 고개를 들어 울타리 위에 걸려 있는 세 사람의 얼굴을 쳐다보곤 했다.

한번은 암퇘지와 내 눈이 마주쳤다. 나는 조금 전까지만 해도 악의에 찬 작은 공 같았던 눈에 지금은 부드러운 자비심밖에 담겨 있지 않은 것을 보고, 도저히 내 눈을 믿을 수가 없었다. 내가 조금만 노력했다면 암퇘지가 부드럽게 미소를 짓고 있다고 상상할 수도 있었을 것이다.

몇 분이 지나자 어미돼지의 걸음걸이가 차츰 불안정해지기 시작했다. 비틀거리다가 하마터면 넘어질 뻔한 적도 몇 번 있었다. 마침내 암퇘지는 틀림없는 딸꾹질을 토하면서 짚자리 위에 털썩 쓰러져 옆으로 몸을 굴렸다.

홀린 영감은 잠시 무표정하게 암퇘지를 바라보며 별로 음악적이 아닌 휘파람을 분 다음, 다시 손을 뻗어 녀석의 살찐 넓적다리를 지팡이로 쿡쿡 찔렀다. 하지만 암퇘지는 꼼짝도 하지 않고 낮은 소리로 기분 좋게 꿀꿀거릴 뿐이었다.

거트루드는 완전히 술에 취해 있었다.

노인이 골판지 상자를 가리켰다.

"이제 새끼들을 우리에 넣어라."

윌은 꿈틀거리는 새끼들을 한 아름 안고 우리와 골판지 상자를 두 번 왕복했다. 갓 태어난 동물들이 모두 그렇듯이 돼지새끼들도 누가 가르쳐주지 않아도 자기가 해야 할 일을 잘 알고 있었다. 열다섯 개의 게걸스러운 주둥이가 젖꼭지에 달라붙었다. 나는 분홍빛 새끼들이 길게 한 줄로 늘어서서 생명수로 작은 배를 채우고 있는 광경을 착잡한 기분으로 바라보았다. 내 최신 수의학 기술로 그것을 성공시키고 싶었는데.

어쨌든 나는 실패했고, 80대 농부는 독한 맥주 10리터로 내 허를 찔렀다. 입맛이 씁쓸했다.

나는 멋쩍게 수디트 주사약 상자를 닫고 슬며시 내 차로 퇴각하기 시작했다. 그때 윌 홀린이 뒤에서 나를 불러 세웠다.

"들어가서 커피라도 한잔하고 가요." 그의 목소리는 친절했다. 내가 저녁 내내 아무 도움도 안 되는 일만 했다고 넌지시 핀잔을 주는 기색은 전혀 없었다.

내가 부엌에 들어가 식탁으로 다가가자 윌이 내 옆구리를 쿡 찔렀다.

"이것 좀 보세요." 그가 내민 양동이에는 아직도 바닥에 최고급 맥주가 꽤 많이 남아 있었다. "커피보다는 맥주가 낫겠죠? 두어 잔은 충분히 나오겠어요. 잔을 가져올게요."

그가 찬장으로 걸어가고 있을 때 홀린 영감이 들어왔다. 노인은 모자와 지팡이를 벽에 걸고 두 손을 문질렀다.

"잔을 하나 더 꺼내와도 돼. 맥주를 부은 게 누군데? 내가 세 잔은 충분히 나올 만큼 남겨두었지."

이튿날 아침, 다른 일이 없었다면 어젯밤의 호된 경험을 되씹으면서 의기소침해졌을지도 모른다. 하지만 아침 식사도 하기 전에 암소의 자궁이 빠져나왔다는 다급한 전화를 받고 달려가야 했다. 마음에서 우울한 생각을 몰아내는 데에는 한 시간 동안 열심히 땀 흘려 활동하는 게 최고다.

대러비로 돌아온 것은 아침 8시였다. 나는 방금 문을 연 시장 주유소에 들렀다. 보브 쿠퍼가 기름을 내 차에 넣고 있는 것을 멍하니 바라보고 있을 때, 멀리서 웬 소리가 들려왔다.

"아우우, 아우우, 아우우, 아우우……."

나는 몸서리를 치면서 광장을 둘러보았다. 다른 차는 한 대도 보이지 않았지만, 그 오싹한 울부짖음은 무자비하게 점점 다가오고 있었다. 이윽고 베레스퍼드 씨의 차가 맞은편 모퉁이를 돌아 내 쪽으로 달려왔다.

나는 얼른 주유기 뒤로 몸을 피했지만 한 발 늦었다. 베레스퍼드 씨가 나를 알아본 것이다. 그의 차는 자갈이 깔린 주유소 마당을 덜컹거리며 넘어와, 내 옆에 끼익 소리를 내며 멈춰 섰다.

"아우우, 아우우, 아우우, 아우우."

가까이에서 듣는 그 소리는 도저히 견딜 수가 없었다.

나는 주유기 뒤에서 고개를 내밀다가, 차 유리창을 내리고 있는 은행 지점장의 퉁방울눈과 정면으로 눈길이 마주쳤다. 그가 시동을 끄자 코코는 청승맞은 울부짖음을 딱 그치고 유리창을 통해 나에게 우호적으로 꼬리를 흔들었다.

그러나 코코의 주인은 전혀 우호적으로 보이지 않았다.

"안녕하시오, 헤리엇 선생." 그는 엄격한 얼굴로 말했다.

"안녕하십니까?" 나는 쉰 목소리로 대답하고는 유리창 쪽으로 허리를 숙이며 억지로 미소를 지어 보였다. "그리고 부인도 안녕하십니까?"

나는 베레스퍼드 부인의 매서운 눈초리에 몸이 움츠러들었다. 부인이 뭐라고 말하려는 순간 남편이 말을 이었다.

"선생 말대로 오늘 아침 일찍 그 놀라운 특효약을 한 알 먹였지요."

그의 턱이 가늘게 떨렸다.

"오오, 그래요……?"

"그런데 아무 효과가 없었어요. 그래서 한 알 더 먹였지요." 그는 잠시 말을 끊었다가 덧붙였다. "그래도 결과는 마찬가지였어요. 그래서 세 번째 알약과 네 번째 알약을 먹였지요."

나는 침을 꿀꺽 삼켰다.

"정말로……."

"정말입니다." 그는 차갑게 나를 노려보았다. "그래서 나는 새로 나온 그 알약이 아무 효과도 없다는 결론에 도달할 수밖에 없었어요."

"아아…… 예…… 확실히 그렇게 보이……."

그가 한 손을 들어 내 말을 가로막았다.

"변명을 듣고 있을 수는 없습니다. 벌써 시간을 많이 낭비했고, 오늘 가야 할 길이 500킬로미터나 되니까요."

"정말 죄송합……."

나는 사과하기 시작했지만 그는 벌써 창문을 닫고 있었다. 그가 시동을 걸자 코코는 당장 코를 높이 쳐들고 입술을 동그랗게 오므리고 늑대 같은 자세를 취했다. 나는 차가 광장을 가로질러 모퉁이를 돌아 남쪽 길로 사라지는 것을 지켜보았다. 차가 시야에서 사라진 뒤에도 나는 한참 동안 코코의 울부짖음을 들을 수 있었다.

"아우우, 아우우, 아우우, 아우우……."

갑자기 맥이 탁 풀려서 나는 주유기에 몸을 기댔다. 베레스퍼드 씨가 너무 딱해서 가슴이 아팠다. 앞에서도 말했듯이 나는 베레스퍼드 씨가 정말 점잖은 사람이라고 생각했다.

사실 나는 그를 무척 좋아했지만, 두 번 다시 그를 보지 못하게 된 것을 진심으로 기뻐했다.

바지 씨와 우리의 공식 면담은 대개 석 달에 한 번씩 이루어졌고, 내가 다시 점심 식탁에서 상석에 앉아 있는 그를 본 것은 6월 중순이었다. 그는 여름 햇살 아래서 은발을 반짝거리며 커피를 홀짝거리고 정중한 말을 중얼거렸다. 식사가 끝나자 그는 냅킨으로 입술을 가볍게 두드린 다음, 서두르는 기색도 없이 식탁보 위로 카탈로그를 우리에게 밀어주었다.

시그프리드가 카탈로그로 손을 뻗으면서 여느 때처럼 물었다.

"뭐 새로 나온 약이라도 있습니까, 바지 씨?"

노신사는 젊은이들의 어리석음을 도저히 이해할 수 없긴 하지만 그래도 어리석은 젊은이들에게 호감을 느낀다는 듯이 빙그레 웃었다.

"카길 제약회사는 신제품 없이는 절대로 나를 이곳에 파견하지 않아요. 그 신제품은 대부분 특효약이고, 모두 효과가 뛰어나지요. 특효약을 여기 잔뜩 가져왔다오."

바지 씨가 고개를 돌려 의아한 듯이 나를 바라본 것으로 미루어 보아, 나도 모르게 목 졸린 듯한 소리를 낸 게 분명하다.

"헤리엇 선생, 방금 뭐라고 하셨소?"

나는 두어 번 침을 삼키고 입을 벌렸지만, 자비심의 물결이 나를 뒤덮었다. 그의 품위와 당당한 풍모 앞에서 나는 너무나 무력했다.

"아니…… 아무 것도 아닙니다, 바지 씨." 나는 더듬거리며 대답했다.

24

항공학교에서 가혹한 삶의 현실과 직면하게 되자 나와 동료들의 전우애는 더욱 강하고 *끈끈해졌다*. 우리는 공통된 목표와 공통된 고민을 갖고 있었다.

내가 대러비에서 시그프리드나 트리스탄과 맺은 관계도 전우애와 비슷했다. 하지만 대러비에서 나를 짓누른 고민은 비행을 배우는 어려움이 아니라 수의사가 일상적으로 부닥치는 어려움이었다. 느닷없이 예기치 않은 일이 일어나 깜짝 놀라고 걱정과 불안에 사로잡히는 것은 우리 수의사에게는 일상다반사였다.

그러나 트리스탄은 어떤 일이 일어나도 눈썹 하나 까딱하지 않았다. 어느 날 밤 트리스탄과 내가 스켈데일 하우스의 큰방에 앉아 있을 때 전화가 별안간 귀에 거슬리는 소리로 울어댔다.

트리스탄이 의자에서 손을 뻗어 수화기를 들었다.

"아아, 여보십시오. 누구십니까?" 그가 물었다. 그러고는 잠시 주의 깊게 상대의 말을 듣고 있다가 고개를 저었다. "아아, 아니올시다. 대단히 죄송하지만 파넌 씨는 지금 집에 없소이다. 예예, 돌아오면 그렇게 전하리다. 그럼 *빠이빠이*."

벽난로 반대편에 앉아 있던 나는 수화기를 내려놓는 트리스탄을 찬탄의 눈길로 건너다보았다. 트리스탄은 어떤 상황에서나 즐거움을 끌어내려 했고, 이런 이상야릇한 말투는 그런 결심의 한 단면에 불과했다. 트리스탄이 항상 그러는 것은 아니고 기분이 내킬 때뿐이었지만, 농부들이 우리 병원에 전화를 걸었더니 '웬 외국놈'이 전화를 받더라고 말하는 일도 드물지 않았다.

트리스탄이 《데일리 미러》지 뒤에 편안히 자리를 잡고 '우드바인' 담배를 더듬어 찾고 있을 때 또 전화벨이 울리기 시작했다. 그가 또 손을 뻗었다.

"아아, 여보십시오. 좋은 저녁입니다. 안녕하십니까? 무슨 일로 전화하셨습니까?"

전화선 저쪽에서 고함을 지르는 소리가 나한테까지 들려왔다. 트리스탄이 갑자기 의자 등받이에서 몸을 떼고 똑바로 앉았다. 《데일리 미러》지와 담뱃갑이 바닥으로 주르르 미끄러졌다.

"예, 마운트 씨." 트리스탄의 말투가 달라졌다. "아뇨, 마운트 씨. 예, 마운트 씨. 당장 그렇게 전하겠습니다. 정말 고맙습니다."

그는 다시 의자에 털썩 기대앉아 두 뺨을 불룩 내밀었다.

"마운트 씨야."

"그래, 나도 들었어. 마운트 씨가 네 얼굴에서 웃음을 싹 지워버렸군."

"그래…… 그냥 좀 뜻밖이었을 뿐이야."

트리스탄은 '우드바인'을 바닥에서 집어 들어 생각에 잠긴 얼굴로 담배 한 개비에 불을 붙였다.

"그렇겠지. 그런데 무슨 일로 전화한 거야?"

"내일 아침에 짐말을 좀 봐달래. 뒷발에 문제가 생긴 모양이야."

나는 메모지에 적고, 다시 트리스탄을 돌아보았다.

"네가 요란한 청춘사업에 쏟을 시간을 도대체 어디서 찾아내는지 모르지만, 그 사람 딸과 사귀고 있지?"

트리스탄은 입에서 담배를 떼고 빨간 담뱃불을 유심히 바라보았다.

"그래, 데보라 마운트와 몇 번 데이트한 건 사실이야. 그런데 그건 왜 묻지?"

"뭐 특별한 이유는 없어. 그 여자애 아버지가 좀 만만찮아 보인다는 것뿐이지."

지난번에 본 마운트 씨의 모습이 눈앞에 생생히 떠올랐다. 그는 '마운트'라는 이름에 딱 들어맞는 사람이었다. 180센티미터가 훨씬 넘는 거구는 그야말로 육중한 '산'을 연상시켰다. 딱 바라진 어깨는 그의 농장 뒤에 병풍처럼 솟은 거대한 산 같았고, 그 위에 솟아 있는 머리는 위협적으로 돌출한 벼랑 같았고, 턱과 뺨과 이마는 절벽에 울퉁불퉁 튀어나온 바위 같았다. 게다가 손은 또 어찌나 큰지, 그렇게 큰 손은 이제껏 본 적이 없었다. 얼추 내 손의 세 배는 되어 보였다.

"모르겠어. 하지만 나쁜 사람은 아니야." 트리스탄이 말했다.

"나도 그렇게 생각해. 사실 나무랄 데 없는 양반이지." 마운트 씨는 신앙심이 두터웠고, 엄격하지만 공정한 사람이라는 평판을 받고 있었다. "다만 그 양반이 나한테 와서 자기 딸의 애정을 농락하고 있는 게 아니냐고 따지는 사태가 일어나는 건 바라지 않을 뿐이지."

트리스탄은 침을 꿀꺽 삼켰다. 불안이 잠깐 그의 눈을 스쳤다.

"말도 안 돼. 데보라와 나는 우호적인 관계를 맺고 있을 뿐이야."

"그 말을 들으니 안심이 되는군. 마운트 씨는 자기 딸에 대한 보호본능이 유난히 강하다는 말을 들었거든. 그 큼지막한 손이 내 목을 휘어 감는다면 정말 싫을 거야."

트리스탄은 나를 차갑게 노려보았다.

"너는 이따금 지독한 사디스트가 될 때가 있어. 내가 어쩌다 한 번씩 여자친구와 즐거운 시간을 보낸다고 해서……."

"신경 쓰지 마, 트리스. 농담을 좀 했을 뿐이니까. 걱정할 거 없어. 내일 마운트 씨를 만나도, 데보라가 너의 수많은 여자친구 가운데 하나라는 말은 입 밖에도 내지 않을 테니까. 약속할게."

나는 날아오는 쿠션을 피하고 내일 왕진에 필요한 약을 준비하러 조제실로 갔다.

하지만 이튿날 아침 농가에서 나오는 마운트 씨를 보았을 때 나는 내 농담에 날카로운 가시가 들어 있었다는 것을 깨달았다. 그는 잠깐 그 큰 덩치로 문간을 가득 채웠고, 자갈밭을 절도 있는 걸음걸이로 성큼성큼 걸어와 내 앞에 서자 햇빛이 차단되어 내 주위에 널찍한 그늘이 생겼다.

"트리스탄이라는 젊은이 말이오." 그가 거두절미하고 말했다. "어젯밤에 그가 전화를 받았는데, 말투가 좀 이상하더군요. 어떤 사람입니까?"

나는 내 위에 떠 있는 커다란 머리를 쳐다보았다. 숱 많고 억센 눈썹 밑에서 침착한 회색 눈이 탐색하듯 내 눈을 들여다보고 있었다.

"트리스탄요?" 나는 떨리는 목소리로 대답했다. "아주 좋은 친구입니다. 정말로 더할 나위 없는 젊은이죠."

"흐음." 거인은 계속 나를 내려다보면서, 바나나 같은 손가락으로 의심스러운 듯 턱을 문질렀다. "술을 마십니까?"

마운트 씨는 알코올에 완고한 적개심을 갖고 있는 것으로 유명했다. 나는 트리스탄이 이 지방의 거의 모든 술집에서 호의적인 평판과 인기를 얻고 있는 인물이라고 대답하는 것은 현명하지 않다고 생각했다.

"어어…… 술은…… 거의 안 마십니다…… 어쩌다 마셔도 엄격하게 절제하고……."

그 순간 데보라가 집에서 나와 마당을 질러 우리 쪽으로 다가오기 시작했다. 그녀는 꽃무늬 드레스를 입고 있었다. 나이는 열아홉 살쯤 되어 보였고, 반짝이는 금발을 어깨 아래로 늘어뜨리고 있었다. 시골 처녀의 밝고 건강한 아름다움이 온몸에서 발산되고 있었다. 내 옆을 지나가면서 그녀가 나에게 환한 미소를 던졌다. 새하얀 이와 따뜻한 갈색 눈을 보자 기분이 유쾌해졌다. 그때는 헬렌을 만나기 전이어서, 예쁜 처녀한테는 나도 누구 못지않게 관심이 많았다. 그래서 데보라가 지나간 뒤에도 내 눈은 나도 모르게 그녀의 다리를 감상하고 있었다.

그때 갑자기 뺨이 근질거렸다. 그제야 나는 나를 노려보는 마운트 씨의 시선을 알아차렸다. 고개를 돌려보니 마운트 씨의 표정은 아까와는 딴판으로 변해 있었다. 나를 비난하는 그 험악한 표정을 보니 등골이 오싹했다. 그 표정은 내 마음에 강한 확신을 남겼다. 데보라는 확실히 예쁘고 마음씨도 상냥해 보였지만, 연애는 안 돼…… 절대로…… 안 돼. 나는 트리스탄만큼 용기가 없었다.

마운트 씨가 갑자기 홱 돌아섰다.

"그 말은 마구간에 있소."

1930년대 말에는 트랙터가 농지에서 짐수레용 말을 많이 몰아냈지만, 대부분의 농부들은 아직도 짐말을 몇 마리 키우고 있었다. 평생 동안 말을 부린 그들에게는 말이 생활방식의 일부가 되어 있었기 때문이다. 그리고 어쩌면 말의 당당한 아름다움에 매혹되었기 때문인지도 모른다. 지금 내 앞에 서 있는 말도 그런 당당한 아름다움을 지니고 있었다.

그 말은 키가 180센티미터를 넘는 당당한 샤이어종 거세마였다. 근육이 잘 발달해 있어서 근력의 화신처럼 보였지만, 주인이 말을 걸자 온순하기 이를 데 없는 얼굴을 우리 쪽으로 돌렸다. 그 커다란 얼굴에는 하얀색 반점이 박혀 있었다.

마운트 씨가 말의 엉덩이를 두드렸다.

"이 보비는 아주 좋은 녀석인데 문제가 좀 있는 것 같습니다. 내가 처음 알아차린 건 냄새였어요. 뒷발에서 이상한 냄새가 나기에 내가 직접 살펴보았지요. 이런 건 내 평생 처음 보았어요."

나는 허리를 굽혀 말의 발목 뒤에 길게 자라난 깃털 같은 털을 움켜잡았다. 내가 주걱 모양의 거대한 발을 들어 올려 내 무릎 위에 올려놓아도 보비는 전혀 저항하지 않았다. 보비의 발은 내 무릎을 거의 다 차지할 만큼 컸지만, 나를 놀라게 한 것은 크기가 아니었다. 마운트 씨는 그런 것을 난생처음 보았다고 말했지만, 나도 마찬가지였다. 보비의 발바닥은 넝마처럼 너덜너덜하고 흠뻑 젖어 있었다. 발바닥의 각질에서 악취 나는 분비물이 나오고 있었다. 하지만 나를 정말로 어리둥절하게 만든 것은 모든 틈새에서 자라나고 있는 종양이었다.

꼭 악몽 속의 독버섯 같았다. 병든 표면에서 각질로 된 딱딱한 갓을 머리에 쓴 기다란 돌기가 자라나고 있었다. 그것은 바로 맥각(麥角)이었다. 맥각은 주로 벼과 식물에 기생하는 번식체인데, 책에서 읽어본 적은 있지만 이렇게 대량으로 번식하는 줄은 상상도 하지 못했다. 나는 말 뒤를 돌아 다른 쪽 발을 들어 올리면서 바쁘게 머리를 움직였다. 그쪽 발도 마찬가지였다. 똑같이 심한 상태였다.

나는 수의사 자격증을 딴 지 서너 달밖에 되지 않아서, 아직도 대러비 농부들의 신뢰를 얻으려고 애쓰는 중이었다. 이것은 내가 가장 바라지 않는 사태였다.

"뭡니까?" 마운트 씨가 물었다.

그리고 나는 또다시 마운트 씨의 따가운 시선을 느꼈다. 깜박거리지도 않고 나를 꿰뚫어보는 듯한 그 눈길이었다.

나는 허리를 펴고 두 손을 맞비볐다.

"발굽병이지만, 상태가 아주 심하군요."

나는 이론에는 훤했다. 사실 내 머리는 이론으로 꽉 차서 터질 지경이었다. 하지만 이 동물을 상대로 이론을 실천에 옮기는 것은 문제가 좀 달랐다.

"어떻게 치료할 작정인데요?" 마운트 씨는 문제의 핵심으로 곧장 들어가는 골치 아픈 버릇을 갖고 있었다.

"글쎄요. 너덜너덜한 각질과 틈새에서 자라난 종양은 모두 잘라내야 할 겁니다. 그런 다음 표면에 부식제를 발라야죠." 나는 이렇게 대답했다. 말로 하면 아주 간단한 일처럼 들렸다.

"그럼 저절로 낫지는 않겠군요?"

"예, 내버려두면 발바닥이 모두 문드러져서 발굽뼈가 드러날 겁니다. 게다가 발굽의 벽 속에서 분비물이 작용하여 분리를 일으킬 겁니다."

농부는 고개를 끄덕였다.

"그러면 다시는 걸을 수 없게 될 테고, 보비는 끝장이군요."

"그럴 겁니다."

"그럼 좋습니다." 마운트 씨는 단호하게 고개를 쳐들었다. "언제 치료를 시작할 건가요?"

고약한 질문이었다. 그 순간 나는 언제 하느냐가 아니라 어떻게 치료할 것이냐 하는 생각에 골몰해 있었기 때문이다.

"글쎄요…… 가만 있자……" 나는 쉰 목소리로 대답했다. "그럼……."

농부가 끼어들었다.

"이번 주에는 건초를 만드느라 줄곧 바쁩니다. 치료하려면 도와줄 사람이 몇 명 필요하겠지요. 내주 월요일은 어떻습니까?"

안도의 물결이 나를 휘감았다. 고맙게도 그는 내일 당장 치료를 시작해 달라고는 말하지 않았다. 이제 조금은 생각할 시간 여유를 가질 수 있게 된 것이다.

"좋습니다, 마운트 씨. 월요일이면 제 형편에도 딱 좋습니다. 일요일에는 보비한테 아무 것도 먹이지 마세요. 마취를 해야 하니까요."

농장에서 돌아오면서 나는 파멸이 다가오는 듯한 느낌에 짓눌렸다. 내무지 때문에 그 아름다운 동물을 망가뜨리는 건 아닐까? 발굽병은 언제나 불쾌했고, 짐말이 흔하던 시절에는 그리 드문 병도 아니었지만, 이번 경우는 평범한 발굽병에서 훨씬 벗어나 있었다. 나와 같은 세대의 수의사들은 보비와 같은 환자를 많이 보았겠지만, 오늘날의 젊은 수의사들에게는 그것이 고대의 편자공들을 위한 교본의 한 페이지처럼 보일 게 분명하다.

걱정스러운 환자가 있을 때는 으레 그렇듯이 나는 당장 그 문제를 심사숙고하기 시작했다. 차를 몰면서 수술에 필요한 여러 행위를 하나씩 머릿속으로 연습하는 것이다. 그 거대한 말이 클로로포름에 적신 입마개로 마취될까? 마운트 씨의 일꾼들을 모두 불러 모아서 보비를 밧줄로 묶어 넘어뜨려야 하나? 하지만 그건 세인트폴 성당(런던의 주교좌 대성당)을 넘어뜨리려 하는 거나 마찬가지일 거야. 그 각질을 모두 잘라내려면 시간이 얼마나 걸릴까? 그리고 그 끔찍한 돌기를 모두 제거하려면 시간이 얼마나 걸릴까?

10분도 지나기 전에 손바닥에서 진땀이 나기 시작했다. 나는 모든 것을 시그프리드한테 떠넘기고 싶은 유혹을 느꼈다. 하지만 농부들만이 아니라 원장인 시그프리드한테도 인정을 받아야 한다는 생각이 그 유혹을 억눌렀다. 혼자서는 아무 일도 처리하지 못하는 조수가 시그프리드한테 인정받을 수는 없을 것이다.

나는 걱정거리가 있을 때는 으레 울타리가 없는 길에서 벗어나 차를 세워놓고 황무지를 정처 없이 쏘다니곤 했다. 이때도 나는 차에서 내려 황무지를 가로지르는 오솔길을 따라 걸었다. 오솔길은 마운트 씨네 농장이 내려다보이는 벼랑가 아래로 굽이굽이 뻗어 있었다. 도로에서 멀리 벗어나자 나는 풀밭에 털썩 주저앉아 수백 미터 아래의 골짜기 바닥을 내려다보았다. 골짜기 바닥은 햇살로 가득 차 있었다.

어디에 있어도 무언가 소리—새의 울음소리, 먼 곳을 달리는 자동차 소리—가 들리는 법이지만, 이곳은 적막에 싸여 있었다. 바람이 언덕마루에서 살랑거릴 때 내 주위의 양치류나 덤불이 바스락거리는 소리가 들릴 뿐이었다.

마운트 농장은 황량한 이 지방에서는 그나마 부드러운 느낌을 주는 곳에 자리잡고 있었다. 풀이 우거진 평탄한 목초지에서는 소떼가 평화롭게 풀을 뜯고 건초 다발이 길게 줄지어 놓여 있었다.

평화로운 풍경이었지만, 진정한 평온을 찾을 수 있는 곳은 그 목초지가 내려다보이는 이 높은 곳이었다. 이 높은 황무지에는 평화가 깃들어 있었다. 평화는 사방 몇 킬로미터 안에는 아무 것도 없는 황무지를 가로질러 소리 없이 움직이며, 적막과 덤불과 검은 이탄질 토양을 숨쉬면서 살아간다.

여름의 따뜻한 대기 속에서 향긋한 건초 냄새가 피어올랐다. 그 향기에 취하면서 나는 여느 때처럼 고민이 차츰 사라지는 것을 느꼈다. 오랜 세월이 흐른 지금도 나는 자주 높은 곳에 올라가 마음의 평화를 찾는다. 그럴 수 있다는 것은 얼마나 큰 행운인가. 나는 아직도 스스로 운이 좋다고 생각한다.

집으로 돌아가려고 일어섰을 때 내 마음은 침착한 결심으로 충만해 있었다. 어떻게든 그 일을 해내자. 시그프리드를 귀찮게 하지 않고 어떻게든 나 혼자 힘으로 해낼 수 있을 거야.

어쨌든 점심때 만난 시그프리드는 다른 일로 머리가 꽉 차 있었다.

"오늘 아침에 하팅턴에서 그랜빌 베넷의 병원에 들렀는데……" 그는 오늘 아침에 텃밭에서 캐낸 햇감자를 먹으면서 말을 꺼냈다. "대기실이 아주 인상적이더군. 잡지가 잔뜩 놓여 있었어. 우리 대기실에는 읽을거리가 없지만 농부들이 대기실에서 기다리는 경우는 많지." 그는 접시 귀퉁이에 그레이비소스를 붓고는 동생에게 말했다. "트리스탄, 너한테 일거리를 주마. 갈로 서점에 가서, 적당한 읽을거리를 매주 배달해달라고 주문해. 알았지?"

"알았어." 아직 학생인 트리스탄이 대답했다. "오늘 오후에 할게."

"좋아." 시그프리드는 즐겁게 음식을 씹었다. "우리는 모든 면에서 계속 진보해야 돼. 제임스, 이 감자 좀 더 먹지 않겠나? 정말 맛있는데."

트리스탄은 당장 행동을 취했고, 이틀 뒤에는 대기실 탁자와 선반에 엄선된 고상한 잡지가 배치되었다. 《런던 뉴스》 《주간 농업》 《농부와 목축》 《펀치》 등. 하지만 늘 그렇듯이 트리스탄은 이 상황을 이용하여 쓸데없는 짓을 하지 않고는 배기지 못했다.

어느 날 오후 트리스탄이 나를 대기실로 끌어들이면서 속삭였다.

"이것 봐, 짐, 사실은 내가 그동안 해롭지 않은 오락을 즐기고 있었어."

"무슨 소리야?" 나는 이해할 수가 없어서 주위를 둘러보았다.

트리스탄은 아무 말도 하지 않고 선반 하나를 가리켰다. 해롭지 않은 잡지들 사이에 독일의 나체주의 잡지가 꽂혀 있었다. 잡지 표지에는 완전 나체를 정면에서 찍은 놀랄 만한 누드 사진이 실려 있었다. 요즘처럼 관대한 시대에도 그 사진을 본 사람들은 놀라서 눈썹을 치켜 올리겠지만, 1930년대 요크셔의 시골에서는 그야말로 지각변동을 일으킬 만한 물건이었다.

"도대체 이걸 어디서 구했지?" 나는 서둘러 잡지를 넘기면서 물었다. 안쪽도 표지와 마찬가지였다. "그거야 어쨌든, 도대체 어쩔 셈이야?"

트리스탄은 숨죽여 킬킬 웃었다.

"학교 친구가 줬어. 견실한 시민도 남에게 들킬 염려가 없다고 생각될 때는 이걸 몰래 들여다보지. 발소리를 내지 않고 살금살금 이 방에 들어와서 그런 사람들 앞에 느닷없이 나타나면 얼마나 유쾌한지 몰라. 그동안 몇 번이나 사냥감을 기습해서 대성공을 거두었지. 지금까지 잡은 사냥감 중에서 가장 큰 거물은 시의회 의원과 치안판사와 전도사였어."

나는 고개를 저었다.

"재난을 자초하고 있군. 원장님한테 들키면 어떻게 할 거야?"

"그럴 염려는 전혀 없어. 형은 여기에 거의 들어오지 않고, 항상 바쁘잖아. 어쨌든 형이 이걸 볼 가능성은 거의 없어."

나는 어깨를 으쓱했다. 트리스탄은 빠르게 돌아가는 영리한 머리를 갖고 있었다. 그것은 부러웠지만, 그 좋은 머리를 잘못 사용하는 경우가 너무 많았다. 하지만 그때는 트리스탄의 짓궂은 장난을 상대하고 있을 겨를이 없었다. 내 마음은 열에 들뜬 것처럼 다른 생각으로 꽉 차 있었다.

나는 마음속으로 그 말을 수많은 방법으로 쓰러뜨렸고, 밤낮으로 수천 번이나 말의 발굽을 수술했다. 낮에 차를 타고 돌아다닐 때는 그것도 별로 나쁘지 않았지만, 밤에 침대에서 머릿속으로 하는 수술은 정말로 기괴했다. 무언가가 잘못된 것 같은 느낌, 그 소름끼치는 맥각을 한 번에 모조리 잘라내려는 내 계획에 무언가 치명적인 결함이 있는 듯한 느낌이 줄곧 나를 괴롭혔다. 마침내 나는 자존심을 접었다.

어느 날 오후, 진료실이 한가할 때 나는 말을 꺼냈다.

"원장님, 기묘한 병에 걸린 말이 있는데요."

시그프리드의 눈이 반짝 빛났다. 작은 콧수염 아래의 입술이 구부러지면서 미소를 지었다. '말'이라는 말을 들으면 그는 대개 이런 반응을 보이곤 했다.

"그래? 어서 말해보게."

나는 보비에 대해 이야기했다.

"응…… 그래…… 내가 같이 가서 보는 게 좋을 것 같군."

우리가 도착했을 때 마운트 농장은 텅 비어 있었다. 모두 건초밭에 나가서, 해가 지기 전에 일을 끝내려고 미친 듯이 일하고 있었다.

"말은 어디 있나?" 시그프리드가 물었다.

나는 마구간으로 그를 안내했다.

시그프리드는 보비의 뒷발을 들어 올리고는 낮게 휘파람을 불었다. 그런 다음 말을 빙 돌아서 다른 발을 조사했다. 그는 너덜너덜하고 악취를 풍기는 각질에서 솟아오른 불쾌한 균류를 꼬박 1분 동안 내려다보았다. 이윽고 몸을 일으킨 그는 무표정한 눈으로 나를 바라보았다.

그가 입을 연 것은 몇 초 뒤였다.

"그런데 자네는 월요일에 이 마구간에 불쑥 들어와서 이 덩치 큰 녀석을 풀밭에 쓰러뜨리고 수술할 작정이었나?"

"예, 그럴 생각이었어요."

야릇한 미소가 원장의 얼굴에 퍼져갔다. 그 미소에는 놀라움, 동정, 즐거움, 심지어는 약간의 경탄까지 담겨 있었다. 마침내 시그프리드는 큰 소리로 웃으면서 고개를 설레설레 저었다.

"아아, 젊음의 순진함이여."

"그게 무슨 소립니까?"

나는 시그프리드보다 겨우 여섯 살 아래일 뿐이다.

그는 나에게 다가와서 어깨를 두드렸다.

"자네를 비웃는 게 아니야. 나도 발굽병에 걸린 말을 몇 번밖에 못 보았지만, 이렇게 지독한 경우는 처음이야."

"한 번에 끝낼 수는 없다는 건가요?"

"바로 그거야. 이 정도면 6주는 치료해야 돼."

"6주나요?"

"그래. 그리고 세 사람이 필요할 거야. 이 말을 우리 병원 마구간으로 데려가야겠어. 그런 다음 우리 두 사람과 대장장이 한 사람, 합해서 세 사람이 달라붙어서 한 차례 수술할 거야. 그런 다음에는 날마다 차꼬에 넣고 발을 치료해야 돼."

"알겠습니다."

"부식제도 가장 독한 질산을 써야겠어. 발바닥에 압력을 가하도록 금속판을 댄 특수 편자를 박아야 돼." 시그프리드는 말을 멈추었다. 아마 내가 어리둥절한 표정을 지었기 때문일 것이다. 그는 좀 더 부드러운 어조로 말을 이었다. "이건 다 꼭 필요한 일이야. 다른 방법이 없어. 대안이라면 이 멋진 녀석을 쏘아 죽이는 것뿐. 이 상태로는 오래 버틸 수 없을 테니까."

나는 보비를 바라보았다. 보비는 하얀 얼굴을 다시 우리 쪽으로 돌리고 있었다. 총알이 그 고귀한 머리에 박힐 생각을 하자 참을 수가 없었다.

"알았습니다. 원장님 말씀대로 하죠."

내가 낮은 소리로 중얼거렸을 때 마운트 씨가 마구간 문간에 나타났다. 그 거대한 몸이 햇빛을 차단하여 마구간 입구가 어두워졌다.

"야아, 안녕하십니까, 마운트 씨." 시그프리드가 말했다. "건초를 많이 거두어들이시기 바랍니다."

"고맙습니다, 파넌 선생. 일은 아주 잘 되어가고 있습니다. 다행히도 그동안 날씨가 아주 좋았어요."

거인은 의아한 눈으로 우리를 번갈아 바라보았다. 시그프리드가 얼른 말을 이었다.

"헤리엇 선생이 아저씨네 말을 좀 보아달라고 해서요. 그동안 줄곧 생각한 결과, 아저씨네 말을 몇 주 동안 우리 병원에 입원시키는 게 좋겠다는 판단을 내렸답니다. 나도 헤리엇 선생의 판단이 옳다고 생각합니다. 이건 아주 중증이고, 입원시키면 완치될 가능성이 늘어날 겁니다."

내 체면을 세워준 시그프리드가 고마웠다. 이 만남에서 내가 최고 얼간이라는 사실이 밝혀질 줄 알았는데 갑자기 만사가 잘 되었다. 나는 나를 배신하지 않는 고용주를 만난 것을 자축했다. 물론 그런 일이 처음은 아니었다.

마운트 씨는 모자를 벗고 땀이 흘러내리는 이마를 팔로 문질렀다.

"두 분께서 그렇게 생각하신다면 그렇게 하는 게 좋겠지요. 보비한테는 최선을 다하고 싶습니다. 내가 제일 아끼는 말이니까요."

"예, 정말 훌륭한 말입니다, 마운트 씨."

시그프리드는 큰 말 주위를 돌면서 말을 토닥거리고 어루만졌다. 차로 돌아오면서 그는 마운트 씨와 계속 편안하게 대화를 나누었다. 이 만만찮은 농부와 이야기할 때 나는 항상 어려움을 느꼈지만, 시그프리드 앞에서는 마운트 씨도 수다스러울 만큼 말이 많아졌다. 실제로 한두 번은 미소를 짓기까지 했다.

이튿날 보비가 스켈데일 하우스 마당으로 들어왔다. 수술에 얼마나 많은 중노동이 필요한가를 알았을 때 나는 내 무모함을 깨달았다. 혼자서 한 번에 그 일을 해내는 것은 도저히 불가능했다.

대장장이인 팻 제너가 연장 일습을 갖고 와서 우리를 도왔고, 시그프리드와 나는 교대로 보비의 발에 매달렸다. 건강한 각질만 남겨놓고 맥각과 병든 조직을 모조리 제거하는 작업이었다. 시그프리드는 질산을 발라서 그 부위를 지진 다음, 삼끈을 엮어서 발바닥에 대고, 팻이 편자 밑에 딱 들어맞도록 만든 금속판으로 삼끈을 제자리에 고정시켰다. 삼끈의 압력은 치료에 반드시 필요한 요소였다.

일주일 뒤에 나는 날마다 하던 대로 보비를 치료하고 있었다. 내가 차꼬의 진가를 인정한 것은 이때였다. 차꼬는 뒷마당 자갈 속에 깊이 박아놓은 굵은 목재였다. 보비를 이 차꼬 속으로 끌고 들어가 한쪽 발을 들어올려 내가 원하는 위치에 고정시킬 수 있으면 모든 일이 훨씬 쉬워졌다.

팻 제너는 이따금 편자를 점검하러 왔다. 어느 날 팻과 내가 뒷마당에서 바쁘게 일하고 있을 때 뒷골목에서 귀에 익은 소리가 들려왔다. 내 작은 '오스틴'이 덜컹거리며 달려오는 소리였다. 뒷골목으로 나가는 커다란 문은 양쪽으로 열려 있었다. 내가 고개를 들자 차가 뒷마당으로 들어와 우리 옆에 멈춰 섰다. 팻도 그것을 보고는 놀라서 눈알이 튀어나왔다.

"맙소사!" 팻이 외쳤다.

그가 그렇게 놀란 것도 무리는 아니었다. 차에는 운전자가 타고 있지 않았기 때문이다. 적어도 우리한테는 그렇게 보였다. 차가 뒷골목에서 들어올 때 운전석에는 아무도 없었기 때문이다.

차가 운전자 없이 움직이는 것은 놀라운 광경이다. 팻은 몇 초 동안 입을 딱 벌린 채 멍하니 차를 바라보았다. 내가 막 설명하려는 순간 트리스탄이 날카로운 외침 소리를 지르며 차 바닥에서 불쑥 솟아올랐다.

"안녕!" 트리스탄이 새된 소리로 외쳤다.

팻은 망치를 떨어뜨리고 두어 걸음 뒷걸음치더니, "세상에!" 하고 낮은 소리로 중얼거렸다.

나는 이 장난을 잘 알고 있었기 때문에 트리스탄의 묘기에 아무 영향도 받지 않았다. 내가 뒷마당에 있을 때 전화가 오면 트리스탄은 앞길에 세워둔 내 차를 몰고 뒷골목으로 와서 알려주곤 했다. 이런 일이 너무 자주 일어나자 트리스탄도 싫증이 나서 좀 더 기발한 방법을 찾으려 했다.

조금 연습한 뒤, 트리스탄은 운전자 없이 차가 달리는 것처럼 보이게 하는 기술을 익혔다. 운전석 바닥에 쪼그리고 앉아서 액셀에 한 발을 올려놓고 한 손으로는 핸들을 잡고 차를 모는 것이다. 처음엔 나도 너무 놀라서 하마터면 심장이 멎을 뻔했다. 하지만 이제는 완전히 익숙해졌고 싫증이 났다.

며칠도 지나기 전에 나는 트리스탄의 또 다른 장난을 목격할 수 있었다. 스켈데일 하우스의 복도 모퉁이를 돌아가자 트리스탄이 약간 열려 있는 대기실 문 옆에 숨어 있었다.

"안에 사냥감이 있는 것 같아." 트리스탄이 속삭였다. "무슨 일이 일어나는지 보자고."

그는 살며시 문을 밀고는 발꿈치를 들고 살금살금 안으로 들어갔다.

문틈으로 들여다본 나는 트리스탄이 정말로 성공한 것을 알 수 있었다. 한 남자가 트리스탄에게 등을 돌리고 서서 나체주의 잡지에 흠뻑 빠져 있었다. 천천히 페이지를 넘기면서 구멍이 뚫릴 만큼 사진을 들여다보고, 사진이 잘 보이도록 창에서 들어오는 햇빛 쪽으로 잡지를 움직이고, 모든 각도에서 사진을 포착하기 위해 고개를 이쪽저쪽으로 기울이는 것은 그가 얼마나 열중해 있는가를 보여주었다. 내버려두면 온종일이라도 기꺼이 거기서 시간을 보낼 것처럼 보였지만, 절묘하게 시간을 맞춘 트리스탄의 기침 소리를 듣자 누드 잡지가 무슨 뜨거운 감자라도 되는 것처럼 서둘러 떨어뜨리고는 『주간 농부』를 낚아채듯 집어 들고 돌아섰다.

트리스탄의 승리가 김빠진 맥주처럼 되어버린 것은 그때였다. 그 사람은 다름 아닌 마운트 씨였다.

거구의 농부는 몇 초 동안 트리스탄 앞에 버티고 서 있었다. 이윽고 굵은 목소리가 악문 이빨 사이로 으르렁거리듯 새어나왔다.

　"아, 자네군?"

　그는 곤혹스러운 잡지 쪽을 힐끗 돌아보고, 다시 트리스탄한테로 눈길을 돌렸다. 우락부락한 얼굴의 눈이 위험스럽게 가늘어져 있었다.

　"예…… 예…… 마운트 씨." 트리스탄은 쩔쩔매면서 대답했다. "안녕하십니까, 마운트 씨?"

　"나는 괜찮네."

　"잘됐군요…… 다행입니다……." 트리스탄은 몇 걸음 뒤로 물러났다. "데보라는 어떻습니까?"

　뻣뻣하게 솟은 눈썹 밑에서 눈이 더욱 가늘어졌다.

　"잘 있네."

　이어서 침묵이 끝없이 계속되었다. 나는 젊은 친구를 동정했다. 즐거운 만남은 아니었다.

　마침내 트리스탄이 간신히 힘없는 미소를 지어 보였다.

　"아아, 저어…… 제가 뭐 도와드릴 일은 없을까요, 마운트 씨?"

　"내 말을 보러 왔다네."

　"아, 그러세요. 아아, 물론 그러시겠죠. 헤리엇 선생이 바로 대기실 밖에 있을 겁니다."

　나는 정원을 지나 뒷마당으로 거구의 농부를 안내했다. 트리스탄을 만나본 결과 그에 대한 평가가 좋아지지 않은 것은 분명했다. 내가 마구간 문을 열었을 때 마운트 씨는 불쾌한 듯 얼굴을 잔뜩 찡그리고 있었다.

　하지만 보비가 건초를 맛있게 먹고 있는 것을 보고는 표정이 한결 누그러졌다. 마운트 씨는 마구간 안으로 들어가 활처럼 구부러진 말의 목을 토닥거렸다.

"보비의 상태는 어떻습니까?"

"아주 좋습니다." 나는 말의 뒷발을 들어 올려 금속판을 보여주었다. "원하신다면 이 금속판을 잠시 떼어볼까요?"

"아닙니다. 치료를 방해하고 싶지는 않아요. 만사가 순조롭다면 됐습니다. 내가 알고 싶은 건 그것뿐이니까."

치료는 그 후에도 몇 주 더 계속되었다. 마침내 시그프리드는 병을 남김없이 뿌리 뽑았다고 판단하고, 마운트 씨에게 전화를 걸어 내일 아침에 말을 데리러 오라고 말했다.

작은 승리에 관여하는 것은 언제나 기쁜 일이다. 나는 시그프리드의 어깨 너머로 보비의 발을 살펴보았다. 시그프리드는 보비의 발을 들어 올려, 병이 얼마나 깨끗이 나았는지를 말 주인에게 보여주었다. 괴사한 조직으로 뭉크러졌던 발바닥은 깨끗하고 부드러워져 있었다. 습기의 흔적은 어디에도 없었다.

마운트 씨는 어떤 일에도 쉽게 열광하는 성격이 아니었지만, 이번에는 깊은 인상을 받았는지 여러 번 빠르게 고개를 끄덕였다.

"더 말할 나위가 없군요. 정말 굉장합니다."

시그프리드는 보비의 발을 땅바닥에 내려놓고 만족스러운 미소를 지으며 허리를 폈다. 뒷마당에는 전체적으로 유쾌한 분위기가 감돌았다. 바로 그 순간 나는 내 차가 뒷골목으로 들어오는 소리를 들었다.

갑자기 불안이 내 가슴을 옥죄었다. 오오, 안 돼, 트리스탄. 제발 이번에는 하지 마. 너는 멋모르고……. 기다리는 동안 긴장과 불안으로 발가

307

락이 뒤틀렸다. 하지만 차가 문을 통해 들어온 순간 나는 이제 만사가 다 틀렸다는 것을 알았다. 차에는 운전자가 없었다.

나는 파국이 코앞에 다가온 것을 느끼면서 차가 시그프리드와 마운트 씨 옆에 멈춰서는 것을 지켜보았다. 두 사람은 도저히 믿을 수 없다는 눈으로 차를 바라보고 있었다.

몇 초 동안은 아무 일도 일어나지 않았다. 이윽고 트리스탄이 깜짝 상자 속의 인형처럼 느닷없이 튀어나와 열린 창문으로 고개를 쑥 내밀었다.

"야호!" 트리스탄은 새된 소리를 질렀지만, 제 형과 마운트 씨의 얼굴이 코앞에 있는 것을 본 순간 그 즐거운 웃음은 그대로 얼어붙었다.

시그프리드의 성난 표정은 나에게 익숙했지만 마운트 씨의 표정은 그보다 훨씬 더 무시무시했다. 얼굴은 돌처럼 굳어버렸고, 눈은 너무 가늘게 떠서 단추 구멍에 불과했고, 턱은 앞으로 쑥 튀어나왔고, 무성한 눈썹은 격렬한 분노로 뻣뻣하게 곤두서 있었다. 그가 트리스탄에 대해 최종적으로 마음을 굳힌 것은 의심할 여지가 없었다.

나는 트리스탄이 충분히 고통을 받았다고 생각했다. 그래서 그 후 한두 주 동안 그 이야기를 꺼내지 않았다. 그런데 우리가 스켈데일 하우스 거실에 앉아 있을 때 트리스탄이 무심한 투로 더 이상 데보라와 데이트를 하지 않을 거라고 말했다.

"데보라의 아버지가 나를 못 만나게 했나 봐."

나는 동정의 표시로 어깨를 으쓱했지만 아무 말도 하지 않았다. 어차피 그것은 처음부터 불운한 로맨스였다.

25

"오늘은……" 하고 우드햄 중위가 말했다. "몇 가지 새로운 것을 시도 해보겠다. 하강 선회, 사이드슬리핑(옆으로 미끄러지기), 그리고 실속(失速: 비행기가 양력을 잃고 떨어지는 현상) 상태에서 벗어나는 법이다."

그는 상냥한 목소리로 말했고, 헬멧을 쓰기 전에 잘생긴 까무잡잡한 얼굴을 나에게 돌리고는 빙긋 웃기까지 했다. 풀밭을 걸어가면서 나는 우드햄 중위가 정말 좋은 사람이라고 생각했다. 어쩌면 그와 좋은 친구가 될 수 있었을지도 모른다.

하지만 그는 지상에서는 늘 그랬다. 그런데 하늘에만 올라갔다 하면 완전히 딴 사람이 되었다. 나는 그것을 이해할 수가 없었다. 비행은 아무 문제도 없었고, 비행기가 여름 하늘에서 선회와 하강과 상승을 반복하는 동안 그의 지시는 내가 충분히 해낼 수 있을 만큼 간단하고 쉽게 느껴졌다. 하지만 늘 그랬듯이 금방 되잖은 소리가 귓청을 때리기 시작했다.

"사이드슬리핑 하려면 반대쪽 방향타와 조종간을 움직이라고 했잖아!" 그가 인터컴으로 호통을 쳤다.

"그렇게 하고 있잖아, 이 멍청아!" 하고 맞고함을 치는 게 더 타당할 것 같았지만, 나는 그냥 고분고분하게 "예, 교관님" 하고만 대답했다. 사회에서라면 그런 과격한 표현을 썼을지도 모른다.

보안경을 쓴 눈이 거울 속에서 툭 불거져 나왔다.

"도대체 왜 하라는 대로 안 하는 거야?" 그의 목소리는 더욱 높아져서 새된 비명처럼 들렸다.

"죄송합니다, 교관님."

"위로 올라가. 다시 해보자. 그리고 제발 정신 좀 바짝 차려!"

하강 선회와 실속도 마찬가지였다. 실속 상태에서 벗어나는 것은 전혀 어렵지 않았지만, 아무래도 교관이 이따금 머리가 돌아버리는 것 같았다. 미친 듯한 외침 소리가 내 귓속에서 울려 퍼졌다.

"반대쪽 방향타를 완전히 당기고, 조종간은 중앙으로! 내 말 안 들려? 이런, 하느님 맙소사!"

당연히 내 마음속에는 차츰 공포가 스며들었고 당연히 나는 신경이 쇠약해지기 시작했다. 바로 앞에서 기차역이 미친 듯이 원을 그리며 빙글빙글 돌고 있는 것이 보이다가, 다음 순간에는 텅 빈 하늘밖에 안 보이고, 다시 몇 초도 지나기 전에 들판과 나무가 나를 향해 돌진해오곤 했다. 모든 것이 시시각각으로 변하고 있어서 도무지 정신을 차릴 수가 없었다. 변하지 않는 것은 거울에 비친 성난 눈과 격분한 고함뿐이었다.

"중앙에 놓으란 말이야, 이 멍청아! 저 구름을 주시해! 수평의를 봐! 고도계를 뭣에 쓰는지도 모르나? 1천 피트를 유지하라고 했잖아! 이건 꼭 벽에다 대고 말하는 거나 마찬가지라니까!"

얼마 후 나는 일종의 무감각 상태에 빠져버렸다. 교관의 말은 내 머릿속에서 무의미하게 울려 퍼졌고, 문장들은 서로 모순되는 것처럼 여겨졌다. 나는 필사적으로 교관이 속사포처럼 퍼붓는 조언에 따르려 했지만, 모든 소리가 뒤죽박죽 엉키기 시작하여 하나도 알아들을 수가 없었다.

전에도 어디선가 꼭 이런 기분을 느낀 적이 있었다. 뒤죽박죽 엉킨 이 혼란 상태는 분명히 내 기억에 새겨져 있다. 그래, 생각났다. 버트휘슬 씨네 집에 가 있는 듯한 기분이었다.

버트휘슬 씨네 가족의 문제점은 그들이 모두 한꺼번에 말한다는 것이었다. 버트휘슬 씨는 언제나 가축 이야기를 했고, 그의 아내는 가족 이야기만 털어놓았고, 열여덟 살 난 아들 렌은 축구 이야기밖에 하지 않았다.

나는 회색 석조건물인 외양간에서 넬리를 진찰하고 있었다. 넬리는 늘 외양간 입구 반대편에 서 있는 하얀 암소였는데, 벌써 일주일이 넘도록 다리를 절뚝이고 있었다. 다리를 저는 모습이 아무래도 마음에 걸렸다.

"렌, 넬리 발 좀 들어줄래?"

들보에 밧줄을 걸어 소의 발을 들어 올리려면 시간도 많이 걸리고 번거로웠다. 그런 수고를 하는 대신, 건장한 렌에게 한마디만 하면 뒷다리를 척 들어 올려주니 여간 편하지 않았다.

렌은 커다란 두 손으로 넬리의 갈라진 발굽을 받쳐 들었다. 그 발굽을 살펴보고 나는 내 걱정이 들어맞은 것을 알았다. 발가락 사이의 공간은 깨끗했지만 발가락 관절 주위가 상당히 부어 있었다. 나는 허리를 구부린 채 눈을 들었다.

"아저씨, 이거 보이세요? 감염이 위쪽으로 번지고 있습니다."

"아…… 예……" 농부가 부어오른 부위를 손가락으로 찌르자 넬리가 움찔했다. "그쪽은 다리 위쪽으로 올라가고 있군요. 나는 그냥 발굽이 좀 썩은 줄 알고……."

"지난 토요일에……" 렌이 끼어들었다. "우리가 헬러비 팀을 박살냈어요. 조니 너드가 또 두 골을 넣었고……."

"발가락 사이에 부식제를 발라주었지요." 버트휘슬 씨는 아들의 말을 들은 것 같지 않았지만, 사실은 늘 그런 식이었다. "밤과 아침에 규칙적으로 발라주었어요. 부식제를 가장 쉽게 바르는 방법을 알려드릴까요. 암탉 깃털을……."

"이번 토요일에 조니가 세 골쯤 더 넣어도 나는 놀라지 않을 거예요." 렌은 아버지가 말을 하거나 말거나 아랑곳하지 않고 말을 이었다. "조니는 정말 대단한 선수예요. 특히……."

"부식제에 담갔다가 발가락 사이로 밀어 넣기만 하면 됩니다. 그러면……."

"오른발로 공을 찰 때는 굉장하죠. 뻥 걷어차면……."

나는 한 손을 들었다.

"잠깐만요. 이 암소는 발굽에 염증이 생긴 게 아니라는 사실을 아셔야 합니다. 여기 이 작은 관절에 화농성 염증이 생긴 거예요. 어려운 전문용어를 늘어놓으며 잘난 체하고 싶지는 않지만, 관절강(關節腔) 안쪽에 농(膿)이 있습니다. 고름 말입니다. 그런데 이게 아주 고약한 병이에요."

버트휘슬 씨는 천천히 고개를 끄덕였다.

"일종의 농양이라는 말씀이죠? 그렇다면 절개하는 게 상책이겠군요. 고름만 빼내면……."

"꼭 로켓처럼 날아간다니까요. 조니가 조만간 달링턴 팀에서 입단 테스트를 받게 되면……."

나는 남이 나에게 이야기하고 있을 때는 그 사람을 바라보는 게 예의라고 생각하지만, 두 사람이 동시에 이야기하고 있을 때—더구나 한 사람은 허리를 굽히고 있고 또 한 사람은 내 뒤에 서 있을 때—는 그런 예의를 차리기가 어렵다.

"고맙다, 렌. 이젠 발을 내려놔도 돼." 나는 허리를 구부리고 있는 렌에게 말했다. 그러고는 허리를 펴고, 두 사람의 중간쯤 되는 곳으로 시선을 돌렸다. "이 병의 문제는 칼로 째서 고름을 제거할 수가 없다는 겁니다. 관절의 부드러운 표면이 부식되는 경우가 많은데, 그게 엄청난 고통을 주거든요."

넬리는 내 말에 동의할 것이다. 감염된 것은 바깥쪽 발가락이었다. 넬리는 건강한 안쪽 발가락에 체중을 실으려고 다리를 옆으로 비스듬히 뻗은 자세로 서 있었다.

농부가 당연한 질문을 했다.

"그럼 어떻게 하죠?"

나는 무슨 치료를 해도 별 효과가 없을 거라고 확신했지만, 노력해보지도 않고 체념할 수는 없었다.

"설파제 가루약을 먹이고, 하루에 세 번씩 저 발을 찜질해주세요."

"찜질요?" 농부의 얼굴이 조금 환해졌다. "그건 벌써 하고 있는데요. 나는……."

"달링턴이 조니 너드와 계약하면 나는……."

"렌, 잠깐만 조용히 해줄래. 버트휘슬 씨, 어떤 찜질약을 사용하셨습니까?"

"쇠똥이죠." 농부는 자신만만하게 대답했다. "썩은 것을 빼내는 데에는 그저 쇠똥으로 찜질하는 게 최고예요. 나는 지금까지 줄곧 쇠똥을……."

"케스트렐 팀의 경기를 관전하는 대신, 이따금 달링턴에 가야 할 거예요. 조니가 그 팀 선수들과 어떻게 지내고 있는지 봐야 하니까요. 왜냐하

313

면……."

나는 간신히 일그러진 미소를 지어 보였다. 나도 축구를 좋아하는 팬으로서, 렌이 프로 축구 리그전에서 벌어지는 화려한 파노라마를 무시하고 겨우 20명 정도의 구경꾼 앞에서 경기하는 마을 축구팀에 열중하는 데 감동했기 때문이다.

"렌, 네 기분은 충분히 이해한다." 그러고는 그의 아버지 쪽으로 고개를 돌렸다. "제가 말한 찜질약은 좀 성질이 다릅니다, 버트휘슬 씨."

농부의 얼굴이 길쭉해지고 입꼬리가 양쪽으로 축 늘어졌다.

"글쎄요. 나는 평생 가축을 키웠지만 쇠똥보다 더 좋은 찜질약은 본 적이 없는데요."

나는 이를 악물었다. 1930년대에 이 고장 농부들은 이 토속적인 약을 높이 평가했는데, 괘씸한 건 그 민간요법이 목적을 달성하는 경우가 많았다는 점이다. 쇠똥을 염증이 생긴 부위에 바르면 엄청난 열과 반대 자극을 일으킬 것은 의심할 여지가 없었다. 당시 나는 예로부터 내려오는 많은 민간요법과 공존해야 했고, 그것을 굳게 믿고 있는 농부들 앞에서 말을 삼갈 수밖에 없었지만, 스스로 쇠똥을 처방한 적은 한 번도 없었고 이제 와서 쇠똥을 처방할 생각도 없었다.

"그럴지도 모르지만…… 제가 생각한 찜질약은 고령토입니다." 나는 단호하게 말했다. "고령토는 병원에 들러서 가져가세요. 통조림처럼 납작한 양철통에 들어 있으니까, 그것을 그대로 뜨거운 물에 데워서 발에 대주면 됩니다. 그러면 몇 시간 동안 열기가 유지되지요."

버트휘슬 씨가 전혀 열의를 보이지 않았기 때문에 나는 다른 찜질약을 제안해보았다.

"아니면 밀기울을 사용하셔도 됩니다. 저기 포대에 들어 있는 게 밀기울인 것 같은데요."

그는 조금 기운을 되찾았다.

"예, 맞아요."

"좋습니다. 뜨거운 밀기울로 하루에 세 번씩 찜질하고 가루약을 먹이세요. 며칠 뒤에 다시 보러 오겠습니다."

버트휘슬 씨는 성실하고 세심한 목축업자였기 때문에 내 말대로 할 게 분명했지만, 나는 전에도 이런 소를 본 적이 있어서 마음이 무거웠다. 아무리 건강한 소도 발이 아프면 순식간에 쇠약해진다. 아픈 발만큼 소를 빨리 망가뜨리는 것은 없는 것 같다. 관절염의 통증은 크고 살찐 소를 몇 주 만에 해골처럼 만들어버릴 수 있다. 그렇게 되지 않기만을 바랄 수밖에 없었다.

"알았습니다, 헤리엇 선생." 버트휘슬 씨가 말했다. "잠깐 집에 들렀다 가시죠. 마누라가 차를 준비해놓았을 겁니다."

나는 이런 초대를 거절한 적이 별로 없지만, 부엌으로 들어가자마자 이제는 상황이 정말로 어려워진 것을 깨달았다.

"자, 드세요." 농부의 아내가 나에게 김이 모락모락 피어오르는 찻잔을 건네면서 말을 이었다. "어제 시장에서 우연히 선생님 부인을 만나서 이야기를 나누었는데요, 부인이 말하기를……."

"그런데 그 가루약이 효과가 있을 거라고 생각하십니까?" 그녀의 남편이 진지한 눈으로 나를 바라보며 물었다. "넬리는 아주 좋은 젖소니까 가루약이 효과가 있었으면 좋겠군요. 지난번에 넬리가……."

"케스트렐 팀은 헐튼컵 쟁탈전에서 또 디브햄 팀과 싸우게 됐어요. 꿩

장한 경기가 될 거예요. 지난번에는……."

버트휘슬 부인은 숨도 쉬지 않고 말을 이었다.

"……스켈데일 하우스 꼭대기층에 살림을 차리셨다면서요? 거기는 정말 살기 좋을 거예요. 전망도 좋고……."

"……처음 새끼를 낳았을 때는 하루에 5갤런씩 젖을 냈고, 그 후에도……."

"……디브햄 팀에게 우리가 박살나다시피 했지만, 이번에는……."

"……대러비 전체가 한눈에 바라다보이죠. 하지만 나처럼 뚱뚱한 사람은 그런 데서 살 수 없을 거예요. 그래서 부인한테 말했죠. 그렇게 높은 데서 살려면 젊고 날씬해야 한다고. 그 많은 계단을 오르내리고……."

나는 차를 길게 한 모금 들이마셨다. 내 주위에서 말이 끊임없이 부딪쳐 딱딱 소리를 냈지만, 적어도 차를 마시는 동안은 하나의 사물에만 눈과 주의를 집중할 수 있었다. 서로 질세라 목청껏 소리를 지르는 버트휘슬 가족 세 사람의 말을 모두 알아들으려고 애쓰는 것은 언제나 피곤한 일이었고, 그 세 사람을 동시에 바라보면서 그들 각자의 이야기 내용에 맞추어 내 표정을 적절히 조정하는 것은 물론 불가능한 일이었다.

가장 놀라운 것은, 자기가 말하고 있을 때 다른 사람이 끼어들어도 절대 화를 내지 않는다는 것이었다. "지금 내가 말하고 있으니까 좀 조용히 해주실래요?"라든가 "끼어들지 마세요!"라든가 "입 좀 닥쳐!"라고 말하는 사람은 아무도 없었다. 그들은 모두 동시에 이야기하고, 아무도 다른 사람의 말에 주의를 기울이지 않는 상태로 완벽한 조화를 이루며 함께 살고 있었다.

다음 주말에 넬리를 보러 가보니 상태가 더 나빠져 있었다. 버트휘슬 씨는 내 지시를 충실히 지켰지만, 그가 목초지에서 데려온 넬리는 걸음도 제대로 걷지 못했다.

함께 있던 렌이 넬리의 발을 들어 올려주었다. 나는 우울한 얼굴로 더 심하게 부어오른 넬리의 발을 살펴보았다. 부기는 뒷발굽에서 앞쪽 발가락 사이까지 퍼져 있었고, 내 손가락이 조금만 닿아도 덩치 큰 소는 아파서 다리를 움찔했다.

나는 넬리를 기다리고 있는 운명을 알았기 때문에, 그리고 내가 그 이야기를 하면 버트휘슬 씨가 좋아하지 않으리라는 것도 알고 있었기 때문에, 별로 말을 하지 않았다.

다음 주말에 다시 찾아갔을 때는 농부의 얼굴만 보고도 만사가 내 예상대로 진행된 것을 알 수 있었다. 이번만은 버트휘슬 씨 혼자 있었다. 그는 나를 말없이 외양간으로 안내했다.

넬리는 이제 세 다리로 서 있었다. 감염된 발을 자갈이 깔린 바닥에 잠시라도 내려놓을 용기가 나지 않는 것 같았다. 게다가 몸도 지난번에 보았을 때보다 훨씬 여위어 있었다. 보름 전만 해도 통통하고 건강했던 소가 이제는 피골이 상접하여 거의 뼈와 가죽만 남아 있었다.

"이젠 다 틀린 것 같아요." 버트휘슬 씨가 중얼거렸다.

암소의 뒷발은 들어 올리기가 어렵다. 하지만 오늘은 넬리가 더 이상 뒷발에 신경을 쓰지 않았기 때문에, 누가 도와주지 않아도 쉽게 뒷발을 들어 올릴 수 있었다. 나는 통통 부어오른 발가락을 유심히 살펴보았다. 뒷발은 이제 정말로 거대했다. 거대한 곤봉처럼 보기 흉하게 부은 조직에서 고름이 질질 흘러내리고 있었다.

"고름 주머니가 터졌나 봐요." 농부는 고름이 흘러나오는 너덜너덜한

구멍을 손가락으로 찔렀다. "하지만 그래도 고통은 전혀 줄어들지 않았어요."

"그건 기대할 수 없습니다. 전에도 말했듯이, 문제는 모두 관절 안쪽에 있으니까요."

"소를 키우다 보면 이런 일도 일어나게 마련이죠. 아무래도 맬록한테 전화하는 게 나을 것 같군요. 젖을 한 방울도 내지 못해요. 불쌍한 녀석. 이제 완전히 못쓰게 되어버렸어요."

나는 해야 할 말을 하기 전에 도축업자한테 넘겨서 소의 고통을 자비롭게 끝내주겠다는 말이 농부의 입에서 나오기를 기다려야 했다. 이 소는 처음부터 수술할 필요가 있었지만, 처음에 수술을 제안해봤자 시간 낭비에 불과했을 것이다. 소의 발가락을 절단하자고 말하면 농부들은 항상 공포에 사로잡히곤 했다. 소가 이 지경이 된 지금도 버트휘슬 씨를 설득하려면 상당히 애를 먹을 게 뻔했다.

"도축할 필요는 없습니다. 다른 방법이 있는데……."

"다른 방법요? 그동안 해볼 만큼 해봤으니, 이제 됐어요."

나는 허리를 굽혀 다시 넬리의 발을 들어올렸다.

"이것 보세요." 나는 안쪽 발가락을 잡고 돌려보았다. 그쪽은 자유롭게 움직였다. "이쪽은 건강합니다. 아무 문제도 없어요. 그러니까 바깥쪽 발가락을 절단해도, 이 발가락이 넬리의 체중을 지탱할 수 있을 겁니다."

"예, 하지만…… 저 끔찍한 건 어떻게 하죠?"

"그것도 제거할 수 있습니다."

"그러면…… 잘라낸다는 겁니까?"

"예."

그는 힘차게 고개를 저었다.

"아니, 안 됩니다. 그건 도저히 참을 수 없어요. 넬리는 충분히 고통을 받았어요. 맬록을 불러서 고통을 없애주는 게 훨씬 나아요."

또 시작이었다. 농부들은 결코 겁쟁이가 아니지만, 절단 수술에는 반드시 질색을 했다.

"하지만 아저씨, 수술하면 통증은 당장 사라집니다. 압력은 제거되고, 건강한 발가락이 체중을 충분히 지탱할 수 있어요."

"나는 안 된다고 했습니다. 헤리엇 선생. 절대 안 돼요. 선생은 최선을 다했고, 그 점에 대해서는 고맙게 생각하지만, 넬리의 발을 잘라내게 할 수는 없어요. 이야기는 끝났어요."

그는 돌아서서 외양간 밖으로 나가기 시작했다.

나는 그의 뒷모습을 무력하게 지켜보았다. 내가 싫어하는 일 가운데 하나는 가축이나 애완동물을 수술하라고 주인을 설득하는 일이다. 이유는 간단하다. 만약 일이 잘못되면 내가 책임을 져야 하기 때문이다. 하지만 한 시간만 수술하면 이 훌륭한 소를 원래 상태로 돌려놓을 수 있을 게 분명한데, 그런 이유로 포기할 수는 없었다.

나는 종종걸음으로 외양간을 나갔다. 농부는 벌써 마당을 절반쯤 가로질러 전화를 걸러 가는 중이었다.

그가 농가 현관에 이르렀을 때 나는 숨을 헐떡이며 그를 따라잡았다.

"아저씨, 잠깐만 내 말 좀 들어보세요. 나는 넬리의 발을 절단하겠다고는 말하지 않았습니다. 한쪽 발가락만 잘라내는 거예요."

"소는 발가락이 두 개니까, 한쪽 발가락이라면 발의 절반 아닙니까?" 그는 장화를 내려다보았다. "그건 너무 가혹해요."

"하지만 넬리는 아무 것도 모를 겁니다. 전신 마취를 할 거예요. 수술이 성공할 건 확실합니다."

"헤리엇 선생, 아무래도 내키질 않아요. 마음에 안 들어요. 수술에 성공한다 해도, 절름발이 암소가 절뚝거리면서 돌아다니는 꼴은 보고 싶지 않군요."

"절대 그렇게 되지 않을 겁니다. 얼마 후에는 잘라낸 부위에 작은 각질 덩어리가 생겨날 테고, 겉으로 봐서는 아무 것도 알아차리지 못할 겁니다. 내기를 해도 좋습니다."

버트휘슬 씨는 오랫동안 곁눈질로 나를 바라보았다. 나는 그의 마음이 약해지고 있다는 것을 알 수 있었다.

"아저씨." 나는 이때를 놓치지 않고 공격을 재개했다. "한 달도 지나기 전에 넬리는 다시 하루에 5갤런씩 젖을 내는 살찐 암소가 될 수 있을 겁니다."

이것은 어리석은 말이었다. 어떤 수의사한테도 권할 수 없는 말이지만, 나는 일종의 광기에 사로잡혀 있었다. 수술만 하면 넬리를 고칠 수 있다는 확신이 있는데, 개먹이가 되도록 내버려두는 것은 도저히 참을 수 없었다. 그것만이 아니었다. 나는 동물의 고통을 당장 없애주고 극적으로 병을 치료해주는 데에서 어린애 같은 즐거움을 맛보고 있었다. 소의 경우에는 이런 즐거움을 맛볼 수 있는 수술이 별로 많지 않지만, 발가락 절단 수술은 그런 수술 가운데 하나다.

내 열정이 농부에게 전달된 게 분명했다. 그는 한참 동안 나를 쳐다보다가 어깨를 으쓱했다.

"언제 하시겠습니까?"

"내일요."

"좋습니다. 도와줄 사람이 많이 필요합니까?"

"아뇨. 아저씨하고 렌만 있으면 됩니다. 열 시에 오겠습니다."

이튿날, 나는 따뜻한 햇살을 등에 받으며 집 옆의 작은 목초지에 수술 도구를 늘어놓았다. 나는 오랫동안 많은 대형 동물을 수술했는데, 대개는 그런 장소를 택했다. 초록색 풀밭이 기분 좋게 펼쳐져 있고, 옆에는 회색 석조건물이 서 있고, 하늘에는 하얀 구름이 흩어져 있고, 저 멀리에는 평화로운 산들이 말없이 당당하게 하늘로 솟아 있는 곳. 그런 곳이 전형적인 수술 무대였다.

거리가 그리 멀지도 않은데 넬리를 데려오는 데에는 시간이 오래 걸렸다. 허수아비처럼 뼈만 앙상한 넬리가 쓸모없는 다리를 대롱거리면서 고통스럽게 다가오는 것을 보자, 어제 그처럼 기세 좋게 장담한 것이 무모하게 느껴졌다.

"됐습니다. 거기 세워두세요. 거기가 딱 좋습니다."

나는 가까운 풀 위에 톱과 클로로포름, 붕대, 솜, 요오드포름 따위가 담긴 트레이를 내려놓았다. 나는 기다란 밧줄도 가져왔다. 이것은 우리가 소를 쓰러뜨릴 때 사용하는 것이지만, 넬리에게는 필요가 없을 거라고 생각했다.

내 생각이 옳았다. 입마개를 씌우고 스펀지에 클로로포름을 조금 붓자, 덩치 큰 하얀 암소는 거의 고맙다는 듯이 시원한 초록색 풀밭에 털썩 쓰러졌다.

"케스트렐 팀은 수요일 밤에 멋진 시합을 했어요." 렌이 행복한 얼굴로 킬킬거렸다. "조니 너드는 골을 못 넣었지만, 렌 바텀리가……."

"이게 잘하는 일이라면 좋겠군요." 버트휘슬 씨가 중얼거렸다. "저기서 비틀거리며 나오는 것으로 봐서는 아무래도 시간 낭비……."

"……두어 번 멋진 슛을 날렸지요." 렌은 그때 일을 생각하면서 얼굴을 빛냈다. "케스트렐 팀은 운이 좋아요. 그런 선수를 둘이나……."

"렌! 그쪽 발을 잡아!" 나는 목청껏 소리를 질렀다. 두 사람의 장기인 고함 소리로 그들을 역습한 셈이다. "발을 저 나무토막 위에 올려놓고 움직이지 못하게 해. 그리고 아저씨는 넬리의 머리를 누르고 계세요. 움직이지는 않겠지만, 움직이면 클로로포름을 더 투여해야 하니까요."

암소들은 클로로포름에 쉽게 마취되지만, 음식이 역류하는 경우가 있기 때문에 너무 오래 눕혀 놓는 것은 바람직하지 않다. 수술을 서둘러야 했다.

나는 재빨리 발굽 위에 붕대를 감고, 지혈용 압박대 구실을 하도록 단단히 잡아당긴 다음, 트레이에 놓인 톱으로 손을 뻗었다. 책에는 정교한 발가락 절단 방법이 잔뜩 쓰여 있다. 곡선 절개 방법이나 피부를 젖혀서 관절 부위를 드러내는 방법 따위가 장황하게 나열되어 있다. 하지만 나는 발굽 관절 아래쪽에 톱을 대고 몇 번 기운차게 움직이는 간단한 방법으로 수백 개의 발가락을 잘라냈고, 언제나 완벽한 성공을 거두었다.

나는 숨을 한 번 깊이 들이마셨다. "렌, 꽉 잡아." 그리고 작업에 착수했다.

몇 분 동안은 금속이 뼈를 가는 단조롭고 불쾌한 소리 말고는 아무 소리도 들리지 않았다. 이윽고 병든 발가락이 풀밭에 툭 떨어졌고, 그 발가락이 달려 있던 부위에는 평평한 그루터기만 남았다. 그루터기에서는 모세혈관 몇 개가 튀어나와 있었다. 나는 구부러진 가위를 사용하여 제2지골에서 남은 발굽뼈를 재빨리 떼어낸 다음, 제2지골을 버트휘슬 씨에게 보여주었다.

"이것 보세요! 거의 다 부식되었어요." 나는 관절 안과 그 주변의 신경조직을 가리켰다. "엉망진창이 된 게 보이죠? 넬리가 그렇게 고통스러워한 것도 당연합니다."

나는 재빨리 큐렛으로 썩은 조직을 긁어내고, 표면에 요오드포름을 뿌리고, 두꺼운 솜을 대고, 붕대를 감을 준비를 했다.

나는 하얀 붕대에서 포장지를 찢어내면서 양심의 가책을 느꼈다. 너무 일에 열중한 나머지 두 사람에게 좀 무례하게 굴었기 때문이다. 렌이 자기가 좋아하는 팀에 대해 그렇게 열심히 이야기하는데도 대꾸 한 번 하지 않았다. 앞으로 몇 분 동안은 가벼운 농담을 하면서 보내도 될 것 같았다.

"이봐 렌, 너는 케스트렐 팀에 대해 이야기할 때 월러튼 팀에 5대 0으로 깨진 이야기는 한 번도 하지 않는데, 그건 어떻게 된 거냐?"

그러자 젊은이는 잠시도 망설이지 않고 나에게 덤벼들어 내 이마를 난폭하게 들이받았다. 빳빳한 머리카락이 돋아난 커다란 머리에 들이받힌 충격은 뿔을 자른 황소의 공격을 받은 거나 마찬가지였다. 나는 뒤로 날아가 풀밭에 나동그라지고 말았다. 처음에는 두개골 안쪽에서 불꽃놀이가 일어났지만, 이윽고 의식이 서서히 사라지기 시작했다. 도저히 믿을 수가 없었다. 의식을 잃기 전에 내가 마지막으로 느낀 것은 놀라움이었다.

나도 축구를 좋아하지만, 렌이 케스트렐 팀에 대한 애정 때문에 폭력까지 행사할 줄은 꿈에도 몰랐다. 그는 평소에는 지극히 온순하고 순진한 소년처럼 보였다.

　내가 정신을 잃은 것은 겨우 몇 초에 불과했을 것이다. 하지만 내가 한창 수술을 하고 있었다는 사실을 무언가가 집요하게 일깨워주지 않았다면 나는 그보다 훨씬 오랫동안 차가운 풀밭 위에 누워 있었을지도 모른다. 나는 눈을 깜박거리고 풀밭에 일어나 앉았다.

　넬리는 초록빛 언덕을 배경으로 여전히 평화롭게 자고 있었다. 버트휘슬 씨는 넬리의 목에 손을 올려놓은 채 걱정스러운 눈으로 나를 바라보고 있었고, 렌은 소의 몸뚱이 위에 정신을 잃고 쓰러져 있었다.

　"다치셨습니까?"

　"아…… 아닙니다…… 다치지는 않았습니다. 도대체 무슨 일이 일어난 겁니까?"

　"미리 말씀드렸어야 하는 건데. 렌은 피를 보면 참지 못해요. 멍청한 녀석이지요." 농부는 성난 눈으로 기절해 있는 아들을 노려보았다. "하지만 그렇게 빨리 기절하는 건 처음 봤습니다. 게다가 선생님을 정통으로 들이받고 쓰러지다니!"

　나는 젊은이의 축 늘어진 몸을 한쪽으로 굴려놓고 다시 일을 시작했다. 수술이 끝난 뒤 다량으로 출혈할 위험이 있기 때문에 천천히 주의 깊게 붕대를 감았다. 마지막으로 아연화연고를 몇 겹으로 처덕처덕 바른 다음, 농부를 돌아보았다.

　"입마개를 벗겨도 됩니다, 아저씨. 다 끝났어요."

　내가 양동이 물로 수술 도구를 씻기 시작했을 때, 렌이 쓰러졌을 때만큼 갑자기 벌떡 일어나 앉았다. 얼굴은 핏기 하나 없이 창백했지만, 여느 때처럼 친밀한 미소를 지으며 나를 쳐다보았다.

"케스트렐 팀에 대해서 뭐라고 말씀하셨죠?"

"아무 말도 안 했어." 나는 서둘러 대답했다. "아무 말도."

사흘 뒤, 나는 버트휘슬 씨네 농장에 가서 피와 고름으로 딱딱하게 굳어버린 붕대를 벗겼다. 그런 다음, 그루터기에 다시 가루약을 뿌리고 깨끗한 솜을 붕대로 고정시켰다.

"이젠 훨씬 편안할 겁니다."

실제로 넬리는 훨씬 행복해 보였다. 감염된 발에 벌써 약간의 체중을 싣고 있었다. 그 무서운 것이 자기 삶에서 사라진 것을 믿을 수 없다는 듯이 조심스럽게 그 발을 땅에 딛고 있었다.

넬리가 저쪽으로 걸어갈 때 나는 집게손가락 위에 가운뎃손가락을 포개고 성공을 빌었다. 이 수술이 실패로 끝난다면 그것은 감염이 다른 쪽으로 퍼졌을 경우뿐이다. 그렇게 되면 당장 도축할 수밖에 없고, 우리는 큰 실망을 맛보게 될 것이다.

하지만 그런 일은 넬리에게 일어나지 않았다. 두 번째 붕대를 풀어 보니 상처는 거의 아물어 있었다. 내가 넬리를 다시 본 것은 수술이 끝난 지 5주쯤 뒤였다.

나는 버트휘슬 씨의 돼지에게 주사를 놓은 뒤 지나는 말처럼 물었다.

"그런데 넬리는 어떻습니까?"

"가서 직접 보세요. 저 길가 목초지에 있으니까."

우리는 함께 풀밭을 지나 하얀 암소가 친구들과 어울려 서 있는 목초지로 갔다. 넬리는 고개를 숙이고 부지런히 풀을 뜯고 있었다. 다시 통통하게 살이 오른 것을 보니, 내가 마지막으로 본 이후 풀을 많이 먹은 게 분명했다.

"가자, 넬리." 농부가 엄지손가락으로 부드럽게 넬리의 엉덩이를 쿡쿡 찌르자, 넬리는 몇 걸음 앞으로 천천히 걸어 나와 다시 풀을 뜯기 시작했다. 다리를 저는 기색은 전혀 없었다.

"완벽하군요. 젖도 잘 나옵니까?"

"예, 다시 5갤런씩 젖을 내고 있습니다." 버트휘슬 씨는 주머니에서 찌그러진 담배통을 꺼내 뚜껑을 비틀어 열고는 오래된 시계를 꺼냈다. "열 시로군요. 렌이 차를 마시고 새참을 먹으러 집에 들어갔을 겁니다. 선생도 집에 들러서 차 한 잔 하시겠습니까?"

나는 어깨를 펴고 그를 따라 집으로 들어갔다. 그러자 당장 일제 사격이 시작되었다.

"토요일에 정말 웃기는 일이 있었어요." 렌이 요란하게 웃으면서 말했다. "월터 기멧이 심판을 보았는데, 케스트렐 팀에 또 반칙을 두 개나 주었지 뭐예요. 그러자 케스트렐 팀 애들이 어떻게 했는지 아세요?"

"브렌트 영감은 정말 안됐어요." 버트휘슬 부인이 고개를 한쪽으로 기울이고 애처롭게 나를 바라보았다. "지난 토요일에 장례식을 했는데……."

"헤리엇 선생." 그녀의 남편이 끼어들었다. "넬리가 다시 5갤런씩 젖을 낼 거라고 말했을 때, 선생이 나를 놀리는 줄 알았어요. 나는 꿈에도……."

"……그 엉터리 심판 녀석을 말 여물통에다 쑤셔박아 버렸어요. 이제 다시는 케스트렐 팀에 반칙을 주지 않을 거예요. 그걸 보았어야 하는 건데……."

"……며칠만 더 살았으면 오늘 아흔 번째 생일을 맞았을 텐데. 가엾은 영감. 마을 사람들은 모두 영감을 좋아해서, 장례식에 모인 사람도 많았답니다. 신부님은……."

"……그런 건 기대하지 않았습니다. 살은 좀 찔지도 모른다고, 그러면 쇠고기용으로 처분할 수도 있을 거라고 생각했을 뿐이지요. 정말 고맙게……."

그 순간 나는 부엌 싱크대 위에 걸린 깨진 거울 속에서 우연히 내 모습을 발견하고 손가락으로 찻잔을 단단히 움켜잡았다. 그것은 섬뜩한 경험이었다. 깨진 거울에 비친 나는 거의 알아볼 수 없을 만큼 일그러진 얼굴로 허공을 멍하니 바라보고 있었기 때문이다. 눈은 초점을 잃고 흐리멍덩해져 있었다. 내 얼굴은 말 여물통에 처박힌 월터가 우스꽝스럽다는 것을 인정하는 얼뜬 미소, 브렌트 영감이 아흔 번째 생일을 며칠 앞두고 세상을 떠난 데 대한 아쉬움, 거기에다 넬리의 수술이 성공한 데 대한 만족감까지 뒤섞인 묘한 표정을 짓고 있었다. 더구나 나는 동시에 세 방향을 보려고 애쓰고 있었다. 적어도 그 노력만은 가상하다고 말할 수밖에 없었다.

하지만 그것은 좀 당혹스러운 상황이었기 때문에 나는 차를 마시자마자 그 집을 빠져나왔다. 버트휘슬 씨와 렌은 아직 부인이 만든 사과파이와 과자빵을 먹느라 바빴고, 내가 나올 때도 여전히 기세를 잃지 않은 목소리로 고함을 질러대고 있었다. 집에서 나와 문을 닫자 갑자기 평화가 찾아왔다. 평온한 기분은 내가 차를 몰고 마당에서 나와 좁은 시골길로 들어설 때도 나와 함께 머물러 있었다. 내가 100미터도 가기 전에 차를 세우고, 내 환자를 다시 한 번 보려고 창문을 내릴 때에도 그 기분은 여전히 지속되었다.

넬리는 이제 드러누워 있었다. 배불리 풀을 뜯어먹고는 가슴을 땅바닥에 대고 편안히 엎드려서 되새김질을 하고 있었다. 소가 천천히 입을 움직이며 되새김질하는 광경만큼 수의사를 안심시켜주는 것은 없다. 그것은 만족과 건강을 의미한다. 넬리가 돌담 너머로 나를 쳐다보았다. 하얀 얼굴에 평온한 눈은 그 장면을 더욱 평화로워 보이게 해주었고, 농가에서 떠들썩한 목소리에 시달린 뒤의 고요함을 더욱 강조해주었다.

넬리는 말을 할 수 없었지만, 조용히 움직이는 그 턱은 내가 알고 싶은 것을 모두 말해 주었다.

26

공군에 입대했을 때 나에게는 남모를 걱정거리가 하나 있었다. 나는 평생 현기증에 시달렸고, 지금도 조금만 높은 곳에서 아래를 내려다보면 그 무서운 현기증과 공포감에 사로잡힌다. 그런데 하늘을 날면 어떻게 될까?

그런데 막상 하늘로 날아오르자 아무것도 느끼지 않았다. 열린 조종석에서 수천 미터 아래를 내려다보아도 현기증이나 구역질은 일어나지 않았다. 따라서 내 걱정은 전혀 근거 없는 것이었다.

수의사 생활을 시작할 때도 나는 걱정이 많았다. 초기에 가장 큰 공포심을 불러일으킨 것은 바로 농산부였다.

놀라운 말로 들리겠지만 사실이다. 내가 겁을 먹은 것은 사무 쪽이었다. 그 온갖 서류를 어떻게 처리하면 좋은가. 나는 실무적인 면에서는 객관적으로 보아도 상당히 유능하다고 자부할 수 있었다. 내 기억에 자주 떠오르는 것은 그동안 수없이 했던 투베르쿨린 검사다. 소의 목에서 적당한 곳을 골라 털을 깎아낸 다음, 두꺼운 살가죽 속으로 주사바늘을 찔러 넣고 0.1시시의 투베르쿨린을 주사하는 것이다.

밀러 씨네 농장으로 투베르쿨린 검사를 하러 갔을 때였다. 나는 주사바늘 밑에서 내피의 '완두콩 같은 것'이 부풀어 오르는 것을 만족스럽게 지켜보았다. 그게 정상이었고, 그런 일이 일어나면 일을 잘하고 있다는 것, 즉 동물이 결핵에 걸렸는지 아닌지를 제대로 검사하고 있다는 것을 알 수 있다.

"그 녀석은 65번이에요."

농부가 말했지만 나는 만약을 위해 소귀에 매달린 번호표를 확인했다. 그러자 농부는 자존심이 상한 듯 언짢은 표정을 지었다.

"그건 시간 낭비예요, 헤리엇 선생님. 나는 정확히 순서대로 일람표를 만들었어요. 선생님을 위해 특별히 만든 거니까 이걸 그냥 가져가시면 돼요."

그것은 의문이었다. 농부들은 모두 자기 가축에 대한 기록이 완벽하다고 확신하지만, 그것을 믿었다가 낭패를 본 적이 있다. 나는 사무에서는 온갖 실수를 저지르는 재능을 타고난 것 같았다. 따라서 농부들까지 내 실수를 거들고 나설 필요는 전혀 없었다.

하지만 그래도 농부의 말은 유혹적이었다. 나는 마디진 손가락에 매달려 있는 기다란 숫자 일람표를 바라보았다. 그것을 받아들이면 많은 시간을 절약할 수 있다. 여기에는 검사해야 할 동물이 아직도 쉰 마리나 남아 있고, 점심때까지 두 농가를 더 돌아야 했다.

나는 손목시계를 들여다보았다. 빌어먹을! 벌써 예정보다 한참 늦어 있었다. 나는 익숙한 좌절감을 느꼈다.

"좋습니다, 밀러 씨. 그걸 가져가지요. 고맙습니다."

나는 종이를 주머니에 찔러 넣고, 외양간을 돌아다니면서 초고속으로 털을 깎고 주사를 놓기 시작했다.

일주일 뒤에 업무일지를 펼치자 무서운 구절이 내 눈으로 뛰어 들어왔다. '농산부에 전화할 것.' 하보틀 양의 필적으로 적혀 있는 그 짧은 문장은 이 세상의 무엇보다도 빠르게 내 피를 얼어붙게 하는 위력을 갖고 있었다. 그것은 내가 농산부에 전화를 걸어야 한다는 뜻이었고, 우리 비서가 일지에 그 말을 적어 놓을 때마다 나에게 또 곤란한 문제가 생겼음을 의미했다. 나는 떨리는 손을 전화기로 뻗었다.

여느 때처럼 매력 넘치는 키티 패티슨이 전화를 받았다. 나는 그녀의 목소리에서 나를 동정하는 기색을 느낄 수 있었다. 그녀는 농산부 간부들을 담당하는 비서여서 내 잘못이나 실수를 모두 알고 있었다. 문제가 사소한 것일 때는 그녀가 직접 나한테 주의를 주는 경우도 있었지만, 내가 정말로 큰 실수를 저질렀을 때는 그녀의 상관인 지역 감독관 찰스 하코트 씨가 나를 상대했다.

"아, 헤리엇 씨." 키티는 쾌활하게 말했다. 나는 그녀가 나를 동정한다는 것을 알았지만, 나를 동정해도 그녀가 할 수 있는 일은 아무 것도 없었다. "감독관님이 통화하고 싶어 하세요."

역시 그렇군. 그 무서운 말을 들으면 내 가슴은 항상 철렁 내려앉았다.

"고마워요." 나는 쉰 목소리로 말하고 전화가 연결되기를 기다렸다. 그 시간이 한없이 길게 느껴졌다.

"헤리엇!" 우렁우렁 울리는 목소리에 나는 놀라서 펄쩍 뛰었다.

나는 침을 꿀꺽 삼키고 말했다.

"안녕하세요, 감독관님. 어떻게 지내십니까?"

"내가 어떠냐고? 몹시 짜증이 나! 사실은 미치고 팔짝 뛸 지경이야."

나는 잘생기고 혈색 좋고 화를 잘 내는 얼굴이 더욱 붉게 상기되고 초록빛 눈이 분노에 불타는 것을 눈앞에 생생히 떠올릴 수 있었다.

"오오."

"'오오' 해봤자 소용없어. 자네는 지난번에도 그렇게 말했지. 죽은 지 2년이나 된 프랭클랜드네 소를 검사했을 때 말이야. 그건 정말 대단했어. 어떻게 그런 일을 해냈는지, 알다가도 모르겠다니까. 지금 나는 자네가 하이뷰의 밀러네 농장에서 검사한 보고서를 훑어보았는데, 자네가 검사한 소 가운데 두 마리, 74번과 103번은 우리 기록에 따르면 밀러가 6개월 전에 브로턴 경매시장에서 팔아버린 것으로 되어 있어. 따라서 자네는 또 한 번 기적적인 일을 해낸 거야."

"죄송합니다……."

"제발 죄송해하지 마. 자네가 어떻게 그런 기적 같은 일을 해내는지 그저 놀라울 뿐이야. 이 보고서에는 온갖 숫자가 다 적혀 있어. 피부 두께를 비롯해서 전부 다. 자네는 그 소들이 당시 25킬로미터나 떨어져 있었는데도 둘 다 피부가 얇은 동물이라는 걸 알아낸 모양인데, 정말 대단해!"

"저는……."

"좋아, 헤리엇. 익살은 그만 부리고 진지하게 말하지. 다시 한 번, 마지막으로 말하겠네. 자네가 귀담아듣고 있으면 좋겠군." 그는 잠깐 말을 멈추었다. 넓은 어깨를 웅크리고 수화기에 고함을 지르는 그의 모습이 눈앞에 보이는 것 같았다. "앞으로는 소귀에 달린 번호표를 잘 들여다봐!"

"그러겠습니다, 감독관님. 앞으로는 반드시……."

"됐어, 됐어. 하지만 문제가 또 있어."

"또 있다고요?"

"그래, 아직 이야기 안 끝났어." 하코트 씨의 목소리는 지친 기색을 띠고 있었다. "로파크스의 윌슨네 농장에서 자네가 결핵예방법에 따라 격리시킨 암소를 기억에 되살려달라고 부탁해도 될까?"

나는 손바닥에 손톱을 깊이 박아 넣었다. 우리는 곤경으로 빠져들고 있었다.

"예, 기억하고 있습니다."

"그렇다면 우리가 서식에 대해 이야기한 내용도 기억하고 있나?" 찰스는 점잖은 사람이었기 때문에 인내심을 발휘하려고 애쓰고 있었지만, 그러려면 무척 힘이 들었다. "그때 내가 한 말을 전혀 이해하지 못했나?"

"아니요. 물론 이해했습니다."

"그렇다면 왜, 무엇 때문에 살처분용 인수증을 나한테 보내지 않았나?"

"인수증을…… 제가 안 보냈…….."

"그래, 안 보냈어. 그리고 솔직히 말하면 나는 그걸 이해할 수가 없어. 지난번에 자네가 감정 동의서 사본을 보내는 걸 잊었을 때도 자네와 함께 그걸 차근차근 복습했을 텐데."

"아아, 정말 죄송합니다."

전화선 저쪽에서 깊은 한숨 소리가 들려왔다.

"그건 간단한 일이야. 우리가 할 일을 말해주지. 절차를 다시 한 번 복습해보세. 어떤가?"

"예, 좋습니다."

"좋아. 우선 결핵에 감염된 동물을 발견하면 B-205-DT 서식 A를 제출해. 그건 동물의 구류와 격리를 요청하는 서류야." 나는 그가 요점을 하나씩 열거하면서 손가락으로 손바닥을 찰싹 때리는 소리를 들을 수 있었다. "다음에는 B-207-DT 서식 C가 있는데, 이건 살처분 예정 통고서야. 다음은 B-208-DT 서식 D가 있는데, 이건 검시 증명서. 다음은 B-196-DT인데, 이건 수의 감독관의 보고서야. 다음은 B-209-DT인데, 이건 감정 동의서. 주인이 이의를 제기하는 경우에는 B-213-DT로 감정인을 지명하게 돼. 다음은 B-212-DT인데, 이건 살처분할 시간과 장소를 소 주인에게 알리는 통고서야. 다음은 B-227-DT인데, 이건 살처분할 동물을 인수했다는 인수증이야. 그리고 마지막이 B-230-DT인데, 이건 청소와 소독을 요청하는 통고서야. 이건 어린애라도 이해할 수 있어. 너무 간단하지 않나?"

"예, 예, 정말 그렇습니다." 나한테는 전혀 간단하지 않았지만, 사실대로 말할 수는 없었다. 찰스 하코트 씨가 겨우 마음을 가라앉혔는데 또다시 그를 흥분시키고 싶지는 않았다. "고맙습니다, 감독관님. 다시는 그런 일이 없도록 주의하겠습니다."

나는 한시름 놓은 기분으로 수화기를 내려놓았다. 이 정도는 그리 큰 문제가 아니었다. 그보다 훨씬 중대한 문제일 수도 있었다. 하지만 그래도 내 신경은 한동안 곤두서 있었다. 문제는 농산부 업무가 우리 같은 일반 개업의한테는 아주 중요하다는 것이었다. 실제로 그 불안정한 시대에 농산부 업무가 없었다면 우리는 임대료를 내기도 어려웠을 것이다.

농산부 업무는 결핵예방법에 따른 투베르쿨린 검사였다. 수의사는 결핵에 감염된 소를 발견하면 당장 살처분하도록 조치할 의무가 있었다. 그 소에서 짠 우유가 일반 대중에게 위험할 수 있기 때문이다. 이것은 간단하게 들리지만, 불행히도 법률은 재앙으로 가득 찬 수많은 서류를 색종이 조각처럼 뿌려서 모든 불행한 소의 죽음을 축하해야 한다고 고집했다.

문제는 그런 서류가 너무 많다는 것만이 아니라, 그것을 놀랄 만큼 다양한 사람들한테 보내야 한다는 것이었다. 그런 서류를 하나도 안 받는 사람은 영국에 거의 없을 거라는 생각이 들 때도 있었다. 찰스 하코트 씨 외에도 관련된 농부, 경찰, 농산부, 도축업자, 지방행정당국 등에 서류를 보내야 했다. 내가 그 많은 사람을 다 기억하는 경우는 드물었고, 한 사람 정도는 반드시 빼먹곤 했다. 나는 심지어 시장 한복판에 서서 지나가는 행인들한테 서류를 마구 내던지며 신경질적으로 웃어대는 악몽을 꾼 적도 있었다.

이제 와서 생각해보면, 그렇게 신경을 소모시켰는데도 보수는 단돈 1기니였고, 거기에 검시료로 10실링 6페니가 추가될 뿐이었다는 것을 믿을 수가 없다.

지역 감독관과 통화한 지 불과 이틀 뒤 나는 결핵예방법에 따라 또 다른 암소를 처리해야 했다. 서류를 작성하러 책상 앞에 앉자 불안으로 몸이 떨렸다. 나는 서류를 수없이 검토한 다음, 수많은 서류를 책상에 펼쳐놓고 여러 봉투에 하나씩 담기 시작했다. 이번에는 절대로 실수하면 안 된다고 다짐에 다짐을 거듭하면서.

나는 봉투를 직접 우체국으로 가져가서, 마음속으로 기도를 드리며 우체통에 넣었다. 찰스 하코트 씨는 내일 아침에 서류를 받을 것이고, 내가 또 실수를 저질렀는지 어떤지는 금세 알게 될 터였다. 이틀이 무사히 지나자 나는 이제 안전하다고 생각했다. 하지만 사흘째 되는 날 아침에 병원에 들렀다가 굵은 대문자로 적혀 있는 메시지를 발견했다. '농산부에 전화!'

키티 패티슨의 목소리는 긴장한 것처럼 들렸다. 그녀는 아무 일도 아닌 것처럼 보이려고 애쓰지도 않았다.

"오, 헤리엇 씨." 그녀는 서둘러 말했다. "감독관님이 당신한테 전화하라고 해서요. 이제야 겨우 연락이 되었네요."

귀에 익은 고함 소리를 기다리는 동안 나는 심장이 거의 멎어버렸다. 하지만 전화선을 타고 들려온 목소리는 뜻밖에 조용했다. 그런데 그 조용한 목소리가 고함 소리보다 훨씬 섬뜩했다.

"헤리엇, 잘 있었나?" 찰스의 인사는 무뚝뚝하고 서먹서먹했다. "자네가 지난번에 결핵예방법에 따라 처리한 소에 대해 이야기하고 싶네."

"예, 무슨 일인데요?" 나는 쉰 목소리로 물었다.

"전화로는 곤란해. 여기 사무실에서 만나고 싶은데."

"사무실……에서요?"

"그래, 가능하다면 지금 당장."

나는 수화기를 내려놓고 밖에 세워둔 차로 걸어갔다. 무릎이 후들거렸다. 찰스 하코트가 이번에는 정말로 단단히 화가 난 모양이었다. 그의 말속에는 억제된 분노가 담겨 있었고, 사무실로 부르는 것은 심각한 위반 행위를 저질렀을 때뿐이었다.

20분 뒤, 농산부 건물 복도에 내 발소리가 메아리쳤다. 나는 사형수처럼 뻣뻣한 걸음걸이로 복도에 늘어선 창문을 지나갔다. 유리창 너머로 일하고 있는 타이피스트들이 보였다. 복도 맨 끝에 '지역 감독관'이라고 적힌 문이 있었다.

나는 떨리는 숨을 한 번 길게 들이마시고 문을 두드렸다.

"들어오시오." 목소리는 여전히 조용하고 억제되어 있었다.

내가 들어가자 찰스가 책상 뒤에서 눈을 들었다. 얼굴에는 웃음기가 전혀 없었다. 그는 의자를 가리키며 앉으라는 손짓을 하고, 차가운 눈길을 나에게 돌렸다.

"헤리엇." 그는 감정이 담기지 않은 목소리로 말했다. "이번에는 정말로 단단히 기합을 받아야겠어."

일찍이 펀자브(인도 서북부에 있었던 영국령) 라이플 부대의 소령이었던 찰스는 지금도 인도 육군 장교의 면모를 물씬 풍기고 있었다. 그는 깨끗한 피부에 혈색 좋은 얼굴, 튀어나온 광대뼈와 힘센 턱을 가진 미남이었다. 나는 위험하게 번득이는 그의 눈을 바라보면서, 저런 사람을 우습게 여기는 것은 바보밖에 없을 거라고 생각했다. 그런데 내가 바로 그런 바보짓을 했다는 고약한 느낌이 들었다.

그의 말을 기다리는 동안 나는 입 안이 바싹 마르는 것을 느꼈다.

"헤리엇, 지난번에 전화로 결핵예방법과 관련된 서류에 대해 이야기한 뒤, 앞으로는 자네가 나를 조금은 평안하게 해줄 줄 알았네."

"평안요……?"

"그래, 평안. 그걸 기대한 내가 어리석었지만, 지난번에 전화로 이야기할 때는 정말로 자네가 내 말을 귀담아듣고 있는 줄 알았어. 그렇게 시간을 들여서 자네와 함께 절차를 복습했으니까."

"귀담아들었습니다. 정말입니다."

"그래? 좋아." 그는 음울한 미소를 지어 보였다. "그렇다면 나는 생각보다 훨씬 더 바보였다는 얘기가 되는군. 자네가 내 지시대로 행동하기를 기대했으니 말일세. 나는 순진하게도 자네가 내 말에 관심을 갖고 있는 줄 알았어."

"감독관님, 물론 관심을 갖고 있습니다. 정말입니다. 저는……."

"그렇다면 왜!" 그가 버럭 고함을 지르면서 큼지막한 손으로 책상을 쾅 내리쳤다. 책상에 놓여 있던 펜과 잉크병이 춤을 추었다. "도대체 왜 일을 계속 엉망으로 하고 있나?"

나는 도망치고 싶은 강렬한 충동을 애써 억눌렀다.

"엉망으로 하다니…… 무슨 말씀인지 전혀 모르겠는데요."

"모른다고?" 그는 계속 책상을 내리쳤다. "그렇다면 말해주지. 내 밑에 있는 수의 감독관이 그 농장에 가서, 자네가 '청소와 소독 통고서'를 농부한테 보내지 않은 것을 발견했어."

"그래요?"

"그래, 빌어먹을! 자네는 그 통고서를 농부가 아니라 나한테 보냈어. 자네는 내가 직접 현장에 가서 청소하고 소독하기를 바라는 모양이지? 내가 서둘러 그곳에 달려가서 호스를 들고 바쁘게 일하는 꼴을 보고 싶겠지? 좋아. 지금 당장 가주지. 그게 자네를 조금이라도 행복하게 해준다면 말이야!"

"아닙니다. 아니에요. 절대 그런 게…… 아닙니다."

찰스는 한 손으로 내고 있는 우레 같은 소리에 만족하지 못한 게 분명했다. 이제는 두 손을 동시에 사용하여 나무 책상을 진저리가 날 만큼 힘차게 두드리기 시작했기 때문이다. 이글이글 타오르는 그의 눈에는 광기가 어려 있었다.

"헤리엇! 내가 알고 싶은 게 딱 하나 있는데, 이 일을 하고 싶은가 아닌가? 싫으면 싫다고 말만 해. 그러면 다른 수의사한테 일을 맡길 테니까. 그러면 우리 둘 다 조용히 살 수 있을 거야!"

"감독관님, 약속하겠습니다. 저는…… 우리는…… 우리는 그 일을 정말로 하고 싶습니다." 이 말은 진심이었다.

거구의 사내는 의자에 털썩 몸을 기대고 한동안 말없이 나를 쳐다보았다. 그러고는 손목시계를 힐끗 들여다보았다.

"열두 시 십 분이군." 그가 중얼거렸다. "점심을 먹기 전에 '레드 라이언'에서 맥주 한 잔 마실 시간은 있겠어."

선술집에서 그는 맥주를 한 모금 들이켜고는 조심스럽게 잔을 내려놓고 지친 표정으로 나를 돌아보았다.

"이보게 헤리엇, 제발 이런 바보 같은 실수는 더 이상 저지르지 말아줬으면 좋겠네. 내가 아주 피곤해."

그 말은 사실이었을 것이다. 그의 얼굴은 조금 혈색을 잃었고, 다시 맥주잔을 집어 드는 그의 손은 가늘게 떨리고 있었다.

"정말 죄송합니다, 감독관님. 어떻게 그런 일이 일어났는지 모르겠어요. 이번에는 제대로 하려고 애썼는데…… 앞으로는 성가시게 하지 않도록 최선을 다하겠습니다."

그는 몇 번 고개를 끄덕인 다음, 내 어깨를 찰싹 때렸다.

"좋아, 좋아. 한 잔 더 하세."

그는 바로 가서 직접 술을 가져왔다. 그러고는 주머니를 뒤져 갈색 종이에 싼 꾸러미 하나를 꺼냈다.

"약소하지만 결혼 선물일세, 헤리엇. 이제 곧 결혼하게 된다지? 이건 집사람과 내가 자네 부부의 행복을 기원하는 마음으로 주는 걸세."

나는 뭐라고 해야 할지 말문이 막혔다. 서투른 손놀림으로 꾸러미를 풀어보니 네모난 작은 기압계였다.

나는 몇 마디 감사의 말을 중얼거리면서 몸둘 바를 모를 만큼 부끄러웠다. 이 사람은 이 지역의 농산부 우두머리였고, 나는 그의 부하들 중에서 가장 풋내기에다 지위도 가장 낮았다. 뿐만 아니라 나는 다른 부하들을 모두 합친 것보다 더 많이 그를 성가시게 한 골칫거리였다. 그에게 나는 고행자가 입는 거친 스웨터 같은 존재였다. 그가 나에게 기압계를 주어야 할 이유는 전혀 없었다.

이 일 때문에 나는 서류 작성을 더욱 겁먹게 되었다. 그래서 결핵에 걸린 동물과 마주치지 않기를 간절히 바랐지만 운명의 여신은 나에게 며칠 동안 집중적으로 임상 조사를 할 것을 선고했다. 나는 불가피한 운명을 감수하는 기분으로 모벌리 씨의 암소를 검사했다.

내 걸음을 멈추게 한 것은 가벼운 기침 소리였다. 그 암소를 자세히 살펴보던 나는 그만 풀이 죽었다. 결핵이었다. 암소는 뼈대 위에 피부를 팽팽히 잡아당겨 씌워놓은 것처럼 피골이 상접해 있었다. 게다가 가쁜 호흡과 조심스러운 기침. 틀림없었다. 지금은 다행히 그런 암소를 볼 수 없지만 당시에는 결핵에 걸린 암소가 너무 흔했다.

나는 암소 옆을 지나, 암소 앞에 있는 벽을 조사했다. 거친 돌벽 위에 튄 가래 덩어리들을 뚜렷이 알아볼 수 있었다. 암소가 결핵에 걸렸다는 분명한 증거였다. 나는 재빨리 표본을 채취하여 유리 슬라이드에 문질렀다.

병원으로 돌아오자 질닐슨법으로 가래 표본을 염색한 뒤 슬라이드를 현미경 밑에 밀어 넣었다. 흩어져 있는 세포들 사이에 붉은 결핵균 덩어리가 섞여 있었다. 무지갯빛의 작고 치명적인 균이다. 사실 그런 섬뜩한 증거는 필요 없었지만, 움직일 수 없는 증거가 나온 셈이다.

이튿날 아침, 내가 암소를 살처분해야 한다고 말하자 모벌리 씨는 기뻐하지 않았다.

"그냥 오한이 난 것뿐이에요." 그는 투덜거렸다. 나 같은 말단 관리가 자기네 젖소를 데려갈 때 좋아하는 농부는 아무도 없었다. "하지만 내가 이러쿵저러쿵 해봤자 아무 소용도 없겠지요."

"분명히 말하지만 결핵이 틀림없습니다. 어젯밤에 그 표본을 검사해봤더니……."

"그런 건 아무래도 좋습니다. 빌어먹을 정부가 소를 죽여야 한다고 말하면 죽여야죠. 하지만 보상금은 나오겠죠?"

"물론입니다."

"얼마나 나옵니까?"

나는 재빨리 계산했다. 규정에 따르면 현재 상태로 시장에서 팔았을 경우와 같은 액수의 보상금을 받도록 되어 있었다. 최저 한도액은 5파운드였고, 이 빈약한 암소가 그 범주에 들어가는 것은 의심할 여지가 없었다.

"법정 금액은 5파운드입니다."

"빌어먹을!"

"동의하지 않으시면 감정인을 지명할 수 있습니다."

"제기랄, 그냥 해치웁시다."

그는 분명 넌더리가 나 있었다. 검시 결과에 따라 5파운드를 다 못 받는 경우도 있었지만, 그에게 그런 말을 하는 것은 경솔하다는 생각이 들었다.

"좋습니다. 제프 맬록한테 이야기해서 되도록 빨리 암소를 데려가도록 조치하겠습니다."

내가 모벌리 씨한테 인기가 없는 것은 아무래도 좋았지만, 무서운 서류를 처리할 생각을 하자 걱정이 앞섰다. 또 찰스 하코트 씨한테 엉뚱한 서류를 보내면 어쩌지? 그건 생각만 해도 식은땀이 났다.

바로 그때 영감이 번득였다. 나한테 영감이 떠오르는 경우는 거의 없지만, 이것은 정말로 멋진 묘안처럼 느껴졌다. 우선 키티 패티슨한테 점검을 받은 뒤에 서류를 우송하면 된다.

나는 그 계획을 빨리 실행하고 싶어서 좀이 쑤셨다. 나는 즐거움까지 느끼면서 서류를 길게 한 줄로 늘어놓고 서명한 다음, 각각의 봉투 옆에 놓았다. 서류는 다양한 목적지로 떠날 준비를 마쳤다. 이어서 나는 농산부로 전화를 걸었다.

키티는 참을성 있고 친절했다. 그녀는 내가 수의사로서 맡은 바 임무는 성실하게 해내지만 사무적인 일에는 무능한 얼간이라는 것을 알고 나를 동정한 게 분명하다,

내가 서류 목록을 다 읽자 키티는 나를 축하해주었다.

"잘하셨어요, 헤리엇 씨. 이번에는 제대로 하셨네요! 이제 필요한 건 도축업자의 서명과 당신의 검시 보고서뿐이에요. 그것만 갖추면 당신은 안전해요."

"고마워요, 키티. 당신 덕분에 한시름 놓았어요."

실제로 그랬다. 나는 날아갈 듯한 안도감을 느꼈다. 이번에는 절대로 찰스 하코트한테 불려가지 않으리라는 것을 알자 먹구름을 뚫고 갑자기 눈부신 햇빛이 비치는 것 같았다. 맬록을 찾아가 암소를 데려오는 문제를 의논하는 동안 나는 노래라도 부르고 싶은 기분이었다.

"내일 내가 그 암소를 검사할 수 있도록 준비해주세요." 나는 이렇게 말하고 가벼운 마음으로 제프의 집을 나왔다.

이튿날 모벌리 씨가 농장 입구에서 손을 흔들어 내 차를 세웠을 때 나는 무슨 영문인지 몰라서 어리둥절했다. 가까이 다가가보니 그는 극도로 흥분해 있었다.

"이봐요!" 그가 소리쳤다. "방금 시장에 갔다 와서 보니까, 마누라가 말하기를 내가 없는 동안 맬록이 왔다 갔답니다."

나는 미소를 지었다.

"맞습니다, 모벌리 씨. 내가 맬록을 보내서 당신 암소를 데려가겠다고 말한 걸 잊었나요?"

"그건 알고 있어요!" 그는 말을 끊고 나를 노려보았다. "하지만 그가 엉뚱한 소를 가져갔단 말이오."

"엉뚱한…… 엉뚱한 뭐요?"

"엉뚱한 암소요! 하필이면 우리 암소 중에서 제일 좋은 놈을 데려갔단 말예요. 순종 에어셔종을. 내가 지난주에 덤프리스에서 샀는데, 오늘 아침에야 배송된 겁니다."

공포가 차가운 물결처럼 내 몸을 꿰뚫고 지나갔다. 나는 도축업자한테 마당 우리에 따로 격리되어 있는 에어셔종 암소를 데려오라고 말했다. 새로 사들인 암소도 도착하면 당분간 마당 우리에 넣어두곤 한다. 나는 제프와 그의 조수가 건강한 암소를 트럭에 싣는 광경을 무서울 만큼 생생하게 상상할 수 있었다.

"이건 당신 책임이요!" 농부는 위협적으로 손가락 하나를 흔들어댔다. "그 사람이 그 좋은 암소를 죽이면 당신이 책임져야 돼!"

그가 말하지 않아도 나는 알고 있었다. 나는 찰스 하코트를 비롯하여 많은 사람들에게 그 일을 책임져야 할 것이다.

"당장 도축장에 전화해요!" 나는 헐떡거리며 말했다.

농부는 두 팔을 마구 내저었다.

"벌써 해봤지만 아무도 안 받아요. 우리가 막기 전에 암소를 총으로 쏴 아버릴 거요. 내가 그 암소를 얼마에 샀는지 알기나 해요?"

"그런 건 아무래도 좋습니다. 그가 어느 쪽으로 갔습니까?"

"마누라 말로는 그램프턴 쪽으로 갔대요. 10분쯤 전에."

나는 시동을 걸었다.

"아마 다른 소들을 인수하고 있을 겁니다. 내가 뒤따라가겠습니다."

나는 이를 악물고 그램프턴으로 가는 길을 내달렸다. 눈알이 튀어나올 것 같았다. 나는 이 엄청난 재난에 도저히 적응할 수가 없었다. 엉뚱한 서류를 보내는 것도 충분히 곤란하지만, 엉뚱한 소를 죽인다는 것은 생각할 수도 없는 일이었다. 하지만 실제로 그런 일이 일어났다. 찰스 하코트가 이번에는 나를 십자가에 매달아버릴 것이다. 그는 좋은 사람이지만, 달리 선택의 여지가 없을 것이다. 역사에 길이 남을 이런 멍청한 실수는 농산부의 높은 양반들 귀에까지 들어갈 테고, 그들은 아우성을 치며 희생양의 피를 요구할 것이기 때문이다.

나는 그램프턴 마을을 빠른 속도로 지나가면서 농가가 눈에 들어올 때마다 입구를 열심히 살폈지만 제프 맬록의 차는 보이지 않았다. 다시 탁 트인 들판이 눈앞에 펼쳐지자 나는 참을 수 없는 긴장에 사로잡혔다. 이제는 절망이라고 생각한 순간, 멀리 한 줄로 늘어서 있는 나무들 위로 낮익은 맬록의 트럭 지붕이 보였다.

그 차는 옆에 높은 나무 울타리를 댔기 때문에 잘못 볼 턱이 없었다. 나는 터져 나오는 승리의 외침을 억누르고 액셀을 힘껏 밟아, 사냥감을 뒤

쫓는 사냥꾼처럼 열심히 그쪽으로 달려갔다. 하지만 거리가 너무 멀리 떨어져 있었고, 나는 1킬로미터도 달리기 전에 트럭을 놓쳐버린 것을 깨달았다.

나는 오랫동안 수의사 생활을 하면서 기억에 남는 일을 많이 겪었지만 이 '암소 대추격전'만큼 내 기억에 깊이 새겨져 있는 일은 없다. 그때 내가 느낀 공포는 오늘날까지도 생생하다. 트럭은 미로 같은 골목과 옆길에서 계속 모습을 보였지만, 내가 들판을 가로질러 지름길로 달려가서 보면 사냥감은 어느새 언덕 비탈 뒤로 사라져버렸거나 넓은 전망 속에 수없이 많은 움푹한 구덩이 가운데 하나로 내려가버려서 보이지 않았다. 나는 제프가 마을을 지난 뒤에는 대러비 쪽으로 돌아갈 거라고 생각했지만, 이 예상은 계속 빗나갔다. 그는 대러비 쪽으로 돌아가지 않았다. 아마 도중에 다른 볼일이 있었던 모양이다.

추격전은 아주 오랫동안 지속되었다. 거기에는 내가 재미를 느낄 만한 요소가 전혀 없었다. 나는 줄곧 두려움에 사로잡혀 있었고, 희망과 절망 사이를 격렬히 오락가락하는 것은 나를 거의 녹초로 만들어버렸다. 내가 완전히 기진맥진했을 때, 마침내 앞쪽 직선도로를 비틀거리며 달리는 트럭이 보였다.

됐다! 나는 내 작은 차를 한계 속도까지 밀어붙여 제프의 트럭 옆으로 다가가서, 그가 차를 세울 때까지 되풀이하여 경적을 울렸다. 나는 가쁜 숨을 몰아쉬면서 그의 트럭 앞에 차를 세우고, 설명을 하러 돌아갔다. 하지만 운전석을 쳐다본 순간 내 얼굴에서 미소가 사라졌다. 그것은 제프 맬록이 아니었다. 나는 그동안 줄곧 엉뚱한 사람을 쫓아왔던 것이다.

그 사람은 일종의 '넝마주이'였다. 그는 맬록과 똑같은 형태의 트럭을 몰고 요크셔 전역을 돌아다니면서, 도축업자조차 원치 않는 죽은 동물의 온갖 잡동사니를 수집했다. 그것은 기묘한 직업이었고, 그 사람 자신도 기묘해 보였다. 너덜너덜한 군모 밑에서 기묘하게 꿰뚫어보는 듯한 눈이 기분 나쁘게 번득이고 있었다.

"무슨 일이오?" 그는 입에서 담배를 떼고 길바닥에 침을 뱉었다.

나는 목이 옥죄이는 듯한 기분을 느꼈다.

"아, 죄송합니다. 제프 맬록인 줄 알고……."

사내의 눈빛은 바뀌지 않았지만, 입 가장자리가 약간 일그러졌다.

"제프를 만나고 싶다면, 지금 도축장에 돌아가 있을 거요." 그는 다시 침을 뱉고 담배를 입에 물었다.

나는 멍하니 고개를 끄덕였다. 제프는 벌써 오래전에 도축장으로 돌아 갔을 것이다. 내가 거의 한 시간 동안이나 엉뚱한 트럭을 쫓아다니는 사 이에 그 암소는 죽어서 지금쯤은 갈고리에 매달려 있을 것이다. 도축업 자는 일솜씨가 빠르고 능숙했다. 도축할 짐승을 데리고 돌아오면 잠시도 시간을 낭비하지 않았다.

"나는 지금 집으로 가는 길이오." 넝마주이가 말했다. "안녕히 가시 오." 그는 나에게 윙크를 하고는 시동을 걸었다. 큰 차가 덜커덩거리며 출발했다.

나는 발을 질질 끌면서 내 차로 돌아왔다. 이제는 서두를 필요가 전혀 없었다. 묘하게도 모든 희망이 사라지자 오히려 기분이 느긋해졌다. 나 는 침착하게 차를 몰면서, 내 미래를 냉정하게 객관적으로 평가하기 시 작했다. 농산부 업무에서 추방당할 것은 확실했다. 무슨 특별한 추방식 같은 거라도 해줄까? 농산부 지정 수의사 자격증을 박탈하는 의식이라든가……. 마음이 느긋해지자 그런 쓸데없는 호기심도 생겼다.

나는 농산부 이외의 기관도 내 최근의 위업에 관심을 가질 거라는 생각을 떨쳐버리려고 애썼다. 수의사협회는 어떨까? 이런 실수를 저지른 수의사를 제명하지 않을까? 그럴지도 모르지. 나는 평온한 마음으로, 내가 할 수 있는 다른 직업을 생각했다. 헌책방을 운영하면 재미있겠다고 생각한 적이 많았기 때문에, 그 문제를 진지하게 연구하면 대러비에서 그 기회를 잡을 수 있을 거라고 확신했다. 먼지투성이 책들 밑에 앉아 있는 나, 마음이 내키면 책꽂이에서 책을 한 권 꺼내 읽는 나, 서류도 전화도 '농산부에 전화하라'는 무서운 메시지도 없는 안전한 작은 세계에서 창문을 통해 거리를 내다보는 나를 상상하자, 왠지 유쾌한 흥분으로 가슴이 벅찼다.

대러비에 도착하자 나는 서두르지 않고 도축장으로 차를 몰았다. 나는 굴뚝에서 검은 연기가 피어오르는 섬뜩한 건물 바깥에 차를 세웠다. 미닫이문을 열자 제프가 소가죽 더미 위에 편안히 앉아 있는 것이 보였다. 그는 피 묻은 손가락에 사과파이 한 조각을 쥐고 있었다. 그리고 제프 바로 뒤에는 둘로 쪼갠 거대한 소가 걸려 있고, 바닥에는 허파와 창자와 그밖의 내장이 놓여 있었다. 모벌리 씨의 순종 에어셔종 암소의 슬픈 잔해였다.

"안녕, 제프."

"아이쿠, 헤리엇 선생님." 제프는 그의 인간성을 너무나 잘 반영하는 행복한 미소를 지어 보였다. "지금 간식을 먹고 있는 중입니다. 이맘때 가볍게 한 입 먹기를 좋아하지요."

그는 파이를 한 입 물어뜯고 음미하듯 천천히 씹었다.

"그런 것 같군요."

나는 제프 뒤에 걸려 있는 시체를 안타까운 눈으로 바라보았다. 기껏해야 개먹이밖에 안 된다. 그나마 양이 많은 것도 아니다. 에어셔종은 살이 찌지 않았다. 내가 그 소식을 어떻게 전할까 망설이고 있을 때 제프가 다시 입을 열었다.

"이번에는 선생님한테 내 잘못을 들켰군요."

제프가 기름으로 더럽혀진 찻잔으로 손을 뻗으면서 말했다.

"그게 무슨 소리요?"

"나는 항상 짐승을 말끔히 손질해서 선생님이 언제든지 검사할 수 있도록 준비해두려고 하는데, 오늘은 선생님이 좀 일찍 오셨어요."

나는 그를 뚫어지게 바라보다가 내 주위를 가리켰다.

"하지만…… 이건 다 뭡니까?"

"아, 그건 그 암소가 아닙니다."

"그렇다면…… 모벌리네 농장에서 데려온 암소가 아니라는 겁니까?"

"맞습니다." 그는 차를 길게 한 모금 들이켜고는 손등으로 입을 쓱 닦았다. "이 녀석을 먼저 처리해야 했어요. 모벌리네 암소는 아직 뒷마당에 세워둔 트럭 안에 있습니다."

"살아 있나요?"

그는 좀 놀란 표정을 지었다.

"물론이죠. 아직 손가락 하나도 안 댔습니다. 못쓰게 된 소치고는 멋진 암소더군요."

나는 너무나 마음이 놓인 나머지 하마터면 기절할 뻔했다.

"그 암소는 못쓰게 된 소가 아니에요. 당신이 엉뚱한 소를 데려왔어요!"

"엉뚱한 소요?"

그는 어떤 일에도 놀라지 않는 사람이었지만, 분명히 좀 더 자세한 정보를 바라고 있었다. 그래서 나는 자초지종을 이야기해주었다.

내가 이야기를 마치자 그의 어깨가 부드럽게 흔들리기 시작했다. 아름답고 맑은 눈이 분홍빛 얼굴 속에서 반짝거렸다.

"이거 정말 재미있군." 그는 이렇게 중얼거리고는 계속 낮은 소리로 웃어댔다. 그의 웃음에는 절도가 있었고, 내 말에 당황한 기색도 전혀 없었다. 자기가 헛걸음을 했다는 사실이나 농부가 화를 낼지도 모른다는 사실은 그에게 조금도 중요하지 않았다.

그런 제프 맬록을 바라보면서 나는 전에도 수없이 느꼈듯이 마음의 평안을 얻는 데에는 죽은 동물의 시체와 치명적인 박테리아 속에서 평생을 보내는 것이 최고라는 생각이 들었다.

"다시 가서 소를 바꿔올래요?" 내가 물었다.

"예, 곧 가겠습니다. 급할 건 없어요. 나는 음식을 서둘러 먹는 걸 좋아하지 않거든요." 그는 만족스럽게 트림을 했다. "선생님도 뭘 좀 드시죠? 체력을 유지하려면 잘 먹어야 돼요."

그는 찻잔 하나를 새로 꺼내고, 파이를 큼지막하게 잘라서 나에게 내밀었다.

"아, 아닙니다. 고맙지만 괜찮습니다. 마음은 고맙지만…… 아니…… 지금은 아무 것도 먹을 수가 없어요."

그는 어깨를 으쓱하고는 양의 해골 위에 놓여 있는 파이프 쪽으로 손을 뻗으면서 싱긋 웃었다. 그는 파이프 자루에 묻어 있는 살점 몇 개를 털어내고 성냥으로 불을 붙인 다음, 소가죽 더미 위에 기분 좋게 자리를 잡았다.

"그럼 나중에 뵙죠. 오늘 밤에 오세요. 전부 다 준비해놓을 테니까." 그는 눈을 감고 다시 어깨를 흔들며 웃기 시작했다. "이번에는 엉뚱한 소를 데려오지 않도록 조심하는 게 좋겠군요."

이제는 결핵에 걸린 소가 드물기 때문에 내가 결핵예방법에 따라 소를 처분하지 않은 지도 벌써 30년이 넘었을 것이다. '농산부에 전화하라'는 메시지는 더 이상 내 피를 얼어붙게 하는 위력을 발휘하지 못하고, 내 영혼에 상처 자국을 남긴 무서운 서류들은 이제 서랍 바닥에 쓸모없이 누워서 누렇게 색이 바래고 있다.

이 모든 것은 내 삶에서 사라졌다. 찰스 하코트 씨도 이제 세상을 떠났지만, 나는 아직도 내 방 벽에 걸려 있는 작은 기압계를 보면서 날마다 그를 생각한다.

27

윙크필드 항공학교의 식사는 정말 좋았기 때문에, 하루 휴가를 얻으면 충분히 다녀올 수 있을 만큼 집이 가까운 항공병들도 특별 요리를 놓치지 않으려고 휴가를 받으려 하지 않는다는 말이 나올 정도였다. 믿기 어렵겠지만 윈저 교외의 평평한 풀밭에 흩어져 있는 목조 막사에서 생활한 소수의 젊은이들만큼 맛있는 음식을 배불리 먹은 사람은 전시의 영국에는 거의 없을 것이다.

그렇다고 프랑스인 요리사가 있었던 것은 아니다. 요리는 머리가 희끗희끗한 두 노인이 맡았다. 민간인인 그들은 헝겊 모자를 쓰고 파이프를 피우면서, 온종일 웃지도 말하지도 않고 그저 부지런히 요리만 했다.

그들이 제1차 세계대전 때 육군 취사병이었다는 소문이 돌았지만, 어디 출신이든 간에 그들은 예술가였다. 그들이 손을 대면 간단한 스튜와 파이도 새로운 의미를 띠었고, 그들이 만든 완벽한 감자 요리를 주제로 광시곡을 지을 수도 있을 정도였다.

따라서 점심시간에 내 왼쪽에 앉은 동료가 숟가락을 내던지고 접시를 밀어내면서 신음 소리를 낸 것은 정말로 놀라운 일이었다. 우리는 받침대 위에 덮개판을 얹은 식탁에 길게 줄지어 앉아서 식사를 하고 있었다. 나는 당장 그 젊은이에게 물었다.

"왜 그래? 이 사과푸딩은 맛이 그만인데."

"아아, 음식 때문이 아니야." 그는 잠시 두 손에 얼굴을 묻고 있다가 고통스러운 눈으로 나를 바라보았다. "오늘 아침에 루틀레지 중위와 함께 선회 비행과 급강하를 했는데, 어찌나 혼이 났는지 몰라. 어쨌든 잠시도 호통을 멈추지 않았다니까."

나도 갑자기 입맛을 잃어버렸다. 나는 그의 말뜻을 정확히 알 수 있었다. 나도 우드햄 중위한테 똑같은 일을 당하고 있었기 때문이다.

그는 또다시 절망적인 눈길을 던지고는 똑바로 앞을 노려보았다.

"한 가지는 분명해, 짐. 나는 절대로 조종사가 되지 못할 거야."

그 말에 나는 등골이 오싹했다. 그는 내 마음속에서 차츰 커지고 있는 확신을 말로 표현하고 있었다. 나는 한 걸음도 나아가지 못하는 것 같았다. 모든 게 엉망이었다. 나는 용기를 잃고 의기소침해져 있었다. 다른 동료들과 마찬가지로 나도 멋진 조종사가 되고 싶었지만, 우드햄 중위와 훈련 비행을 하고 나면 나 혼자 비행기를 몬다는 생각이 점점 더 어리석게 느껴지곤 했다. 오후 2시에는 나도 우드햄 중위와 훈련 비행을 할 예정이었다.

우드햄 중위는 여느 때처럼 조용하고 의젓했다. 적어도 하늘로 올라가 고함을 지르기 시작할 때까지는 그랬다.

"긴장 풀어! 제발 긴장 풀라고!" "고도계를 봐! 도대체 어디로 가고 있는 거야?" "조종간은 중앙에 놓으라고 했잖아? 귀먹었나?" 마침내 첫 선회 비행이 끝나고 비행기가 요동을 치다가 겨우 풀밭에 멈춰 서자 그가 말했다. "형편없는 착륙이었어! 다시 이륙해!"

두 번째 선회 비행 때 그는 묘하게도 말이 없었다. 나는 당연히 안심했어야 할 텐데, 그 익숙지 않은 평화가 오히려 불길하게 느껴졌다. 이 침묵의 의미를 어떻게 해석하면 좋을까. 내가 생각해낼 수 있는 의미는 하나뿐이었다. 아무리 가르치고 훈련시켜도 소용없다고 판단하고 마침내 나를 포기한 것이다. 비행기가 착륙하자 그는 엔진을 끄라고 말한 다음 뒤쪽 조종석에서 내렸다. 내가 안전띠를 풀고 뒤따라 내리려고 하자 그는 그냥 앉아 있으라고 손짓했다.

"거기 있어. 이제 이륙해도 돼."

나는 보안경을 통해 그를 뚫어지게 내려다보았다.

"그게 무슨……?"

"이륙하라고 했어."

"그러니까 나 혼자……? 단독 비행……?"

"그래. 착륙하면 비행기를 유도로로 옮겨놓고 막사로 나를 만나러 와."

그는 돌아서서 풀밭 위로 걸어갔다. 뒤도 돌아보지 않았다.

잠시 후 내가 조종석에 앉아서 부들부들 떨고 있을 때 정비병이 다가왔다. 잔디밭에 침을 탁 뱉고는 혐오감이 담긴 눈으로 나를 쳐다보았다.

"이봐, 이건…… 아주 좋은 비행기야."

나는 동의하는 뜻으로 고개를 끄덕였다.

"이 멋진 비행기가…… 박살나는 꼴은 보고 싶지 않아. 알았어?"

"알았어."

그는 마지막으로 혐오의 눈길을 던지고는 프로펠러 쪽으로 돌아갔다.

나는 공포에 사로잡혔지만, 우드햄 중위가 귀에 못이 박이도록 떠들어댄 조종 순서를 잊어버리지는 않았다. 그렇게 배운 것을 정식으로 써먹어야 할 줄은 꿈에도 몰랐지만, 이제 나는 자동적으로 조종 장치를 점검했다. 방향타, 보조 날개, 승강타. 연료 공급, 스위치 *끄고*, 스로틀(연료 공기의 혼합물을 조절하여 조종사가 원하는 동력 또는 추력을 얻기 위한 장치) 닫고, 스위치 켜고, 스로틀을 조금 열고…….

"돌려!" 내가 외쳤다.

정비병이 프로펠러를 돌리자 엔진이 굉음을 냈다. 나는 스로틀을 밀어서 완전히 열었다. '타이거 모스'는 덜컹거리며 풀밭 위를 굴러갔다. 속도가 올라가자 나는 조종간을 앞으로 밀어 꼬리를 들어올렸다. 조종간을 다시 당기자 덜컹거림이 멈추고 비행기는 하늘로 멋지게 날아올랐다. 비행장 끝에 있는 기다란 식당 건물이 비행기 아래를 쏜살같이 지나갔다.

나는 흥분과 승리감에 사로잡혔다. 불가능한 일이 일어난 것이다. 나는 혼자 하늘을 날고 있었다. 마침내 정말로 하늘을 날고 있었다. 나는 조종사가 될 수 없다고 확신했기 때문에 안도감은 나를 압도할 정도였다. 사실 나는 안도감에 완전히 도취하여, 혼자 바보처럼 히죽히죽 웃으면서 오랫동안 그냥 하늘을 날아다녔다.

마침내 제정신이 들자 고개를 옆으로 돌려 아래를 내려다보았다. 이제 돌아가야 할 시간이었다. 하지만 아래를 내려다본 순간 냉혹한 현실이 점점 불어나는 홍수처럼 나를 덮치기 시작했다. 눈 아래 거대하고 흐릿한 태피스트리처럼 펼쳐져 있는 지형지물 중에서 내 눈에 익은 것은 하나도 없었다. 그리고 모든 것이 여느 때보다 훨씬 작아 보였다. 나는 입 안이 바싹 말랐다. 고도계를 보니 무려 500미터가 넘는 상공에 올라와 있었다.

그제야 나는 우드햄 중위의 호통이 쓸데없는 잔소리가 아니었다는 사실을 갑자기 깨달았다. 그는 이치에 닿는 말을 했고, 나에게 좋은 조언을 해주었다. 그런데 혼자 하늘로 올라오자마자 나는 그의 말을 모두 무시해버렸다. 구름을 똑바로 겨냥하지 않았고, 수평의를 주시하지 않았고, 고도계에 계속 신경을 쓰지 않았다. 그래서 길을 잃어버린 것이다.

끔찍한 기분이었다. 낯익은 지형지물을 찾아 얼룩덜룩한 풍경을 필사적으로 살피면서 나는 이 넓은 세상에 혼자 내던져진 듯한 지독한 고독감을 맛보았다. 이런 경우, 당신이라면 어떻게 했을까? 영국 남부의 상공을 날아다니다가 착륙할 수 있을 만큼 넓은 농장이 보이면 거기에 착륙한 다음 비참한 몰골로 윙크필드까지 돌아갈까? 하지만 그렇게 하면 나는 완전한 바보로 보일 테고, 정비병이 사랑하는 비행기가 박살날 가능성도 충분했다. 어쩌면 나도 박살날지 모른다.

어쨌든 내가 유명해지는 것은 피할 수 없을 것 같았다. 우스꽝스러운 짓을 한 동료들은 얼마든지 있었다. 멀미가 나서 조종석에다 구토를 한 동료는 수없이 많았고, 산울타리를 뚫고 지나간 사람도 있었고, 첫 번째 단독 비행에서 착륙할 용기가 나지 않아서 비행장 상공을 일곱 바퀴나 맴돈 사람도 있었다. 지상에서 그가 착륙하기를 조바심하며 기다리던 교관은 진땀을 흘리면서 욕설을 퍼부어댔다. 하지만 나처럼 하늘에서 길을 잃어버린 사람은 아무도 없었다. 비행기를 타고 푸른 하늘로 날아올랐다가 비행기를 놓고 걸어서 귀환한 사람은 하나도 없었다.

코앞에 닥쳐온 운명을 상상하자 가슴이 걷잡을 수 없이 두근거렸다. 그 상상은 무시무시한 크기로 부풀어 올라 나를 짓누르고 있었다. 바로 그때, 왼쪽으로 멀리 떨어진 곳에 애스컷 경마장의 낯익은 관중석이 보였다. 그 거대한 관중석이 그렇게 반갑고 사랑스러워 보일 수가 없었다. 나는 기쁜 나머지 흐느끼면서 그쪽으로 기수를 돌렸다. 그리고 몇 분도 지나기 전에 지금까지 자주 그랬듯이 경마장 지붕 위에서 방향을 바꾸기 위해 기체를 옆으로 기울였다.

이윽고 비행장을 띠처럼 둘러싸고 있는 나무들과 그 너머의 넓은 풀밭에서 바람에 흔들리고 있는 풍향계가 불안할 만큼 빠른 속도로 다가왔다. 하지만 나는 아직 너무 높이 떠 있었다. 제때에 활주로에 다다를 수 있을 만큼 급강하할 수는 없었다. 아무래도 한 바퀴 더 선회해야 할 것 같았다.

제때에 착륙하지 못하고 비행장 상공을 선회하는 것은 치욕이었다. 지상에서는 모두 나를 지켜보고 있을 것이고, 헤리엇이 수백 미터 상공에서 비행장을 지나쳐 다시 구름 속으로 사라지는 꼴을 보고 한바탕 웃어대는 녀석도 있을 것이다. 아니, 내가 무슨 생각을 하고 있는 거지? 고도를 빨리 잃는 방법이 있잖아. 우드햄 중위님, 고맙습니다. 우드햄 중위 덕분에 나는 급속도로 고도를 잃는 방법을 알고 있었다.

방향타와 조종간을 역방향으로 움직이는 것이다. 우드햄 중위는 사이드슬리핑 방법을 골백번이나 말해주었고, 이제 나는 최대한 열심히 그 가르침에 따랐다. 작은 기계를 하늘 높이 떠 있는 게처럼 옆으로, 그리고 저 나무들을 향해 아래쪽으로 휙 돌리는 것이다.

됐다! 초록빛 숲이 나를 향해 쏜살같이 올라왔다. 그리고 내가 미처 깨닫기도 전에 비행기는 나뭇가지를 아슬아슬하게 스치고 지나갔다. 나는 기수를 올리고, 길게 뻗은 활주로 쪽으로 날아갔다. 20미터 상공에서 방향을 바꾼 다음 조종간을 서서히 뒤로 잡아당겼다. 땅 바로 위까지 내려오자 나는 조종간이 내 배 속으로 파고들 만큼 힘껏 잡아당겼다. 바퀴는 거의 흔들리지도 않고 땅과 부드럽게 접촉했다. 나는 방향타를 움직여 비행기가 멈춰 설 때까지 직진시켰다. 그런 다음 비행기를 유도로로 옮겨놓고, 조종석에서 뛰어내려 막사로 걸어갔다.

우드햄 중위는 커피 잔을 들고 탁자에 앉아 있다가 내가 들어가자 눈을 들었다. 그는 조종복을 벗고, 우리 모두가 꿈꾸는 날개 모양의 공군 기장과 공중전 수훈 십자훈장이 달린 전투복을 입고 있었다.

"아, 헤리엇, 지금 커피를 마시고 있는 중인데, 같이 마시겠나?"

"고맙습니다, 교관님."

내가 자리에 앉자 그는 내 쪽으로 커피 잔을 밀어주었다.

"귀관이 착륙하는 것을 보았다. 잘했다. 정말 잘했어."

"고맙습니다, 교관님."

"특히 사이드슬리핑 솜씨는 일품이더군." 그는 입술 한쪽 끝을 경련하듯 위로 끌어올렸다. "아주 훌륭했어."

그는 커피포트로 손을 뻗으면서 말을 이었다.

"아주 잘했어, 헤리엇. 아홉 시간 배우고 단독 비행이라…… 대단해. 하지만 나는 귀관이 잘해낼 줄 알았어. 지금까지 한 번도 귀관에 대해서는 털끝만 한 불안도 품은 적이 없거든."

그는 내 커피 잔 위에 커피포트를 기울였다.

"커피는 어떻게 마시나? 블랙? 아니면 화이트?"

　50명의 우리 중대원 가운데 단독 비행을 할 수 있는 일등병은 나 하나뿐이었고, 그것은 나에게 특별한 자부심을 안겨주었다. 내 전우들은 대부분 열여덟이나 열아홉 살이었기 때문이다. 그들은 입 밖에 내어 말하지는 않았지만, 나처럼 처자식이 딸린 20대 사내가 항공학교에서 조종사 훈련을 받을 권리는 없다고 생각하는 눈치였다. 나는 그런 느낌을 자주 받았다. 그들은 내가 비행 훈련을 받을 나이는 한참 지났다고 생각했다.

　물론 그들의 생각도 많은 점에서 일리가 있었다. 나는 그들보다 훨씬 집을 그리워했다. 날마다 점호 시간에 중사가 편지를 건네주면 나는 혼자 조용히 읽을 수 있을 때까지 내 편지를 감추어놓곤 했다. 편지에는 어린 지미가 무럭무럭 자라고 있고, 몸무게는 얼마고, 여러 가지 명백한 증거로 보아 뛰어나게 영리한 머리를 타고난 게 분명하고, 어쩌면 천재일지도 모른다는 따위의 말이 적혀 있었다. 헬렌은 이미 지미한테서 천재가 될 싹을 발견하고 그 증거를 낱낱이 써 보냈다.

　나는 지미의 아기 시절을 옆에서 지켜보지 못하는 것이 슬펐다. 지금도 그것은 나에게 큰 아쉬움으로 남아 있다. 아기 시절은 일생에 단 한 번밖에 오지 않고, 너무 빨리 지나가버리기 때문이다. 하지만 지미를 자랑스러워하는 엄마가 지미의 흥미진진한 성장 과정을 아빠인 내가 자세히 알 수 있도록 시시콜콜 써 보낸 편지 묶음을 나는 아직도 소중히 간직하고 있다. 지금도 그 편지를 읽으면 지미가 자라는 모습을 옆에서 지켜본 듯한 기분이 든다.

당시에는 헬렌의 편지를 읽을 때마다 안락한 집이 그리워서 고통스러웠지만, 대러비의 생활이 그렇게 안락하지 않았던 적도 많았다…….

가장 괴로운 것은 추운 겨울의 새벽에 걸려오는 전화였을 것이다. 아침 6시에 새끼를 낳는 암소를 돌보러 졸린 눈을 비비며 외양간으로 들어가는 것은 상당히 흔한 일이었다. 하지만 블랙번 씨네 농장에서 일어난 일에는 한 가지 차이점이 있었다. 아니, 사실을 말하면 차이점은 하나가 아니라 여러 가지였다.

첫째, 내가 달려가면 대개는 농부들은 걱정스러운 얼굴로 나를 맞이하면서 송아지가 어떻게 나오고 있는지, 진통이 언제 시작되었는지를 말해주지만, 블랙번 씨는 나를 낯선 불청객처럼 맞이했다. 둘째, 나는 나무로 칸막이를 하고 바닥에 자갈을 깐 외양간에 암소 몇 마리가 묶여 있고 기름램프가 켜져 있는 광경에 익숙해졌지만, 블랙번 씨네 축사에는 눈부신 전등 불빛 아래 시멘트로 포장된 길이 길게 뻗어 있고, 쇠파이프로 칸막이를 한 우리에서 수많은 소들의 엉덩이가 삐죽 튀어나와 있었다. 그 엉덩이의 행렬은 끝이 없어 보였다. 셋째, 블랙번 씨네 축사에는 이른 아침의 평화로움 대신 달가닥거리는 양동이 소리와 착유기 소리와 스피커에서 울려 퍼지는 라디오 소리가 가득 차 있었다. 게다가 하얀 가운과 하얀 모자를 쓴 남자들이 정신없이 바쁘게 돌아다니고 있었지만, 나한테 조금이라도 관심을 기울이는 사람은 하나도 없었다.

이것은 새로운 대형 낙농장이었다. 농부가 혼자 의자에 걸터앉아 암소 옆구리에 머리를 파묻고 부드럽게 '쉿, 쉿' 소리를 내면서 젖을 짜는 대신, 이곳에는 인간적인 정이 전혀 느껴지지 않는 혼잡함이 존재할 뿐이었다.

나는 문간에 서 있었다. 바깥마당에는 유난히 차가운 눈이 검은 하늘에서 내려와 쌓이고 있었다. 나는 안락한 침대와 따뜻한 아내를 놔두고 여기 왔는데, 누구든 간에 최소한 인사 한마디쯤은 해주어야 할 것 아닌가. 그때 나는 양동이를 들고 서둘러 지나가는 주인을 알아보았다. 그도 일꾼들만큼 바쁘게 움직이고 있었다.

"블랙번 씨!" 나는 소리쳤다. "전화하셨지요? 암소가 새끼를 낳는다고……."

그는 멈춰 서서 무슨 소린지 모르겠다는 듯 잠시 나를 쳐다보았다.

"아아, 그래…… 그래…… 암소는 저기 오른쪽 우리에 있네."

그는 축사 중간쯤에 있는 밤색 암소를 가리켰다. 그 암소를 찾아내기는 어렵지 않았다. 혼자 바닥에 엎드려 있었기 때문이다.

"진통이 시작된 지는 얼마나 됐습니까?"

그렇게 물으면서 고개를 돌려보니 블랙번 씨는 벌써 저만치 가고 있었다. 나는 그 뒤를 쫓아가 우유공장에서 그를 붙잡고 같은 질문을 되풀이했다.

"사실은 어젯밤에 낳았어야 하는데, 뭔가가 잘못된 모양이야."

그는 양동이에 든 우유를 냉각기를 통해 큰 우유통에 붓기 시작했다.

"암소 몸속에 손을 넣어봤습니까?"

"아니, 그럴 시간이 없었네." 그는 초조한 눈으로 나를 돌아보았다. "오늘 아침에는 착유가 좀 늦어서 말이야. 이제 곧 우유를 가지러 올 시간인데, 늦으면 큰일이야."

나는 그 말뜻을 이해했다. 큰 낙농회사를 대신하여 우유를 수집하는 운전자들은 모두 난폭하고 거친 사람들이었다. 평소에는 아마 다정한 남편과 아버지겠지만, 잠시라도 기다리게 하면 분노를 폭발시켰다. 그렇다고 그들을 탓할 수는 없었다. 그들은 넓은 지역을 돌아다니며 수많은 농가를 방문해야 했기 때문이다. 하지만 나는 그들이 화가 난 것을 본 적이 있는데, 그들의 분노는 보기만 해도 간담이 서늘해질 정도였다.

"알았습니다. 뜨거운 물과 비누와 수건을 얻을 수 있을까요?"

블랙번 씨는 턱으로 공장 구석을 가리켰다.

"자네가 직접 챙겨야 할 거야. 필요한 건 저기 다 있으니까. 나는 일을 계속해야겠네."

그는 다시 기운차게 걸어가버렸다. 그는 나보다 우유 수집인을 더 두려워하는 게 분명했다.

나는 양동이에 뜨거운 물을 담고, 비누토막 하나를 찾아내고, 수건을 어깨에 걸쳤다. 환자한테 돌아온 나는 환자 이름이 적힌 표찰을 찾아보았지만 그런 것은 어디에도 보이지 않았다. 당시에는 대부분의 암소가 이름을 갖고 있었고, 우리 위에 그 이름이 적혀 있었다. 하지만 블랙번 씨네 축사에는 매리골드도 앨리스도 스노드럽도 없었다. 있는 것은 오직 숫자뿐이었다.

나는 재킷을 벗기 전에 별생각 없이 소의 귀를 들여다보았다. 크림처럼 하얀 표면에 검은 문신 자국이 선명했다. 그 암소는 87번이었다.

셔츠를 벗은 뒤 나는 곤경에 빠졌다. 이런 현대식 축사에는 벽에 옷걸이로 쓸 수 있는 못이 하나도 박혀 있지 않았다. 나는 옷을 둘둘 뭉쳐서 우유공장까지 가져가야 했다. 거기에서 나는 포대 하나를 찾아내어 허리에 두르고 기다란 노끈으로 단단히 묶었다.

여전히 사람들에게 무시당하면서 환자한테 돌아오자 팔을 비누로 씻고 암소 자궁 속에 집어넣었다. 팔을 깊이 집어넣은 뒤에야 겨우 송아지가 손에 닿았다. 간밤에 송아지가 태어났어야 한다는 것을 생각하면 이것은 이상한 일이었다. 내 손에 처음 닿은 것은 송아지의 정수리였다. 코는 바깥세상을 향해 길을 뚫고 나오는 대신 아래쪽으로 박혀 있고, 다리도 몸통 아래쪽에 구부러져 있었다.

그것만이 아니었다. 내 팔이 들어가도 암소는 전혀 긴장하지 않았고 일어서려고 애쓰지도 않았다. 다른 무언가가 87번 암소를 괴롭히고 있는 게 분명했다.

나는 시멘트 바닥에 납작 엎드려 어깨까지 암소 자궁 속에 집어넣은 채, 고개를 들어 주황색과 하얀색 털이 점점이 박혀 있는 소의 잔등을 따라 천천히 앞쪽으로 시선을 옮겼다. 소의 목이 눈에 들어왔을 때 나는 더이상 원인을 찾을 필요가 없다는 것을 알았다. 암소의 목은 옆으로 비틀려 있었다. 가슴을 바닥에 대고 엎드린 87번 암소는 지친 눈으로 무심하게 앞쪽 벽을 바라보고 있었지만, 기묘하게 구부러진 그 목은 나에게 모든 것을 말해주었다.

나는 일어나서 팔을 씻고 수건으로 닦은 다음, 블랙번 씨를 찾으러 갔다. 그는 살찐 갈색 암소 옆에 허리를 구부리고 젖꼭지에서 착유기를 빼내고 있었다. 나는 그의 어깨를 두드렸다.

"그 암소는 유열에 걸렸습니다."

"아아, 그래?" 그는 심드렁하게 대답하고는 양동이를 들고 내 옆을 지나 축사 통로를 급히 걸어갔다.

나는 그를 따라잡고 보조를 맞추었다.

"그래서 몸에 힘을 줄 수가 없는 겁니다. 자궁이 정상적인 감수성을 잃어버렸어요. 칼슘을 주지 않으면 새끼를 못 낳게 될 겁니다."

"알았네." 그는 여전히 나를 쳐다보지 않았다. "그렇다면 칼슘을 좀 주게나."

"알았습니다." 나는 멀어지는 그의 등에 대고 말했다.

바깥 어둠 속에서는 여전히 눈발이 소용돌이치고 있었다. 나는 옷을 입을까 말까 망설였다. 하지만 어차피 또 벗어야 한다. 그래서 나는 차까지 뛰어가기로 결정했다. 자동차 트렁크를 열고 약병과 주사기를 찾아내는 데 무척 오랜 시간이 걸린 것 같았다. 벌거벗은 내 등에 눈이 두껍게 쌓였다.

축사로 돌아오자 나는 사방을 두리번거리며 나를 도와줄 만한 사람을 찾았지만, 모두 열에 들뜬 것처럼 정신없이 일하고 있었다. 축사를 가득 채운 분주한 활동은 조금도 줄어드는 기색이 없었다. 나는 혼자 힘으로 환자를 옆으로 눕히고 혈관에 칼슘을 주사해야 할 형편이었다. 만사는 암소가 얼마나 혼수상태에 빠져 있느냐에 달려 있었다.

암소는 다 죽게 된 상태였던 게 분명하다. 내가 쇠파이프에 두 발을 앙버티고 두 손으로 어깨를 밀자 암소는 아무 저항 없이 벌렁 나자빠졌기 때문이다. 나는 암소가 계속 그 자세를 유지하도록 암소 위에 엎드려서 주사바늘을 혈관에 찔러 넣고 칼슘을 주입했다.

한 가지 문제는 암소 위에 팔다리를 벌리고 엎드리자 오른쪽 우리에 있는 암소 바로 밑에 내 다리가 놓이게 되었다는 것이다. 그 암소는 고무장화를 신은 다리가 제 뒷다리와 얽히는 것을 환영하지 않는 녀석이었다. 암소는 내 발목을 짓밟고 내 넓적다리를 몇 번 호되게 걷어차는 것으로 자신의 불만을 표현했지만, 칼슘이 기분 좋게 암소의 몸속으로 들어가고 있었기 때문에 나는 감히 몸을 움직일 수가 없었다.

약병이 비자 나는 환자를 다시 원래 자세(무릎을 꿇고 가슴을 바닥에 댄 자세)로 돌려놓고, 칼슘과 마그네슘과 인이 섞인 주사약을 또 한 병 암소의 피하에 주사했다. 주사를 끝내고 피하조직에서 흘러나온 체액을 닦아냈을 때쯤 87번 암소는 벌써 아까보다 훨씬 행복해 보였다.

나는 시간이 갈수록 내 환자가 기운을 되찾으리라는 것을 알았기 때문에, 서두르지 않고 주사기를 씻어서 치워놓고 팔을 다시 비누로 씻었다.

동물은 정맥에 주입된 칼슘에 즉각 반응을 보인다. 그 번개 같은 반응은 나에게 항상 소박한 즐거움을 안겨주었다. 팔을 다시 암소 자궁 속에 넣어보니 아까와는 두드러진 차이가 있었다. 조금 전만 해도 힘없이 축 늘어져 있던 자궁이 내 손을 꽉 조였고, 암소는 이제 송아지를 밖으로 밀어내려고 애쓰기 시작했다. 긴 진통이 시작되자 암소는 고개를 돌려 나를 돌아보면서 입을 벌리고 낮은 소리로 울었다. 그것은 고통의 비명이 아니라 '나는 다시 일을 시작했다'고 말하는 것 같았다.

"좋아." 나는 대답했다. "일이 끝날 때까지 내가 옆에 있어줄게."

다른 때 같으면 암소와 대화를 나누는 것을 남이 엿들을까 봐 조심했을지도 모른다. 하지만 요란한 양동이 소리와 끊임없이 울려 퍼지는 라디오 소리 때문에 그런 일이 일어날 가능성은 전혀 없었다.

나는 송아지를 다시 올바른 자세로 유도해야 한다는 것을 알았다. 그리고 그 일에는 시간이 꽤 걸린다는 것도 알았지만, 나는 이 암소와 기묘한 일체감을 느끼고 있었다. 우리는 둘 다 이 축사에서 전혀 중요하지 않은 존재로 여겨졌기 때문이다. 시간이 갈수록 딱딱해지는 시멘트 바닥에 엎드려 있자 젖을 짜는 사람들이 바쁘게 지나가다가 엎드린 내 몸에 발이 걸려 비틀거렸다. 나는 지독한 고독감을 느꼈다. 거기에 있는 것은 나와 87번 암소뿐이었다.

내가 이 축사에서 맛보지 못한 또 한 가지는 특별하고 중요한 일을 하고 있다는 느낌이었다. 송아지를 받는 것은 힘든 일이지만 나는 작은 드라마가 상연되고 있는 듯한 느낌에서 보상을 얻었다. 걱정하는 농부, 열심히 지켜보는 목동들, 송아지나 어미 소를 잃어버릴 위험—그것은 흥미로운 연극이었고, 수의사가 연극의 주역인 것은 의심할 여지가 없었다. 수의사는 악당일 수도 있지만, 그래도 역시 가장 중요한 존재였다. 그런데 지금 여기서 나는 거의 대사 한마디 하지 못하는 하찮은 배우였다. 그것은 바로 미래의 모습이었다.

하지만…… 아직은…… 할 일이 남아 있었다. 나는 송아지의 아래턱을 들어올리고, 어미가 힘을 주었을 때 골반 가장자리를 따라 송아지 턱을 천천히 움직였다. 그런 다음, 어미가 또다시 힘을 주어 송아지를 내 쪽으로 밀어낼 때 송아지의 작은 다리를 잡고 곧게 폈다. 송아지는 이제 본격적으로 나오기 시작했다.

나는 서두르지 않았다. 그냥 거기에 엎드려서, 어미가 혼자 힘으로 해내도록 내버려두었다. 최악의 순간은 일꾼 하나가 내 오른쪽에 있는 까탈스러운 암소의 젖꼭지에 착유기를 끼우러 왔을 때였다. 그가 옆으로 다가가려고 하자 암소는 홱 돌아서서 꼬리를 곧추세우더니 내 등에다 똥을 폭포수처럼 내뿜었다.

일꾼은 암소를 다시 원래 위치로 밀어놓고 젖꼭지에 착유기를 끼운 다음 호스를 집어 들었다. 호스는 언제든지 축사를 물로 씻어낼 수 있도록 거기에 놓여 있었다. 잠시 후 나는 얼음처럼 차가운 물이 내 어깨에서 엉덩이로 흘러내리는 것을 느꼈다. 그 친절한 일꾼은 쇠똥을 뒤집어쓴 나를 물로 깨끗이 씻어낸 다음, 소의 젖통을 닦는 헝겊으로 물기를 닦아주었다.

"고맙습니다." 나는 헐떡거리며 말했다. 정말로 고마웠다. 나는 오전 내내 그 축사에 있었지만, 그것이 내가 받은 유일한 관심이었다.

30분도 지나기 전에 발이 나타났고, 이어서 젖은 코가 나를 안심시키듯 콧구멍을 실룩거리며 나타났다. 하지만 발이 유난히 컸다. 아마 수컷일 테고, 이 송아지가 세상에 나오려면 구사일생의 힘든 과정을 필요로 할 수도 있었다.

나는 일어나 앉아서 미끄러운 발굽을 양손에 하나씩 움켜잡았다. 그러고는 뒤로 드러누워 쇠똥을 치우는 도랑에 두 발을 앙버티고 다시 87번 암소에게 말을 걸었다.

"힘내. 두어 번만 힘을 주면 돼."

어미 소는 내 말에 응답이라도 하듯 배를 힘껏 부풀렸다. 내가 발을 잡아당기자 송아지가 내 쪽으로 밀려나오면서 넓적한 이마와 약간 어리둥절한 두 눈이 얼핏 보였다. 나는 이제 곧 귀가 빠져나올 거라고 생각했지만, 그때 어미 소가 힘을 늦추자 송아지 머리는 다시 안쪽으로 사라졌다.

"한 번만 더!" 나는 간청했다.

이번에는 어미 소가 미적거리기를 그만두고 단번에 일을 해치워버리기로 결심한 것 같았다. 어미가 오랫동안 힘을 주자 송아지 머리와 어깨가 한꺼번에 빠져나왔다. 나는 송아지를 힘껏 잡아당기면서, 언제나 그렇듯이 송아지 엉덩이가 골반에 낄지도 모른다는 두려움을 느꼈다. 하지만 이 송아지는 골반에 끼지 않고 기분 좋게 내 무릎 위로 미끄러져 내려왔다.

나는 가볍게 숨을 헐떡이면서 일어나 송아지의 뒷다리를 벌렸다. 분명히 작은 음낭이 거기에 있었다. 훌륭한 수놈이었다. 나는 시렁에서 건초를 조금 가져다가 송아지를 닦아주었다. 몇 분도 지나기 전에 송아지는 일어나 앉아서 흥미롭게 주위를 둘러보며 코를 킁킁거리거나 콧김을 내뿜고 있었다.

이 일에 관여한 것은 송아지만이 아니었다. 목줄에 매여 있는 어미는 목을 길게 빼고 고개를 둘러 갓 태어난 새끼를 한참 동안 황홀한 듯 바라보다가 귀가 먹먹해질 만큼 큰 울음소리를 냈다. 나는 다시 송아지 앞발을 잡고 우리 앞쪽으로 송아지를 끌어냈다. 어미는 새끼를 잠깐 조사한 다음, 머리부터 꼬리까지 핥아주기 시작했다. 이윽고 어미는 혀가 잘 닿지 않는 부분까지 구석구석 새끼를 핥아주기 위해 갑자기 벌떡 일어났다. 나는 그것을 바라보면서 기쁨을 억누를 수가 없었다.

나는 혼자 빙긋 웃었다. 이제 됐다. 어미 소는 유열을 이겨냈고 훌륭한 새끼도 얻었다. 87번 암소에게는 만사가 잘된 셈이다.

그때 블랙번 씨가 다가와서 내 옆에 나란히 섰다. 그제야 나는 축사의 소음이 가라앉은 것을 깨달았다. 착유 작업이 끝난 것이다.

농부는 하얀 모자를 벗고 이마에서 땀을 훔쳐냈다.

"휴우, 정말 눈코 뜰새 없이 바빴어. 오늘 아침에는 일손이 모자라서 말일세. 그 작자가 오는 시간에 못 댈 줄 알았지. 아주 골치 아픈 녀석이거든. 단 1분도 기다리려고 하질 않아. 전에도 내가 우유통을 트랙터에 싣고 그 사람을 쫓아가야 했지."

그가 말을 끝내자 암탉 한 마리가 꼬꼬댁 울면서 시렁에서 뛰쳐나왔다. 블랙번 씨는 앞으로 손을 뻗어 건초에서 갓 낳은 따끈한 달걀 한 개를 집어 들었다.

그는 달걀을 잠시 바라보다가 나를 돌아보았다.

"아침은 먹었나?"

"아뇨, 물론 안 먹었습니다."

"부인에게 이걸 갖다 주고 프라이해달라고 하게." 그는 달걀을 건네주었다.

"고맙습니다, 블랙번 씨. 잘 먹겠습니다."

그는 고개를 끄덕이고 계속 거기에 서서 어미 소와 송아지를 바라보았다. 낙농은 세상에서 가장 힘든 생계 수단 가운데 하나다. 동이 트기도 전에 일어나서 젖을 짜는 이 고생이 그에게는 일상적인 일이었다. 하지만 나는 그가 내 수고에 만족한 것을 알았다. 갑자기 나를 돌아보며 온갖 풍상을 다 겪은 얼굴에 함박웃음을 지었기 때문이다. 그는 느닷없이 내 가슴을 툭 쳤다.

"고맙네, 짐!" 그는 이렇게 말하고 가버렸다.

나는 옷을 입고 내 차로 가서 달걀을 대시보드 위에 조심스럽게 올려놓은 다음, 시트에 신중하게 몸을 내려놓았다. 호스가 더러운 물을 내 팬티 속으로 흘려보내서 앉기가 몹시 거북했기 때문이다.

차가 움직이기 시작했을 때, 칠흑 같은 어둠이 차츰 회색으로 옅어지면서 새로운 하루가 시작되었다. 어슴푸레한 새벽빛 속에서 주위의 산들이 하얗게 떠오르기 시작했다. 그 하얀 산들은 거대하고 매끄럽고 형언할 수 없이 차가워 보였다.

나는 대시보드 위에서 가볍게 흔들리는 달걀을 바라보며 혼자 빙긋 웃었다. 갑자기 함박웃음을 짓던 블랙번 씨의 얼굴이 아직도 눈에 선했고, 주먹으로 내 가슴을 툭 치던 감촉을 아직도 느낄 수 있었다. 내가 가장 강하게 느낀 감정은 안도감이었다.

시스템은 바뀌고 있을지 모르나 암소와 송아지와 요크셔 농부들은 예나 지금이나 똑같았다.

처음으로 단독 비행을 해본 뒤에야 나는 비로소 교관의 진가를 깨닫기 시작했다. 우드햄 중위가 훌륭한 교관인 것은 의심할 여지가 없었다.

당시는 전시여서 자세하고 꼼꼼하게 가르칠 시간이 없었다. 우드햄 중위는 미숙한 젊은이들이 하루라도 빨리 혼자 힘으로 하늘을 날 수 있도록 만들어야 했고, 나를 상대로 그 임무를 훌륭히 수행해냈다.

나도 대러비에서 수의사를 견학하러 오는 학생들을 상대로 교사 흉내를 내곤 했다. 제자에게 너그러운 미소를 짓고 있는 내 모습이 눈앞에 떠올랐다.

"시골에서 개업하면 이런 일은 좀처럼 만나기 힘들어, 데이비드."

데이비드는 이따금 내 왕진에 동행하는 아이들 가운데 하나였다. 열다섯 살인 그는 다른 아이들과 마찬가지로 장차 수의사가 되고 싶어 했다. 하지만 그때는 좀 당황한 것처럼 보였다.

사실 그것도 무리는 아니었다. 그날 처음 찾아온 데이비드는 내가 요크셔의 시골에서 대형 동물과 씨름하는 꼴을 구경하며 하루를 보내게 될 줄 알았는데, 지금 눈앞에 있는 것은 푸들과 에멀린을 데려온 부인이었기 때문이다. 부인은 복도를 따라 진찰실까지 걸어오는 동안 줄곧 작은 고무인형의 배를 눌러서 삑삑거리는 소리를 내고 있었다. 부인이 한 번

삑 소리를 낼 때마다 루시는 마지못해 몇 걸음 나아갔고, 마지막으로 삑 소리를 내자 겨우 진찰대 위로 올라왔다. 이제 루시는 진찰대 위에 서서 부들부들 떨면서 열심히 주위를 둘러보고 있었다.

"에멀린과 함께가 아니면 어디에도 가려고 하질 않아요." 부인이 설명했다.

"에멀린요?"

"이 인형 말이에요." 부인은 고무 장난감을 들어 올렸다. "문제가 생긴 뒤부터 루시는 이 인형에 집착하게 됐어요."

"알겠습니다. 그런데 문제가 뭐죠?"

"벌써 보름쯤 됐는데, 매사에 무관심하고 행동이 굼뜨고 아주 이상해요. 거의 먹지도 않고……."

나는 뒤로 손을 뻗어 트롤리 위에 놓여 있는 체온계를 집어 들었다.

"알겠습니다. 어디 한번 진찰해봅시다. 개가 먹으려 하지 않을 때는 무언가가 잘못된 거예요."

체온은 정상이었다. 청진기로 가슴을 철저히 검사해보았지만 이상한 소리는 들리지 않았다. 심장은 규칙적으로 뛰고 있었다. 배를 주의 깊게 만져보았지만 비정상적인 데는 전혀 없었다.

부인이 루시의 곱슬곱슬한 목덜미 털을 쓰다듬자 작은 푸들은 눈물이 글썽한 눈으로 애처롭게 부인을 쳐다보았다.

"정말로 걱정이 돼요. 산책도 가고 싶어 하지 않아요. 에멀린 없이는 루시를 집 밖으로 꾀어낼 수도 없어요."

"예?"

"말했잖아요. 에멀린을 코앞에 들이대고 삑삑 소리를 내지 않으면 루시는 집에서 한 발짝도 나가려고 하지 않아요. 그래서 루시를 데리고 외출하려면 에멀린도 함께 데리고 나와야 해요. 그렇게 나와서도 늙은 개처럼 발을 질질 끌면서 걸어 다녀요. 이제 겨우 세 살인데 말이에요. 평소에 루시가 얼마나 활기찬지, 선생님도 아시잖아요."

나는 고개를 끄덕였다. 실제로 나는 알고 있었다. 이 작은 푸들은 활력덩어리였다. 나는 루시가 강변 들판을 마구 내달리거나 공을 잡으려고 엄청난 높이까지 뛰어오르는 것을 본 적이 있었다. 따라서 루시는 아주 심각한 병에 걸린 게 분명했지만, 도대체 무슨 병인지 짐작도 가지 않았다.

부인이 계속 에멀린 이야기만 늘어놓으면서 삑삑 소리를 내는 것도 마음에 들지 않았다. 나는 데이비드를 힐끗 곁눈질했다. 좀 전에 나는 수의사가 얼마나 과학적인 직업인가를 데이비드에게 장황하게 떠들어댔던 것이다. 수의과대학에 들어가려면 물리와 화학과 생물을 아주 열심히 공부해야 할 거라고 그렇게 강조했는데, 지금 상황은 영 딴판이었다.

대화를 좀 더 임상적인 방향으로 유도해보자고 생각했다.

"다른 증세는 없나요? 기침을 한다든가, 변비나 설사를 한다든가? 어디가 아픈 것처럼 울지는 않습니까?"

부인은 고개를 저었다.

"아뇨, 그런 증상은 전혀 없어요. 그냥 애처로운 표정으로 우리를 쳐다보고 에멀린을 찾아 비실비실 돌아다닐 뿐이에요."

이런, 또 에멀린이야. 나는 헛기침을 했다.

"토한 적은 없습니까? 특히 음식을 먹은 뒤에."

"없어요. 조금 먹고 나면 당장 에멀린을 찾으러 가서, 제 바구니로 에멀린을 데려가요."

"그래요? 하지만 그건 루시의 병과 관계가 있을 것 같지 않은데요. 혹시 루시가 이따금 다리를 절지는 않습니까?"

부인은 내 말을 듣고 있지 않는 것 같았다.

"에멀린을 제 바구니 속으로 물고 들어가면 바구니 안을 빙글빙글 돌면서 담요를 긁어대요. 꼭 에멀린한테 푹신한 잠자리를 만들어주려는 것처럼……"

나는 이를 갈았다. 제발 에멀린 얘기 좀 그만둘 수 없나? 바로 그때 어둠 속에서 한 줄기 빛이 번득였다.

"잠깐만요. 방금 잠자리를 만들어준다고 하셨나요?"

"예. 오랫동안 담요를 긁어댄 다음, 에멀린을 내려놔요."

"아아, 예." 한 가지만 더 질문하면 문제가 해결될 것이다. "마지막 발정기가 언제였죠?"

부인은 손가락으로 자기 뺨을 톡톡 두드렸다.

"어디 보자…… 그게 5월 중순이었으니까…… 두 달쯤 전이에요."

이것으로 수수께끼는 모두 풀렸다.

"루시를 눕혀주세요."

루시가 반듯이 누워 깊은 감정이 담긴 눈으로 진찰실 천장을 바라보자 나는 젖샘을 손가락으로 만져보았다. 젖샘은 부풀어 올라 있었다. 젖꼭지 하나를 살짝 쥐어짜보니 구슬 같은 젖방울이 나타났다.

"상상 임신입니다."

"그게 뭐죠?" 부인은 눈을 똥그랗게 뜨고 나를 바라보았다.

"암캐한테는 아주 흔한 일입니다. 자기가 강아지를 낳게 될 거라고 생각하고, 가임기가 끝날 무렵부터 이상한 짓을 하기 시작합니다. 강아지를 위해 잠자리를 만드는 게 전형적인 증세지만, 개중에는 배가 실제로 부풀어 오르는 녀석도 있답니다. 온갖 특이한 행동을 다 하죠."

"맙소사! 정말 어이가 없군요!" 부인은 깔깔 웃기 시작했다. "루시, 이 바보야. 아무 것도 아닌 일로 우리를 그렇게 걱정시키다니." 그녀는 진찰대 너머로 나를 바라보았다. "언제쯤이면 이런 짓을 그만둘까요?"

나는 온수 꼭지를 틀어 내 손을 씻기 시작했다.

"그리 오래 가진 않습니다. 알약을 좀 드리죠. 일주일이 지나도 별 차도가 없으면 다시 와서 약을 더 가져가세요. 하지만 걱정하실 필요는 없습니다. 시간이 좀 걸리더라도 결국에는 다시 정상으로 돌아갈 테니까요."

나는 조제실로 가서 알약 몇 개를 봉지에 담아 부인에게 건네주었다. 부인은 고맙다고 말하고 루시한테로 돌아섰다. 루시는 타일을 깐 바닥에 앉아 꿈꾸는 듯한 눈으로 허공을 쳐다보고 있었다.

"가자, 루시." 부인이 말했지만 푸들은 들은 체도 하지 않았다. "루시! 내 말 안 들리니? 이제 그만 가자!"

부인은 기운차게 복도를 걸어가기 시작했지만 작은 푸들은 고개를 옆으로 돌리고 내면의 음악에 열심히 귀를 기울이고 있는 것 같았다. 잠시후 주인이 다시 나타나 성난 얼굴로 루시를 노려보았다.

"너 정말 말을 안 듣는구나. 아무래도 이 방법밖에 없을 것 같군."

부인은 핸드백을 열고 고무 장난감을 꺼냈다.

"삑삑." 에멀린이 울자 푸들이 꿈꾸는 듯한 눈을 들었다. 그 눈에는 애정이 듬뿍 담겨 있었다. "삑삑, 삑삑." 그 소리가 복도를 따라 점점 멀어져가자 루시는 황홀경에 빠진 것처럼 그 뒤를 따라가다가 모퉁이를 돌아서 사라졌다.

나는 변명하듯 싱긋 웃으면서 데이비드를 돌아보았다.

"좋아. 그럼 이제 밖으로 나가볼까. 너는 내가 농장에서 일하는 걸 참관하고 싶겠지? 여기서 본 것과는 전혀 다를 거야."

차에 올라타자 나는 말을 이었다.

"내 말을 오해하면 안 돼. 작은 동물을 치료하는 일을 내가 하찮게 생각하는 건 절대 아니야. 사실은 그게 수의학에서 가장 고도의 기술을 필요로 하는 분야지. 개인적으로는 작은 동물을 상대하는 일이 엄청난 노력을 요구한다고 생각하고 있어. 에멀린을 기준으로 모든 걸 판단하지 마. 어쨌든 시골로 나가기 전에 한 군데 들러서 개를 진찰해야 돼."

"무슨 일인데요?"

"링턴 씨라는 사람이 전화를 걸어왔는데, 달마티안 암캐가 행동이 완전히 달라져버렸대. 너무 이상하게 굴어서 병원으로 데려오고 싶지 않다는 거야."

"무슨 병이라고 생각하세요?"

나는 잠시 생각했다.

"좀 어리석게 들리겠지만, 우선 떠오르는 건 광견병이야. 광견병은 개가 걸리는 병 가운데 가장 무서운 병이지만, 다행히도 엄격한 검역제도 덕분에 우리나라에서는 거의 사라졌지. 하지만 대학에서 하도 귀에 못이 박이게 그 이야기를 들어서, 실제로는 광견병이 아닐 거라고 생각하면서도 그 병이 항상 내 마음 한구석에 자리 잡고 있지. 하지만 이 달마티안은 정말로 광견병일지도 몰라. 개가 난폭해진 게 아니기만 바랄 뿐이야. 개가 난폭해졌다면 죽일 수밖에 없는데, 그건 정말 싫은 일이니까."

링턴 씨의 첫 마디는 내 기운을 북돋워주지 않았다.

"테사가 요즘 아주 난폭해졌어요. 며칠 전부터 풀죽은 것처럼 기운 없이 돌아다니고 으르렁대고…… 솔직히 말해서 이제는 감히 테사를 낯선 사람한테 맡길 수가 없습니다. 오늘 아침에도 우체부 발목을 물었지 뭡니까. 정말 곤란해요."

나는 더욱 낙담했다.

"정말로 사람을 물었다고요? 믿을 수가 없군요. 그렇게 순한 개가……내가 무슨 짓을 해도 테사는 늘 얌전히 있었는데."

"그러게 말입니다." 그는 중얼거렸다. "아이들한테도 온순하죠. 그런데 왜 이렇게 변했는지 이해할 수가 없어요. 어쨌든 들어와서 한번 보세요."

달마티안은 거실 구석에 앉아 있다가 우리가 들어가자 부루퉁한 얼굴로 힐끗 쳐다보았다. 나는 테사를 좋아했기 때문에 자신 있게 다가갔다.

"안녕, 테사." 나는 인사를 하면서 손을 내밀었다. 그러면 테사는 대개 혀를 축 늘어뜨린 채 꼬리를 흔들면서 나를 환영해주었다. 그러나 오늘은 얼어붙은 듯 꼼짝도 하지 않고 입술을 조용히 벌려 이빨을 드러냈다. 그것은 정상적인 으르렁거림이 아니었다. 마치 윗입술이 눈에 보이지 않는 실로 잡아당겨지는 것 같았다. 그것을 보니 다가갈 용기가 사라졌다.

"왜 그래?" 내가 묻자 또다시 번득이는 앞니가 소리 없이 드러났다. 도무지 이해할 수가 없었다. 내가 멍하니 바라보자 테사의 눈이 불타는 듯한 증오를 담고 나를 무섭게 노려보았다. 이게 그 온순한 테사라니.

"헤리엇 선생님." 주인이 불안한 눈으로 나를 바라보았다. "나라면 더 이상 가까이 가지 않을 것 같은데요."

나는 한 걸음 물러섰다.

"그 말이 맞는 것 같군요. 내가 진찰하려 해도 테사가 협조해줄 것 같지 않네요. 하지만 상관없습니다. 테사가 어떻게 행동하는지 자세히 말해주세요."

"사실 더 이상은 얘기할 만한 것도 없습니다. 그냥 달라졌어요. 보시다시피."

"식욕은 좋습니까?"

"예, 아주 좋습니다. 앞에 놓인 것은 뭐든지 다 먹습니다."

"이상한 증세는 전혀 없나요?"

"없습니다. 성질이 달라진 것 말고는 전과 똑같습니다. 그래도 우리 가족은 아직 테사를 다룰 수 있지만, 낯선 사람이 가까이 가면 틀림없이 물어버릴 겁니다."

나는 머리카락을 손가락으로 쓸어 넘겼다.

"집 안에 무슨 변화는 없었습니까? 아기가 태어났다든가, 가정부가 바뀌었다든가, 낯선 사람들이 집에 왔다든가……."

"아뇨, 그런 일은 없었습니다. 아무 변화도 없었어요."

"동물은 이따금 질투심이나 불만 때문에 이렇게 행동하는 경우가 있거든요. 그래서 묻는 겁니다."

"죄송합니다. 모든 게 평상시와 똑같습니다. 다만 오늘 아침에 아내가 말하기를, 테사가 발정했을 때 3주 동안 집 안에 가둬두었기 때문에 아직도 우리한테 심술을 부리는 게 아닌지 모르겠다고 하더군요. 하지만 그건 오래전이에요. 벌써 두 달쯤 됐으니까요."

나는 홱 돌아서서 그를 마주보았다.

"두 달요?"

"예, 그쯤 됐습니다."

"맙소사. 또 그거로군!" 나는 주인에게 손짓을 했다. "테사가 뒷다리로 서 있도록 앞다리를 들어 올려 주시겠습니까?"

주인은 달마티안의 가슴에 팔을 감고 들어 올려, 테사가 내 쪽으로 배를 향하고 똑바로 선 자세를 취하게 했다.

예상대로였다. 두 줄로 늘어서 있는 젖꼭지가 충혈된 것을 보고도 나는 전혀 놀라지 않았다. 그럴 필요도 없었지만, 나는 앞으로 몸을 기울여 작은 젖꼭지 하나를 잡고 눌러보았다. 하얀 젖이 나왔다.

"젖이 퉁퉁 불어 있군요." 내가 말했다.

"젖요?"

"예, 상상 임신입니다. 이건 비교적 드문 부작용이지만, 알약을 드릴 테니 먹여보세요. 며칠 뒤에는 다시 온순한 테사로 돌아올 겁니다."

차로 돌아오면서 나는 데이비드가 무슨 생각을 하고 있는지 짐작할 수 있었다. 데이비드는 화학과 물리와 생물이 어디에 쓸모가 있느냐고 생각할 게 뻔했다.

"미안해, 데이비드. 수의사 생활은 항상 변화무쌍하다고 말했는데, 네가 처음 본 두 환자가 똑같은 상태였으니 말이야. 하지만 이제 농장에 가면, 아까도 말했듯이 사정이 전혀 다르다는 걸 알게 될 거야. 오늘 본 두 환자는 정말로 심리학적인 증세였어. 시골에서는 그런 걸 찾아볼 수 없지. 일은 좀 거칠지만 박진감 있고 현실적이야."

농가 마당으로 들어가자 농부가 사료 포대를 메고 자갈밭을 걸어오는 게 보였다.

나는 데이비드와 함께 차에서 내렸다.

"피셔 씨, 암퇘지가 아프다고요?"

"예, 큰 녀석인데, 저기 있습니다."

그는 우리를 돼지우리로 안내하여, 옆으로 드러누워 있는 거대한 흰 돼지를 가리켰다.

"벌써 며칠째 저러고 있답니다. 잘 먹지도 않아요. 먹이를 주어도 께적께적 몇 입 먹고는 그만입니다. 그러고는 온종일 저기 누워만 있어요. 일어설 기운도 없는 것 같습니다."

그가 말하는 동안 나는 체온계를 돼지의 직장에 쑤셔 넣었다. 잠시 후 체온계를 꺼내 체온을 읽었다. 39도. 지극히 정상이었다. 가슴에 청진기를 대고 복부를 만져보았지만 아무 이상도 없었다. 나는 점점 더 어리둥절했다. 무슨 병인지 짐작도 가지 않았다. 가까이에 있는 여물통을 들여다보았다. 신선한 사료와 물이 가득 들어 있었다. 입을 댄 흔적도 없었다. 그런데 돼지들은 원래 먹기를 좋아한다.

나는 주먹으로 돼지 넓적다리를 쿡쿡 찔렀다. "이봐, 아가씨, 좀 일어나봐." 이어서 나는 돼지 엉덩이를 찰싹 때렸다. 건강한 돼지라면 벌떡 일어났을 텐데 이 암돼지는 꼬떡도 하지 않았다. 이 돼지는 정말 이상했다.

"지금까지 아픈 적이 있었습니까?"

"아뇨, 어떤 병에도 걸린 적이 없어요. 항상 기운이 넘쳤는데, 도무지 알 수가 없군요."

나도 마찬가지였다.

"내가 보기에는 병든 돼지 같지 않아요. 몸을 떨지도 않고 불안해 보이지도 않고, 세상에 근심걱정이라곤 하나도 없는 것처럼 느긋하게 누워 있잖습니까?"

"그러게요. 아주 행복해 보여요. 하지만 움직이지도, 먹으려 하지도 않아요. 그건 정말 이상하잖아요?"

정말로 이상했다. 나는 쭈그리고 앉아서 거대한 암퇘지를 관찰했다. 돼지는 주둥이를 앞으로 뻗어 머리 주위에 깔려 있는 짚을 코로 살짝 밀었다. 아픈 돼지는 절대로 그런 짓을 하지 않는다. 그것은 행복함을 나타내는 몸짓이었다. 그리고 가슴 깊은 곳에서 나오는 저 소리, 조그맣게 꿀꿀거리는 그 소리는 깊은 만족감을 나타내는 소리였다. 그 소리가 왠지 귀에 익었다. 분명히 어디선가 들은 적이 있는 소리였다. 기억이 날 것도 같은데 마음속 깊은 곳에 숨어서 좀처럼 밖으로 나오려 하지 않았다. 옆으로 편안히 누워 있는 자세도 마찬가지였다. 마치 자기 배를 선물로 주는 것처럼 밖으로 쑥 내민 저 자세.

나는 지금까지 저런 소리를 수없이 들었고 저런 자세를 수없이 보았다. 행복하게 꿀꿀거리는 소리, 조심스러운 몸놀림…… 그때 문득 기억이 떠올랐다. 바로 그거야! 그 암퇘지는 새끼를 낳은 어미 돼지와 똑같았다. 다만 새끼가 한 마리도 없을 뿐이다.

나는 도저히 믿을 수가 없었다. 오오, 맙소사. 세 번째도 그거라니! 돼지우리는 어두워서 젖샘이 잘 보이지 않았다.

나는 농부를 돌아보았다.

"문을 좀 열어주세요."

햇빛이 흘러들자 모든 게 명백해졌다. 부어오른 젖을 잡고 누른 것은 형식적인 절차에 불과했다. 젖을 누르자 젖이 뿜어져 나와 벽을 적셨다.

내가 힘없이 일어나 이제는 진부해진 병명을 말하려 할 때 데이비드가 대신 병명을 말해 주었다.

"상상 임신인가요?"

나는 말없이 고개를 끄덕였다.

"그게 뭡니까?" 피셔 씨가 물었다.

"이 아가씨는 자기가 새끼를 뱄다고 믿었어요. 뿐만 아니라 이제 새끼를 낳았다고 믿고, 지금 상상 속의 새끼들한테 젖을 먹이고 있는 겁니다. 저것 보세요. 아시겠죠?"

농부의 입에서 낮은 휘파람 소리가 길게 새어나왔다.

"아, 예…… 그렇군요. 분명히 새끼한테 젖을 먹이고 있어요. 게다가 그걸 즐기고 있군요." 농부는 모자를 벗고 정수리를 문지른 다음 다시 모자를 썼다. "세상에는 별 희한한 일도 다 일어나지 않습니까?"

물론 데이비드한테는 전혀 희한한 일이 아니었다. 사실은 흔해빠진 일이었다. 나는 장광설로 데이비드를 더 이상 따분하게 만들고 싶지 않았다.

"걱정하실 건 전혀 없습니다, 피셔 씨. 병원에 들르시면 사료에 섞어 먹일 약을 드리지요. 곧 정상으로 돌아올 겁니다."

내가 돼지우리를 나올 때 암돼지는 만족스럽게 깊은 한숨을 내쉬고는 환상 속의 가족을 깔아뭉개지 않으려고 조심스럽게 자세를 바꾸었다. 나는 암돼지를 돌아보았다. 분홍빛 새끼들이 길게 줄을 지어 열심히 젖을 빠는 광경이 내 눈에도 보이는 것 같았다. 나는 고개를 저어 환상을 떨쳐버리고 내 차로 걸어갔다.

내가 차 문을 열고 있을 때 농부의 아내가 종종걸음으로 다가왔다.

"방금 선생님 병원에서 전화가 왔는데요, 빨리 이스트 농장의 로저스 씨한테 가 달래요. 암소가 새끼를 낳고 있대요."

왕진 도중에 이런 긴급 사태가 일어나면 대개는 짜증이 나지만, 오늘은 이 소식이 구원처럼 느껴졌다. 나는 이 아이에게 시골 수의사의 진면목을 보여주겠다고 약속했는데 아직도 그 약속을 지키지 못해서 민망한 기분을 느끼고 있던 참이었다.

나는 차를 몰고 나오면서 데이비드를 보고 쾌활하게 웃었다.

"너는 내 환자가 모두 신경증 환자라고 생각하겠지? 하지만 이번에야말로 진짜 현실을 보게 될 거야. 새끼를 낳는 암소한테는 공상적인 데가 전혀 없지. 우리 같은 수의사한테는 가장 힘든 중노동이야. 새끼를 낳으려고 온힘을 다하는 덩치 큰 암소와 격투를 벌여야 하는 경우도 많아. 수의사가 불려가는 것은 암소가 난산하는 경우뿐이니까."

이스트 농장의 상황은 내 말에 무게를 더해 줄 것 같았다. 우리는 좁은 오솔길을 따라 산비탈을 덜컹거리며 올라갔다. 그 길은 자동차용 도로가 아니어서, 튀어나온 돌멩이에 배기관이 닿아서 불쾌한 소리를 낼 때마다 나는 몸이 움츠러들었다.

농장은 언덕 꼭대기의 가장자리에 자리 잡고 있었다. 뒤에는 황무지를 개간한 목초지가 완만한 기복을 이루며 지평선까지 뻗어 있었다. 허물어져가는 돌벽과 깨진 기와지붕이 낮게 웅크리고 있는 회색 건물의 나이를 말해주었다.

현관문 위를 돌로 만든 거대한 상인방이 가로질러 있고, 거기에 새겨진 몇 개의 숫자가 희미하게 보였다. 나는 그 숫자를 가리키면서 데이비드에게 물었다.

"저 연대를 보면 뭐가 생각나지?"

"1666년, 런던 대화재가 일어난 해예요." 데이비드는 서슴없이 대답했다.

"맞았어. 런던이 몽땅 불타버린 그해에 이 집이 세워지고 있었다고 생각하니 묘하군."

로저스 씨가 뜨거운 물을 담은 양동이와 수건을 들고 나타났다.

"암소는 목초지에 있습니다, 선생님. 하지만 아주 얌전하니까 쉽게 잡을 수 있을 겁니다."

"알았습니다."

나는 그를 따라 문을 빠져나갔다. 농부가 암소를 외양간에 데려다놓지 않으면 좀 짜증이 나곤 하지만, 데이비드가 수의사가 되고 싶다면 우리의 작업이 대부분 야외에서 이루어지고 추위와 비바람을 견뎌야 할 때도 많다는 사실을 알아둘 필요가 있다고 생각했다.

지금은 7월인데도 셔츠를 벗자 쌀쌀한 아침 바람이 가슴과 등을 채찍처럼 후려쳤다. 요크셔의 고지대는 여름에도 따뜻한 적이 없지만, 나는 이런 곳에서 편안한 기분을 느꼈다. 암소는 농부에게 굴레를 잡힌 채 참을성 있게 서 있고, 양동이는 억센 풀숲에 놓여 있고, 바람에 휩쓸려 제대로 자라지 못한 나무 몇 그루만이 드넓게 펼쳐진 황량한 풀밭의 단조로움을 깨뜨리고 있었다. 여기야말로 내가 있어야 할 곳이고 나에게 어울리는 곳이었다. 이제야 비로소 제자리를 찾은 나를 이 아이에게 보여줄 수 있을 것 같았다.

나는 두 팔을 어깨까지 비누로 씻었다.

"꼬리를 잡아다오, 데이비드. 상황이 어떻게 되어가고 있는지 알아봐야겠어."

나는 손을 암소 자궁 속으로 밀어 넣으면서, 설령 난산이라 해도 나쁠 것은 없다고 생각했다. 내가 땀을 뻘뻘 흘리며 일하는 것을 보면 데이비드는 자기 앞에 놓여 있는 삶이 어떤 것인지를 좀 더 진실에 가깝게 알 수 있을 것이다.

"한 시간 넘게 걸릴 때도 있어. 하지만 새 생명의 탄생을 돕는 것은 보람 있는 일이지. 아무리 힘들어도 마침내 송아지가 태어나 꼼지락거리는 걸 보면 가슴이 설레고 짜릿한 희열을 느끼게 돼. 그게 수의사의 가장 큰 보람이야."

나는 손을 앞으로 뻗으면서 마음속으로 온갖 가능성을 생각했다. 배위(背位)일까? 두후위(頭後位)일까? 아니면 골반위일까? 하지만 열린 자궁경부를 지나 자궁 속으로 손을 넣은 순간 나는 경악했다. 거기에는 아무 것도 없었다.

나는 팔을 빼내고, 한동안 털투성이 엉덩이에 몸을 기대고 있었다. 오늘 일어난 사건들은 모두 꿈처럼 비현실적인 성질을 띠고 있었다. 이윽고 나는 농부를 쳐다보았다.

"이 녀석의 몸속에는 송아지가 없습니다, 로저스 씨."

"예?"

"텅 비었어요. 이미 송아지를 낳았습니다."

농부는 주위를 둘러보며, 드넓은 풀밭을 유심히 살폈다.

"그럼 송아지는 대체 어디 있죠? 이 녀석은 어젯밤에 진통을 했어요. 그래서 이제 곧 새끼를 낳으려나 보다 생각했지요. 그런데 오늘 아침에 보니까 아무 것도 없었어요."

그때 오른쪽에서 들리는 외침 소리가 농부의 주의를 끌었다.

"이봐, 윌리! 잠깐 이리 와봐, 윌리!"

이웃 농장의 보브 셀러스였다. 그는 20미터쯤 떨어진 돌담 위로 몸을 내밀고 있었다.

"왜 그래, 보브?"

"자네한테 말하는 게 좋을 것 같아서 말이야. 사실은 오늘 아침에 저 암소가 새끼를 감추는 걸 봤어."

"감추다니? 도대체 무슨 소리를 하는 거야?"

"농담이 아니야. 저기 있는 도랑에다 송아지를 감추었다니까. 그러고는 송아지가 밖으로 나오려고 할 때마다 도로 밀어 넣었다고."

"아니, 말도 안 돼. 어떻게 그런 일이…… 그런 얘기는 들어본 적도 없어. 선생님은 들어본 적이 있으세요?"

나는 고개를 저었지만, 오늘은 왠지 별난 일만 일어나는 날이니까 암소가 새끼를 감추는 어처구니없는 일도 그 환상적인 분위기와 잘 들어맞는 것 같았다.

보브 셀러스는 돌담을 타고 넘어왔다.

"내 말을 못 믿겠다면, 좋아, 내가 보여주지."

그는 목초지 끝으로 우리를 안내했다. 거기에는 마른 도랑이 돌담을 따라 뻗어 있었다.

"저기 있다!" 보브가 의기양양하게 말했다.

정말로 거기에 송아지가 있었다. 붉은색과 흰색이 섞인 작은 송아지가 길게 자란 풀에 반쯤 가려져 있었다. 송아지는 앞다리 위에 코를 올려놓고 풀침대에 편안하게 앉아 있었다.

송아지는 어미를 보고는 비틀거리며 일어나 도랑벽을 애써 기어올랐지만, 겨우 목초지로 올라오자마자 이제 굴레에서 풀려난 어미소가 고개를 숙이고 새끼를 코로 살짝 밀어서 다시 도랑 속으로 집어넣었다.

보브가 팔을 흔들었다.

"저것 봐! 분명히 감추고 있지? 안 그래?"

로저스 씨는 아무 말도 하지 않았고 나는 어깨만 으쓱했다. 송아지는 두 번 더 도랑에서 기어 나왔고, 그때마다 어미는 단호하게 고개로 새끼를 밀어서 도랑 속으로 돌려보냈다.

"믿을 수가 없군." 농부는 혼잣말처럼 중얼거렸다. "저 녀석은 지금까지 새끼를 다섯 마리 낳았는데, 우리는 늘 그러듯이 송아지가 태어나자마자 어미한테서 떼어놓았어요. 이번 새끼만은 자기가 직접 키우고 싶은 걸까요? 거 참, 모르겠네요…… 정말 모르겠어……."

그의 목소리는 점점 꺼져들다가 사라졌다.

얼마 후 돌투성이 오솔길을 덜컹거리며 내려올 때 데이비드가 나를 돌아보며 물었다.

"그 암소가 정말로 새끼를 감추었다고 생각하세요? 자기가 직접 키우려고?"

나는 무력하게 앞만 바라보았다.

"그런 일은 있을 수 없다고 누구나 말하겠지만, 너는 그걸 네 눈으로 직접 보았잖아. 나도 로저스 씨와 마찬가지야. 정말 모르겠어." 차가 깊은 바퀴자국에 빠져서 상하로 요동을 쳤기 때문에 나는 잠시 말을 끊었다. "하지만 수의사로 일하다 보면 별의별 희한한 일도 겪게 된다는 걸 알았겠지?"

데이비드는 생각에 잠긴 얼굴로 고개를 끄덕였다.

"예, 수의사 생활은 전체적으로 보면 재미있는 것 같아요."

30

군의관은 내 병력이 담긴 서류철을 내려놓고 책상 너머로 인자하게 웃어 보였다.

"안됐지만 수술을 받아야겠네, 헤리엇."

그의 말은 부드러웠지만 나는 따귀라도 한 대 얻어맞은 기분이었다. 항공학교를 마친 뒤 우리는 맨체스터의 히턴파크에 배치되었다. 그리고 이틀도 지나기 전에 나는 정식 조종사가 되었다는 통보를 받았다. 이제야 비로소 만사가 순조롭게 돌아가고 있는 것 같았다.

"수술…… 확실합니까?"

"그래."

그는 전문가다워 보였다. 그는 중령이었고, 사회에서는 전문의였다. 그리고 나는 일반 군의관한테 건강 진단을 받은 뒤 그에게 보내졌다.

"자네 서류에 적혀 있는 이 오래된 수술 자국 말인데…… 사회에서 이미 수술을 받았겠지?"

"예, 몇 년 됐습니다."

"그 부위를 다시 열고 자세히 살펴볼 필요가 있을 것 같아."

나는 말이 다 바닥난 기분이었다. 생각나는 말은 한 가지뿐이었다.

"언제요?"

"당장. 어쨌든 며칠 내에 수술해야 돼."

나는 그를 뚫어지게 바라보았다.

"하지만 우리 중대는 이번 주말에 해외로 갈 예정입니다."

"그거 안됐군." 그는 두 팔을 벌리며 다시 미소를 지었다. "하지만 자네를 놔두고 갈 거야. 그때쯤 자네는 병원에 있을 테니까."

나는 갑자기 낭패감을 느꼈다. 무언가가 끝나버린 기분이었다. 그 기분은 군의관의 집무실을 나온 뒤에도 오랫동안 내 마음을 떠나지 않았다. 나는 공군에 들어와 온갖 일을 겪으면서 함께 땀을 흘린 50명의 전우들과 어느새 정이 들어버린 것을 고통스럽게 깨달았다. 런던의 세인트존스우드에서 받은 훈련, 스카버러 기본훈련대에서 받은 강훈련, 슈롭셔에서 받은 '강화 훈련', 그리고 윙크필드의 항공학교에서 받은 마지막 비행 훈련…… 이런 과정을 거치면서 우리는 끈끈한 전우애로 하나가 되었고, 나는 나 자신을 개인이 아니라 집단의 일부로 여기게 되었다. 이제 나 혼자 남게 된다는 사실을 내 마음은 받아들일 수가 없었다.

다른 동료들도 유감스러워했다. 특히 사이가 좋았던 친구들은 가족을 잃은 것처럼 슬퍼했지만, 그들은 모두 너무 바빠서 나한테 그렇게 많은 관심을 기울일 수는 없었다. 동료들은 이리저리 떠밀려 다니면서 상황 설명을 듣고 장비를 지급받았다. 나를 빼고는 중대 전체가 벌집을 쑤셔놓은 것처럼 법석을 떨었다. 주위에서 흥분이 고조되어가는 동안 나는 퀸셋 막사의 내 침대에 오도카니 앉아 있었다.

나는 누구의 관심도 끌지 못한 채 쓸쓸히 떠나게 될 줄 알았는데, 소환을 받고 떠날 준비를 하다가 배낭의 멜빵 속에 봉투 하나가 쑤셔져 있는 것을 발견했다. 봉투에는 담배를 배급받을 수 있는 귀중한 쿠폰이 가득 들어 있었다. 거의 모든 중대원이 배급표를 내놓은 것 같았다. 나는 혼자 쓸쓸히 막사를 나오면서 이 마지막 우정의 표시에 목이 메었다.

병원은 헤리퍼드 근처의 크레든힐에 있었다. 외로움을 오래 느낄 수 없는 것은 군대 생활이 주는 위안 가운데 하나일 것이다. 길쭉한 병동에 즐비하게 놓여 있는 병상들은 나처럼 정든 전우와 헤어져 친구를 간절히 바라고 있는 사람들로 가득 차 있었다.

수술을 기다리는 며칠 동안 우리는 서로를 잘 알게 되었다. 왼쪽 병상의 젊은이는 여자 친구에게 보낼 고통스러운 시를 쓰면서 시간을 보냈고, 그 시를 처음부터 끝까지 나한테 읽어주곤 했다. 오른쪽 병상의 젊은이는 걸핏하면 멍하니 생각에 잠기는 타입 같았다. 모두 그를 '새미'라고 불렀지만, 그는 툴툴대는 소리로 응답할 뿐이었다.

그는 내가 수의사인 것을 알고는 시트에서 몸을 내밀고 손짓으로 나를 불렀다.

"나는 저 얼간이들이 나를 새미라고 부르는 데 질려버렸어." 그는 심한 버밍엄 사투리로 속삭였다. "내 이름은 새미가 아니라 데스먼드니까."

"그래? 그런데 왜 다들 새미라고 부르지?"

그는 몸을 내 쪽으로 더 내밀었다.

"바로 그 얘기를 하고 싶은 거야. 자네는 수의사니까 이런 일에 대해서는 잘 알고 있겠지. 그건 내 병 때문이야. 내가 여기 온 이유 때문이지."

"여기 온 이유가 뭔데? 문제가 뭐야?"

그는 주위를 둘러본 다음, 중대한 비밀이라도 털어놓듯 속삭였다.

"나는 불알이 커."

"뭐가 크다고?"

"불알. 한쪽 불알이 엄청나게 커."

"아아, 알겠어. 하지만 그래도 역시 이해할 수가……."

"이런 거야. 이 병동에 있는 사람들은 모두 의사가 내 불알을 잘라낼 거고, 그러면 나는 새미 홀처럼 될 거래."

나는 그제야 그의 말뜻을 알아듣고 고개를 끄덕였다. 대학 시절의 기억이 되살아났다. 그것은 파티에서 인기 있는 노래였다. '내 이름은 새미 홀, 나는 불알이 하나뿐이라네…….'

"말도 안 돼. 모두 너를 놀리고 있는 거야. 고환이 커지는 원인은 여러 가지야. 의사가 병명을 뭐라고 했는지 기억나?"

그는 얼굴을 찡그렸다.

"이상한 이름이었는데. 종계? 아니, 정계 뭐라고 했던 것 같아."

"정계(精系) 정맥류를 말하는 거야?"

"맞아! 바로 그거야!" 그는 팔을 휘둘렀다.

"그렇다면 걱정 안 해도 돼. 아주 간단하고 작은 수술이니까. 시시하다고 말할 수 있지."

"그럼 불알을 잘라내지 않는다는 거야?"

"절대로 잘라내지 않아. 여분의 혈관을 조금 제거할 뿐이야. 조금도 걱정할 거 없어."

그는 다시 베개에 머리를 묻고 황홀경에 빠진 것처럼 천장을 멍하니 쳐다보았다.

"고마워, 친구." 그가 속삭였다. "덕분에 한시름 놓았어. 수술이 내일인데, 그동안 얼마나 겁이 났는지 몰라."

그날 온종일 그는 딴 사람이 된 것 같았다. 소리 내어 웃고, 누구하고나 농담을 했다. 이튿날 아침에 간호사가 마취에 대비한 주사를 놓으러 오자 그는 마지막 호소가 담긴 눈으로 나를 돌아보았다.

"나를 놀린 건 아니겠지? 정말로 불알을……?"

나는 한 손을 들었다.

"장담해도 좋아, 새미. 아니, 데스먼드. 걱정할 거 하나 없어. 내 말 믿어."

또다시 행복에 넘친 미소가 그의 얼굴에 퍼져갔다. 그 미소는 '피의 수레'—남자 잡역부가 밀고 다니는 수술실용 침대—가 그를 데리러 올 때까지 계속되었다.

'피의 수레'는 아침마다 무척 바빴고, 수술 받을 사람이 거기에 실려나갈 때마다 모두 박수를 치면서 격려해주는 것이 관례였다. 수술을 받으러 가는 사람들은 대부분 자동문이 닫히기 전에 졸린 듯이 손을 한 번 흔들어 답례했지만, 데스먼드는 쾌활하게 웃으면서 엄지손가락을 세워 승리의 신호를 보냈다. 그것을 보고 나는 무슨 대단한 일이라도 해낸 것처럼 뿌듯했다.

이튿날 아침은 내 차례였다. 나는 아침 8시쯤 주사를 맞았고, 수레가 나타났을 때쯤에는 기분 좋게 몽롱해져 있었다. 간호사들은 내 잠옷을 벗기고 목에 레이스가 달린 나이트가운 같은 옷을 입혔다. 그리고 발에는 두꺼운 털양말을 신겼다. 잡역부가 수레를 밀고 나가자 병동 식구들은 일제히 격려의 함성을 질렀다. 나는 겨우 한 손을 들어 의례적인 몸짓을 했다.

수레는 하얀 타일을 바른 복도를 따라 오랫동안 굴러가다가 이윽고 마취실로 들어갔다. 우울한 여행이었다. 내가 마취실로 들어가자 맞은편

문이 열리고 마취 주사를 든 의사가 다가왔다. 나는 그 문 너머에 있는 수술실을 언뜻 보고 오싹 소름이 끼쳤다. 마스크를 쓴 의사들이 눈부신 조명을 받고 있는 긴 수술대를 둘러싸고 나를 기다리고 있었다.

의사는 내 소매를 걷어 올리고 알코올 솜으로 내 팔을 문질렀다. 나는 충분히 보았다고 판단하고 눈을 감았지만, 바로 위에서 내려온 외침 소리에 다시 눈을 떴다.

"세상에! 짐 헤리엇이잖아!"

나는 주사기를 든 의사를 쳐다보았다. 테디 매퀸이었다. 고등학교 동창이었는데, 학교를 졸업한 뒤로는 한 번도 만나지 못했다.

주사를 맞아서 목이 바싹 말라 있었지만, 뭔가 말을 해야 할 것 같았다.

"오랜만이다, 테디." 나는 쉰 목소리로 중얼거렸다.

테디가 눈을 크게 떴다.

"도대체 여긴 웬일이야?"

"왜 왔을 것 같아?" 나는 시무룩하게 대꾸했다. "수술을 받으러 온 거야."

"그건 알고 있어. 나는 여기 마취 전문의야. 하지만 학교에 다닐 때 너는 수의사가 될 작정이라고 말한 것 같은데."

"맞아. 나는 수의사야."

"그래?" 그의 얼굴은 놀라움으로 가득 찼다. "그런데 수의사가 공군에서 도대체 뭘 하고 있는 거지?"

좋은 질문이었다.

"별로 하는 일도 없어."

테디는 큰 소리로 웃기 시작했다. 분명히 그는 이 모든 상황을 재미있어하고 있었다.

"깜짝 놀랐어!" 테디는 나에게 몸을 기울이고 킬킬거렸다. "생각해봐. 그렇게 오랫동안 소식을 모르다가 여기서 만나다니. 이렇게 유쾌할 수가!"

그는 온몸을 흔들면서 웃기 시작했다. 웃다가 눈물이 나서 손등으로 눈물을 훔쳐내야 했다.

레이스 달린 나이트가운을 입고 털양말을 신고 '피의 수레'에 누워 있는 나는 조금도 우습지 않았다. 내가 예리한 반격으로 테디의 기를 죽이려고 멍해진 머리로 적당한 말을 찾고 있을 때, 수술실에서 기다리다 지친 의사가 고함을 질렀다.

"왜 이렇게 꾸물대나, 매퀸? 아침 내내 기다릴 수는 없어!"

테디는 웃음을 그쳤다.

"미안해, 짐. 하지만 안에서 너를 기다리고 있어."

그는 주사바늘을 내 혈관에 찔러 넣었다. 의식을 잃기 전에 내가 마지막으로 기억하는 것은 아직도 테디의 얼굴에 감돌고 있는 즐거운 미소였다.

나는 크레든힐에서 3주를 보냈는데, 퇴원할 때가 가까워지면 거의 회복된 환자들은 가까운 헤리퍼드로 외출하는 것이 허용되었다. 이것은 곤혹스러운 일이었다. 외출할 때는 모두 병원에서 빌려준 파란 제복에 흰셔츠를 입고 빨간 넥타이를 맸는데, 그런 차림으로 나가면 모두 우리에게 경의를 표하는 눈길을 던졌기 때문이다. 사람들은 우리를 전쟁터에서 다친 상이용사로 생각하는 게 분명했다.

한번은 제1차 세계대전 참전용사가 나에게 다가와서 물었다.

"자네는 어디서 총을 맞았나?"

그 후 나는 외출을 포기했다.

나는 공군병원 사람들에게 진심으로 고마움을 느끼면서 퇴원했다. 특히 늘 쾌활한 태도로 열심히 일하는 간호사들이 고마웠다. 그들은 우리가 소등시간 이후에 잡담을 하거나 이불 속에서 몰래 담배를 피우거나 침대를 어질러놓으면 호되게 야단을 쳤지만, 그들의 한결같은 헌신에는 그저 경탄할 수밖에 없었다.

나는 병상에 누워서 생각했다. 도대체 저 여자들은 어떤 품성을 지니고 있기에 그렇게 힘든 간호사 생활을 기꺼이 감내할 수 있는 것일까? 남의 행복에 대한 관심? 남을 돌봐주고 싶어 하는 타고난 본능? 어쨌든 나는, 간호사는 태어날 때부터 그런 품성을 타고난다고 확신했다.

31

퇴원하면 당장 해외에 배치될 줄 알았기 때문에 나는 내 중대와 친구들을 따라잡을 수 있을지를 걱정하고 있었다.

그런데 보름 동안 요양소에서 지내야 한다는 것을 알고 나는 깜짝 놀랐다. 그런 다음에야 추가 조치를 취할 수 있다는 거였다. 요양소는 레민스터와 가까운 퍼들스톤에 있었다. 넓고 아름다운 정원이 딸린 저택 같은 곳이었다. 요양소를 관리하는 사람은 쾌활한 할머니였는데, 운종은 우리 항공병들은 그녀와 함께 차분한 크로케(잔디 구장 위에서 나무망치로 나무공을 치며 하는 구기 경기)를 즐기거나 시원한 숲속을 산책했다. 그곳에 있으면 전쟁 따위는 세상에 존재하지 않는 것 같은 생각이 들었다. 보름 동안 이런 대우를 받자 나는 새로운 활력을 얻은 기분이었다. 이제 오래지 않아 임무에 복귀할 수 있을 거라고 생각했다.

나는 퍼들스톤에서 다시 맨체스터의 히턴파크 기지로 원대 복귀했지만, 이번에는 그곳에 아는 사람이 아무도 없었다. 수많은 막사에 푸른 제복의 사내들이 수천 명이나 우글거리고 있는데 나를 아는 사람이 하나도 없다는 걸 생각하면 기분이 묘했다.

물론 애당초 나를 병원으로 보낸 군의관만은 예외였다. 나는 기지에 도착하자마자 그와 면담을 했는데, 그는 곧장 핵심으로 들어갔다.

"헤리엇, 자네는 더 이상 비행을 못할 것 같네."

"하지만…… 저는 수술을 받았습니다. 이제 훨씬 좋아졌어요."

"알고 있어. 하지만 자네는 더 이상 백 퍼센트 적합한 부류에 들어갈 수 없어. 자네는 공식적으로 등급이 내려갔어. 조종사는 일등급이어야 한다는 건 자네도 알고 있겠지?"

"예, 물론 알고 있습니다."

그는 손에 든 파일을 힐끗 들여다보았다.

"자네는 수의사야. 으음…… 바로 이게 문제야. 항공병이 비행을 할 수 없게 되면 대개는 지상 근무 요원으로 재소집되는데, 수의사는 소집이 보류되어 있어. 그러니 항공병을 제외하고는 어떤 자격으로도 군대에 복무할 수가 없다는 얘기지. 그래, 그래…… 연구를 좀 해봐야겠어."

모든 것이 너무 비인간적이고 사무적이었다. 그런 사람의 입에서 나오는 몇 마디는 논란의 여지를 전혀 남기지 않았고, 내가 공군에 들어온 뒤 내 미래에 대해 품었던 모든 꿈을 단번에 박살내버렸다.

더 이상 하늘을 날 수 없다면 제대하게 될 거라고 생각했다. 군의관의 집무실을 나와 기지 반대쪽 끝에 있는 내 막사로 천천히 돌아가면서 내가 전쟁에 이바지한 게 무엇인가를 곰곰 생각했다.

분노의 총알 한 방 쏘아보지 못했다. 산더미 같은 감자 껍질을 벗기고, 헤아릴 수 없이 많은 접시를 씻고, 삽으로 석탄을 푸고, 돼지우리를 청소하고, 수십 킬로미터를 행군하고, 끊임없이 훈련을 받은 뒤에야 마침내 비행술을 배웠는데, 그게 다 헛수고였다. 커다란 식당 건물 옆을 지나갈 때 스피커에서 공군 행진곡이 울려 퍼졌다.

그 귀에 익은 노래를 듣자 수많은 경험과 수많은 친구들이 기억에 되살아났다. 나는 갑자기 심한 외로움을 느꼈다. 누군가와 이야기를 나누고 싶었다. 말상대가 필요했다. 나에게는 생소한 느낌이었다. 막사와 군인으로 가득 찬 그곳은 요크셔의 시골과는 전혀 다른 환경이었지만, 그곳에서 나는 수의사 시절에 농부들과 나누는 잡담을 얼마나 즐겼는가를 새삼 깨달았다.

농부들과 잡담을 나누는 것은 시골 수의사의 가장 큰 즐거움 가운데 하나지만, 이야기를 하면서도 일에 열중해야 한다. 그러지 않으면 문제가 생길 수 있다. 더글비 씨네 농장에서 나는 하마터면 최대의 곤경에 빠질 뻔했다. 소규모 자작농인 더글비 씨는 대러비 교외의 철로 뒤쪽에 있는 허름한 헛간에서 암퇘지를 몇 마리 키우고, 새끼를 낳으면 고기용으로 팔 수 있는 무게가 될 때까지 키워서 내다 팔곤 했다.

그는 또한 열렬한 크리켓 팬이어서, 크리켓 경기에 대한 지식과 그 역사에 정통하여 몇 시간이고 그 이야기를 늘어놓곤 했다. 그는 크리켓에 대해서는 결코 싫증을 내는 법이 없었다.

나는 크리켓 경기를 거의 하지 않는 스코틀랜드에서 자랐지만, 항상 그 경기에 매력을 느꼈기 때문에 기꺼이 더글비 씨의 이야기를 들어주었다. 새끼 돼지들 사이를 돌아다니면서도 나는 그 어린 동물한테는 거의 관심이 없었다. 몸은 거기에 있었지만 내 마음은 요크셔의 영웅들과 함께 헤딩리의 드넓은 타원형 잔디밭에 가 있었다.

"선생님이 토요일에 렌 허튼을 보았어야 하는 건데." 더글비 씨는 한숨을 내쉬었다. "공을 한 번 치면 180야드를 날아가는데, 상대한테 한 번도 기회를 안 주었다니까요. 정말 볼만했어요."

그는 그 위대한 크리켓 선수의 카버 드라이브(후위를 통과하는 타구)를 흥

내 냈다.

"안 봐도 상상이 갑니다." 나는 고개를 끄덕이며 빙긋 웃었다. "이 돼지들이 다리를 전다고 하셨죠?"

"예, 오늘 아침에 몇 마리가 다리 하나를 들고 깡충깡충 뛰어다니는 걸 보았어요. 그런데 모리스 레일런드도 렌 못지않게 훌륭했답니다. 물론 렌만큼 멋지지는 않지만, 모리스가 상대를 압박하는 솜씨는 대단해요."

"예, 모리스는 체구는 작지만 사자처럼 대담무쌍한 선수죠." 나는 이렇게 맞장구치고 아래로 손을 뻗어 돼지 꼬리를 움켜잡고 직장에 체온계를 밀어 넣었다. "호주 팀과 결승전에서 맞붙었을 때 모리스와 에디 페인터가 어떻게 했는지 기억하세요?"

그는 꿈꾸는 듯한 미소를 지었다.

"기억하냐고요? 그건 영원히 잊지 못할 겁니다. 굉장했죠."

나는 체온계를 뺐다.

"40도 5분, 이 녀석은 열이 좀 있군요. 어딘가에 염증이 생긴 모양입니다. 아마 가벼운 관절염이겠지요." 나는 작은 분홍색 다리를 어루만졌다. "하지만 이상한데요. 관절은 전혀 붓지 않았어요."

"오늘 시합이 시작되면 빌 바우스가 서머싯 팀 선수들을 연달아 아웃시킬 겁니다. 빌은 이런 투구장의 상태를 좋아하거든요."

"예, 빌은 대단한 투수죠. 나는 강속구 투수를 좋아합니다. 아저씨는 강속구 투수들을 다 보았겠지요? 라우드, 보스, 앨런 등등……."

"물론 보았지요. 그 선수들 이야기라면 하루 종일 해도 끝이 없을 겁니다."

나는 다리를 저는 또 다른 돼지를 붙잡아 조사했다.

"이건 좀 이상한데요. 이 우리에 있는 돼지의 절반 정도가 다리를 저는 것 같은데, 조사해봐도 전혀 이상이 없어요."

"글쎄요, 선생님 말씀대로 아마 관절염이겠지요. 주사나 한 방씩 놓아 주세요. 주사를 놓는 동안 윌프레드 로즈가 한 경기에서 여덟 번 삼주문을 잡았을 때의 이야기를 해드리죠."

나는 주사기에 약을 넣었다.

"다리를 절지 않는 녀석들도 모두 주사를 놓아주는 게 좋겠어요. 혹시 연필 갖고 계세요?"

농부는 고개를 끄덕이고 새끼 한 마리를 집어 들었다. 새끼는 당장 항의의 비명을 질렀다.

"윌프레드 같은 선수는 지금까지 한 사람도 없었어요." 그는 새끼 돼지보다 더 큰 소리로 외쳤다. "그때가 두 시 반쯤이었는데, 주장이 윌프레드한테 공을 던졌을 때 투구장에 느닷없이 소나기가 억수같이 쏟아졌지요."

나는 빙긋 웃고는 주사기를 들어올렸다. 이런 회고담을 듣고 있으면 시간이 유쾌하게 지나갔다. 내가 흡족한 기분으로 분홍빛 넓적다리에 막 주사바늘을 찌르려는 순간, 한 녀석이 내 장화 뒤꿈치를 물어뜯기 시작했다. 아래를 내려다보니 제 형제의 비명 소리에 놀란 녀석들이 둥글게 둘러서서 나를 쳐다보고 있었다.

내 마음은 아직 윌프레드 로즈에게 가 있었지만 내 눈은 위로 치켜든 주둥이에 하얀 혹 같은 것이 돋아나 있는 것을 포착했다. 그리고 저 돼지도…… 저 돼지도…… 내가 지금까지 새끼 돼지들의 얼굴을 보지 못한 것은 녀석들이 모두 나한테서 도망가려고 애썼기 때문이지만, 갑자기 내 머릿속에서 비상경보 사이렌이 울려 퍼지기 시작했다.

나는 아래로 손을 뻗어 돼지 한 마리를 움켜잡고 주둥이에 생긴 혹을 짜보았다. 그 순간 나는 찬바람이 몸을 꿰뚫고 지나가는 것처럼 오싹한 기분을 느꼈다. 크리켓과 햇빛과 푸른 잔디밭의 즐거운 환상은 산산조각 나버렸다. 그것은 혹이 아니라 포진(胞疹), 즉 누르면 쉽게 터지는 민감한 물집이었다.

새끼를 뒤집어 작은 발을 조사하기 시작했을 때 나는 팔이 부들부들 떨리는 것을 느낄 수 있었다. 발굽이 둘로 갈라진 발에도 물집이 있었다. 주둥이에 생긴 물집보다 납작하고 광범위하게 퍼져 있었지만, 그것도 역시 내 무서운 의혹을 뒷받침하는 증거였다.

나는 입이 바싹 마르는 것을 느끼면서 돼지 두 마리를 더 조사했다. 그 녀석들도 마찬가지였다. 농부한테 돌아섰을 때 나는 연민과 미안함의 무게에 짓눌려 고개를 들 수가 없었다. 농부는 크리켓 이야기를 계속하고 싶어서 좀이 쑤시는 듯한 얼굴로 여전히 미소를 짓고 있었다. 그런데 나는 수의사로서 최악의 소식을 그에게 전하려 하고 있었다. 가축을 키우는 사람에게 그보다 더 나쁜 소식은 있을 수 없다.

"아저씨, 농산부에 전화를 걸어야 할 것 같습니다."

"농산부요? 왜요?"

"구제역에 걸린 것으로 의심되는 돼지를 발견했다고 통보하려고요."

"구제역요? 설마!"

"유감이지만 사실입니다."

"확실합니까?"

"그걸 결정하는 것은 내가 아닙니다. 농산부 관리가 해야 할 일이죠. 나는 지금 당장 농산부에 전화로 알려야 합니다."

그곳은 전화가 있을 만한 곳이 아니었지만, 더글비 씨는 부업으로 석탄 배달도 하고 있어서 전화를 갖고 있었다. 나는 당장 농산부에 전화하여 상근 관리자인 네빌 크래그스에게 보고했다.

그는 신음 소리를 냈다.

"아무래도 구제역인 것 같군. 어쨌든 내가 갈 때까지 거기 있게."

농가 부엌에서 더글비 씨가 묻는 듯한 눈으로 나를 쳐다보았다.

"이제 어떡하죠?"

"나는 당분간 여기 있어야 하니까, 귀찮더라도 참아주셔야 할 겁니다. 판정이 내려질 때까지는 여기서 나갈 수 없습니다."

"정말로 구제역이라면 어떻게 됩니까?"

"돼지들을 모두 살처분해야 할 겁니다."

"전부 다요?"

"유감이지만 법률로 그렇게 정해져 있거든요. 하지만 보상금은 나올 겁니다."

그는 머리를 긁적거렸다.

"하지만 병이 나을 수도 있을 텐데…… 왜 몽땅 죽여야 하죠?"

"그건 그렇지만……" 나는 어깨를 으쓱했다. "사실 회복되는 동물도 많습니다. 하지만 구제역은 전염성이 아주 강하거든요. 여기 돼지들을 치료하고 있는 동안 이 일대 가축이 모두 구제역에 걸릴 것이고, 순식간에 전국으로 퍼질 겁니다."

"그렇군요. 하지만 비용을 생각해보세요. 죽이면 수천 파운드는 손해를 볼 텐데."

"그렇겠지요. 하지만 죽이지 않으면 손해가 훨씬 더 커질 겁니다. 죽는 동물은 제쳐놓고라도 우유 생산량과 소, 돼지, 양의 식육 생산량이 줄어드는 걸 생각해보세요. 피해액이 연간 수백만 파운드에 이를 겁니다. 영국이 섬나라인 게 천만다행이죠."

"선생님 말씀이 옳은 것 같군요." 그는 파이프를 집어 들었다. "그런데 우리 돼지들이 구제역인 건 확실합니까?"

"예."

"뭐, 할 수 없죠. 살다 보면 이런 일도 있게 마련이니까."

요크셔에 예로부터 전해 내려오는 속담이다. 나를 비롯해서 많은 시민들이 벽에 머리를 들이받고 싶어질 만한 상황에서 달관한 것처럼 중얼거리는 그 속담을 나는 너무나 자주 들었다. 더글비 씨의 작은 농장은 이제 곧 조용한 무덤이 될 텐데, 그는 그저 파이프를 잘근잘근 씹으면서 '살다 보면 이런 일도 있게 마련'이라고 중얼거렸을 뿐이다.

농산부가 결정을 내리는 데에는 그리 오랜 시간이 걸리지 않았다. 감염원은 더글비 씨가 충분히 익히지 않고 음식 찌꺼기에 섞여 먹인 수입 고기가 거의 확실했다. 돼지들의 병은 구제역으로 확인되었고, 더글비 씨의 농장을 중심으로 반경 30킬로미터에 방역선이 쳐졌다. 나는 내 몸과 차를 소독하고 집으로 돌아갔다. 집에 도착하자마자 옷을 벗어 훈증 소독을 위해 내보낸 뒤 소독제를 탄 뜨거운 물에 몸을 담갔다.

수증기 속에 누워서 나는 생각에 잠겼다. 내가 구제역을 알아차리지 못했다면 아무 것도 모른 채 즐겁게 왕진을 다니면서 파멸과 혼란을 퍼뜨렸을 것이다. 나는 농장을 떠나기 전에 반드시 장화를 물로 씻었지만, 내긴 코트 자락을 물어뜯는 새끼 돼지들은 어떻게 되는가? 내 주사기와 체온계는? 내가 다음에 왕진할 곳은 테렌스 베일리의 낙농장이었다. 그곳에서 키우는 200마리의 순종 젖소는 몇 세대에 걸쳐 개량된 암소들이었다. 그 우량 젖소를 사기 위해 전 세계에서 외국인들이 찾아왔다. 나는 그 우량 젖소를 절멸시킨 원흉이 될 수도 있었을 것이다.

게다가 더글비 씨도 문제였다. 나는 트럭에 석탄을 싣고 덜컹거리며 이 농장 저 농장을 돌아다니는 더글비 씨의 모습을 상상할 수 있었다. 그 역시 세균을 사방에 퍼뜨렸을 것이다. 그리고 아마 그는 이번 주 경매시장에 돼지 몇 마리를 가져갔을 것이고, 그랬다면 요크셔 전역과 그 너머까지 치명적인 전염병을 퍼뜨렸을 것이다. 엄청난 손실을 초래하는 국가적으로 중요한 재앙이 얼마나 사소한 부주의로 시작될 수 있는지는 쉽게 알 수 있었다.

생각만 해도 식은땀이 났다. 뜨거운 물속에서 이미 땀을 흘리고 있지 않았다면, 그것을 생각한 순간부터 식은땀을 흘리기 시작했을 것이다. 나는 하마터면 구제역을 놓친 불행한 수의사 무리에 가담할 뻔했다.

나는 그런 수의사를 몇 명 알고 있었고, 그들의 불행을 가슴 아프게 생각했다. 그런 일은 너무나 쉽게 일어날 수 있다. 하루에도 몇 군데씩 왕진을 다녀야 하는 바쁜 수의사들, 어두운 축사에서 발로 걷어차고 바둥거리는 동물을 검사하려고 애쓰면서도 마음의 일부는 아마 그날 마쳐야 할 왕진 쪽에 가 있었을 것이다. 그 밖에도 구제역을 놓치게 만드는 원인—구제역을 전혀 예상하지 않았거나, 전형적인 증상이 나타나지 않았거나, 여러 가지 이유로 주의가 산만해졌거나—은 얼마든지 존재한다. 내 주의를 산만하게 만든 것은 크리켓이었고, 그 때문에 하마터면 신세를 망칠 뻔했다. 하지만 아슬아슬하게 그 위험을 모면했다. 나는 뜨거운 물

속에서 몸을 움츠리고 속으로 감사 기도를 드렸다.

옷을 완전히 갈아입고 기구도 새것으로 다 바꾼 뒤 나는 다시 왕진을 나갔다. 테렌스 베일리의 축사에 들어갔을 때 내가 얼마나 운이 좋았는 가를 새삼 깨달았다. 길게 늘어서 있는 그 아름다운 동물들, 세심한 관리를 받고 있는 우량 젖소들, 뒷다리 사이에 매달려 있는 단단한 젖통, 우 아한 머리, 짚단 속에 깊이 박혀 있는 아름다운 다리, 그것은 어떤 것도 대신할 수 없는 완벽한 소의 모습이었다.

어떤 지역에서 일단 구제역이 확인되면, 잠복기가 지날 때까지 긴장된 시간이 흐른다. 농부와 수의사 그리고 특히 농산부 관리는 진단이 내려지기 전에 병균이 퍼지지 않았는가를 걱정하면서, 구제역이 맹렬한 기세로 퍼지고 있다는 전화가 걸려올 경우에 대비하여 마음을 단단히 먹고 괴로운 시간을 보낸다. 그들이 두려워하는 그런 사태가 일어나면 그들의 삶은 엉망이 될 것이다.

도시에 사는 사람들에게 구제역 발생은 자기와 관계가 먼 이야기, 신문에서나 읽을 수 있는 일일 뿐이다. 하지만 시골 사람들에게 구제역 발생은 조용한 농장과 들판이 납골당과 화장터로 변하는 것을 의미한다. 그것은 곧 단장의 아픔과 파산을 의미한다.

우리는 대러비에서 기다렸다. 며칠이 지나도 다리를 절거나 침을 흘리는 가축이 발견되었다는 소식이 들려오지 않자, 더글비 농장의 사건은 우리가 간절히 바란 대로 수입 고기 몇 조각이 초래한 고립된 사건으로 간주되었다.

나는 모든 농장을 소독약으로 뒤덮다시피 했고, 내 장화와 방호복에도 진한 리졸액을 잔뜩 뿌렸기 때문에 내 차에서는 소독약 냄새가 진동했고, 내가 가게나 우체국이나 은행에 들어가면 주위 사람들이 모두 코를 찡그렸다.

2주가 지나자, 이제 안심해도 될 것 같다는 생각이 들기 시작했다. 하지만 베일리 농장에서 전화가 걸려왔을 때는 혹시나 하는 생각에 가슴이 철렁 내려앉았다.

전화를 건 사람은 테렌스 베일리였다.

"와서 우리 암소 좀 봐주세요. 한 녀석이 젖꼭지에 물집이 생겼어요."

"물집요?" 가슴이 쿵 내려앉았다. "침을 흘리고 있습니까? 다리를 접니까?"

"아뇨, 그냥 물집만 생겼어요. 그 속에 액체가 들어 있는 것 같습니다."

수화기를 내려놓았을 때는 숨이 막혔다. 고약한 물집 하나면 충분하다. 구제역은 단순한 물집으로 시작되는 경우가 있다. 나는 정신없이 차에 올라타고 베일리 농장으로 달려갔다. 가는 동안 내 가슴은 덫에 걸린 새처럼 두근거리고 있었다.

베일리 농장은 내가 더글비 씨네 농장에 들른 직후에 방문한 곳이다. 내가 병균을 옮겼을까? 하지만 옷도 완전히 갈아입었고, 목욕도 했고, 체온계와 기구도 다 새것으로 바꾸었다. 더 이상 내가 뭘 어떻게 할 수 있겠는가? 내 자동차 바퀴는? 아니, 그것도 소독했다. 내 탓일 리가 없다. 하지만…… 하지만…….

나를 맞은 것은 베일리 씨의 아내였다.

"오늘 아침에 젖을 짜다가 이걸 발견했어요."

그들은 아직도 손으로 젖을 짰고, 열심히 일하는 집안의 전통에 따라 베일리 부인도 남편이나 농장 일꾼들과 함께 밤과 아침에 젖을 짰다.

"젖꼭지를 잡자마자 소가 불편해하는 것을 알 수 있었어요. 그래서 젖꼭지를 살펴보니까 작은 물집이 수없이 돋아나 있고 거다란 물집도 하나 있더군요. 그래도 어떻게든 젖을 짰더니 작은 물집은 거의 다 터져버렸지만 큰 물집 하나는 아직 남아 있어요."

나는 허리를 굽히고 불안한 마음으로 젖통을 살펴보았다. 베일리 부인이 말한 대로였다. 터져버린 작은 물집들과 터지지 않은 채 물결처럼 움직이고 있는 거다란 물집 하나. 이것은 모두 무서운 가능성을 암시하고 있었다. 나는 말없이 소 옆을 지나 앞쪽으로 가서 코를 잡고 머리를 내 쪽으로 돌렸다. 그러고는 억지로 입을 벌리고 필사적인 기분으로 입술과 뺨과 잇몸을 살폈다. 거기에서 무언가를 발견했다면 나는 아마 기절했을 것이다. 하지만 모두 깨끗하고 정상적이었다.

나는 앞발을 하나씩 들어 올려 비눗물로 발굽을 문질렀지만 아무 것도 보이지 않았다. 이어서 나는 밧줄로 소의 뒷다리를 묶고 밧줄을 들보에 건 다음, 일꾼의 도움을 얻어 오른쪽 뒷다리를 들어올렸다. 뒷다리도 비눗물로 문지르고 유심히 살펴보았지만 역시 깨끗했다. 왼쪽 뒷다리도 마찬가지였다. 검사를 끝냈을 때 나는 땀을 흘리고 있었지만, 더 이상은 땀이 나지 않았다.

체온을 재보니 정상보다 조금 높았다. 나는 축사를 구석구석까지 돌아다녔다.

"다른 암소들은 아무 문제도 없습니까?"

베일리 부인은 고개를 저었다.

"이 녀석 하나뿐이에요." 그녀는 야외에서 오랫동안 일하기 때문에 얼굴이 붉게 타고 피부도 거칠어져 있었지만, 반듯한 이목구비를 가진 30대 여성이었다. "무슨 병이죠?"

나는 감히 말할 수가 없었다. 구제역으로 방역선이 쳐진 지역 한복판에서 젖꼭지에 물집이 생긴 암소를 발견했다. 위험한 도박을 할 수는 없었다. 당장 농산부에 보고해야 한다.

하지만 그래도 그 무서운 말을 차마 입 밖에 낼 수는 없었다.

"전화를 좀 쓸 수 있을까요?" 내가 할 수 있는 말은 그게 전부였다.

베일리 부인은 놀란 표정을 지었지만 얼른 미소를 지으며 말했다.

"물론이죠. 집으로 들어가세요."

나는 축사 문으로 걸어가면서 다시 한 번 아름다운 암소들을 바라보았다. 그리고 그 너머의 방목지에 있는 우리에는 아직 새끼를 낳지 않은 젊은 암소들과 작은 송아지들이 있었다. 그 소들은 모두 몇 세대에 걸친 품종 개량을 통해 완벽하게 만들어진 베일리 소의 피를 물려받았다. 하지만 자비로운 도살자는 그런 것을 전혀 고려하지 않는다. 내 두려움이 사실로 밝혀지면 여기 있는 소들은 한두 시간 만에 모두 사살당할 것이다.

우리는 농가 부엌으로 들어갔다. 베일리 부인이 맞은편 문을 가리켰다.

"전화는 저기 거실에 있어요."

나는 장화를 벗고 양말바람으로 마루를 가로질러 터벅터벅 걸어갔다. 그때 이제 갓 첫돌이 지난 가일스가 내 앞을 가로질러 아장아장 걸어가는 바람에 나는 하마터면 아기에게 걸려 넘어질 뻔했다. 내가 가일스를 옆으로 옮기려고 허리를 구부리자 이 원기왕성한 아기는 나를 쳐다보며 활짝 웃었다.

아기 엄마가 깔깔 웃었다.

"가일스 좀 봐요. 얼마나 말썽꾸러기인지 몰라요. 우두를 맞은 뒤로 팔이 많이 아팠는데……."

"아이쿠, 가엾어라."

나는 건성으로 말하고 가일스의 머리를 토닥인 다음 거실 문을 열었다. 내 마음은 이제 곧 시작될 불쾌한 대화로 가득 차 있어서 다른 데 신경을 쓸 여유가 없었다. 카펫 위를 몇 걸음 걸어갔을 때 나는 우뚝 걸음을 멈추었다. 그러고는 부엌을 돌아보았다.

"방금 우두라고 하셨나요?"

"예, 우리 애들은 모두 가일스만 할 때 우두를 맞았지만, 팔이 아프거나 한 적은 한 번도 없었어요. 나는 날마다 가일스의 붕대를 갈아주어야 했죠."

"붕대를 갈아주고…… 그리고 나서 그 암소의 젖을 짰습니까?"

"예, 맞아요."

갑자기 밝은 빛이 비쳐와 내 어둡고 괴로운 세계에 햇빛을 쏟아 부었다. 나는 부엌으로 돌아가 문을 닫았다.

베일리 부인은 말없이 나를 쳐다보다가 머뭇거리며 물었다.

"전화는 안 쓰실 거예요?"

"예…… 예…… 마음을 바꿨습니다."

"알았어요." 그녀는 눈썹을 치켜 올리고는 뭐라고 말해야 할지 몰라서 쩔쩔매는 것 같았다. 이윽고 그녀는 미소를 지으며 주전자를 들어올렸다. "그럼 차 한 잔 하시겠어요?"

"그거 좋지요. 고맙습니다."

나는 기꺼이 딱딱한 나무의자에 걸터앉았다.

베일리 부인은 주전자를 불 위에 올려놓고 나를 돌아보았다.

"그런데 그 암소가 무슨 병에 걸렸는지, 아직 대답해주지 않으셨어요."

"아아, 그렇군요. 죄송합니다." 나는 깜박 잊고 말하지 않은 것처럼 쾌활하게 말했다. "그 소는 천연두에 걸렸습니다. 사실은 아주머니가 옮겼어요."

"제가요? 그게 무슨 말씀이죠?"

"아기용 우두는 천연두 바이러스로 만들어집니다. 그 바이러스가 아주머니의 손을 통해 가일스한테서 암소한테로 옮겨진 겁니다."

나는 잘난 체할 수 있는 이 순간을 마음껏 즐기며 미소를 지었다.

그녀는 놀라서 입을 딱 벌렸다가 키득거리기 시작했다.

"맙소사. 남편한테 무슨 소리를 들을지 모르겠군요. 이런 이야기는 들어본 적도 없어요." 그녀는 손을 눈앞으로 들어 올려 손가락을 꿈틀거렸다. "나도 평소에는 굉장히 조심하는데…… 하지만 가엾은 가일스 때문에 좀 심란했던 건 사실이에요."

"아니, 뭐 그렇게 심각하지는 않습니다. 차에 연고가 있으니까 갖다 드리죠. 그걸 바르면 금방 치료될 겁니다."

나는 차를 홀짝거리면서 가일스의 활약을 지켜보았다. 가일스는 잠깐 사이에 부엌 전체에 혼란을 퍼뜨렸고, 지금은 구석에 있는 찬장에서 내용물을 모두 제거하느라 바빴다. 허리를 숙이고 작은 엉덩이를 쑥 내민 채, 냄비와 냄비뚜껑과 브러시 따위를 열심히 뒤로 내던져서 찬장을 깨끗이 비워버렸다. 그러고는 더 할 일을 찾아 주위를 두리번거리다가 나를 발견하자 두 다리를 벌리고 지그재그로 나에게 다가왔다.

가일스는 양말을 신은 내 발가락에 매혹된 것 같았다. 내가 발가락을 꿈틀거리자 가일스는 통통한 손으로 내 발가락을 움켜잡았다. 마침내 커다란 엄지발가락을 손아귀에 넣은 가일스는 나를 쳐다보며 활짝 웃었다. 작은 앞니 네 개가 반짝 빛났다.

　나는 가일스에게 사랑이 듬뿍 담긴 다정한 미소를 보내주었다. 안도의 물결이 내 몸속을 기분 좋게 흐르고 있었다. 나는 가일스가 고마웠을 뿐만 아니라 진심으로 가일스를 좋아했다. 지금도 나는 가일스를 좋아한다. 가일스는 내 고객이다. 이제 가정을 꾸려 어엿한 가장이 된 가일스는 순종 암소에 대해 깊은 사랑과 풍부한 지식을 가진 건장한 농부가 되었다. 그 함박웃음은 예나 지금이나 마찬가지지만, 입 속에 이가 좀 많아졌다는 게 다를 뿐이다.

　가일스는 자기가 맞은 우두 때문에 내가 하마터면 심장마비를 일으킬 뻔했다는 것을 영원히 모를 것이다.

32

나는 주위에 무더기로 쌓여 있는 군화와 셔츠, 그리고 텅 빈 선반과 칸막이 선반을 둘러보았다. 나는 히턴파크 기지의 보급품 창고에 배치되었다. 영국 공군이 나를 골칫거리로 여기고 있다는 증거였다.

이때쯤에는 거대한 전쟁 기계가 아주 순조롭게 돌아가면서 조종사와 항법사와 기총사수들을 꾸준히 배출하고, 그들이 규정된 등급을 따지 못하면 다른 임무에 배치하고 있었다. 전쟁 기계는 그 리듬을 어지럽히는 것이 없는 동안은 기름칠이 잘된 엔진처럼 순조롭게 돌아갔다.

나는 그 기계 속에 들어간 모래알 같은 존재였다. 여러 번의 면담을 통해 나는 행정관들이 나 때문에 상당히 곤혹스러워하고 있다는 것을 알수 있었다. 처칠(영국 수상) 씨가 나 때문에 밤잠을 설치지는 않았겠지만, 비행할 수도 없고 법적으로 지상 근무 요원이 될 자격도 없는 나는 분명 성가신 존재였을 것이다. 지금까지 비행을 금지당하고 땅에 발이 묶인 수의사를 만난 적이 있는 사람은 아무도 없는 것 같았다.

물론 나를 제대시켜 수의사 일로 돌려보내는 것은 불가피한 일이었다. 하지만 영국 공군이 나를 민간인 생활로 되밀어내는 데에는 상당한 시간이 걸릴 게 뻔했다. 내가 많은 기구를 거쳐야 하는 것은 분명했다. 그중 일부는 아무 의미도 없었지만.

한번은 세 명의 장교와 면담을 했다. 그들은 아주 친절했고, 테이블 뒤에 나란히 앉아서 나를 안심시키려는 듯 호의적인 미소를 짓고 있었다. 그들의 임무는 나에게 걸맞은 일을 찾아내는 것이었다. 그들은 아마 심리학자였을 것이다. 그들은 나한테 온갖 질문을 퍼붓고, 내 대답에 고개를 끄덕이면서 줄곧 친절한 미소를 지었다.

"이봐, 헤리엇." 가운데 앉은 장교가 말했다. "우리는 자네한테 적성검사를 실시할 작정이야. 검사는 이틀이 걸리는데, 내일 시작하도록 하지. 검사가 끝나면 자네에 대해 모든 것을 알게 될 거야." 그는 소리 내어 웃었다. "걱정할 건 전혀 없어. 꽤 재미있을 테니까."

그 말이 옳았다. 나는 긴 종이에 대답을 적어 넣고, 도형을 그리고, 기묘한 모양의 나무토막을 구멍에 집어넣었다. 정말로 재미있었다.

나는 이틀을 더 기다린 뒤에야 다시 심판의 자리에 불려갔다. 세 명의 장교는 전보다 더 매력적이었고, 이번에는 그들에게서 흥분을 애써 억누르고 있는 듯한 분위기가 느껴지는 것 같았다. 가운데 앉은 장교가 입을 열자 그들은 모두 활짝 미소를 지었다.

"헤리엇, 우리는 정말로 자네에 대해 중요한 사실을 알아냈다네."

"그렇습니까?"

"우리는 자네가 기계에 대해 뛰어난 소질을 갖고 있다는 걸 알아냈어."

나는 그를 뚫어지게 바라보았다. 이것은 예기치 않은 재난이었다. 세상에 기계치가 있다면, 제임스 헤리엇이 바로 그런 사람이었기 때문이다. 엔진이나 톱니바퀴, 피스톤, 실린더, 기어 따위는 딱 질색이다. 내가 수리할 줄 아는 것은 아무 것도 없고, 자동차 정비공이 뭔가를 설명하려 해도 나는 전혀 이해하지 못한다.

내가 장교들한테 그렇게 말하자 세 사람의 미소가 좀 굳어졌다.

"하지만……" 왼쪽에 앉은 장교가 말했다. "자네는 수의사로 일할 때 차를 몰고 다니겠지?"

"예, 차는 몇 년 동안 몰았습니다. 아직도 차가 어떻게 움직이는지 모르고, 차가 고장이라도 나면 큰 소리로 도움을 청해야 합니다."

"알겠네."

세 사람의 미소는 이제 아주 희미해졌다. 세 사람의 머리가 한데 모여 소곤소곤 의논을 했다.

마침내 가운데 앉은 장교가 테이블 너머로 몸을 내밀었다.

"이봐, 헤리엇, 그럼 기상학자가 되는 건 어떤가?"

"좋습니다." 나는 선선히 대답했다.

그들은 분명 친절한 사람들이었기 때문에, 골머리를 앓고 있는 그들이 측은하게 여겨졌다. 하지만 그때 이후 나는 적성검사를 전혀 믿지 않게 되었다.

물론 내가 기상학자가 될 가능성은 전혀 없었다. 내가 결국 보급품 창고 근무자로 낙착된 것은 아마 그 때문이었을 것이다. 창고에서 일한 기간은 내 인생에서 가장 별난 시기였다. 다행히 오래가지는 않았지만 그때 겪은 일들은 내 기억에 생생하게 남아 있다. 그들은 창고에 가서 워크스 하사한테 보고하라고 말했다. 나는 낯선 얼굴로 가득 찬 히턴파크 기지의 미로 같은 길을 지나 창고로 갔다.

워크스 하사는 지독한 뚱보였다. 그는 교활한 눈으로 나를 재빨리 훑어보고는 이렇게 말했다.

"헤리엇이라고? 여기서라면 쓸모 있는 일을 할 수 있을 거야. 사실은 할 일도 별로 없어. 이건 주요 창고가 아니니까. 여기서는 주로 세탁과 군화 수선을 맡고 있지."

그가 말하고 있을 때 금발의 젊은이가 들어왔다.

"모건 일등병입니다, 하사님. 제 군화를 찾으러 왔는데요. 밑창을 갈았습니다."

위크스는 고개를 까딱했고, 그제야 나는 처음으로 산더미처럼 쌓인 군화를 보았다.

"저기 있어. 꼬리표가 달려 있을 거야."

젊은이는 놀란 표정을 지었지만, 카운터 뒤로 돌아가서 수백 켤레의 똑같은 검은색 군화를 뒤지기 시작했다. 그가 자기 군화를 찾아내는 데에는 거의 한 시간이 걸렸다. 그동안 하사는 심드렁하게 담배만 뻐끔뻐끔 피워댔다. 마침내 젊은이가 군화를 찾아내자 하사는 말없이 긴 명단에 적힌 이름에 표시를 했다.

"이게 자네가 할 일이야. 간단해." 하사가 나에게 말했다.

그 말은 과장이 아니었다. 그 창고에는 할 일이 전혀 없었다. 위크스가 만들어낸 생활 방식이 얼마나 달콤한지를 깨닫는 데에는 이틀밖에 걸리지 않았다. 창고 관리는 명예로운 직무지만 위크스의 방식은 명예롭지 않았다. 커다란 창고 안에 만들어져 있는 수많은 칸막이 방과 벽감과 반침에는 모두 글자와 숫자가 적혀 있었다. 수선한 군화와 세탁한 셔츠를 쉽게 찾을 수 있도록 분류하여 거기에 정리해두었어야 했다. 하지만 그러려면 많은 노동이 필요했을 것이고, 위크스는 분명 노동을 싫어했다.

수선한 군화가 들어오면 창고 한복판에 쏟아놓았고, 끈으로 묶인 세탁물 꾸러미는 산더미처럼 쌓아두었다. 세탁물 더미는 맨 위에 있는 셔츠가 거의 천장에 닿을 만큼 거대한 푸른색 무덤을 이루고 있었다.

사흘이 지나자 더 이상은 도저히 참을 수가 없었다.

"하사님, 저한테 할 일이 있다면 시간이 좀 더 빨리 지나갈 텐데요. 여기 쌓여 있는 것들을 선반에 정리해도 되겠습니까? 그러면 물건을 내주기가 훨씬 쉬울 텐데요."

위크스가 계속 잡지만 들여다보고 있었기 때문에(그는 대단한 독서가였다), 처음에는 그가 내 말을 못 들은 줄 알았다. 이윽고 그는 혀를 사용하여 담배를 입 구석으로 밀어내고, 담배연기 사이로 나를 힐끗 바라보았다.

"잘 알아둬." 그가 느릿느릿 말했다. "자네한테 일을 시키고 싶으면 내가 말할 거야. 여기서는 내가 대장이니까 내가 명령한다. 알았나?"

그는 다시 잡지를 읽기 시작했다. 나는 내 자리로 물러갔다. 내가 감독관의 기분을 상하게 한 것은 분명했다. 그렇다면 그냥 이대로 놓아둘 수밖에 없다고 나는 체념했다.

하지만 위크스를 감독관이라고 부르는 것은 잘못이다. 이튿날 그는 자기 방식을 바꾸지 말고 그대로 놔두어야 한다는 마지막 세뇌 작업을 끝낸 뒤 사라져버렸고, 아침에 몇 분을 제외하고는 줄곧 나를 혼자 내버려두었기 때문이다. 나는 카운터 뒤에 앉아서 들고나는 군화와 셔츠를 명단과 대조하는 일 말고는 아무 것도 할 일이 없었다. 나는 그의 노예 신세가 된 수많은 추방자 가운데 하나일 뿐이라는 생각이 들었다.

산더미 같은 군화와 세탁물 더미를 쑤석거리며 제 물건을 찾느라 애를 먹는 젊은이들은 정말 보기에 딱했다. 나에게 가장 강하게 남은 인상은 영국인의 끝없는 관용이었다. 내가 혼자 창고를 지키고 있으니까 그들은 물건을 정리하지 않고 한곳에 아무렇게나 쌓아두는 것을 내 책임으로 생각했지만, 내가 졸병인데도 나를 신체적으로 공격한 사람은 아무도 없었다. 대개는 제 물건을 찾으면서 투덜투덜 불평을 하는 게 고작이었다. 한 덩치 큰 녀석은 카운터로 다가와서 "거기 퍼질러앉아 있지만 말고 이 군화들을 정리해서 보관해야 할 거 아니야. 이 게으름뱅이 녀석아!" 하고 호통을 쳤지만, 그러면서도 내 코를 주먹으로 갈기지는 않았다. 나는 그 놀라운 자제력에 경탄했다.

수많은 젊은이들이 그와 같은 의견을 갖고 있었지만, 단지 체면과 예의 때문에 욕을 하지 못할 뿐이었다. 그것을 알고 있는 나는 마음이 몹시 불편했다. 그래서 나도 모르게 항상 그들의 비위를 맞추려는 듯한 미소를 얼굴에 머금고 있었다.

내가 하마터면 뭇매를 맞을 뻔한 적이 딱 한 번 있다. 어느 날 오후, 갑자기 젊은이들이 떼 지어 나타났다. 뜻밖에 휴가증이 나오는 바람에 수백 명이 창고 밖 포장도로와 풀밭에 우르르 몰려들어 일대 혼란이 벌어졌다. 그들은 기차를 타야 했기 때문에 세탁물을 빨리 찾고 싶어 했다.

나는 잠시 공포에 사로잡혔다. 그 많은 사람을 모두 한꺼번에 창고 안으로 들여놓아 셔츠를 찾게 할 수는 없었다. 바로 그때 영감이 떠올랐다. 나는 수북하게 쌓여 있는 셔츠 꾸러미를 한 아름 안고 창고 밖으로 나가서 꾸러미에 달려 있는 꼬리표의 이름을 외쳤다.

"월터스!"

그러자 파도처럼 굽이치는 수많은 머리들 틈에서 한 목소리가 신이 나서 대답했다.

"여기!"

나는 목소리가 난 위치를 확인하고, 엄지손가락과 집게손가락으로 꾸러미를 잡고는 백핸드로 휙 던졌다. 꾸러미는 수많은 머리들을 스치듯 날아갔다.

"레일리!"

"여기!"

"맥도널드!"

"여기!"

"기브슨!"

"여기!"

나는 아주 능숙하게 해내고 있었다. 푸른 직사각형의 꾸러미는 어김없이 주인을 향해 날아갔다. 하지만 그런 분배 방식은 속도가 너무 느렸다. 게다가 이따금 끈이 공중에서 풀어져, 위를 향하고 있는 얼굴들을 향해 칼라가 소나기처럼 쏟아지는 불상사도 일어났다. 때로는 셔츠가 포장지에서 빠져나가 땅바닥에 쑤셔 박히는 경우도 있었다.

오래지 않아 사람들의 목소리가 신바람에서 분노로 바뀌었다. 내가 날려 보낸 발사체가 글라이더처럼 머리 위를 활공할 때마다 욕설의 일제 사격이 나에게로 돌아왔다.

"너 때문에 기차를 놓쳤어, 이 한심한 녀석아!"

"이 게으름뱅이야, 영창에 처박히고 싶어?"

대부분은 이보다 훨씬 격렬한 표현이라서 여기에 기록하고 싶지 않지만, 한 젊은이가 흙바닥에 떨어진 제 세탁물을 그러모으고는 나에게 성큼성큼 다가오던 기억은 특히 생생하게 남아 있다. 그의 얼굴은 분노 때문에 일그러져 있었지만, 원래는 온화하고 너그러운 얼굴이라는 것을 알수 있었다. 그는 좋은 집안에서 곱게 자란 행실 바른 젊은이처럼 보였다. '빌어먹을' 같은 욕설도 하지 않을 타입이었지만, 내 눈을 노려보면서 입술을 바들바들 떨고 뺨을 실룩거렸다.

"아니, 뭐 이런……" 그는 말을 더듬었다. "이런…… 엿 같은 방식이다 있어!"

그는 겨우 이 말을 내뱉고는 다시 성큼성큼 가버렸다.

물론 나는 전적으로 그의 말에 동의했지만, 계속 집요하게 꾸러미를 던졌다. 하지만 마음 한구석에서는 작은 목소리가 계속 묻고 있었다. 왕립수의사협회 회원이며 조종사 훈련을 받은 제임스 헤리엇이 어쩌다 이 꼴이 됐지?

30분이 지나도 군중의 규모는 눈에 띄게 줄어든 것 같지 않았다. 나는 제 이름이 불리기만 기다리고 있는 얼굴들이 차츰 초조해지는 것을 알아차렸다.

그때 갑자기 약속이라도 한 것처럼 군중이 한꺼번에 움직이기 시작했다. 밀집해 있던 남자들이 거대한 파도처럼 나에게 몰려든 것이다. 나는 셔츠를 한 아름 안고 뒷걸음쳤다. 이번에야말로 그들이 나한테 덤벼들어 흠씬 두들겨 팰 거라고 확신했다. 하지만 내 두려움은 아무 근거도 없는 것이었다. 그들이 원한 것은 좀 더 신속한 배달뿐이었다. 여남은 명이 내 옆을 지나 카운터 뒤로 돌아가서 셔츠를 한 아름 안고 나오더니 내 본보기를 따르기 시작했다.

지금까지는 머리 위를 날아가는 미사일이 하나뿐이었지만, 이제는 하늘이 수많은 비행물체로 어두워졌다. 공중 충돌도 자주 일어났다. 칼라가 물보라처럼 쏟아지고, 손수건이 팔랑팔랑 날아다니고, 팬티가 낙하산처럼 우아하게 떨어졌다. 하지만 견딜 수 없을 만큼 긴 혼란기가 지나자, 마지막 항공병이 땅바닥에 흩어진 제 세탁물을 집어 들고는 나에게 혐오의 눈길을 힐끗 던지고 가버렸다.

나는 창고에 혼자 남겨졌다. 내 지위가 얼마나 낮은지를 새삼 깨닫고 마음이 서글퍼졌지만, 영국 공군이 아직도 나를 어떻게 처리해야 할지 모르고 있다는 생각도 나를 서글프게 했다.

33

나는 셰피 섬(템스 강 하구 남쪽에 있는 섬)의 이스트처치로 보내졌다. 여기
가 내 군대 생활의 종착역이었다.

무질서하게 줄을 서 있는 병사들을 보고 나는 열병식에 참가하는 것도
이제 몇 번 남지 않았다는 것을 깨달았다. 스카버러의 기본훈련대에서는
이런 것은 열병 축에도 들어가지 않았을 것이다. 그랜드호텔 앞 광장에
정렬한 푸른 제복의 대열이 눈에 선했다. 모두 근위병처럼 등을 꼿꼿이
펴고 뻣뻣하게 서서 왼쪽도 오른쪽도 쳐다보지 않았다. 군화는 반짝반짝
빛나고 단추는 황금처럼 번쩍이고, 상사가 장교를 안내하여 아침 사열을
하는 동안 어디에서도 움직임은 찾아볼 수 없었다.

나도 엄한 규율에 대해서는 누구 못지않게 큰 소리로 불평했다. '쓸데
없는 규율', 북북 문질러 닦기와 광내기, 행군과 훈련 등등. 하지만 이제
그런 것과 무관해지자 그것이 모두 의미 있고 중요하게 여겨졌다. 나는
그때가 그리웠다.

여기서는 앞에서 중사가 명단을 보고 이름을 부르면서 그날의 지시사
항을 전달하는 동안, 항공병들은 광장을 어슬렁거리고 자기들끼리 잡담
을 하고 몰래 담배를 피우기까지 했다.

어느 날 아침에는 점호 시간이 유난히 길어졌다. 중사는 몇 장의 종이

를 뒤적이면서 연필로 메모를 하고 있었다. 내 오른쪽에 서 있던 덩치 큰 아일랜드인이 점점 초조한 기색을 보이더니 마침내 퉁명스럽게 소리를 질렀다.

"제에발 중사니임, 우리를 이 과앙장에서 내보내주세요. 다리가 아파서 죽겠스읍니다!"

중사는 쳐다보지도 않고 대답했다.

"입 닥쳐, 브래디. 내가 해산하라고 말하기 전에는 광장에서 나갈 수 없어."

영국 공군의 대형 여과장치인 이스트처치에서는 만사가 그런 식이었다. 여기서는 우리 같은 '어중이떠중이'들이 최종적으로 처리되었다. 거대한 기지인 이스트처치는 잡다한 항공병들로 가득 차 있었지만 그들에게는 한 가지 공통점이 있었다. 그들은 모두 기다리고 있었다. 재소집을 기다리는 사람도 있지만, 대개는 제대를 기다리고 있었다.

마침내 그날이 왔다.

객차 문을 닫고 공군 여자 보조대원과 잠자고 있는 하사관 사이에 끼어 앉았을 때 나는 내 인생의 한 장이 막을 내린 것을 알았다.

나는 전형적인 제대군인이었다. 나는 푸른 군복을 빼앗기고 대신 '제대복'을 얻었다. 제대복은 갈색 바탕에 자줏빛 줄무늬가 들어 있는 뻣뻣한 서지로 지은 형편없는 옷이었다. 그 옷을 입으면 나는 구시대 갱단의 일원처럼 보였지만, 다행히 공군 셔츠와 넥타이와 반짝이는 군화는 가져올 수 있었다. 그것들은 나에게 오랜 친구 같은 존재였다.

선반에 올려놓은 작은 여행가방에는 『수의학 사전』을 비롯한 내 몇 가지 소지품이 들어 있었다. 골판지로 만든 여행가방은 당시 졸병들 사이에 인기가 대단했다. 그 가방에 들어 있는 것이 내 전 재산이었지만, 이스트처치에서 대러비까지는 긴 여행이었고 기차는 추웠기 때문에 코트가 있었으면 좋았을 것이다.

기차는 칙칙폭폭 소리를 내고 덜컹덜컹 흔들리면서 달렸다. 런던까지는 오랜 시간이 걸렸다. 나는 런던에서 오래 기다리다가 북행 열차를 탔다. 기차는 자정이 가까워서야 출발했다. 일곱 시간 동안 나는 얼어붙을 듯이 추운 어둠 속에 앉아 있었다. 발이 마비되고 이가 딱딱 맞부딪쳤다.

마지막 구간은 버스를 이용했다. 내가 탄 버스는 오래전에 나를 첫 직장으로 데려다준 그 덜컹거리는 버스였다. 운전사도 같았다. 멀리 있는 산들이 새벽빛 속에 푸른빛으로 떠오르기 시작하자 그동안 흐른 시간이 서서히 녹아서 사라지는 것 같았다. 낯익은 농가, 푸른 언덕 비탈을 구불구불 기어오르는 돌담, 강변에 줄지어 서 있는 나무들이 보였다.

버스가 덜컹거리며 장터로 들어간 것은 오전 중반이었다. 장터 건너편 상점 위에 '대러비 협동조합'이라는 간판이 보였다. 해는 높이 떠올라, 완만한 초록빛 언덕을 등지고 있는 기와지붕들을 따뜻하게 덥혀주었다. 내가 내리자 버스는 여행가방 옆에 서 있는 나를 남겨놓고 떠났다.

모든 것이 전과 똑같았다. 달콤한 공기, 적막한 분위기, 자갈 깔린 텅 빈 광장, 시계탑 주변에 앉아 있는 노인들. 그중 하나가 나를 쳐다보았다.

"안녕하시오, 헤리엇 선생." 노인은 어제도 나를 만난 것처럼 조용히 말했다.

트렌게이트 거리는 내 앞에서 구부러져 길모퉁이의 식료품점을 돌아 시야에서 사라졌다. 교회 앞에서 시작되는 이 조용한 거리의 대부분은 내 시야 밖에 놓여 있었다. 내가 그 거리를 걸어본 지는 오래되었지만, 눈을 감으면 낡은 벽돌벽을 따라 지붕 밑 다락방까지 기어 올라간 담쟁이에 뒤덮인 스켈데일 하우스가 눈앞에 떠올랐다.

그곳이 내가 새 출발을 해야 할 곳이었다. 거기서 나는 그동안 얼마나 많은 것을 잊어버렸는지, 내가 다시 수의사 노릇을 감당할 수 있을지 어떨지를 알게 될 것이다. 하지만 아직은 거기에 가지 않겠다, 아직은……

내가 일자리를 찾아 대러비에 도착한 그 첫날 이후 많은 일이 일어났지만 내 상황은 별로 달라지지 않았다는 생각이 문득 떠올랐다. 그때 내가 갖고 있었던 것은 낡은 여행가방과 몸에 걸친 옷 한 벌뿐이었고, 지금도 마찬가지다. 하지만 한 가지 중요한 차이점은 있었다. 나에게는 이제 헬렌과 지미가 있다.

그 때문에 모든 것이 달라져 보였다. 나는 돈도 없고, 내 집이라고 부를 수 있는 집 한 칸도 없었지만, 아내와 아들을 비바람에서 지켜주는 집이라면 어디든 나에게는 개인적이고 특별했다. 샘도 아내와 아들과 함께 나를 기다리고 있을 것이다. 그들은 교외에 살고 있었기 때문에 먼 길을 걸어가야 했지만, 나는 자줏빛 줄무늬 바지에서 튀어나와 있는 뭉툭한 군화 앞부리를 내려다보았다. 영국 공군은 하늘을 나는 법만 가르쳐준 게 아니라 행군하는 법도 가르쳐주었다. 몇 킬로미터쯤 걷는 것은 아무 것도 아니었다.

나는 가방을 다시 움켜쥐고 광장 출구 쪽으로 돌아서서, 곧장 집을 향해 씩씩하게 걷기 시작했다. 왼발, 오른발, 왼발, 오른발, 왼발, 오른발……

옮긴이 김 석 희

서울대학교 불문학과를 졸업하고 대학원 국문학과를 중퇴했으며, 1988년 한국일보 신춘문예에 소
설이 당선되어 작가로 데뷔했다. 영어·프랑스어·일어를 넘나들면서 고대 인도의 서사시인 『라마야
나』와 『마하바라타』(아시아 출판사), '수의사 헤리엇의 이야기' 시리즈, 허먼 멜빌의 『모비딕』, 스콧
피츠제럴드의 『위대한 개츠비』, 루 월리스의 『벤허』, 알렉상드르 뒤마의 『삼총사』, 쥘 베른 걸작선
집(20권), 시오노 나나미의 『로마인 이야기』, 다니자키 준이치로의 『미친 사랑』 등 많은 책을 번역했
다. 역자후기 모음집 『번역가의 서재』 등을 펴냈으며, 제1회 한국번역대상을 수상했다.

수의사 헤리엇의 이야기 3

이 세상의 똘똘하고 경이로운 것들

2017년 6월 30일 초판 1쇄 펴냄

지은이 제임스 헤리엇 | **옮긴이** 김석희 | **펴낸이** 김재범
편집장 김형욱 | **편집** 신아름 | **관리** 강초민, 홍희표 | **디자인** 나루기획
인쇄 AP프린팅 | **종이** 한솔PNS

펴낸곳 (주)아시아 | **출판등록** 2006년 1월 27일 | **등록번호** 제406-2006-000004호
전화 02-821-5055 | **팩스** 02-821-5057
주소 경기도 파주시 회동길 445(서울 사무소: 서울시 동작구 서달로 161-1 3층)
이메일 bookasia@hanmail.net | **홈페이지** www.bookasia.org
페이스북 www.facebook.com/asiapublishers

ISBN 979-11-5662-314-4 04840
        979-11-5662-274-1 (세트)

*값은 뒤표지에 표시되어 있습니다.

이 도서의 국립중앙도서관 출판예정도서목록(CIP)은 서지정보유통지원시스템 홈페이지(http://seoji.nl.go.kr)와
국가자료공동목록시스템(http://www.nl.go.kr/kolisnet)에서 이용하실 수 있습니다.(CIP제어번호 : CIP2017011204)